명탐정의
제물

MEITANTEI NO IKENIE : JINMIN KYOKAI SATSUJIN JIKEN

by SHIRAI TOMOYUKI

Copyright ⓒ Tomoyuki Shirai 2022
All rights reserved.
Original Japanese edition published in 2022 by SHINCHOSHA Publishing Co., Ltd.
Korean translation rights arranged with SHINCHOSHA Publishing Co., Ltd.
through JM Contents Agency Co.
Korean translation copyrights ⓒ 2023 by Friendly Books

illustration ⓒ AOKI Kouri(P8, P208, P215, P311, P335, P399, P457)

명탐정의 제물

인민교회 살인사건

시라이 도모유키 장편소설 — 구수영 옮김

오토야 다카시	탐정
노기 노비루	르포라이터

클라크 조사단

아리모리 리리코	대학생
조디 랜디	정신과 의사
알프레드 덴트	전직 FBI 수사관
이하준	망명 중인 청년

라일랜드 조사단

레오 라일랜드	하원의원
다니엘 해리스	NBC 기자

조튼타운 주민

짐 조든	교주
피터 웨더스푼	내무장관
조셉 윌슨	보안장관
래리 래빈스	보안반
로레타 샤흐트	의사
레이 모튼	교장
블랑카 호건	요리반
레이첼 베이커	요리반
크리스티나 밀러	요리반
니콜 피셔	서무반
루이스 레즈너	서무반
월터 데이비스	농경반
프랭클린 파테인	간수
샤론 클레이튼	무덤 관리인
Q	소년

◈ 차례

이 소설은 픽션이며
실재 인물 및 단체와는
일절 관계없습니다.

조든타운

밀림

습지

관리 오두막

공동묘지

밭

아버지의 집

간부 숙소

화장실

거주지(북)

포트 카이투마

밭

무기고

저장고

진료소

조리장

식당

파빌리온

학교

밭

화장실

밀림

거주지(남)

보육소

감옥

남-30

(경사면)

밀림

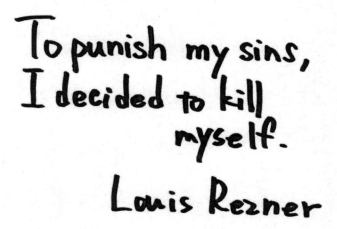

"나의 죄를 속죄하기 위해 나는 자살하기로 했습니다."

루이스 레즈너의 유서 복사본
FBI 조사자료에서 발췌

우리는 자살하는 것이 아니다.

1978년 11월 18일
짐 존스

처음에 아이들이 죽었다.

"기적은 존재한다. 겁낼 건 없다. 울부짖을 필요도 없다."

마을 여기저기에 설치된 스피커에서 교주의 연설이 울려 퍼졌다.

1978년 11월 18일, 오후 9시 반을 조금 넘긴 시각. 가이아나 공화국 바리마와이니 주, 포트 카이투마에서 남서 쪽으로 11킬로미터 떨어진 곳에 위치한 밀림을 개척한 작은 마을, 조든타운.

"나는 너희를 사랑한다. 나는 너희가 여행을 떠나는 모습을 마지막까지 지켜보겠다."

파빌리온 무대에서 교주인 짐 조든이 연설을 이어가는 가운데, 어른들의 손에 끌려온 아이들이 동그랗게 열을 맞추고 서 있었다. 요리반 여자 두 명이 스포이드에 든 보라색 주스를 아이들의 목 안쪽에 흘려 넣었다.

"이 주스는 내가 배합한 것이다. 그 어떤 고통도 없이, 너희는 그저 잠드는 것처럼 여행을 떠날 것이다."

짐 조든은 아이들에게 그렇게 말했다. 하지만 몇 분 후, 수많은 비명과 함께 그의 말은 거짓으로 드러났다. 땀에 흠뻑 젖은 채 연신 구토하는 아이. 숨을 쉬지 못해 목을 쥐어뜯는 아이. 거품을 뿜으며 습격자에 대한 분노를 입에 담는 아이도 있었다. 어른들은 울며 아이들을 바라볼 수밖에 없었다.

"왜 우느냐? 걱정할 필요 없다. 신은 우리에게 삶과 죽음을 주었다. 우리는 경의를 품고 그것을 행동으로 옮기는 것뿐이거늘."

한 시간도 채 지나지 않아 267명의 아이가 죽었다.

아이들 다음은 어른, 어른 다음은 노인이 짐 조든의 지시에 따라 종이컵에 담긴 주스를 들이켰다.

한 농경반 남자는 요리반 여자가 건넨 주스를 받아들고는 "저를 위해 세상과 싸워준 건 오직 당신뿐이었습니다"라고 짐 조든에게 감사를 표한 후 오열을 참으며 주스를 마셨다. 그는 무대 아래에 무릎을 꿇고 땅에 이마를 짓이기며 짐 조든에게 기도했다. 경련이 시작된 후에도 기도는 이어졌지만, 이윽고 의식장애가 일어나서 알 수 없는 말을 내뱉으며 죽었다.

조든타운 학교에서 교장을 역임했던 남자는 울면서 주스를 받아들고는 아이들의 사체를 둘러본 후 "짐 조든 님은 저의 단 하나뿐인 신입니다"라고 중얼거리고 단번에 주스를 마셨다. 그는 파빌리온에서 뛰어나가 1년 반을 일했던 학교로 향하고자 했지만, 100미터 남짓 달렸을 무렵 격한 두통과 현기증에 휩싸여 그곳에서 절명했다.

조든타운 감옥에서 일했던 남자는 아무 말 없이 주스를 마시더니 무표정인 채 휠체어를 조작하여 파빌리온에서 나왔다. 그는 인기척이 없는 공터로 이동한 후, 오랜 기간 고락을 함께했던 휠체어를 토사물로 더럽히지 않고자 시트에서 내려와서 타이어에 등을 기대고 땅에 앉았다. 몇 분 후 호흡곤란에 빠지자, 그는 풀을 쥐어뜯으며 죽었다. 휠체어 왼쪽 뒷바퀴가 그의 오줌이 만든 웅덩이에 잠겼다.

공동묘지 관리인을 맡았던 여자는 주스를 받아들고는 같은 숙소에서 살았던 동료의 얼굴을 차례대로 바라본 후 "다시 태어나서 또 만나요"라고 이교도적인 발언을 한 후 단번에 주스를 비웠다. 짐 조든은 마이크를 통해 "우리는 신의 나라로 가는 거다"라고 훈계했지만, 그녀는 "다시 만나요", "여기로 돌아와요"라고 반복한 후에 머리 앞부분을 벤치에 부딪힌 채 죽었다.

한 서무반 여자는 주스를 받아들며 우등생다운 말투로 "나치가 유대인에게 자행한 방식이 아니라, 이렇게 스스로 죽을 수 있어서 영광스럽게 생각합니다"라고 말한 후, 기세 좋게 주스를 들이켰다. 여자 동료들과 함께 빙 둘러앉아 증상이 나타나기를 기다리다 보니, 갑자기 목과 가슴이 맹렬하게 아프기 시작했다. 너무나도 아픈 나머지 호흡조차 못하게 되어 구토하면서 뒹굴었다. 그녀는 사기당한 기분이었지만, 눈물을 흘리지도 못하고 이윽고 토사물에 목이 메어 죽었다.

개중에는 죽음이 두려워 파빌리온에서 도망치려는 자도 있었다. 한 요리반 여자는 원래 짐 조든의 지시에 따르려고 했지만, 이루 헤아릴 수 없는 비명을 듣고는 견디지 못하고 밀림을 향해 달려 나갔다. 하지만 불과 20미터도 도망치지 못한 채 보안반 남자에게 붙잡혀 파빌리온으로 질질 끌려왔다. 그들은 아이들에게 한 것처럼 스포이드에 든 주스를 그녀의 목에 흘려 넣었고, 그녀는 흰자위를 보이며 10분 정도 몸부림치다 죽었다.

밀림까지 도망치는 데 성공한 자도 있었지만, 대부분은 그녀와 같은 운명에 이르렀다.

최초에 아이들이 죽고 나서 한 시간 반이 지난 오후 11시. 요리반과 보안반 신자만이 남아 사체로 넘치는 파빌리온에서 마지막 주스를 마셨다.

신음 소리가 점차 잦아들었고, 이윽고 정적이 찾아왔다.

"끝났군요."

짐 조든의 오른팔로서 교단을 지탱하던 내무장관이 컵에 주스를 따르고는 자신의 발소리를 들으며 파빌리온 뒤쪽으로 향했다.

지면을 가득 채우듯 사체가 서로 겹쳐 있었다. 샌프란시스코에 본부가 있던 무렵, 교회 밭에 깔따구가 대량으로 발생하여 급하게 살충제를 뿌렸던 때가 떠올랐다. 눈앞의 광경은 그날 아침의 밭과 닮아 있었다.

지붕이 있는 파빌리온을 나서자, 다양한 색채가 눈에 들어왔다. 밋밋한 아이보리와 베이지가 아니라 오렌지, 파스텔그린, 라즈베리핑크와 같은 화려한 색감이 돋보였다. 어제부터 레오 라일랜드 의원이 이끄는 조사단이 조든타운을 방문해 있었기에 환영을 위해 화려한 옷을 입으라는 지시가 내려진 터였다.

그 축제 같았던 분위기가 왜 단 하루 만에 이렇게 바뀌어버린 것일까.

남자는 아침부터 벌어진 일을 돌아보다가 바로 포기했다. 무수하게 많은 사체를 앞에 두고 스스로에 대한 변명을 쥐어짜낸들 무슨 의미가 있는가. 이미 늦었다. 남자는 자신의 어리석음을 한탄하듯 얼굴의 오른쪽 반을 쓸어내리고는 컵을 입에 대고 목으로 주스를 넘겼다.

짐 조든은 무대 위 의자에 앉은 채 벌레가 우는 소리에 귀를 기울였다.

사람들의 목소리는 들리지 않았다. 자신을 칭송하는 말도 매도하는 말도 없었다. 조든타운이 이렇게 조용한 장소였던가.

짐 조든은 의자에서 몸을 일으키고는 지팡이를 내려놓고 사체들 사이에 앉았다. 한 시간 반 전, 보안장관에게 건네받은 리볼버를 재킷에서 꺼냈다. 숨을 길게 내쉬고는 엄지손가락으로 공이치기를 당겼다.

자책하는 마음이 없다면 거짓말이리라.

하지만 그것보다도 가슴 깊숙이 소용돌이치는 것은 분노였다.

'나는 그 남자의 함정에 빠진 것이다.'

갑자기 찾아온, 우리의 고통 따위 알지도 못하는 외부인에게.

선택지는 이것뿐이었다. 딱 하나 남겨진 좁고 험한 길.

그곳으로 신자들을 몰아넣음으로써 나는 신앙을 지킬 수 있었다.

후회는 없다.

짐 조든은 왼쪽 귀 뒤에 총구를 가져다 대고 방아쇠를 당겼다.

전일담

1

명탐정이 죽은 밤, 항구에는 비가 내렸다.

1978년 10월 30일, 심야. 미야기 현 이시노마키 시에 있는 만灣의 어귀가 내다보이는 민박집 '우미노니와'에서 두 발의 총성이 울려 퍼졌다. 첫 번째 총성은 오후 11시 15분, 두 번째 총성은 11시 17분이었다.

민박집 주인은 곧장 투숙객의 안부부터 확인했다. 이날 투숙객은 두 팀. 안채에 머물던 가족 손님은 별일 없었지만, 별채에 홀로 머물던 손님은 전화를 걸고 문을 두드려도 답이 없었다. 주인이 마스터키로 문을 열자, 손님이 배에서 피를 흘린 채 죽어 있었다.

같은 시각, 총성을 들은 인근 주민이 경찰에 신고했다. 시가지를 순찰하던 경찰이 급히 '우미노니와'로 달려와서 토담 앞 도로에 사람이 쓰러져 있는 것을 발견했다. 멀리서 보기에는 장난치듯 드러누운 아이 같았지만, 다가가서 보자 가슴에 총을 맞은 작은 사체였다.

날짜가 바뀐 10월 31일, 오전 1시를 조금 지난 시각. 도쿄 나카노 구의 상가건물 3층.

"오토야 씨, 사건입니다."

미지근한 캔맥주를 한 손에 든 채 수화기를 집어 든 탐정 오토야 다카시에게 미야기 현경 본부의 고고타 형사부장은 그렇게 말을 꺼냈다.

"이시노마키 시의 민박집에서 두 명이 총을 맞았습니다. 범인은 도주 중입니다. 우리에게 힘을 좀 빌려주시죠."

일을 마친 후에 차가운 맥주를 마시는 것을 삶의 보람으로 여기는 오토야가 왜 미지근한 맥주를 마시고 있었는가 하면, 오랜 시간 써왔던 냉장고의 컴프레서가 고장나버렸기 때문이었다. 내일은 만사를 제치고 역 앞의 재활용센터로 가야만 한다. 오토야는 의뢰를 거절하려고 했다.

"공교롭게도 중요한 일이 있어서."

"피해자 중 한 명은 자물쇠가 잠긴 밀실에서 발견되었습니다."

득달같이 답이 돌아왔다. 반년 전까지 경시청 조사 1과에서 관리직을 역임했던 고고타는 오토야 다카시 탐정사무소가 특기로 삼은 영역을 잘 파악하고 있었다.

"······그렇게 말해도 말이야. 이쪽 용건도 중요하다고."

"피해자 중 한 명은 오토야 씨의 동업자입니다." 고고타는 두 번째 비장의 카드를 꺼냈다. "요코야부 유스케 탐정입니다."

놀라지 않았다고 하면 거짓말이다. 그 남자가 죽었다면 세간의 이목도 모이게 되리라. 하지만.

"그런 사기꾼과 나를 싸잡아 엮지 마."

오토야는 요코야부 유스케가 싫었다. 언론은 염치도 없이 그가 일본 제일의 명탐정이라고 떠들어대지만, 4년 전에 소화기 판매상 일가족이 살해당한 사건의 범인을 운 좋게 밝혀낸 이래, 제대로 된 실적도 올리지 못하지 않았나. 최근에는 〈명탐정에게 맡겨라!〉 같은 예능 프로그램에서 유명 사건을 들먹이고 분석하며 연예인처럼 굴었지만 그 분석이 들어맞은 적은 한 번도 없었다.

"그렇게 말씀하실 필요는 없지 않나요? 그는 텔레비전 방송에서 미해결 사건 네 건의 범인을 맞혔다고 들었는데요."

"짜고 치는 고스톱이 틀림없잖아."

"그런가요?"

"백번 양보해서 정말 범인을 맞혔다손 치더라도, 우리 사무소가 해결한 미해결 사건은 여덟 건이야. 내가 이겼거든."

오토야가 목소리를 높이자, 고고타는 질린 듯 길게 한숨을 내쉬었다.

"오토야 씨, 요코야부 씨를 질투하셨군요."

"이만 끊지."

"지금까지는 서두였습니다. 피해자뿐 아니라 범인도 엄청납니다."

알밉게도 고고타는 아직 숨겨둔 카드를 가지고 있었다.

"총알의 흔적을 보니 요코야부 유스케 탐정을 죽인 범인은 108호로 보입니다."

이번에는 진심으로 놀랐다.

그 연쇄살인마가 돌아온 것인가.

"호텔에 병맥주를 준비해주게. 차갑게 식혀두는 거 잊지 말고."

고고타가 생떼를 쓰기 전에 오토야는 서둘러 수화기를 내려놓았다.

거리의 물웅덩이가 검은 얼룩으로 변한 10월 31일 오후 1시 30분. 조수인 아리모리 리리코를 데리고 '우미노니와'의 나무 대문을 지나자, 끼이이이이, 하는 불길한 소리가 머리 위에서 들려왔다.

"저게 뭐지?"

기와지붕 위에 풍차의 날개를 장식한 간판이 있고, 거기에는 'UMINONIWA'라고 둥그스름한 글자가 나열되어 있었다. 바람이 불 때마다 간판이 회전하며 끼이이이이, 하고 숙소에는 어울리지 않는 불길한 소리를 울렸다.

"꽤 만듦새가 좋네요."

리리코가 감탄한 모습으로 중얼거리며 카메라 셔터를 눌렀다. 그때 고고타가 수첩을 흔들면서 다가와서 두 명을 안으로 맞이했다.

"형사부장이 직접 맞이하러 나온 건가?"

"108호가 나타났는데 본부에서 느긋하게 커피나 마시고 있을 순 없죠."

앞뜰을 지나 '우미노니와'의 안채로 들어섰다.

"만일 경찰이 착각한 거면 가만 안 두겠어."

"탄환을 감정해보니 10년 전에 사용된 권총과 강선흔이 일치했어요. 요코야부 씨를 쏜 건 108호입니다. 틀림없습니다."

경찰청 광역중요지정 108호 사건의 범인으로 여겨지는 소년, 통칭 108호는 1968년 10월에 요코스카의 미군 기지에서 독일제 리볼버를 훔쳐 같은 해 11월까지 도쿄, 교토, 하코다테, 센다이에서 경비원과 택시 운전사 등 열한 명을 연이어 사살했다.

현장에 흔적을 일절 남기지 않는 뛰어난 솜씨로 볼 때, 처음에 경찰은 30대에서 40대의 범죄자 또는 폭력단 조직원을 범인으로 추정했다. 하지만 목격자의 증언이 차곡차곡 쌓이자 이 추정이 틀렸다는 점이 판명되었다. 최종적으로 경찰이 확정한 프로파일은 전과가 없는 초보, 그것도 아직 어린 티가 남아 있는 10대 중반의 소년이었다.

거침없고 잔인하며 빈틈없는 범행에 일본 전역이 두려움에 떨었지만, 11월의 센다이 사건을 끝으로 범인은 발자취를 감추었다. 새로운 단서가 발견되는 일도 없이 조사는 진전되지 않은 채 10년의 세월이 흘렀다.

"그 무시무시한 소년도 이젠 20대 중반인가."

"이미 어른이 되었겠네요. 10년 만에 사건을 일으킨 건 요코야부 씨가 끈질기게 도발했기 때문이겠죠."

오토야도 3일 전, 108호 사건을 다룬 〈명탐정에게 맡겨라!〉의 두 시간짜리 특집 방송에서 요코야부가 "그 같은 사회의 해충은 한시라도 빨리 제거해야 합니다"라고 열변을 토하는 모습을 본 참이었다.

"108호는 어떻게 요코야부 씨가 이 민박집에 있다는 사실을 알았을까요?"

샌들이 놓인 석회석 바닥을 카메라 렌즈에 담으면서 조수 리리코가 물었다.

"〈주간 도무스〉에 연재되는 '명탐정 요코야부의 휴일'이라는 에세이를 읽은 모양입니다. 요코야부 씨는 20일부터 '우미노니와'에 머물고 있었고, 자신이 그렇게 휴가를 보내고 있다는 사실을 에세이에 썼거든요."

"스스로 자신의 위치를 밝힌 건가? 어처구니없군."

"108호는 어제 오후 11시 이후, 비 때문에 시야가 좋지 않은 시간대를 노려 별채로 숨어들어 요코야부 씨를 쏜 것으로 보입니다. 그 후에 뒤뜰을 통해 토담을 넘어 도망치던 참에 소년과 마주쳤고, 입막음을 위해 소년까지 총으로 쏜 거겠죠."

안채 복도를 나아가자 왼쪽으로 뒤뜰이 나타났다. 범인이 넘은 것으로 보이는 토담을 감식반원이 카메라로 찍고 있었다. 그 앞에는 작은 연못이 있고, 수련 잎이 수면을 가득 채웠다. 앞에는 '신의 연못'이라는 팻말이 서 있다. 작은 연못 주제에 꽤 거창한 이름이었다.

"108호에게 총을 맞은 소년은 왜 한밤중에 이런 곳을 돌아다니고 있었을까요?"

고고타는 리리코의 질문에 답하는 대신 봉투에서 두 장의 폴라로이드 사진을 꺼냈다. 그러고는 그중 첫 번째 사진을 이쪽으로 내밀었다.

너덜너덜한 야구모자를 쓰고 헐렁한 재킷을 걸친 사체가 길에 쓰러져 있었다. 무척 말라서 나이를 가늠하기 어렵지만, 생김새를 보건대 열두 살이나 열세 살 정도일까. 양손으로 가슴의 총상을 누른 채, 얼굴은 고통으로 일그러졌다. 입에서는 다량의 피가 흘러나와 있었다.

"노숙자였나."

너무 큰 재킷이 어울리지 않지만, 추위를 견디기에는 딱 좋았을 터.

"비를 피할 장소를 찾던 찰나, 벽에서 뛰어내리는 108호와 마주친 게 아닐까요." 고고타는 그렇게 말하며 스테인리스 재질의 문을 열었다. "요코야부 씨가 살해당한 별채는 이쪽입니다."

그곳은 안채의 뒷문이었다. 낮은 언덕으로 이어지는 계단이 놓여 있었다. 스무 계단 정도 오르자 별채의 간소한 미닫이문이 나타났다. "이쪽 현장에는 기묘한 점이 있었습니다. 오토야 씨에게 협력을 요청한 건 그 때문입니다."

"밀실이로군요."

리리코가 카메라에서 고개를 들었고, 고고타는 "그렇습니다"라고 끄덕였다. 문 앞에서 신발을 벗고, 현관을 지나 방으로 올라섰다.

객실은 25제곱미터 정도. 사체는 반출된 상태였지만, 피를 흘리며 발버둥을 친 듯한 흔적이 바닥에 남아 있었다. 요코야부는 절명하기까지 괴로움에 몸부림친 듯했다.

고고타가 두 번째 사진을 내밀었다. 얇은 셔츠와 청바지를 입은 요코야부가 오른쪽을 바라본 채 다다미 바닥에 쓰러져 있었다. 풍만한 복부가 오므라져 보이는 것은 피나 먹은 음식이 밖으로 흘러나와버린 탓일까.

"사체 이외에는 발견 당시 모습 그대로입니다. 범인의 흔적은 발견되지 않았어요."

고고타의 재촉을 받아 오토야는 방을 둘러봤다. 현관에서 볼 때 오른쪽에는 도코노마(일본식 객실 한편에 바닥을 약간 높게 하여 장식물로 꾸미는 공간-옮긴이), 정면에는 널빤지가 깔린 넓은 방, 왼쪽으로는 커다란 창문. 쓸데없이 전망이 좋다는 점을 제외하면 어디에든 있을 법한 객실이었다.

이불과 유카타는 깨끗하게 개켜진 상태였고, 잠자리를 준비한 것처럼은 보이지 않았다. 도코노마에는 무엇을 그린 것인지 알 수 없는 액자와 Y자 형태의 나뭇가지가 꽂힌 도자기, 그 바로 앞에는 텔레비전과 전화기, 찻주전자와 찻잔이 담긴 쟁반, 콘센트가 연결되지 않은 전기난로가 이어졌다. 방은 바다에 면해 있었고, 유리창을 통해 풍어기를 내건 배와 선회하는 바닷새가 보였다. 등나무 의자 등받이에는 트렌치코트가 걸려 있었다. 왼쪽 창문으로는 산에 둘러싸인 마을을 한눈에 바라볼 수 있었다.

"범인은 요코야부 씨가 휴식을 취하는 사이 침입해 총으로 복부를 쏜 것으로 보입니다. 그런데도 문과 창문 모두 굳게 잠겨 있었고, 나중에 손을 댄 듯한 흔적도 없었습니다. 범인은 어떻게 밖으로 나간 걸까요?"

"배에 총을 맞은 요코야부가 별채로 도망쳐 들어와서 스스로 잠근 건 아닐까?"

오토야는 생각나는 대로 답했다.

"안채나 계단도 조사해봤지만, 혈흔은 별채 내부에서만 발견되었습니다."

"그럼 문을 열고 바깥 공기를 쐬다가 총을 맞은 거야. 범인이 총을 더 쏠까 두려워진 요코야부가 잠금장치를 잠갔고, 예상치 못하게 밀실이 만들어진 거지."

"이 별채는 안채보다 1.5미터 높은 곳에 있습니다. 오토야 씨의 말대로라면 범인은 여기보다 낮은 장소에서 요코야부 씨를 쐈다는 말이 됩니다. 그런데 총상의 방향은 수평이었어요."

범인은 직접 별채를 방문해서 바로 앞에서 요코야부를 쐈다는 말인가. 현장에서 연기처럼 사라져버릴 수는 없으니까 문이나 창문을 통해 바깥으로 나간 후 모종의 방법으로 자물쇠를 잠갔다는 말이 된다.

"미닫이문의 실린더 자물쇠를 바깥에서 잠그기는 어렵겠지. 그럼 수상한 건 창문 쪽인가."

오토야는 왼쪽 창문으로 다가섰다. 일반적인 초승달 모양의 손잡이는 보이지 않았다. 자물쇠가 없나, 하고 생각했지만 창틀을 밀어봐도 꿈쩍도 하지 않았다. 오토야가 멍하니 서 있자, 고고타가 창틀과 창 사이의 우묵한 곳에 손가락을 넣어 작은 손잡이를 조작했다.

"얼핏 고정된 창처럼 보이지만 이렇게 하면 열립니다. 여기에서는 소년이 총을 맞은 현장이 보이고요."

그렇게 말하며 창문을 옆으로 열었다. 먼발치를 내려다보자 별채 바로 옆, 뒤뜰과 토담 너머로 좁은 도로가 있고, 경광등을 손에 든 경찰관이 서 있었다.

"이쪽은 경관이 박력 넘치네요."

리리코가 같은 방법으로 정면 쪽의 유리문을 열었다. 발코니 아래는 절벽이었다. 아파트라면 10층 정도 높이일까. 파도 부딪히는 소리가 발밑 쪽에서 울려 퍼졌다.

"앗."

갑자기 바닷새가 나타나서 뾰족한 발톱으로 리리코의 카메라를 움켜쥐었다. 머리 위에서 급강하한 듯했다. 리리코는 용케 카메라를 붙들었지만, 줌렌즈가 떨어져서 소리도 내지 않고 하얀 파도에 빨려 들어가버렸다.

"괜찮으세요?" 고고타가 리리코에게 달려가더니 "이 방에서는 터무니없는 일만 벌어지는군요. 탐정보다는 무당이 필요할지도 모르겠네요"라며 부자연스럽게 농을 던지고는 유리문을 닫았다. 바닷새는 아무 일도 없었다는 듯 푸른 하늘로 날아올랐다.

갑자기 어떤 가설이 떠올랐다.

다시 객실을 둘러봤다. 개켜진 이불. 전기 코드가 뽑힌 전기난로. 등나무 의자 등받이에 걸린 트렌치코트. 그리고 도코노마의 전화기. 역시 그렇다.

"어젯밤에 총성이 울린 후, 물에 물건이 빠지는 듯한 소리를 들은 사람은 없었나?"

오토야가 묻자, 고고타의 눈이 커졌다. "안채 숙박객이 그런 증언을 했습니다. 어떻게 아셨나요?"

예상이 맞았다.

오토야는 피가 끓는 듯한 흥분을 느꼈다.

당장은 믿기 어렵지만, 모든 증거는 하나의 진상을 가리키고 있다.

"108호가 있는 곳을 알아냈어."

2

고고타는 따귀라도 맞은 듯 놀라움과 당혹감이 뒤섞인 표정을 지었다.

"저는 밀실의 수수께끼를 풀어달라고 부탁드렸는데요."

"나도 알아. 물론 수수께끼도 풀었어."

"108호가 어디로 도망쳤는지는 알 수 없는 거 아닌가요?"

"요코야부의 사체를 보고 무언가 이상한 거 못 느꼈나?"

오토야는 폴라로이드 사진을 고고타 코앞에 들이밀었다.

"여기는 도호쿠의 바닷가 마을이야. 그 녀석이 총을 맞은 건 늦가을의 한밤중. 오늘은 해가 났지만, 어젯밤에는 비가 내렸지. 이 방도 꽤 추웠을 거야."

고고타가 전기난로로 눈을 돌렸다. 전기 코드는 콘센트에 꽂혀 있지 않았다.

"사체는 얇은 셔츠와 청바지 차림이었어. 트렌치코트는 의자에 걸린 채고. 전기난로를 켠 것 같지도 않지. 이불을 덮고 있지도 않았어. 아무리 그래도 춥지 않았을까?"

"그 말은 곧……." 고고타는 팔을 문지르더니 "무슨 뜻인가요?" 하고 물었다.

"방에서 쉬고 있을 때, 요코야부는 적어도 옷을 한 겹 더 걸치고 있었을 거야. 범인은 요코야부를 쏜 후, 겉옷을 벗겨서 현장에서 가지고 나간 거지. 그렇긴 해도 계속 가지고 다니긴 불편하니 바다로 던져버렸을 거야."

"어째서죠?"

"겉옷이 발견되면 안 되는 이유가 있었기 때문이겠지. 거기에는 무언가의 흔적이 남아 있었을 테니까."

"무언가의 흔적." 고고타가 팔짱을 꼈다. "범인의 땀이나 침 같은 거 말인가요?"

"아니야. 액체가 묻을 정도로 둘이 가까이 있었다면 요코야부의 셔츠나 청바지에도 흔적이 남았을 테니까. 그렇다면 굳이 겉옷을 벗길 필요 없이 사체를 통째로 바다로 던져버리는 게 낫지."

"그건 그렇죠. 그럼 달리 무슨 이유가 있을까요?"

"이 사건의 흉기는 권총이야. 총을 쏘면, 쏜 사람의 팔이나 가슴에 화약 연기나 찌꺼기가 묻게 되지. 요코야부의 겉옷에 총을 쏜 흔적이 남아 있었던 거야."

"아니, 잠시만요." 고고타는 벌레를 쫓아내듯 오른손을 저었다. "요코야부 씨는 총을 맞은 쪽인데요? 어째서 옷에 화약의 흔적이 남는단 말이죠?"

"녀석은 스스로 자신의 배를 쏜 거야. 바다에 몸을 던지지 않고 겉옷만 버린 건, 단순히 뛰어내리기 무서웠기 때문이겠지."

고고타의 얼굴에 떠오른 것은 놀라움이 아니라 당혹감이었다.

"요코야부 씨가 자살했다는 말인가요? 겉옷을 입지 않고 있었다는 이유만으로요? 아무리 그래도 그렇지 너무 비약이 심한 거 아닙니까?"

오토야는 헛기침을 해서 고고타를 제지하고는 도코노마를 돌아봤다.

"내가 요코야부고, 누군가에게 배에 총을 맞았다고 쳐 보지. 기어간 듯한 혈흔이 남아 있으니 총을 맞고도 한동안은 숨이 붙어 있었을 거야. 살아날 가능성은 적다고 해도, 자신을 쏜 범인이 유유히 도망쳐버린다면 유쾌한 일은 아니겠지. 다행히 객실에는 전화기가 있어. 나라면 내선 전화로 주인을 불러서 범인이 어떤 놈인지 말할 거야. 요코야부가 그렇게 하지 않은 이유는 뭘까? 범인이 존재하지 않기 때문이야. 요코야부는 총에 맞은 게 아니라 스스로 총을 쏜 거야.

이게 진상이야."

"그건 이상합니다. 사체의 배에서 찾은 총탄과 10년 전의 108호가 쏜 총탄은 강선흔이 일치합니다. 어째서 요코야부 씨가 108호의 권총을 가지고 있었던 걸까요?"

"당연하잖아. 108호의 정체는 요코야부 유스케였던 거야."

고고타의 눈이 더욱 커졌다.

"10년 전, 센다이에서 택시 운전사를 쏴 죽인 요코야부는 현장 근처의 어딘가, 이를 테면 주지가 없는 절의 마루 밑 같은 곳에 권총을 숨겨두었겠지. 10년 후, 그는 오랜만에 미야기 현에 휴가차 왔다가 추억이 담긴 물건을 꺼낸 거야. 그걸 숙소로 몰래 가지고 돌아와서는 실수로 오발시켜버렸어.

남은 시간이 얼마 없다는 사실을 깨달은 요코야부는 어떻게든 자신의 정체를 숨길 방법을 생각했어. 다행히 창밖은 절벽이야. 총을 바다에 버리고, 현관문을 열어두면 침입자에게 총을 맞은 것처럼 보이지. 경찰이 강선흔을 확인한다고 해도, 자신이 108호라고 여겨질 가능성은 희박하고.

요코야부는 창문을 열고 권총을 던지려 했어. 그런데 그때 예기치 못한 사태가 벌어졌지. 앞쪽 도로에서 떠돌이 소년의 모습을 발견한 거야. 요코야부는 곧장 그를 쏴 죽였어. 그런 다음 화약 잔여물로 인해 진상이 발각될 수 있음을 깨닫고 권총과 함께 겉옷까지 바다에 던져버린 거지."

"물에 물건 떨어지는 소리가 그것이었군요."

"나머지는 창문을 굳게 잠그고 문을 열어두면 만사형통이었겠지. 하지만 미닫이문으로 향하는 도중에 힘이 빠져 쓰러졌고, 그 결과 완벽한 밀실이 만들어진 거야."

오토야는 발밑으로 시선을 떨궜다. 바닥의 혈흔 위에 절명 직전의 요코야부의 모습이 떠올랐다. 단말마의 비명이 들려오는 것만 같았다.

"그렇다면 108호의 현재 위치라는 말은……."

"시체안치실이지."

대학의 법의학 교수에게 넘겨졌을지도 모르지만, 어느 쪽이든 경찰의 수중에 있다는 것만은 분명했다.

"10년 전에 일본을 뒤흔든 사건의 범인이 하필이면 명탐정으로 미디어를 뒤흔들고 있었을 줄이야. 완전히 사이코패스 그 자체네요."

고고타는 콧김을 거칠게 뿜었다.

"어젯밤 전화로 말했잖아? 그 녀석은 사기꾼이라고."

"혜안이십니다. 해상보안서와 협력해서 바다를 수색하겠습니다. 권총이 발견되면 한 건 해결이네요."

"아무것도 없을 거예요."

몇 초 동안 그것이 누구 목소리인지 깨닫지 못했다.

고고타의 얼굴에서 표정이 사라졌다. 오토야도 비슷한 표정을 짓고 있었으리라. "어?"

"그러니까, 바다를 조사해도 권총은 발견되지 않을 거라고요."

자기 자랑을 늘어놓는 손님에게 질려버린 종업원 같은 얼굴로 리리코가 말했다.

"요코야부 유스케 씨는 108호가 아니니까요."

3

끼이이이이, 하고 현관 간판이 불길한 소리를 연주했다.

오토야는 별채에 우뚝 선 채 멍하니 그 소리를 듣고 있었다.

말도 안 돼. 그녀도 같은 결론에 도달했으리라 생각했는데.

"그 말은 요코야부 씨가 권총을 바다에 던져버린 게 아니라는 건가요?"

고고타가 웬일로 난색을 띤 목소리로 말했다.

"네, 아니에요. 압수하지 않은 걸 보면 증거품으로서의 가치는 없다고 봐도 되겠죠?"

리리코는 쟁반에 놓인 찻잔을 손에 들고는 방의 유리문을 열더니 바다를 향해 던져버렸다.

"지금 무슨 짓을!"

리리코는 쉿, 하고 입술에 손가락을 가져다 댔다.

오토야는 귀를 쫑긋 세웠다. 파도가 절벽에 부딪히는 소리만이 규칙적으로 울려 퍼졌다. 몇 초가 지나도 찻잔이 떨어지는 소리는 들리지 않았다.

"들으신 대로예요. 카메라의 줌렌즈가 떨어졌을 때도 물이 튀는 소리는 들리지 않았거든요. 딱 보기에 절벽은 30미터 정도의 높이니까, 작은 물건은 파도 소리에 잡아먹히고 말아요. 권총이 떨어진 소리가 '우미노니와'까지 들렸으리라고는 생각하기 어려워요."

"물건이 물에 빠지는 소리를 들었다는 숙박객의 증언이 있었어요. 그건 환청이란 말인가요?"

고고타가 침을 튀기며 물었다. 리리코는 냉정한 얼굴로 뒤뜰에 접한 창문을 통해 바깥을 내다봤다.

"저기에 '신의 연못'이라는 연못이 있어요. 숙박객이 들은 소리는 저 연못에 물건 떨어지는 소리였겠죠."

"요코야부 씨가 권총을 정원 연못에 버렸다고요? 눈앞에 바다가 있는데?"

"그래서는 논리가 들어맞지 않죠. 범인은 요코야부 씨가 아니고, 권총을 연못으로 던지지도 않았어요. 오토야 씨의 추리는 근본적으로 잘못되었어요."

"리리코 씨는 진범을 아신다는 말인가요?"

"이름이나 정체는 모릅니다. 다만 108호의 몸에는 어떤 특징이 있어요. 그 특징을 바탕으로 정보를 모으면 신원 특정도 가능할 거예요."

리리코는 느닷없이 오토야의 손에서 두 장의 사진을 가로

챘다.

"오토야 씨가 말한 대로, 요코야부 씨의 사체는 겉옷이 벗겨진 상태였어요. 범인이 겉옷을 가져간 건 거기에 어떤 흔적이 남아 있었기 때문이죠. 하지만 그런 짓을 한 건 요코야부 씨 본인은 아닙니다. 이 별채에 며칠째 묵고 있던 요코야부 씨라면, 뒤뜰에 있는 연못이 아니라 바다에 버렸을 테니까요."

리리코는 오토야와 고고타를 번갈아 바라봤다.

"이 창은 창틀과 창 사이에 잠금장치가 숨어 있는 탓에, 얼핏 보면 고정된 창으로 보여요. 범인은 이 별채에 처음 왔으니 창문이 열린다는 사실을 몰랐겠죠. 때문에 요코야부 씨의 겉옷을 버리지 못하고 소지한 채 '우미노니와'를 떠날 수밖에 없었을 거예요. 그래도 겉옷을 품거나 옆구리에 끼고 있다면 토담을 넘기 힘들죠. 겉옷을 떨어뜨리지 않고 '우미노니와'를 나가는 방법은 단 하나. 범인은 그걸 입은 거예요."

"어라?" 고고타는 눈동자가 망가질 정도로 눈을 깜빡였다. "그…… 부랑아 말인가요?"

"네. 도로에서 총에 맞은 남자는 명백하게 자신에게 맞지 않는 재킷을 입고 있었어요. 그가 108호입니다.

이건 추측이지만, 요코야부 씨를 쐈을 때, 108호는 혀라도 깨물었던 게 아닐까요. 요코야 씨가 죽었는지 확인하려다가 재킷에 피를 떨어뜨리고 만 거죠. 그래서 재킷을 지닌 채 떠날 수밖에 없게 된 겁니다."

리리코가 길에서 발견된 사체의 사진을 들어 올렸다. 일그러진 입술에서 피가 흘러나와 있었다.

"그렇다면 108호를 쏴 죽인 사람은요?"

"물론 요코야부 씨예요. 108호는 총을 객실에 둔 채 이곳을 빠져나갔습니다. 요코야부 씨가 자살한 것처럼 꾸미고, 운이 좋으면 요코야부 씨를 108호로 속이려고 했던 거죠.

하지만 요코야부 씨는 의식이 남아 있었어요. 요코야부 씨는 마지막 기력을 쥐어짜서 108호가 돌아오지 못하도록 안채 문을 잠갔습니다. 그러고는 숙소 주인에게 전화를 걸고 자 방으로 돌아오는 도중에 창밖 도로에 있던 108호의 모습을 발견한 거예요. 요코야부 씨는 창문을 열고 108호를 쏴 죽였죠."

이상하다. 그래서는 논리가 들어맞지 않는다.

"요코야부 씨는 정신을 차렸습니다. 권총을 쥔 채 죽는다면 자신이 108호로 오인받을지도 모른다고 생각했어요. 그래서는 108호가 의도한 바가 되겠지요. 요코야부 씨는 도로에 쓰러진 남자가 바로 108호라는 사실을 알리기 위해 그곳을 향해 권총을 던졌습니다. 하지만 힘이 부족해서 권총은 뒤뜰로 떨어졌고, 첨벙 소리를 내며 연못으로 가라앉았습니다. 요코야부 씨는 몽롱한 상태에서도 자신이 108호를 쏜 사실을 남들이 알아채지 못하도록 창문을 닫고, 이윽고 세상을 떠났습니다."

"나이가 맞지 않잖아!"

자신도 모르게 험악한 목소리가 나왔다. 리리코의 눈썹이
올라갔다.

"108호는 10년 전, 10대 중반의 소년이었어. 그렇다면 지
금은 20대 중반이 되어 있을 테지."

"그 말씀이 맞아요. 도로에서 죽어 있던 남자는 소년 같은
외모였죠. 하지만 소년은 아니에요. 108호의 몸에 특징이
있다고 말한 건 그런 의미였어요."

"바보 같은 소리 마." 오토야는 리리코의 손에서 사진을 낚
아챘다. "이 녀석이 애가 아니라고? 어떻게 봐도 애새끼잖
아!"

"10년 전, 연속 총격 사건이 발생했을 때, 경찰이 최초에
추정한 프로파일은 30대에서 40대의 범죄자나 폭력단 조
직원이었어요. 범행 수법이 너무 뛰어났기 때문이죠. 나중에
경찰이 잘못 판단한 것처럼 여겨졌지만, 실은 이 추정이 맞
았던 겁니다."

리리코는 약간 근심 어린 눈빛으로 남자가 쓰러져 있던
도로를 내려다봤다.

"108호는 어른이 되지 못하는 병을 앓고 있었던 거예요."

4

야심한 시간에 사무소에 돌아오자, 마치 기다렸다는 듯 전화벨이 울렸다.

"법의학 교수가 확인한 결과, 사체가 저신장증의 성인 남자라는 점이 밝혀졌습니다. 108호는 성장호르몬이 결핍되는 선천성 질환, 속칭 '하이랜더 증후군'을 앓고 있었다고 합니다. 생김새가 어려 보인 것도 그 때문이고요."

고고타가 겸연쩍은 듯 말했다. 이로써 리리코의 추리가 뒷받침된 셈이다.

"매우 드문 병으로, 일본인 환자는 5, 6만 명에 한 명이라고 합니다. 유럽권에서는 더 많은 듯하지만요."

일본을 공포에 빠뜨린 희대의 살인마가 하필이면 그런 희귀 질환을 앓고 있는 사람이라니. 오토야는 한숨을 내쉬고는 "일부러 연락해줘서 고맙군"이라고 말하고 수화기를 내려놓았다.

술로 뇌를 적시지 않고서는 견딜 수 없었다. 냉장고에서 캔맥주를 꺼내려다가 컴프레서가 고장 난 사실이 떠올랐다. 바로 그때 문이 열리더니 가장 만나고 싶지 않은 인물이 사무소로 들어왔다.

"고생 많으십니다."

리리코는 가방을 내려놓고는 줌렌즈가 없는 카메라를 사

물함에 넣었다.

"너도 한잔하고 싶어진 거야?"

리리코와 센다이 역에서 헤어진 것은 신칸센 좌석에 나란히 앉을 마음이 들지 않아서였다. 리리코는 소파에 엉덩이를 걸치고는 말을 찾듯 몇 초간 머뭇대다가 말했다.

"오토야 씨, 조금 더 진중해지시는 게 좋을 것 같아요."

발칙하게도 고용주에게 잔소리를 시작했다.

"제가 잘못을 지적하지 않았다면 요코야부 씨는 살인범이라는 오명을 뒤집어썼을지도 몰라요."

"호들갑스럽기는. 어차피 경찰이 진상을 밝혀냈겠지."

"잘못된 확신이 잘못된 수사로 이어지지 않는다고는 단언할 수 없잖아요."

"대량생산 시대잖아. 추리도 많을수록 좋아. 그러면 마음에 드는 쪽을 고를 수 있으니까."

농담으로 어물쩍 넘기려고 했다.

"오토야 씨는 탐정이 가해자가 될 수 있다는 사실을 자각해야 해요."

리리코는 한 발짝도 물러서지 않았다.

"우리 탐정에게는 원래 수사권이 없어요. 하지만 경찰에 협력하는 형태로 실질적으로 수사를 좌지우지하고 있죠. 그 점에 대해 조금 더 책임감을 느껴야 해요."

"그만 좀 하지. 나는 애초에 이런 타입의 탐정이 될 마음은 없었다고."

"되어버린 이상 그런 변명은 통하지 않아요."

맞는 말이다. 오토야는 미지근한 맥주를 배 속으로 흘려보내며 뒤틀린 기분을 억눌렀다.

"굳이 그런 말을 하려고 온 거야?"

"아니요. 오토야 씨에게 할 말이 있어서요." 리리코는 그렇게 말하고는 갑자기 크게 숨을 내쉬었다. "내일부터 뉴욕에 가게 되었어요."

다른 사람에게는 진중해지라고 말했으면서 그녀 자신은 그래도 될까 싶을 정도로 가볍게 행동하는 거 아닌가.

리리코는 오토야 다카시 탐정사무소의 아르바이트생이다. 겉으로는 오토야의 조수지만 실제로는 사무소에서 가장 우수한 탐정인 데다가 도쿄 대학 문학부의 종교학 연구실에 소속된 대학생이기도 하다.

"미국에는 뭐 하러 가는데? 생이별한 동생이라도 찾으러 가나?"

리리코는 순간 할 말을 고르듯 침묵한 후에 입을 열었다.

"컬럼비아 대학에서 미국 종교학회 세미나가 열리는데, 그곳에 도로시 마틴이 이끄는 종교 그룹의 현재 상황에 관한 보고를 들으러 가요."

이해하기 어려운 말이었다.

"해외여행인가. 부럽다, 부러워."

"놀러 가는 게 아니에요. 6일에 귀국하니 7일부터 업무에 복귀할 수 있을 거예요."

"도쿄 대학은 역시 돈이 많군."

"설마요. 대학에서 돈을 대는 게 아니에요. 제 돈으로 갑니다."

리리코는 "아, 맞다"라며 손목의 염주를 울리면서 가방에서 쭈글쭈글한 비닐봉지를 꺼냈다.

"진보초에 가끔 자료로 쓸 책을 사러 가는 헌책방이 있는데요. 어제 거기에 갔을 때, 점장님이 진귀한 책을 헐값에 넘겼어요."

비닐봉지에서 나온 것은 하드커버 책이었다. 상당히 오래된 듯 햇빛에 종이가 바래서 표지가 기름종이처럼 변해 있었다. 표지에는 중절모자에 선글라스를 낀 수상해 보이는 남자가 그려져 있다.

"《탐정 교과서》의 초판본. 구와코 구니오의 사인이 있는 책이에요."

면지를 펼치자 메기가 춤을 추는 듯한 글씨로 '구와코 구니오'라고 적혀 있었다.

"이런 실용서에 사인이 있다니 드문 일이죠. 9천 엔을 지불했으니 1만 엔에 사주세요."

자기도 모르게 입가에 미소가 지어지는 것을 참았다.

"어느 서점에서 산 거야?"

"어, 그게." 리리코는 비닐봉지에서 가게의 명함을 꺼냈다. "이시노 서점이네요."

"가짜야."

"네?"

리리코의 눈알이 튀어나올 듯했다.

"구와코 구니오의 사인은 초서체야. 어렸을 때, 본 적이 있어."

"점장님이 진짜라고 말했는데요?"

"속은 거야. 구와코 구니오가 이런 유치원생 같은 글씨를 썼을 리 없잖아."

리리코는 사인에 눈을 떨어뜨리고는 말이 나오지 않는 비명을 질렀다. 사건을 해결하는 재능이 특출난 탓에 자주 잊곤 하지만, 이럴 때는 세상 물정 모르는 대학생이다. 오토야는 다소 속이 후련해졌다.

"100엔에 사줄까? 낙서가 있으니 80엔이면 되려나."

"사양할게요. 뉴욕에서 돌아와서 제대로 매듭을 지어야겠네요."

리리코는 야쿠자 같은 대답을 하고 《탐정 교과서》를 가방에 넣었다.

이시노 서점이라는 곳은 어린 여자를 속여 한몫 잡으려한 것이었을지 모르지만, 무심코 뽑은 뽑기가 최악의 패였다. 그녀에게 사기를 친 사람은 호된 꼴을 당하리라. 과거,

마루우치 신도神道를 해산으로 몰아넣은 것처럼 이시노 서점이라는 곳도 막대한 대가를 치르게 될 것이다.

이때는 그렇게 생각했다.

"고작 9천 엔 갖고 너무 심하게 굴지는 마."

오토야가 자신의 예상이 틀렸다는 사실을 알게 된 것은 그로부터 일주일 후의 일이다.

리리코는 뉴욕으로 향한 이후, 홀연히 자취를 감추고 만 것이다.

발단

1

오토야에게는 산타클로스가 없었다.

감이 너무 좋아서 일찍이 정체를 간파했다거나, 외국 풍습에는 관심이 없었다는 식의 어른스러운 이유는 아니었다. 부모가 배타성이 강한 종교에 빠져 있었기 때문도 아니었다. 그저 크리스마스라는 사치스러운 하루의 존재를 전혀 몰랐기 때문이었다.

초등학교 1학년 겨울, 오토야는 처음으로 그 고마운 남자의 존재를 알게 되었다. 언덕 위의 커다란 집에 사는 동급생 노기가 수수께끼의 외국인에게 받았다는 손목시계를 자랑한 것이 그 계기였다.

"하늘을 나는 썰매를 타는 수염 난 할아버지야. 굴뚝으로 집에 들어와서 선물을 놓고 가. 정말 몰라?"

오토야는 노기의 정신이 이상해진 것은 아닐까 생각했지만, 다른 동급생도 그 외국인을 알고 있는 것을 보고 아무래도 이상한 것은 자신이라는 사실을 인정할 수밖에 없었다.

지금은 어머니가 아들에게 크리스마스를 가르쳐주지 않은 이유를 잘 알고 있다. 오토야의 아버지는 일용직 인부였는데, 오토야가 세 살 때 불륜 상대에게 목과 가슴과 배를 찔려 죽었다. 그 이후 어머니는 여공과 호스티스와 점쟁이를 겸직하며 아버지가 남긴 빚을 갚으면서 아들을 먹여 살렸다. 이런 상태에서 아들이 케이크나 장난감을 사달라고 졸라서는 견딜 수 없었으리라.

자신에게만 선물을 주지 않는 노인의 존재에 오토야는 놀랐지만, 친구들이 부럽다고 생각하지는 않았다. 오토야에게는 구니오 삼촌이 있었기 때문이다.

구니오 삼촌은 신기한 사람이었다. 연락도 없이 오토야가 사는 하토무네 단지에 찾아와서는 일 좀 도와달라고 말하며 오토야를 데리고 나가 머스탱의 조수석에 앉혔다. 그러고는 백화점에서 장난감을 사거나 유원지나 동물원에서 놀거나 레스토랑에서 맛있는 밥을 먹는다. 말로는 일이라고 했지만, 가끔 카메라를 꺼내서 지나가는 사람을 찍을 뿐, 삼촌이 일하는 것처럼 보이지는 않았다.

오토야는 구니오 삼촌을 좋아했지만, 나이가 들어 사리 분별을 할 수 있게 되자 그 정체에 의문을 품게 되었다. 대부분의 어른은 하기 싫은 일이나 피곤한 일을 하며 돈을 버는데, 구니오 삼촌은 돈을 쓰기만 할 뿐 버는 것처럼은 보이지 않았다. 어떤 일을 하는지 어머니에게 물어도 "그냥 뭐", "이것저것"이라고 답할 뿐이었다. 학교 친구에게 물어도 삼촌들은 새해에 세뱃돈을 줄 뿐, 유원지에 데리고 가거나 하지는 않는다고 했다.

"장난감을 사주는 아저씨를 따라가거나 하면 안 돼."

노기는 그런 말로 오토야를 겁주고는 했다.

구니오 삼촌의 정체는 도대체 무엇일까. 궁금증을 참지 못하게 된 오토야는 초등학교 3학년 겨울, 옆 동네 극장에서 영화를 보고 돌아오는 길에 머스탱 조수석에서 삼촌에게 질문을 던졌다.

"내가 하는 일 말이야?" 삼촌은 놀란 모습으로 좌석에서 등을 뗐지만, 곧바로 자세를 바로잡고는 자신감으로 가득 찬 미소를 보였다. "난 탐정이야."

그 단어는 안다. 오토야는 집에 어머니가 없을 때, 종종 도서관에서 빌린 탐정소설을 읽기 때문이었다. 그렇기는 해도 대부분의 작품은 그다지 재미있지 않았다. 결국 마지막에는 탐정이 사건을 해결한다는 사실을 알기 때문이었다. 오토야는 결말에서 무슨 일이 벌어질지 알 수 없는 〈홈스 최후의 사건〉(《셜록 홈스의 회상록》에 수록된 단편으로 〈마지막 사건〉으로 번역되기도 한다-옮긴이), 《드루리 레인 최후의 사건》, 《트렌트 최후의 사건》과 같은 '최후의 사건'만을 좋아해서 몇 번이고 읽었다.

"삼촌도 단서를 모아서 범인을 잡거나 알리바이를 깨뜨리는 거예요?"

오토야가 자신도 모르게 안전벨트를 잡아당기자, 구니오 삼촌은 조금 머뭇거린 후에 고개를 저었다.

"그건 이야기 속의 탐정이야. 현실의 탐정은 그런 건 하지 않지."

"그럼 누가 알리바이를 깨뜨리는데요?"

"그런 일은 현실에서는 거의 벌어지지 않아. 가령 벌어진다고 해도 보통은 경찰이 수사하겠지."

"그럼 구니오 삼촌은요?"

"내가 하는 일은 불륜을 저지른 녀석을 몰래 미행해 증거를 잡는 거야."

오토야는 고개를 갸웃거렸다.

"불륜이 뭔데요?"

"그건 뭐, 나쁜 짓이지."

"나쁜 짓을 한 사람을 체포하는 건 경찰 아니에요?"

"나쁜 짓에는 두 종류가 있어. 해서는 안 되는 일과 들키면 안 되는 일. 경찰은 해서는 안 되는 일을 한 녀석을 붙잡아. 난 들키면 안 되는 일을 한 녀석을 잡고. 경찰이 하는 일이 술래잡기라면, 내가 하는 일은 숨바꼭질이야."

오토야는 놀랐다. 삼촌이 숨바꼭질의 술래였다니.

"술래가 숨은 사람을 찾아내는 비결이 뭐라고 생각해?"

삼촌은 백미러 너머로 오토야를 보며 득의양양하게 미소 지었다.

"……잘 찾는 거?"

"아니야. 술래라는 사실을 들키지 않는 거야. 표적은 술래에게 들키지 않으려고 언제나 신경을 곤두세우고 있지만, 술래가 없다고 생각하면 곧바로 꼬리를 내밀지. 그래서 나는 거리에 녹아드는 거야. 카바레 클럽에서는 호기 넘치는 독신남이 되고, 세련된 레스토랑에서는 애인과 갓 사귀기 시작한 순진한 청년이 돼. 유원지나 동물원에서는 조카를 데리고 온 상냥한 삼촌이 되지."

"연기를 한다는 말이에요?"

"그건 아니야. 어느 쪽이건 진짜 나지만, 그중 무대에 맞는 나를 선택한다고 할까? 난 너랑 보내는 휴일을 진정으로 즐기고 있어. 그것이 표적을 방심하게 하고 틈을 불러와서 결국에는 내 정보가 되지. 이 일은 그런 식으로 움직여."

오토야는 감격했다. 사치를 부리는 행동이 돌고 돌아 돈이 된다니, 이 얼마나 멋진 일인가. 오토야는 어른이 되면 탐정이 되기로 결심했다.

그날, 하토무네 단지 입구에서 오토야와 헤어지고 두 시간 뒤에 삼촌은 죽었다. 모텔 입구를 촬영하는 모습을 야쿠자에게 들켜서 뒷골목에서 폭행을 당한 것이다. 삼촌은 얼굴이 망가졌고 눈과 코가 있던 부근에 카메라 렌즈가 박혔다. 그것이 구니오 삼촌의 '최후의 사건'이었다.

"심장 발작이었대. 그렇게 사치를 부리고 살았으니 벌을 받았나 봐."

삼촌에게 귀여움을 받았던 아들을 염려한 것이었으리라. 어머니는 오토야에게 그렇게 거짓말을 했다. 사실을 알았다면 탐정에 대한 동경심은 날아가버렸을지도 모르지만, 오토야가 그 사실을 알게 된 것은 탐정이 된 이후였다.

오토야는 지역 고등학교를 졸업한 후, 상경하여 니시신주쿠의 탐정사무소에서 아르바이트를 시작했다.

일은 기대했던 것보다 지루했다. 미행과 주변 청취를 하는 것은 언제나 선배들 몫이었고, 아르바이트생이 하는 일이라고는 보고서 작성 및 위임장의 위조뿐. 이래서는 언제까지고 구니오 삼촌처럼 될 것 같지 않았다. 오토야는 3년 동안 근무하며 최소한의 노하우와 개업 자금을 모은 후, 1973년 11월, 나카노 역에서 도보 15분 거리에 탐정사무소를 개업했다.

사무소는 뜻밖에도 번창했다. 대형 탐정사무소 출신이라는 경력과 발로 뛰는 성실한 조사가 호평을 받았고, 배우자의 불륜을 의심하는 많은 남녀로부터 상담이 쇄도했다.

"지난번 탐정은 꼬리조차 잡지 못했어요. 도대체 어떻게 하신 건가요?"

많은 손님이 그렇게 물었다. 사실 오토야는 구니오 삼촌의 말을 따랐을 뿐이었다. 거리로 녹아들어 표적을 방심하게 한다. 그 기술을 갈고닦았다.

개업 후 1년 반이 지난 1975년의 어느 봄날. 오토야가 일을 마치고 사무소 냉장고에서 캔맥주를 꺼낸 참에 전화벨이 울렸다.

오후 9시를 넘긴 시각. 이미 영업은 끝난 상태였다. 담배에 불을 붙이고 전화벨이 끊기기를 기다렸지만, 두 개비를 다 피우도록 전화벨은 멈출 생각을 하지 않았다. 오토야는 그 끈기에 져서 결국 수화기를 들었다.

"부탁드릴 게 있어요."

여자 목소리였다. 목소리는 중학생처럼 천진난만했지만, 말투는 당당했다.

"상담이라면 내일 오전 중에……."

"저를 고용해주세요."

장난이라고 생각했다. 구인 광고를 낸 기억은 없었다. 아이가 어른을 놀리는 거라고 생각했다.

"두 번 다시 걸지 마."

"잠시만요." 여자의 목소리는 묘하게 절실했다. "일이 필요해서 그러는 건 아니에요. 월급도 없어도 되고요. 어떻게든 고용만 해주셨으면 해요."

도대체 무슨 말을 하는 건가.

"실은 지금, 1층의 '화이트 애플'이라는 찻집에서 전화를 걸고 있어요. 제 이야기 좀 들어주세요. 기다리고 있을게요."

전화는 어느새 끊겨 있었다.

사기나 강매일까. 그것도 아니면 미인계려나? 세상에는 묘한 수단을 사용하는 녀석도 있는 법이다. 오토야는 또 한 개비의 담배를 입에 물었지만, 불을 붙이려다 말고 손을 멈췄다.

만약 구니오 삼촌이라면 어떻게 했을까.

미행을 돕는다는 목적이 있기는 했지만 삼촌은 늘 오토야를 대등하게 대했고, 어린아이의 유치한 말에도 귀를 기울여주었다. 삼촌이라면 장난이라고밖에 생각할 수 없는 상담을 신청한 아이라 해도 무시하는 일은 없지 않았을까.

오토야는 담배를 담뱃갑에 되돌리고는 사무소를 나섰다. 계단을 내려가서 1층 찻집으로 향했다.

나중에 돌이켜보았을 때 이 판단이 큰 잘못이었다.

앤틱풍으로 꾸며진 문을 열었다. 어두운 실내에 상쾌한 차임벨이 울렸다.

손님은 한 명뿐이었다.

"기다리고 있었어요."

그것이 아리모리 리리코와의 첫 만남이었다.

2

계단 아래에 축축한 토사물이 있었다.

몇 년 전이었다면 기동대에게 화염병을 던지고 있었을 법한 까까머리에 안경을 쓴 남자가 입을 막고 등을 둥글게 만 채로 '주레 혼고'의 복도에서 나왔다. 마주칠 것 같아서 무심코 펜스 뒤편으로 몸을 숨겼다.

발소리가 멀어지는 것을 기다렸다가 허둥지둥 계단을 올랐다. 201호 현관문이 잠겨 있는 것을 확인한 후, 철사 두 개를 열쇠 구멍에 찔러 넣었다. 오른쪽 철사로 안쪽 핀을 들어 올리고 왼쪽 철사로 실린더를 회전시켰다. 찰카닥. 재빨리 문손잡이를 돌려서 집 안으로 들어갔다.

오토야는 문에 기댄 채 안도의 한숨을 내쉬었다.

11월 6일에 미국에서 귀국하여 7일부터 업무에 복귀. 리리코는 출국하기 전에 분명 그렇게 말했다. 하지만 오늘, 그러니까 10일이 되었음에도 리리코는 사무소에 얼굴을 내밀지 않았다.

사건 해결 능력이 뛰어나기는 해도 결국 아르바이트생일 뿐이다. 아르바이트생이 일을 땡땡이친 것 정도로 애태울 필요는 없다고 생각했지만, 사무소 일이 계기가 되어 사건에 휘말렸을 가능성도 없지는 않다. 오토야는 리리코의 하숙집에 몰래 들어가 상태를 살펴보기로 했다.

문 아래 우편함에는 학생회 전단지와 공과금 청구서가 들어 있었다. 얼핏 2주 분량은 되어 보였다. 늘 신고 다니던 스니커즈도 없었다. 리리코는 외출했다가 귀가하지 않은 것 같았다.

  부츠를 벗고 방에 들어섰다. 10제곱미터 남짓한 방은 깨끗하게 정리되어 있었다. 헝클어진 자취도, 야반도주를 위해 짐을 싼 흔적도 없었다.

  책장에는 두툼한 전문 서적이 가득했다. 신, 부처, 영혼, 종교 등 탐정과는 어울리지 않는 단어가 이어진다. 거기에 명백하게 결이 다른 책이 한 권 섞여 있었다. 선반에서 꺼내 살펴보자 표지 한가운데에 인간의 실루엣이 그려져 있고 뇌가 태양처럼 빛나고 있었다. 제목은 《초능력은 거짓말을 한다》.

  저자인 조디 랜디는 유사 과학에 대한 비판으로 유명한 미국의 정신과 의사다. '사이비 과학 탐정'이라는 타이틀로 일본 텔레비전 프로그램에 게스트로 출연하여 자칭 영능력자의 트릭을 파헤치는 모습을 본 적이 있다. 도쿄대생의 서가에는 어울리지 않아 보이는데, 이런 책도 연구 대상인 것일까.

  책을 선반에 되돌려 놓으려다가 책장 꼭대기에 놓인 소포처럼 보이는 물건을 알아차렸다. 영어 신문처럼 디자인된 포장지에 무언가가 포장되어 있었다. 애인에게 줄 선물일까.

안을 들여다볼까 고민했지만, 일단 열면 원래대로 돌려놓을 수 없을 것 같아서 그만두었다. 설마 폭탄이 들어 있지도 않을 테고.

오토야는 현관으로 나가서 부츠에 발을 꽂았다. 리리코가 사건에 휘말렸다는 것은 역시 기우일 터다. 출발을 연기하고 뉴욕을 만끽하는 중이겠지. 하숙집까지 들이닥친 것은 실수였다.

그렇게 후회하면서 문을 열자 눈앞에 젊은 남자가 있었다.

"아, 안녕하세요."

어째서인지 남자가 고개를 숙였다. 몇 분 전에 건물 복도에서 나왔던, 화염병 던지기가 특기처럼 보이는 남자였다.

"여기서 뭐 하는 거야?"

"아니, 그게."

남자는 그렇게 말하며 계단을 내려가려 했다. 아무래도 이 건물에 사는 사람은 아닌 듯했다. 곧바로 힘줄이 튀어나온 팔을 붙잡았다.

"아까도 이 앞을 지나갔지? 너, 도둑이야?"

오토야가 도발하자 남자는 얼굴을 붉혔다.

"아니에요. 여기, 리리코 씨 집이죠? 저는 연구실 친구입니다."

그가 자신의 정체를 밝혔다.

"제대로 된 친구라면 집 주변을 서성거리지는 않을 텐데."

"그냥 어찌 지내나 보러 온 것뿐이에요. 그쪽이야말로 리리코 씨 집에서 뭘 한 건가요?"

"너랑은 관계없어."

"혹시 모모즈 상사 쪽 사람인가요?"

남자는 호기롭게 말한 뒤 당황한 모습으로 고개를 돌렸다.

모모즈 상사라면, 3년 반쯤 전에 사기 의혹으로 화제가 된 자칭 투자회사다. 소련 동부 루체고르스크의 대구 간 가공 시설에 투자하면 높은 이율의 배당금을 주겠다고 선전했다. 그들은 노인들에게서 2백억 엔 이상의 투자금을 모았지만, 〈도쿄 니치니치 신문〉이 현지에 공장이 존재하지 않는다는 내용의 특종을 보도한 후, 대표인 모모즈 가즈오가 체포되어 징역 2년의 실형을 받았다.

이 회사와 리리코 사이에는 깊은 인연이 있다. 그들이 일으킨 사기 사건이 오토야와 리리코를 만나게 했다고 해도 과언이 아니다. 하지만 연구실 친구에 불과한 남자가 어떻게 그녀의 과거를 알고 있는 것일까.

"왜 내가 모모즈 상사의 인간이라고 생각한 거지?"

남자는 갑자기 입을 다물었다. 역시 조금 전 말은 실수였던 모양이다. 오토야는 조금 더 남자를 추궁해보기로 했다.

"너, 리리코를 쫓아다니는 변태 자식 아니야?"

"아닙니다."

남자는 육지에 올라온 물고기처럼 입을 뻐끔거리더니, 지갑에서 학생증을 꺼냈다. 도쿄 대학 문학부 어쩌고저쩌고의 우노 후쿠타로라고 적혀 있었다.

"도쿄 대학이 어쨌는데? 도쿄 대학에 들어가도 바보는 바보, 변태는 변태지. 문학부의 우노라는 놈이 무단으로 여자 집에 숨어들려고 했다고 대학에 투서라도 보낼까?"

우노는 놀라서 학생증을 집어넣더니 필요 이상으로 목과 어깨를 쓰다듬으며 말했다.

"10월 말의 금요일이었으니까, 27일일까요. 영화를 보러 갔었어요. 스파이 영화를 좋아해서 유라쿠초의 스카쿠자라는 극장에 〈007 여왕 폐하 대작전〉, 〈007 죽느냐 사느냐〉의 동시 상영을 보러 갔습니다."

스카쿠자라면 오토야도 몇 년 전, 젊은이들이 무척이나 치열이 고르지 못한 가족에게 살해당하는 영화를 보러 간 기억이 있다.

"영화를 보고 극장을 나오는데 리리코 씨가 '레밍'이라는 양식집에 들어가는 모습이 보이더군요. 리리코 씨는 말쑥하게 차려입은 중년 남자와 함께였죠. 그때는 누군지 몰랐지만, 나중에 생각해보니 전에 텔레비전에 자주 나왔던 모모즈 상사의 사장이라는 사실을 깨달았어요."

오토야는 귀를 의심했다.

리리코와 모모즈 가즈오가 식사를 함께하다니, 그런 일이 있을 수 있을까.

분명 모모즈 상사는 과거에 텔레비전이나 잡지에 광고를 잔뜩 실어 회사의 투자 상품을 선전했다. 사장도 자주 얼굴을 내밀었기에 모모즈 가즈오라고 깨달았다는 사실은 있을 법한 이야기이기는 했다.

　"저, 왜 리리코 씨가 그런 남자랑 만나는지 신경이 쓰여서요. 리리코 씨는 머리가 무척이나 좋지만, 조금 독특한 부분이 있잖아요. 자신도 모르는 사이에 나쁜 짓에 가담하게 된 건 아닐까, 점점 걱정되기 시작했어요."

　직전에 스파이 영화를 본 것도 영향을 끼쳤음이 분명하다.

　"본인에게 그렇게 말하면 되잖아."

　"저도 그럴 셈이었는데, 리리코 씨가 지난주부터 수업에 나오지 않아서요. 모모즈 상사와 얽힌 트러블에 휘말렸을지도 모르잖아요. 경찰에 말할까도 생각했지만, 리리코 씨가 체포되기라도 하면 그것도 본말전도고요."

　그래서 자기도 모르게 리리코가 사는 하숙집을 찾아왔다는 것이었다.

　이 남자, 쓸데없이 선입견이 강한 것은 분명하지만, 모모즈 상사에 관한 우려가 완전히 빗나갔다고는 말할 수 없었다.

　리리코는 모모즈 상사 때문에 인생이 엉망진창이 된 사람 중 한 명이다. 모모즈 가즈오를 증오하면 했지, 태평하게 식사나 하리라고는 생각하기 어렵다. 설마 그 남자에게 약점이라도 잡힌 것일까.

"같은 연구실에 있다는 말은, 너도 리리코와 비슷한 걸 공부하는 거지?"

"네. 그런데요?"

"컬럼비아 대학에서 미국 종교학회 세미나가 있었잖아? 너는 거기에 가려고 생각 안 했어?"

우노는 안경이 벗겨질 정도로 눈을 깜빡였다.

"그런 거 없는데요? 아니, 그보다 우리 같은 병아리 학부생은 해외 세미나에 참가하지 않아요. 우선 기초를 탄탄히 다져서 대학원에 합격하지 않으면 안 되니까요."

예상은 하고 있었지만 그가 단언하자 가슴이 술렁거렸다. 역시 리리코는 거짓말을 했다.

"이제 됐어. 투서는 보내지 않을 테니 얼른 집에 돌아가라고."

우노는 무언가 말하려는 눈치였지만, 말하는 대신 오토야의 발밑에서 머리끝까지 훑은 후에 몸을 돌려 허둥지둥 계단을 내려갔다.

리리코에게 무슨 일이 벌어졌다. 그녀는 모모즈 가즈오를 만난 후, 어떤 이유로 모습을 감췄다. 오토야의 우려는 기우가 아니었다.

상식적으로 생각하면 이 이상의 탐색은 피해야 한다. 두 사람은 어디까지나 고용주와 아르바이트생의 관계일 뿐이고, 본인이 숨기려고 한 비밀을 파헤치는 것은 선을 넘는 행

동이다. 가령 위험한 일에 휘말렸다고 해도 자신이 도와줄
의무는 없다.

머리로는 그렇게 생각했지만, 여기서 손을 뗄 마음은 도저
히 들지 않았다.

이유는 간단했다. 108호 사건으로 리리코에게 창피를 당
한 것이 불과 얼마 전인데, 이대로 리리코가 자취를 감춰버
리는 것은 마음이 편하지 않았다. 오토야는 분했다.

오토야는 혼고 길로 나서서 담뱃가게 앞의 공중전화 부스
에 들어갔다. 수화기를 들고 지인인 자칭 르포라이터의 번
호를 눌렀다. 전화는 바로 연결되었다.

"나야. 의논할 게 있어."

이 남자에게 의지하는 것은 정말이지 불쾌하지만, 대의를
위해 사소한 희생은 감수할 수밖에.

"오호. 웬일이셔?"

초등학교 때부터의 질긴 인연, 노기 노비루의 소리 없는
웃음이 눈에 선했다.

●

"저를 고용해주세요."

리리코는 고개를 깊이 숙였다. 1975년 봄, 오토야는 아직

'일반적'인 탐정이었고, 리리코는 막 상경한 대학교 1학년 학생이었다.

"마루우치 신도를 박살내고 싶어요."

사기나 강매, 미인계를 염려하고 있던 오토야에게 리리코는 그렇게 말했다.

'마루우치 신도'라면, 최근 몇 년간 전국에 지부를 늘리고 있는 고신도古神道 계열의 신흥종교였다. 후쿠시마 현 미나미아이즈 군의 가모우다케에 본부를 두고, 창시자인 마루우치 류센의 가르침을 실천하고 있다고 했다.

"종교에 부모라도 잃은 거야?"

"그런 일이라면 차라리 나왔을 거예요."

리리코는 손목에 찬 염주를 쥐고 신상 이야기를 꺼냈다.

그녀는 후쿠시마 현 아이즈와카마쓰 시 출신이었다. 아버지 집안은 유서 깊은 명문가였고, 그녀도 1300제곱미터에 달하는 호화로운 저택에서 아무런 불편 없이 자유롭게 자랐다고 한다.

하지만 열한 살 때, 그녀의 평온한 생활은 일변했다. 어머니가 가족 몰래 토지를 담보로 큰돈을 빌린 사실이 드러난 것이다.

사채업자에게 빌린 수천만 엔은 전부 모모즈 상사라는 회사의 대구 간 가공 시설에 쏟아부은 상태였다. 그것을 알게 된 가문의 당주인 할아버지가 모녀를 집에서 내쫓으라고 아버지에게 명령했다. 아버지는 그 무렵, 비서와 내연 관계였기에 솔선해서 할아버지의 명령을 따랐다.

본인은 마지막까지 인정하지 않았지만, 어머니가 투자 사기를 당한 것은 명백했다. 그녀는 물장사로 돈을 벌어 딸을 건사하려 했지만, 빚에 허덕인 끝에 1년 후에 죽었다. 사인은 협심증 발작이었지만, 의사가 항상 휴대하라고 했던 니트로글리세린을 며칠 전에 스스로 변기에 버린 터라 결국 자살이나 마찬가지였다.

다음 날에는 빚쟁이가 집에 찾아와서 사체가 몸에 걸치고 있던 손목시계와 반지까지 전부 가지고 가버렸다. 딸의 수중에 남은 것은 아무런 가치 없는 염주 하나뿐이었다.

고아가 된 그녀는 어머니 쪽 친척에게 맡겨졌다. 모모즈 상사에 화가 났지만, 어린아이가 뭘 어쩌겠느냐며 포기하고 있었다.

"잠깐만. 그거랑 마루우치 신도가 무슨 상관인데?"

점원이 따뜻한 커피와 밀크셰이크를 가지고 온 틈에 오토야는 자기도 모르게 끼어들었다.

리리코는 질문에 답하는 대신에 왼손의 염주를 벗었다. 고무줄에 유리구슬을 끼운, 조숙한 중학생이 착용할 법한 저렴한 물건이었다.

"고등학교 1학년 때, 친구가 어머니와 동반 자살로 세상을 떠났어요. 그 아이의 어머니도 모모즈 상사에 큰 투자를 했거든요. 게다가 그 아이의 부모는 수년 전부터 마루우치 신도에 빠져 있었고요."

"그래서 그게 어쨌는데?"

"그 아이의 장례식에서 이상한 점을 깨달았어요. 홀로 남겨진 그 아이의 아버지가 우리 어머니와 같은 염주를 차고 있었거든요."

무슨 말이지?

"이야기를 들어보니, 염주는 마루우치 신도가 판매하는 행운을 불러오는 아이템 중 하나였어요. 저는 그때 처음으로 어머니가 마루우치 신도의 신자였다는 사실을 알게 되었고요."

유리구슬이 유리잔에 부딪히며 맑고 건조한 소리를 냈다.

"모모즈 상사는 마루우치 신도의 신자를 먹잇감으로 삼고 있었다는 말이야?"

"아니요. 마루우치 신도와 모모즈 상사는 손을 잡고 있었어요. 마루우치 신도가 사람을 모으고, 교주인 마루우치 류센에게 심취하게 만들죠. 그 후에 모모즈 상사가 신자에게 접촉해서 고액의 투자를 하라고 하고요. 신자들은 류센에게 상담을 할 테고, 그 상담을 받은 류센이 등을 떠미는 식이죠. 그 결과, 신자들은 모모즈 상사에게 돈을 쏟아붓게 됩니다. 그렇게 빨아들일 수 있는 한 많은 돈을 빨아들여 왔던 거예요."

사람을 믿게 하는 프로와 돈을 뜯어내는 프로가 손을 잡았다는 말인가.

"미친 양아치 종교로군."

"바로 그거예요. 지금도 피해자는 끊이지 않고 있어요."

"경찰에는?"

"경찰을 찾아갔지만, 증거가 없다고 거들떠도 안 보더라고요. 저는 제 손으로 그들의 악행을 만천하에 밝히겠다고 결심했어요."

리리코의 콧구멍이 커졌다.

"그런가. 부디 힘내도록 해."

"제게 필요한 건 모모즈 상사와 마루우치 신도가 연결되어 있다는 사실을 나타내는 증거예요. 양쪽 관계자 모두에게 함구령이 내려진 듯, 정보가 새어 나올 낌새가 전혀 없어요. 수행에 흥미가 있는 척하며 마루우치 신도 쪽에 잠입해 볼까 생각했지만, 저는 빚에 허덕이다 죽은 신자의 딸이니까 수상하게 여길 게 분명하고요."

"그건 그렇겠지."

"저는 끈기 있게 마루우치 신도의 정보를 모았어요. 집회에 참여한 적 있는 사람에게서 이야기를 듣는 동안, 점차 마루우치 류센의 수법을 알게 되었어요. 그는 초보적인 콜드리딩과 핫리딩을 조합해서 자신에게 영적인 힘이 있다고 믿게 한 것 같아요."

콜드리딩이란 대화나 관찰을 통해 상대방의 개인적인 정보를 끌어낸 뒤 특별한 힘으로 그것을 간파한 것처럼 보이게 하는 기술. 핫리딩이란 미리 대상자의 정보를 조사해두고 그것을 간파한 것처럼 꾸미는 기술이다. 어느 쪽이든 사기꾼 점쟁이나 초능력자들이 쓸 법한 기술이다.

"집회 참여자 중에서는 10년 전의 불륜이나 빚까지 알아맞혔다는 사람도 있었어요. 마루우치 신도는 핫리딩에 집중해 꽤 세세한 지점까지 조사를 하는 듯하더군요. 최고위직인 류센에게 그런 노하우가 있을 것 같지는 않아요. 저는 교단이 신변 조사의 프로에게 일을 맡기고 있다고 생각했어요."

"흐음." 드디어 실마리가 보이기 시작했다. "탐정이로군."

"저는 후쿠시마 현에 있는 탐정사무소 몇 곳에 주목하고 교단 관계자인 척 전화를 걸었어요. '마루우치 신도 사람인데요'라고 말을 꺼내자, 두 곳의 사무소에서 '늘 감사합니다'라고 답하더군요."

이 애송이, 탐정소설에 나오는 탐정 같은 짓을 하고 있군.

"그러다가 마루우치 신도에 잠입할 방법을 알아냈어요. 앞문이 막혀 있다면 뒷문을 쓰면 되죠. 저는 탐정인 척하며 마루우치 신도에 저를 팔려고 합니다."

"훌륭한 방법이군. 근데 왜 나를 찾아온 거지?"

"어디의 누군지도 모르는 자칭 탐정이 나서면 분명 문전

박대를 당하겠죠. 변호사와 제휴 중이거나 전국적으로 이름을 떨치고 있는 탐정과 일하기도 어려울 테고요. 충분한 실력과 실적을 가지고 있으면서 지명도는 그렇게 높지 않은 곳. 마루우치 신도에게 딱 맞는 건 그런 탐정이거든요. 저는 조건에 걸맞는 사무소를 찾아봤어요. 그러다 이곳에 이르게 된 거죠."

리리코는 매무새를 바로잡고는 다시금 고개를 숙였다.

"부탁드려요. 저를 고용해주세요."

칭찬을 들은 것 같기도 하고 욕을 들은 것 같기도 한 묘한 기분이었다. 하지만 적어도 그녀가 자신을 놀리고 있는 것은 아닌 듯했다. 오토야는 커피를 한 모금 마시고 바로 컵을 내려놓았다.

"미안하지만 고용할 수 없어. 나는 숨바꼭질을 업으로 삼고 있거든. 술래잡기를 할 생각은 없어."

리리코는 눈을 둥글게 떴다.

"무슨 말이에요?"

"나는 불륜 조사를 하고 싶어서 탐정이 된 거야. 소설 속 탐정 같은 짓을 할 생각은 없어."

"그럼, 잠입 조사가 끝나면 바로 저를 해고하세요. 마루우치 신도와 모모즈 상사의 연결점을 나타내는 증거를 손에 넣으면, 그 후의 조사나 고발은 저 혼자서 할 테니까요. 사무소의 실적에 흠집이 나는 일은 없을 거예요."

리리코는 아무렇지도 않게 말했다.

나쁜 놈을 붙잡고 피해자를 구하고 싶다. 그녀는 정말로 그렇게 바라고 있는 것이리라. 탐정이 되는 것 자체가 목적이었던 자신과는 크게 다르다.

하지만 악덕 사이비 종교에 잠입해 증거를 찾아내는 일이 정말로 가능할까. 그녀의 정의감이 진짜라고 해도, 악당과 맞서 싸울 수 있는지는 다른 문제다. 생각지도 못한 보복을 당할지도 모른다.

"한 달 안에 성과를 낸다면."

그럼에도 그녀의 부탁을 받아들인 것은 결국 그녀의 활약을 보고 싶었기 때문이리라. 어차피 곧장 해고할 거라면, 바보 같은 내기에 돈을 걸어 보는 것도 나쁘지 않다. 그런 마음이었다.

"맡겨주세요."

리리코는 기세 좋게 밀크셰이크를 들이켰다.

그날부터 리리코의 활약은 대단했다.

오토야 다카시 탐정사무소 명함을 가지고 마루우치 신도에 영업을 시도하더니, 세 치 혀로 간부를 구슬려서 집회 참여자의 신변 조사 업무를 받아왔다. 그러면서 참고자료로 삼는다는 명목으로 교단이 작성한 신자 명부까지 받아냈다. 거기에는 신자의 프로필뿐만 아니라 추정 수입, 보유 자산액, 신앙심의 정도, 속이기 쉬운지 여부, 나아가 모모즈 상사로부터의 접촉 상황 등이 세세히 기재되어 있었다. 리리코는 그 명부를 바탕으로 신자에 대한 취재를 거듭하여 사기 피해의 전모를 철저하게 조사했다.

일시적으로 고용할 셈이었던 오토야도 결국 리리코의 조사에 손을 빌려주었다. 좀처럼 움직이지 않는 경찰의 엉덩이를 걷어차기 위해 지인인 신문기자를 소개한 것이다.

그 남자, 당시에는 〈도쿄 니치니치 신문〉의 신입기자였던 노기 노비루는 직접 소련에 건너가 모모즈 상사가 투자처라고 주장하는 대구 간 가공 시설이 실존하지 않는다는 사실을 확인했다. 1975년 5월 14일, 노기 노비루는 마루우치 신도와 모모즈 상사에 얽힌 의혹을 1면으로 특종 보도했다. 신흥종교와 투자회사가 결탁한 대규모 사기는 엄청난 주목을 받았고, 기자들이 가모우다케의 마루우치 신도 본부를 앞다투어 찾아왔다. 17일에 마루우치 류센이 독극물을 먹고 자살했고, 21일에는 후쿠시마 현 경찰이 모모즈 가즈오를 사기 의혹으로 체포했다. 신자들은 마루우치 신도를 속속 떠났고, 7월에 이르러 교단은 해산을 발표했다.

오토야 다카시 탐정사무소의 이름은 곧장 전국에 알려지게 되었다. 끊임없이 취재 의뢰가 들어왔고, 오토야가 재채기하는 것만으로도 건너편 빌딩의 카메라맨이 플래시를 터뜨렸다. 자산가와 저명인사, 나아가 경찰 관계자에게서 의뢰가 쏟아졌고, 리리코는 그것을 차례차례 해결했다.

이럴 생각은 아니었는데.

깨달았을 때는 오토야의 탐정사무소는 완전히 다른 종류
의 그것이 되어 있었다.

3

"생일 축하해. 오늘은 내가 쏘지."

노기 노비루가 탄탄면을 섞던 손을 멈추고는 문득 떠올랐
다는 듯이 말했다.

"난 5월생인데? 오늘은 11월이고."

"사무소 말이야. 네가 독립해서 탐정사무소를 연 게 5년
전 오늘이잖아. 나름대로 곧잘 해낼 거라고는 생각했지만,
설마 이렇게까지 유명해질 줄이야."

입으로는 칭찬하고 있지만, 실제로는 오토야를 깔보고 있
다는 사실은 알고 있었다. 네가 하는 일치고는 괜찮네, 라고
내려다보는 듯 말하는 것이다.

1978년 11월 11일. 오토야는 나카노 역 남쪽 출구의 중
화요리점 '저백계'에서 말도 섞기 싫은 소꿉친구와 불맛 탄
탄면을 먹고 있었다.

"탄탄면은 됐고 대신 부탁이 있어."

오토야는 한발 앞서 그릇을 비우고는 냅킨으로 입을 닦으

며 용건을 꺼냈다.

"만두?"

"여대생을 찾고 있어."

"쿨럭."

노기는 면을 테이블에 뿜으며 과장되게 콜록거렸다. 오토
야는 여자 점원의 시선을 느끼고 서둘러 고개를 돌렸다.

"아무리 소꿉친구의 부탁이라고 해도 범죄에는 손을 빌려
줄 수 없어."

노기는 테이블에 떨어진 면을 냅킨으로 모으면서 어처구
니없다는 표정으로 말했다. 이 남자는 주변의 온갖 일을 상
스럽게 해석하는 버릇이 있었다.

"자칭 르포라이터에게 매춘 알선을 부탁할 리 없잖아." 오
토야는 어깨를 낮추며 점원의 시선을 피했다. "리리코가 사
라졌어."

"리리코가?"

노기는 그제야 오토야의 이야기를 이해한 듯, 냅킨으로 면
을 주워들고 그릇에 던져 넣었다.

"고용주에게 정나미가 떨어진 거겠지. 그렇게 똑똑한 아이
가 너네 사무소에서 일하는 게 더 이상했으니까. 이만 포기
하고 새로운 아르바이트생을 구하는 게 낫지 않겠어?"

노기는 대놓고 말했다.

이 섬세함이라곤 없는 친구는 고등학교를 졸업한 후, 게이

오기주쿠 대학에서 미디어론인지 뭔지를 배우고, 도쿄 니치 니치 신문사에 취직했다. 기자로서 3년간 일한 후에 독립하여 지금은 프리 르포라이터로서 이런저런 주간지에 싸구려 기사를 내고 있다.

애초에 일을 하지 않으면 먹고살기 어려운 오토야와는 달리 노기에게 일은 취미와도 같았다. 부모에게 상속받은 토지와 회사 덕에 놀고 있어도 눈알이 튀어나올 정도의 금액이 굴러 들어오는 것이다.

"아무 말 없이 도망칠 녀석이 아니야."

오토야는 냉정하게 반론했다. 모모즈 상사 사건을 시작으로, 여러 사건에서 노기도 리리코의 활약을 직접 목격한 바 있었다.

"그건 네 희망 사항 아니야?"

"진짜로 연을 끊겠다고 생각했다면 그 녀석은 철저하게 했을 거야. 그런데 하숙집에서 나간 흔적도 없고, 대학교에도 적을 남겨둔 채란 말이지."

"이미 충분히 조사한 상태로군. 네가 그렇게 열을 내는 것도 드문 일인데." 노기는 숟가락에 붙은 자차이를 떼어 입에 넣고는 말을 이었다. "그렇군. 알았어. 너는 리리코를 라이벌이라고 생각하는 거야."

"뭐?"

"애초에 너는 평범한 탐정이 되고 싶어했잖아. 그렇다면 리리코가 사라져도 상관없는 거 아니야? 네가 기를 쓰고 조수를 찾고 있다는 말은 네가 리리코의 재능을 질투해서 언젠가 뛰어넘고 싶다고 마음먹고 있기 때문이지."

"말도 안 돼."

"그럼에도 리리코는 너를 두고 모습을 감춰버렸어. 너는 그녀를 라이벌이라고 생각했지만, 그녀는 너를 아무것도 아니라고 생각했다는 말이 되지. 너는 그걸 받아들일 수 없는 거야."

노기의 지적은 절반은 맞고 절반은 틀렸다.

본심은 아니었긴 해도 '이쪽의 탐정'이 생업이 된 이상 자신 역시 그런 능력을 갈고닦아왔다. 하지만 경험을 쌓으면 쌓을수록 리리코와의 재능의 차이를 느끼게 된다. 질투 비슷한 감정이 자신 안에 있는 것은 부정할 수 없다. 요코야부 유스케가 총을 맞은 사건을 떠올리면 지금도 화가 솟는다.

하지만 리리코를 라이벌이라고 생각한 적은 없었다. 어쩌다 보니 살인범을 쫓게 된 자신과 진심으로 악행을 증오하는 리리코와는 애초에 달리는 트랙부터 다른 것이다.

"무슨 말인지 모르겠지만, 어쨌든 도와줄 생각은 있는 거야?"

"물론이야. 내가 르포라이터로 독립하게 된 건 리리코 덕이기도 하니까."

노기는 시원스레 말하더니 기름으로 번질거리는 입술을

핥았다.

오토야는 그녀에 대해 아는 것 전부, 즉 미국 종교학회의 세미나에 참석한다고 거짓말한 점, 하숙집에는 이변이 없었던 점, 일본을 떠나기 직전에 모모즈 가즈오를 만난 점을 설명했다.

"모모즈 가즈오?" 노기는 눈동자를 빙글 굴렸다. "리리코네 어머니의 원수잖아. 이제 와서 그 사람을 만났다니 이상하네."

"모모즈 가즈오의 근황을 조사해봤어. 전에 하던 일에서는 손을 씻었고 1년 전부터는 유시마에 있는 유흥업소에서 점장을 맡고 있더군."

노기는 입술을 부자연스럽게 뒤틀고는 "설마, 리리코가 채용 면접을 봤다는 거야?"

"나도 몰라. 모모즈네 가게의 뒤를 봐주는 건 이바라키구미라는 야쿠자야. 맨손으로 인사하러 가면 좋지 않을 거 같아."

오토야는 빈 컵에 물을 따라 노기 앞에 놓았다.

"그래서 네가 나설 차례인 거지. 녀석을 얌전하게 만들 정보가 필요해."

"모모즈 가즈오를 협박하려고?"

오토야는 끄덕였다.

"여자랑 얽힌 정보라면 도움이 될 거야. 그건 네 특기잖아?"

"아니, 있었다면 이미 기사로 썼겠지."

노기는 컵을 오토야 쪽으로 되밀었다.

"하찮은 거여도 좋아. 불알이 하나 없다거나."

"그렇게 말해도 말이야."

노기는 목을 긁으면서 벽으로 시선을 피하다 말고 "앗" 하고 소리를 내며 손을 멈췄다. 시선 끝에는 '저백계'를 소개한 잡지 기사의 복사본이 붙어 있었다. 노기의 시선이 멈춘 것은 〈주간 도무스〉의 '엉덩이에서 피가 나올 정도로 매운 라면 랭킹'이라는 기사로, 29위에 '저백계'의 불맛 탄탄면이 소개되어 있었다.

"그 자식, 혹시 치질이야?"

"아니, 그게 아니라."

노기는 라면 랭킹의 왼쪽을 가리켰다. 양쪽 페이지가 그대로 복사되어 있었기에 왼쪽 페이지, '명탐정의 영광—요코야부 유스케 사건 기록'이라는 기사의 서두가 함께 붙어 있었다.

"그 사기꾼이 어쨌다고? 모모즈 상사 사건과 무슨 관계가 있는데?"

"요코야부 유스케가 아니라, 그를 죽인 108호 쪽. 공표는 되지 않았지만 108호는 행방이 묘연했던 10년간 소련에 숨어 있었다더라고. 경찰은 그의 도피를 알선한 사람을 찾고 있어. 그 용의선상에 오른 사람 중 필두가 모모즈 가즈오였지."

모모즈 상사는 과거, 소련에 있는 대구 간 가공 시설에 대한 투자라고 속이고 노인들에게서 막대한 돈을 갈취했다. 양식장이 실존한다고 믿게 하려면 나름의 근거가 필요했을 터. 소련 측 협력자가 있었다 해도 이상한 일은 아니었다.

"훌륭해. 역시 저널리스트야."

모모즈 가즈오는 전과자이기에 범인은닉죄로 기소되면 실형을 피할 수 없으리라. 교도소로 다시 끌려가는 일은 어떻게든 피하고 싶을 것이다.

"잠깐만. 지금 이야기, 아무리 그래도 너무 비싼 건데."

자신이 르포라이터라는 사실이 생각났는지 노기는 갑자기 말을 바꿨다.

"이제 와서 이러쿵저러쿵하지 마."

"조금 더 딱 맞는 재료를 찾아보자. 제대로 조사하면 아무리 그래도 먼지 한 톨은 나오겠지."

"저기, 실례합니다."

갑자기 점원이 다가오더니 허둥지둥 물병을 바꿨다. 바로 물러나리라 생각했지만 무언가 말하고 싶은지 미적거렸다. 중학생 정도로 보이는데 점주의 딸일까. 노기가 "뭐 하실 말씀이라도?"라고 재촉했다.

"아까부터 탐정이 어쩌고 사건이 어쩌고 말씀하시는 게

들려서요. 손님들 혹시…….”

눈치챘나. 오토야가 자신도 모르게 자세를 바로잡았다.

“요코야부 유스케 씨의 팬이신 거죠?”

점원은 그렇게 말하고 송곳 같은 덧니를 보였다.

“저도 요코야부 유스케의 팬이거든요. 아, 돌아가신 후에 팬이라고 자칭하고 나선 뜨내기는 아니에요. 〈명탐정에게 맡겨라!〉에 나오기 전부터 잡지 기사를 모았거든요.”

“훌륭하군요. 팬의 귀감입니다.”

노기가 적당히 장단을 맞췄다.

“명탐정이란 정말 대단한 것 같아요. 경찰이 애먹고 있는 사건을 두뇌 하나로 단번에 해결해버리니까요. 2년 전에 한국 성당에서 벌어진 성폭행 사건, 혹시 기억하세요? 그 사건도 사실은…….”

“그 정도로 하지. 얼른 계산이나 해줘.”

오토야는 퉁명스럽게 말하며 전표를 내밀었다.

망연자실한 채 계산대로 향하는 여자를 곁눈질하며 차가운 물을 삼켰다. 위가 조금 아팠다.

●

그날 밤 10시 50분.

상가건물 8층에서 엘리베이터를 내리자 눈앞에 접수 카운터가 있었다. 둥그스름한 문자로 '인터내셔널 살롱 프리모리예'라고 적힌 네온 간판이 빛났다. 어느 나라 말인지 알 수 없는 디스코 음악이 큰 소리로 흐르고 있었다.

"어서 오세요." 새틴 슈트에 커다란 나비넥타이를 맨 젊은 남자가 배꼽 앞에 손을 모으고 인사했다. "예약하셨나요?"

"아니."

"지금까지 우리 가게를 이용하신 적은요?"

"없어."

남자는 카운터에 세계지도를 펼쳤다. 여기저기 벌거벗은 여자 사진이 붙어 있었다. 전 세계의 여자를 품을 수 있다는 점이 세일즈 포인트인 듯했지만, 중국인인 루이치라는 여자 말고는 비슷비슷한 얼굴로 보였다.

"원하시는 나라나 지역이 있으신가요?"

"없어."

"지금 시간이라면 포르투갈 출신의 마야를 추천합니다."

"할 얘기가 있어. 점장 좀 나오라고 해."

남자는 귀찮은 듯 귓구멍을 긁었다. 이런 일에는 익숙한 모양이다.

"용건은요?"

"아리모리 리리코 건으로 할 말이 있어."

남자가 벽에 고정된 수화기를 들었다. 오토야는 카운터에 몸을 밀어 넣고 통화 대기 버튼을 눌렀다.

"친구를 부르는 건 상관없지만, 점장 집에 경찰이 영장을 가지고 쳐들어가게 될 텐데? 일자리를 잃고 싶은 게 아니라면 내 말대로 하는 게 좋을 거야."

남자는 몇 초간 생각한 후에 수화기를 내려놓고 뒤쪽의 문을 노크했다.

경박한 노래가 끝나고 가게가 조용해진 참에 문이 열렸다.

"무슨 일이야?"

황갈색 스리피스 정장을 입은 중년 남자가 문틈으로 얼굴을 내밀었다.

"투자 사기로 200억 엔을 번 남자가 유흥업소의 고용 점장이라니. 인생도 참 무상하군."

모모즈 가즈오는 오토야를 보더니 고향에서 자기를 괴롭히던 소꿉친구와 재회한 것처럼 애처로운 표정을 지었다.

가게의 문이 닫히고, 나비넥타이 남자가 여직원들을 밴에 태우고 역으로 향한 참에 모모즈 가즈오는 오토야를 사무실로 불러들였다.

"굳이 비아냥거리러 여기까지 찾아온 건 아니겠지?"

오토야가 가죽이 찢어진 파이프 의자에 다리를 꼰 채 앉자, 모모즈는 불편한 듯 고객 명부를 덮었다.

"유라쿠초의 '레밍'이라는 양식집에서 아리모리 리리코를 만났지? 우리 조수한테 무슨 용건이야?"

"그 건 때문에 온 거야?" 모모즈는 과장되게 한숨을 내쉬고는 목 뒤를 긁었다. "일에 관해 상담할 게 있었거든. 내용은 비밀이야. 당신한테는 말할 수 없어."

리리코와 만난 것은 사실인 듯했다. 화염병 청년의 착각은 아니었다.

"딸은 건강해? 아버지가 또다시 감방에 가면 따돌림을 당하지 않을까?"

모모즈는 틀니를 고쳐 끼듯 입을 우물거렸다. "무슨 말이야?"

"시치미 떼지 마. 108호랑 친구였잖아?"

딱 보기에도 얼굴이 시퍼레졌다.

"선택지는 두 가지야. 나한테 리리코를 만난 이유를 말하든가, 감방으로 돌아가든가. 당신이 정해."

오토야는 과거 눈앞의 남자에게 배운 기술을 썼다. 명령하는 것이 아니라, 굳이 선택지를 두 개 제시한다. 모모즈 상사의 영업 매뉴얼에 기재되어 있었다는 사기꾼의 상투적인 수단이다.

양식장에 10만 엔을 출자하라는 말을 듣는다고 갑자기 돈을 내는 사람은 절대 없다. 하지만 100만 엔과 10만 엔 중 선택해 투자하라는 말을 들으면 신기하게도 10만 엔 정도는 내도 괜찮은 기분이 되어버린다. 사실 선택지는 하나 더 있다. 바로 1엔도 출자하지 않는다는 것. 하지만 그 선택지는 제시된 두 개의 선택지에 가려 보이지 않는다. 일단 지갑을 열면 심리적인 저항감이 급속도로 낮아지므로 이후에는 계속해서 돈을 내게 된다.

"그러지 마. 나는 손을 씻었어."

"그러니까 당신한테 고르라는 거잖아. 참고로 후자의 경우에는 내가 딸의 통학로에서 유쾌한 편지를 뿌리게 될 거야. 어차피 중졸이라 해도 길거리에서 굶어 죽지는 않을 테니까. 중국인인 척하며 여기에서 일하면 되잖아?"

"젠장. 뭐가 탐정이야? 이런 깡패 같은 자식이." 모모즈는 그렇게 말하며 고객 명부를 테이블에 내리쳤다. "……난 일을 중개한 것뿐이야."

"알아듣게 말하라고."

"아리모리 리리코를 소개해달라고 부탁받았어. 미국의 거부에게."

"미국의 거부?"

"찰스 클라크."

부자와는 연이 없는 오토야도 그 이름은 들은 기억이 있다. 러시아 혁명 직후 소련으로 이주하여 곡물 수출 사업으로 부를 일구고, 현재는 석유회사 CC 페트롤리움의 대표를 맡고 있는 미국인 사업가다. 미국과 소련의 정권 양쪽 모두에 깊은 끈을 가지고 있으며, 1960년대 말부터의 긴장 완화에도 공헌했다고 잡지에서 읽은 적이 있었다.

"그런 거물이 우리 조수에게 무슨 용건인데?"

"찰스는 아리모리 리리코에게 짐 조든의 조사를 의뢰했어."

이번에는 처음 듣는 이름이었다.

"누구야, 그 녀석은."

"신흥종교의 교주야."

"처음 듣는군."

"나도 몰랐는데, 미국에서는 수년 전부터 큰 화제라더군. 엄청난 카리스마를 자랑하는 남자로, 공산주의 사상과 기독교를 조합한 독자적인 교의를 주창하며 한때는 캘리포니아에서 2만 명이 넘는 신자를 모았다고 해. 정치적으로도 상당한 영향력을 가지고 있었고."

모모즈는 어째서인지 과거형으로 말했다.

"찰스 클라크가 그 신흥종교 교주를 조사하기 위해 굳이 일본의 대학생을 불렀다는 거야?"

"맞아."

"왜 그런 건데?"

"짐 조든의 뱃속을 알고 싶으니까?"

모모즈가 한쪽 볼을 찡그렸다.

"교단의 규모가 급격하게 커져버린 4, 5년 전부터 현지의 타블로이드지가 열심히 가십 기사를 써댔지. 짐 조든이 여러 신자와 섹스를 한다거나, 사기에 가까운 방식으로 자산

을 부풀렸다거나, 말을 듣지 않는 신자를 감옥에 가둔다거
나."

"어디선가 들은 적 있는 이야기로군."

"이런 정보를 기자에게 제공한 건 교단을 이탈한 옛 신자
들이었어. 화가 머리끝까지 난 짐 조든은 이탈자를 배신자
로 규정하고, 반드시 천벌이 내릴 거라고 단언했지. 그런 다
음 신자의 이탈을 막고자 그들을 더 강하게 결속하려 했어.
그러자 그에 견디지 못하게 된 신자들이 더 많이 이탈하게
되었고, 정보에 굶주린 기자들은 반색했지. 짐 조든은 출구
없는 악순환에 빠졌어."

"끝났군. 명복을 빌 수밖에."

"하지만 짐 조든은 마루우치 류센보다 끈기가 있었어. 그
는 악순환을 피하고자 대담하게 나섰지."

모모즈는 테이블에 세계지도를 펼치고는 남미 대륙의 북
부, 베네수엘라와 브라질에 인접한 작은 나라를 가리켰다.

"짐은 신자들을 데리고 미국을 떠나 가이아나 공화국으로
이주했어. 밀림을 개척하고 자신들만의 유토피아를 만들기
로 한 거야."

이야기의 스케일이 갑자기 커졌다. 구약성서의 출애굽기
를 흉내 내려고 한 건가.

"그거, 언제 이야기야?"

"개척지에 들어간 게 약 2년 전, 1977년 1월이야."

유흥업소의 점장에게 세계사 수업을 받는 기분이었다.

"그 가이아나라는 나라의 정부는 미국에서 넘어온 수상쩍은 종교단체를 쫓아내지 않은 거야?"

"짐 조든이 미리 사전 교섭을 마쳐두었다고 해. 가이아나는 이웃 나라인 베네수엘라와 국경선 관련으로 오랜 분쟁을 겪었어. 미국인 개척 집단을 받아들이는 건 지정학적인 가치가 있다고 판단한 거겠지.

신자들은 1200헥타르의 토지를 개척해서 조든타운이라고 불리는 마을을 만들었어. 지금은 900명이 넘는 신자가 거기에서 살고 있지."

"근성이 엄청나군."

"그래도 모든 게 생각대로 풀리진 않았어. 밀림으로 이주함으로써 신자 이탈은 막았지만, 교단의 대담한 행동이 주목을 모아서 언론의 공격이 더더욱 열기를 띠게 된 거야. 신자의 가족들은 가족 모임을 결성해서 자신들의 살붙이를 나라 밖으로 빼돌린 짐 조든을 격렬하게 비난하고 있다더라고."

"당연히 그렇겠지."

"가족 모임의 반대 활동으로 인해 연방의회에서도 조든타운 조사에 착수했다고 하더군. 궁지에 몰린 짐 조든은 다음 수를 궁리하기 시작했어."

"아직도 남은 거야?"

"같은 일을 반복하는 거지. 짐 조든은 조든타운을 버리고 미국에서 더욱 멀리 떨어진 새로운 유토피아를 만들 필요가 있다고 생각했어. 거기서 찾아낸 게 공산주의의 우두머리, 소련이야."

모모즈의 두툼한 손가락이 태평양을 건너 유라시아 대륙으로 향했다.

"하지만 미국과 긴장 관계에 있는 소련 정부가 그들을 쉽게 받아들일 거라고는 생각하기 어려워. 그럼에도 짐은 소련에 연줄을 대보려고 했지. 그때 접촉한 상대 중 한 명이 친소련파로 알려진 기업가 찰스 클라크였어."

"그렇군."

겨우 이야기가 되돌아왔다.

"찰스는 어찌할 바를 몰랐어. 그는 독실한 크리스천인 동시에 공산주의자이기도 해. 자연히 신앙이든 이상이든 짐 조든과 통하는 데가 많았어. 짐 조든이 진정으로 유토피아를 만들고자 하는 것이라면 그를 위해 발 벗고 나서지 못할 것도 없지. 하지만 언론이 폭로한 교단의 내부 사정이 사실이라면, 그에게 손을 빌려주는 건 인생의 오점이 될 수 있어. 하지만 신자들이 밀림에 틀어박혀 있는 탓에 어디까지가 사실이고 어디부터가 거짓인지를 판단할 수 없는 상태지. 그래서 찰스는 독자적으로 조사단을 꾸려서 조든타운으로 파견하기로 했어."

모모즈의 손가락은 바다를 건너 일본 열도로 향했다. 드디어 이야기의 전모를 이해하게 되었다.

"찰스는 나이나 국적과 상관없이 조든타운을 조사하기에 최적의 인재를 모으라고 비서에게 지시했어. 평범한 학자나 조사관이 아니라, 종교단체의 내부를 깊은 부분까지 파헤칠 수 있는 인재가 필요했으니까. 비서는 과거 20년 동안 전 세계의 종교단체가 일으킨 형사사건을 조사해 고발이나 입건에 공헌한 인물 목록을 만들었지. 그리고 당신의 그 뛰어난 조수에게 눈독을 들인 거야."

"보는 눈이 있네."

"찰스는 그녀를 스카우트하려고 일본의 친구에게 연락했어. 그게 바로 나였고."

"보는 눈이 없네."

"그녀가 나를 미워한다는 건 알아. 연락해도 답이 없으면 그걸로 끝낼 생각이었어. 그런데 그녀는 자세한 이야기를 듣고 싶다고 했어. 유라쿠초의 양식집에서 찰스의 의뢰가 적힌 문서를 읽더니, 곧장 조사를 받아들이겠다고 했지."

오토야는 리리코의 머릿속을 알 것 같았다. 뉴스로 보도되는 교단의 내부 사정이 어디까지 사실인지는 알 수 없지만, 언론의 비판과 이탈자의 증가에 의해 교주가 정신적으로 궁지에 몰려 있다는 사실은 분명했다. 그런 감정이 옴짝달싹 못하는 신자들에게 향하게 된다면 무슨 일이 벌어질지 알 수 없다. 태평양을 사이에 두고 있다 해도, 리리코는 그들을 가만히 외면할 수 없었으리라.

"솔직히 말했다면 좋았으련만. 왜 그 녀석은 세미나에 참석한다고 거짓말을 한 거지?"

"찰스가 입막음했으니까. 조사단의 정보가 현지에 도착하기 전에 새어 나가는 걸 막고 싶었던 거겠지.

그녀는 1일 아침에 찰스가 수배한 항공권으로 뉴욕으로 향했어. 거기에서 가이아나로 날아가서, 3일과 4일 이틀간 조든타운에 체류할 예정이었을 거야."

"이틀간?" 자기도 모르게 벽의 달력을 올려다봤다. "그렇다면 조사는 진작 끝났을 거잖아. 왜 돌아오지 않는 거지?"

뉴욕에서 하루 정도 쉬고 나서 귀국한다고 해도, 7일에는 일본에 도착했을 터였다. 오늘은 11일이다.

"나도 몰라. 관광이라도 하는 거 아니야?"

맥이 빠졌다. 여기까지 찾아왔는데, 결론이 겨우 그건가.

"최악이군. 지금까지 한 이야기는 뭐였어?"

"네가 설명하라고 했잖아."

"리리코를 만난 이유를 말하든가, 감방으로 돌아가든가 고르라고 했을 뿐인데."

"이제 됐지? 용건은 끝났을 테니 빨리 꺼지라고."

모모즈가 사무실 문을 열었다. 오토야는 방을 나선 후에 카운터를 빠져나와 엘리베이터의 버튼을 눌렀다. 도착한 엘리베이터에 올라 1층 버튼을 눌렀다.

문이 닫히려던 찰나에 문득 중요한 것을 묻지 않았다는 사실을 깨달았다.

"리리코가 조사하러 간, 그 수상쩍은 종교단체의 이름이 뭐야?"

엘리베이터 문틈에 발을 꽂아 넣고 물었다. 모모즈는 귀찮은 듯 사무실에서 고개를 내밀고는 "영어로는 피플스 처치. 우리말로는 이렇게 번역되고 있어." 그러고는 기분 나쁜 듯이 목소리를 일그러뜨렸다. "……인민교회."

4

"미드타운에서 하루, 자유의 여신상과 엘리스 섬에서 하루, 메트로폴리탄 미술관을 둘러보고 뮤지컬을 보며 또 하루, 브루클린까지 간다고 해도 4일이면 충분해."

노기 노비루는 윗입술에 휘핑크림을 묻힌 채 수첩의 달력을 보며 말했다.

"오늘은 벌써 7일째야. 첫 뉴욕 관광에 일주일은 너무 길지. 리리코는 위험한 종교에 붙잡혀 있는 거야. 도와주러 가야 하지 않겠어?"

"나도 바쁜 몸이야."

"바쁘게 된 건 리리코 덕이잖아."

"나는 그 녀석의 부모가 아니야. 거짓말을 하고 일을 땡땡 이친 아르바이트생을 위해 바다까지 건널 의리는 없어."

오토야는 거칠게 말하며 미야기 현경에게 받은 조사 보고 서 다발을 분쇄기에 쑤셔 넣었다.

노기는 한 달에 두세 번, 약속도 없이 오토야의 사무소에 찾아온다. 그러고는 응접실 소파를 점거한 채 나카노 역 앞 양과자점에서 산 과일 샌드위치를 먹는다. 평소에는 시간 때우기가 절반, 르포라이터로서의 정보 수집이 절반 정도라 는 느낌이었지만, 오늘 11월 12일은 리리코의 소식이 신경 쓰여서 상황을 살펴보러 온 듯했다.

"뉴욕 사정을 꽤 잘 알고 있네."

오토야가 불쾌한 듯 말했다.

"벌써 열 번은 갔다 왔으니까. 처음에 간 건 초등학교에 입 학하기 전이었나."

노기는 별일도 아닌 것처럼 입술의 크림을 핥았다.

"꼬꼬마 주제에 해외여행이라니. 역시 부자는 마음에 안 들어."

"그게 아니야. 맨해튼의 병원에 입원했었어."

처음 듣는 이야기였다.

"너, 난치병이라도 앓고 있는 거야?"

"아이들은 자주 물건을 입에 넣곤 하잖아. 나, 집에 있던

92

요 정도 크기의 금속 인형을 삼켜버렸다고 하더라고." 그렇게 말하며 손가락을 3센티미터 정도 벌렸다. "어머니는 근처 동네병원에 데리고 가려고 했는데, 아버지가 일류 의사에게 진단받게 하라고 우겼대. 딱히 몸 상태가 안 좋았던 것도 아닌데, 나를 코넬 대학 부속병원에 입원시킨 거야."

"배를 갈라서 인형을 꺼냈어?"

"설마. 일주일 정도 놀다 보니 알아서 엉덩이로 나오던데?"

역시 부자의 머릿속은 이해가 안 된다.

"그렇게 미국이 좋으면 인민교회에 대해서도 조금은 들어본 적 있는 거 아니야?"

갑자기 궁금해져서 물었다.

"샌프란시스코 지국에 있는 기자 시절의 선배와 술을 마실 때 살짝 듣긴 했지." 노기는 빠져나오려 하는 딸기를 빵 사이에 밀어 넣으며 답했다. "새어 나오는 정보는 가십성 정보뿐, 그쪽 사람들도 실태를 파악하진 못한 듯했어. 짐 조든에 관해서도 평가가 갈려서, 거칠고 추잡한 사이비종교라고 말하는 사람이 있는가 하면, 간디나 킹 목사 같은 새로운 시대의 새로운 지도자라고 말하는 사람도 있다더군."

"새로운 시대의 지도자라면 숲속으로 신자들을 데리고 가진 않겠지."

"그 선배, 짐 조든이 아직 캘리포니아에 있던 무렵, 예배를 취재하러 간 적이 있다고 했어. 짐은 신에게 기도하거나 성경을 읽거나 한 후에 모인 사람들에게 몸 상태에 관한 고민은 없는지 물어봤다고 해. 그러자 여기저기서 손을 들었지. 그들은 다리가 마비되어 움직이지 못한다거나, 두통이 낫지 않는다고 호소했어. 짐은 한 명 한 명의 이야기를 듣고는 말을 걸거나 환부를 쓰다듬거나 끌어안거나 했어. 그러자 그들의 몸 상태가 금세 좋아진 거야. 교회는 환호하는 목소리와 떠나갈 듯한 박수 소리로 가득 찼지."

"가만히 놔둬도 어떻게든 될 증상이었겠지. 네 엉덩이로 나온 인형처럼 말이야."

"말기 암이 씻은 듯 나은 신자도 있다던데?"

"짜고 치는 고스톱이겠지. 마루우치 신도랑 똑같아."

"가장 대단한 건 베트남 전쟁에서 양쪽 다리를 잃은 남자에게 두 다리가 생겨났다는 이야기야."

"너, 설마 믿는 거야?"

노기는 키위 샌드위치를 깨물며 고개를 저었다.

"사기겠지. 다만 교단이 가이아나로 이주한 게 마음에 걸려."

"언론의 비판이 시끄러웠던 탓 아니야?"

"가이아나로 들어간다는 건 포교 활동을 포기한다는 의미야. 이탈자는 줄어든다고 해도 교단은 지지리도 가난해지겠지. 예배에서 수상쩍은 퍼포먼스를 하면서까지 신자 증가에 주력하던 교단이 언론에 두들겨 맞은 정도로 포교를 그만둘까?"

그도 그렇다. 마루우치 신도로 치환해 생각해보면, 있는 말 없는 말을 쓴 주간지 기사가 나온 것 정도로 마루우치 류센이 해외로 도주하리라고는 생각하기 어렵다. 하지만.

"너무 생각이 지나친 거 아니야?"

"뭐 그렇지. 그래도 인민교회에는 무언가 비밀이 있는 것 같아. 그래서 취재해보고 싶어. 나도 저널리스트 나부랭이니까."

"갔다 오지 그래? 고양이 밥 정도는 대신 줄 수 있어."

하하하, 하고 쓴웃음을 짓더니 노기는 동글게 만 포장지를 쓰레기통에 던져 넣었다.

"단 걸 먹으니 목이 마르네."

노기는 그렇게 말하며 제멋대로 탕비실로 향했다.

●

바람이 강하게 불기 시작한 오후 5시. 오토야는 잘 아는 사이인 아키우 서장의 연락을 받고 간다 경찰서를 방문했다.

"108호 녀석, 반년 전부터 우리 관내에 잠입해 있었어요."

상세한 도주 경로를 쫓기 위해 '우미노니와' 사건의 조사 보고서를 가져와서 살펴봤지만, 아무래도 사건이 복잡해서 이해하기 어려운 모양이었다. 그래서 오토야의 사무소에 전화를 걸었다고 했다.

"오토야 씨의 추리니까 오토야 씨의 설명을 듣는 게 좋을 것 같아서요."

아무래도 자신이 사건을 해결한 것으로 알려진 듯했다. 미야기 현경의 고고타 형사부장이 신경을 써준 것이리라.

"어쩔 수 없군."

오토야는 스스로 생각한 것 같은 표정으로 조수의 추리를 읊었다.

"……즉, 108호는 어른이 되지 못하는 병이었다. 뭐, 그런 거지."

아키우와 형사들은 어느샌가 메모를 하는 것도 잊고 오토야의 말을 경청하고 있었다. 몇 초 후 "그렇군요", "대단해요" 하는 탄성이 터졌다. 오토야는 자랑스럽기도 하고 한심하기도 한 묘한 기분이었다.

"추리가 번뜩이는 순간에는 분명 기쁘시겠죠?"

젊은 형사가 볼을 붉히며 물었다. 아키우 서장이 "무슨 말을 하는 거야?" 하며 뒤통수를 툭 쳤다.

"그건 뭐, 기쁘지."

타인의 추리를 옮기는 것만으로도 이렇게나 자랑스러운데, 그것을 자신의 머리로 생각해낼 수 있다면 침착할 수만은 없으리라.

그런 일이 하고 싶어서 탐정이 된 것은 아니다. 사실이 그렇다.

그럼에도 오토야는 가슴속 깊은 곳에 싹튼 새로운 감정을 느꼈다.

오후 7시가 되기 전에 경찰서를 나선 후 걸어서 진보초역으로 향했다. 하쿠산 길을 나아가다 보니 출판사와 고서점 간판이 보이기 시작했다.

이시노마키에서 도쿄로 돌아온 날 밤에 리리코가 가짜 사인이 들어 있던 《탐정 교과서》를 가지고 온 사실이 떠올랐다. 리리코가 입에 담은 고서점의 이름은 분명 이시노 서점이었다. 교활한 수법으로 돈을 버는 가게가 도대체 어떻게 생겼는지 한번 보고 싶어졌다.

"이시노 서점이라는 곳을 찾고 있는데, 어딘지 아시나요?"

가게 앞 매대에서 문고본을 정리하는 아저씨에게 말을 걸었다.

"이시노 서점?" 아저씨는 오토야를 힐끔 보더니 무뚝뚝하게 답했다. "글쎄요. 들어본 적 없는데요."

고서점 거리에 빠삭해 보이는 듯한 사람들을 몇 명 골라 말을 걸었지만 아는 사람은 없었다.

리리코는 너구리에게라도 홀렸던 것일까. 하지만 가짜 사인이 들어 있던 《탐정 교과서》는 분명 존재했다. 이시노 서

점은 도대체 어디로 숨어버린 거지?

딸랑, 하는 소리가 들리며 건너편 가게에서 40대로 보이는 남자가 나왔다. 유리창 너머로 가게 안을 들여다보니, '희귀본, 사인본'이라고 플레이트가 붙은 선반이 보였다. 입구 간판에는 '오니시 고서당'이라고 한자로 적혀 있고, 그 아래에 'ONISI'라고 둥그스름한 알파벳이 병기되어 있었다.

갑자기 기묘한 감각에 빠졌다.

나는 무언가를 깨달으려 하고 있다. 그런 예감이 들었다.

최근에 이것과 닮은 무언가를 보지 않았던가.

맞다. 요코야부가 총을 맞아 죽은 이시노마키 시의 민박, '우미노니와'. 그곳의 지붕 위 간판에도 'UMINONIWA'라고 둥그스름한 알파벳이 적혀 있었다.

'우미노니와'에 도착했을 때, 리리코는 그 간판을 보고 "꽤 만듦새가 좋네요"라고 중얼거렸다. 감탄할 정도의 수준이라고는 생각하지 않았지만, 그때 그녀는 무슨 생각을 하고 있었을까.

답은 바로 알 수 있었다. '우미노니와'의 간판은 풍차의 날개 같은 형태였고, 바람이 불 때마다 끼이이익, 하는 소리를 내며 회전했다. 가만히 내버려두면 180도 뒤집히고 말 텐데 왜 좌우 날개를 고정해두지 않았을까. 그것은 그 간판의 문자가 뒤집혀도 읽을 수 있도록 만들어져 있기 때문이다.

이것 자체는 이렇다 할 것도 없는 말장난이다.

UMINONIWN

하지만 리리코가 그것과 비슷한 것을 본 적이 있다면? 그렇다면 이시노 서점이 그 어디에도 보이지 않는 것도 설명이 된다.

리리코가 가짜 사인본을 꺼낸 직후. 오토야가 "어느 서점에서 산 거야?"라고 묻자 리리코는 비닐봉지에 들어 있던 가게의 명함을 보고 "이시노 서점이네요"라고 답했다.

그 명함에는 알파벳으로 가게 이름이 적혀 있었으리라. 리리코는 거기에 인쇄된 문자를 'ISINO'라고 읽었다. 하지만 명함은 180도 뒤집혀 있었고, 실제는 'ONISI'라고 쓰여 있었던 것이다.

명탐정에게 가짜 사인본을 판 운 나쁜 고서점은 이 오니시 고서당임이 틀림없다. 오토야는 두드리듯 문을 열었다.

곰팡이와 먼지 냄새가 코를 찔렀다. 책장이 늘어선 매장 안쪽에서는 감색 앞치마를 두른 70대 남자가 장부에 무언가를 쓰고 있었다.

"이봐, 할배. 10월 30일에 《탐정 교과서》라는 사인본 팔았지?"

남자는 고개를 들지 않은 채 연필을 핥고는 "페스팅거의 인지부조화 이론을 검증 중이던 도쿄대생이 구입한 것 말인가?" 하고 알아듣기 어려운 말을 했다.

카운터 앞에 서서 진하게 주름이 팬 대머리를 내려다봤다.

"가짜 사인본을 팔다니 뻔뻔한 가게로군."

"뭐라고?"

남자가 그제야 고개를 들었다.

"시치미 떼지 마. 9천 엔에 가짜를 팔았잖아?"

"우리 가게에선 모조품 따위 안 파는데?" 남자는 험악한 눈초리로 연필 끝을 오토야에게 향했다. "그 아이가 어떻게든 팔아달라고 해서 팔아준 거라고."

뭐라고?

"그게 진짜가 아니라는 것쯤은 한눈에 알 수 있어. 팔 물건이 못 되니까 처분하려고 했는데, 그 아이가 어떻게든 갖고 싶다고 해서 넘겨준 거야."

그런 바보 같은 일이.

리리코는 그 사인본이 가짜라는 사실을 알고 있었던 말인가?

"거짓말하지 마. 방금 《탐정 교과서》를 팔았다고 인정했잖아."

"그 아이는 30일에 여기에 왔을 때, 분명 거기 있는 선반에서 《탐정 교과서》를 샀어."

연필이 '희귀본, 사인본'이라고 플레이트가 붙은 선반을 가리켰다. 수천 엔에서 수만 엔까지, 헌책답지 않은 가격표가 붙은 책이 늘어서 있었다.

"거기 있는 상품이 팔리면 다른 선반 하나 분의 이익이 나와. 때문에 뭐 서비스라도 줄까, 하고 물었더니, 기왕 여기까지 왔으니 가짜 사인본도 함께 달라고 하더군."

리리코가 손에 넣은 《탐정 교과서》는 사실 두 권이었다는 말인가?

"당신, 누군지 알아. 모모즈 상사 사건을 고발한 탐정 오토야 다카시지?" 남자는 턱을 당긴 채 안경을 통하지 않고 오토야를 올려다봤다. "나를 거짓말쟁이로 만들고 어떻게 책임을 질 셈인가?"

"웃기지 마."

"솜씨 나쁜 탐정은 자해공갈범이나 마찬가지군 그래. 정의감에 취하기 전에 자신이 가해자가 될 수 있다는 사실을 자각하는 게 좋아. 언젠가 똑같은 꼴을 당할 테니까."

남자는 그날의 리리코와 똑같은 말을 하더니 연필을 휘갈기며 장부로 눈을 돌렸다.

도망치듯 오니시 고서당을 나섰다. 차가운 공기를 들이마시며 혼란에 빠진 머리를 정리했다.

리리코는 가짜라는 사실을 알면서 사인이 들어간 《탐정 교과서》를 1만 엔에 오토야에게 팔려고 했다. 그녀는 돈에 궁한 상태였을까. 하지만 세계적인 거부에게 일을 받은 직후에 상사로부터 푼돈을 뜯어낼 필요는 없었을 것이다. 가짜 사인본을 보여주며 오토야의 감식안을 테스트하려고 한 것일까. 그렇다면 오토야가 가짜라고 간파한 시점에 그 사실을 밝혔으리라.

잠깐만. 나는 중요한 것을 놓치고 있다. 리리코는 진짜 사인본도 손에 넣은 상태였다.

그녀가 그것을 살 이유는 하나밖에 없다.

오토야는 매대에 모여 있는 사람들을 밀치며 진보초 역으로 뛰어들었다.

●

계단 한복판 주변에 또 물처럼 보이는 토사물이 있었다.

'주레 혼고'의 주민 중에 질 나쁜 술꾼이 있는 모양이다. 말라비틀어진 들개가 계단을 올라와 토사물을 핥으려 하기에 "그만둬"라고 말하며 발을 휘둘러 쫓아냈다.

계단 귀퉁이를 밟으며 2층으로 올라 철사로 201호의 자물쇠를 열었다. 재빨리 집 안으로 들어가 옅은 한숨을 내쉬었다.

집 안은 이틀 전과 다르지 않았다. 책장 끝의 《초능력은 거짓말을 한다》에 또다시 눈길이 닿았다. 짐 조든은 상처나 병을 낫게 하는 퍼포먼스가 특기라고 했기에 적지에 뛰어들기 전에 사기꾼 초능력자의 수단을 공부할 필요가 있었을지도 모른다.

오토야는 책장 꼭대기에 놓인 소포 같은 물건을 손에 쥐었다. 테이프를 벗겨 포장지를 열자 하드커버 책이 나타났다. 표지에는 중절모에 선글라스를 낀 남자. 《탐정 교과서》였다.

표지를 들추자 면지에 사인이 있었다. 유려한 초서체로 구와코 구니오라고 적혀 있었다. 왼쪽 아래에는 눈에 익은 낙관.

구니오 삼촌의 사인이 맞다.

포장지에 싸여 있었다는 사실을 생각하면 리리코가 이것을 누군가에게 선물하려고 한 것이 틀림없었다. 그녀의 지인 중 이것을 받고 기뻐할 사람이 달리 있다고는 생각하기 어렵다.

리리코는 오토야에게 사인본을 선물하려고 했다.

가짜 사인본을 파는 시늉을 했던 것은 나중에 오토야를 놀라게 하기 위한 연극이었던 것이다.

하지만 선물에는 반드시 이유가 있다. 리리코는 오토야의 생일이라도 축하하려 한 것일까. 하지만 오토야의 생일은 5월, 그녀가 책을 산 것은 10월이다. 달리 축하할 일이 있었을까.

'생일 축하해. 오늘은 내가 쏘지.'

탄탄면을 뒤섞는 노기의 장난기 어린 얼굴이 떠올랐다.

'네가 독립해서 탐정사무소를 연 게 5년 전 오늘이잖아.'

이것밖에 없다. 리리코는 오토야 다카시 탐정사무소의 개업 5주년을 축하하려고 한 것이다.

즉, 그녀는 개업기념일인 11월 11일까지는 귀국할 수 있다고 생각했다는 말이 된다. 그리고 오늘은 12일이다.

그녀는 뉴욕 관광 따위 하고 있지 않다. 원치 않는 이유로 귀국하지 못하는 상황인 것이다.

오토야는 201호에서 뛰어나가 토사물이 밟히는 것도 신경 쓰지 않고 계단을 달려 내려갔다. 혼고 길로 나서서 담뱃가게 앞 공중전화 부스에 들어섰다. 이틀 전과 같은 번호를 돌리자, 곧장 전화가 연결되었다.

"부탁이 있어. 나를 조든타운으로 데리고 가줘."

몇 초간의 침묵.

"술 마셨어?"

"안 마셨어. 수상한 종교인에게서 내 조수를 구해내기로 했어."

노기는 답하는 대신에 휘잇, 하고 휘파람을 불었다.

◆

레오 라일랜드가 피우다 만 펠멜 담배를 재떨이에 던져넣자, 쌓여 있던 담배꽁초가 눈사태가 난 것처럼 무너져 내

104

렸다.

"이대로 그물 낚시를 계속하면 바키타 돌고래가 멸종되어 버립니다. 우리가 앞장서서 멕시코 정부를 움직여서 돌고래를 보호하는 제도를 마련해야만 합니다."

쿠바의 혁명가 같은 수염을 기른 남자가 몇 번이고 주먹을 테이블에 내리쳤다.

라일랜드는 턱을 괴고 크게 하품했다. 이 남자는 라일랜드의 하원 선거 슬로건이 '행동하는 의원'이라는 점에 주목해, 아득히 먼 샌디에이고에서 이곳까지 청원하러 왔다고 했다. 이런 활동가의 얕은 사고에는 언제나 진절머리가 난다. 왜 연방하원의원인 라일랜드가 선거권이 없는 돌고래를 위해 땀을 흘려야 한다는 말인가.

"그물 낚시를 금지하면 어부들의 대규모 반발이 예상되지만……. 라일랜드 의원님, 듣고 계신가요?"

"그렇군요. 멋진 제안 감사합니다. 샌디에이고 어업의 장래가 밝다는 사실, 잘 알겠습니다."

비서를 불러 얼굴이 시뻘게진 남자를 데리고 나가게 한 라일랜드는 응접실 소파에 기대 넥타이를 느슨하게 풀었다.

사무소에서 편히 쉴 때가 아니라는 것은 알고 있었다. 지금까지 샌프란시스코의 유권자가 라일랜드에게 표를 던져 온 것은 그를 '행동하는 의원'이라고 믿었기 때문이다. 라일랜드는 언론을 동반해 직접 교도소나 빈민가를 조사한 후,

그 활동 모습을 대대적으로 기사화시켜 세 번의 선거에서 승리했다. 하지만 최근 1년간은 의회와 사무소를 왕복할 뿐, 이렇다 할 '행동'을 하지 않았다. 반년 후에 있을 하원 선거에 적신호가 켜진 상태라 슬슬 어떤 식으로든 움직일 필요가 있었다.

쓸 만한 재료를 찾고자 신문을 집었을 때 누가 문을 노크했다. 또 하나의 청원 미팅이 있었다는 사실이 떠올랐다. 서둘러 넥타이를 고쳐 매고 "들어 오세요"라고 대답하자, 회계사처럼 보이는 검은 테 안경에 검정 양복을 입은 남자가 들어왔다.

"라일랜드 의원님, 부디 힘을 빌려주십시오."

"이번에는 바다코끼리인가요?"

"인민교회에서 제 아들을 데리고 나오고 싶습니다."

그 기묘한 단어는 들은 기억이 있었다. 선글라스를 낀 수상한 남자가 교주로 있는 사이비 종교로, 약 1년 반 전에 갑자기 유토피아를 만든다며 샌프란시스코에서 가이아나로 집단 이주했다.

라일랜드는 자신도 모르게 웃음이 나올 것 같아서 서둘러 입술을 앙다물었다.

대중은 유토피아의 실태를 알고 싶어한다. 라일랜드가 조사에 나선다면 큰 화제를 불러오리라. 곤란에 빠진 가족들의 부탁에 발 벗고 나서는 모양새라면 시민들도 라일랜드를 응원할 것이다.

"그들에 대해서는 저도 우려하고 있었습니다. 좀 더 자세하게 말씀해주십시오."

두 시간 후, 가족 모임 대표인 티모시 스톰을 정중히 배웅한 라일랜드는 NBC 뉴스 취재팀의 다니엘 해리스에게 전화를 걸었다.

"가이아나의 조든타운에 가기로 했네. 동행할 취재팀을 조직해주겠나?"

라일랜드는 담배꽁초가 산더미처럼 쌓인 재떨이를 통째로 쓰레기통에 집어넣었다.

"유토피아의 가면을 벗겨주지."

방문

1

초등학생 때부터 노기에게 화가 난 일은 수도 없이 많지만, 그의 재빠른 행동에 감탄한 것은 이번이 처음이었다.

노기는 아침 일찍 〈주간 도무스〉의 편집부를 방문해서는 취재 원고 게재와 경비 지급에 대한 약속을 받아냈다. 나아가 여행사를 통해 가이아나까지 가는 항공권을 확보하고는 오후에는 외무성에 들러서 비자 신청을 하지 않아도 입국할 수 있다는 사실까지 확인했다.

그렇게 맞이한 11월 14일 오전 10시 20분. 오토야와 노기가 탄 JAL 8005편이 신도쿄국제공항 활주로를 통해 태평양으로 날아올랐다.

"일등석이면 더 좋았을 텐데."

노기가 보스턴백에서 U자 모양의 쿠션을 꺼내더니 목덜

미에 끼웠다.

"너, 진짜로 저널리스트였구나."

오토야는 기분 좋은 꿈을 꾸는 기분이었다. 오토야가 한 것이라고는 2년 전 도주한 범인을 추적해 필리핀에 갔을 때 만든 여권을 서랍 깊은 곳에서 꺼낸 것뿐이다. 생선의 알집을 튀긴 것 같은 구름을 바라보다 보니 하늘을 날고 있는 것인지 술에 취한 것인지 알 수 없어졌다.

"아직 조든타운에 갈 수 있다고 정해진 건 아니야. 뉴욕을 경유해서 조지타운까지는 갈 수 있지만, 거기서 조든타운까지 240킬로미터나 되니까."

이름이 비슷해서 헷갈리지만, 짐 조든과 신자들이 사는 곳이 조든타운, 가이아나 공화국의 수도가 조지타운이다. 가이아나는 12년 전까지 기아나라는 이름의 영국령 식민지였고, 수도의 이름도 영국의 조지 3세에서 따온 것이라고 했다.

"장거리 택시를 부르면 되잖아?"

"조든타운은 열대우림 한가운데에 있기 때문에 어떻게든 그곳으로 가는 항공기를 얻어 타는 수밖에 없어. 조지타운에 인민교회의 출장소가 있다고 하니 거기에 부탁해봐야지."

"거절당할 것 같은데."

"그들은 언론을 경계하고 있으니 저널리스트라고 말하면 분명 문전박대를 당할 거야. 그러니까 정체를 숨기고 동료인 척해야 해."

노기가 태평하게 말했다.

"신자인 척을 하자는 거야?"

"응. 그것도 멀고 먼 일본에서 만나러 온 짐 조든의 열렬한 숭배자야. 들키지 않으려면 공부해둬야겠지."

노기는 새하얀 치아를 내보이고는 가방에서 자료 한 뭉치를 꺼냈다. 클립을 떼어내고 절반을 오토야의 무릎에 올렸다. 팔랑팔랑 넘겨보니, 인민교회에 관한 신문 기사며 뉴스 프로그램 녹취록 등이 인쇄되어 있었다. 물론 전부 영어였다.

오토야는 공부는 잘하지 못했지만, 영어만큼은 나름 성적이 좋았다. 학창 시절에《탐정 교과서》의 가르침, 그러니까 탐정이라면 여러 언어에 통달해야 한다는 내용을 바보처럼 실천한 덕이다. 하지만 구니오 삼촌이 아는 외국어라고는 마작 용어뿐이었다는 사실을 수년 전에야 어머니에게 들었다.

"잠깐만. 하룻밤 사이에 신자로 위장해서 무사히 조든타운에 잠입했다고 한들 어떻게 리리코를 데리고 나올 건데? 나는 비행기 조종 같은 건 할 줄 몰라."

"그건 도착한 후에 생각해보는 수밖에 없지. 임기응변으로 해보자고."

노기는 목에 끼운 쿠션의 위치를 조정한 후, 좌석 테이블을 내리고 자신이 알 바 아니라는 양 자료를 읽기 시작했다.

미국 시간 14일 오전 9시 30분. 두 명을 태운 비행기가 케네디 국제공항에 착륙했다.

노기는 입국장에 들어서자 자료 다발을 둥글게 말아 쓰레기통에 집어넣었다.

"전부 머릿속에 넣은 거야?"

"80퍼센트 정도는."

"그럼 버릴 필요는 없잖아."

"우리는 인민교회의 신자가 되어야 해. 그런 자료를 가지고 있으면 저널리스트라고 이마에 써붙인 꼴이잖아."

노기는 어이없다는 듯 어깨를 으쓱했다.

오전 11시 15분. 두 사람은 팬아메리칸 항공 505편으로 갈아타고 카리브해로 날아올랐다.

이번 여행은 꽤 시끄러웠다. 승객 대부분은 쇼핑 후 돌아가는 가이아나인으로, 기내에 들고 탄 물건을 서로 보여주며 담소를 나누었다. 대다수 승객은 미국계 흑인과 인도계로, 백인은 떠돌이 수도자처럼 머리를 묶은 남자가 한 명 있을 뿐이었다.

노기는 출발 로비에서 산 〈라이프〉라는 잡지를 팔락팔락 넘기다가 갑자기 얼굴을 들고 말했다.

"초등학교 3학년 때 같은 반이었던 세이타라고 기억해?"

"설사하는 세이타?"

오토야는 그 동급생을 싫어했다. 틈만 나면 하급생을 때리거나 괴롭히다가 선생님에게 혼이 나면 곧장 배가 아프다고 말하면서 배를 부여잡고는 했다.

물론 진짜 배가 아팠던 것은 아니다. 어른은 몸 상태가 좋지 않은 아이에게 모질게 대하지 못한다는 것을 약삭빠르게 알아채고 보잘것없는 연기를 했을 뿐이다. 그러는 사이에 거짓말이 버릇이 되었는지, 조회 도중 전교생 앞에서 배를 감싸 쥐고 신음한 적도 있었다.

"짐 조든이 그 친구랑 비슷한 것 같지 않아?"

"아, 그러고 보니."

뉴욕행 비행기에서 대강 훑어본 이탈자들의 인터뷰를 떠올렸다.

교단 내에서 다툼이 벌어지면 짐 조든은 번번이 심장 발작이 일어난 척을 했다고 한다. 가슴을 부여잡고 쓰러져서 진료실로 이송된다. 그리고 어느샌가 건강해져서 돌아오는 것이다.

조든타운으로 이주하기 전부터 짐은 이런저런 연기로 주목을 모아왔다고 한다. 1968년 봄, 킹 목사가 암살당했을 때는 닭의 피를 뒤집어쓰고 신자들 앞에 나타나서 총에 맞은 듯한 연기를 했다. 1970년대 초, 초능력자인 유리 겔러가 세간을 놀라게 했을 때는 캘리포니아 방송국에 편지를 보내서 자신도 숟가락을 구부릴 수 있다고 주장했다. 상처나 병을 낫게 하는 퍼포먼스도 그런 연기의 연장선상에 있는 것이리라.

"어쩐지 한심한 아저씨 같은데."

"정말 그렇다니까. 짐 조든은 아이처럼 이런저런 수법으로 주목을 받으려고 했던 것으로밖에 보이지 않아."

그러자 같은 의문점이 되살아났다. 짐은 왜 포교 활동을 포기하고 가이아나로 이주한 것일까.

"어라?"

노기가 목을 빼고 오토야의 왼쪽 자리로 눈길을 향했다. 흰머리가 많은 남자가 지루한 듯 신문을 접고 있었다. 11월 14일자 〈뉴욕 포스트〉로, 1면 헤드라인에는 "Crazy Jim Jorden has sex with gnu baby!"라고 적혀 있었다. 오른쪽 아래의 풍자화에는 약을 한 듯한 얼굴의 짐 조든이 소와 닮은 검은 동물과 후배위로 섹스를 하고 있었다.

"그누가 뭐지?"

"누라고 읽는 거야. g는 발음하지 않아. 묵음이야."

노기는 흰머리 남자의 어깨를 두드리고는 영어로 말했다.

"괜찮으시면 바꿔서 보실래요?"

노기는 능숙한 영어로 〈라이프〉와 신문을 교환했다. 초면인 외국인도 두려워하지 않는 면이 과연 저널리스트다웠다.

"짐 조든은 들소나 물소와도 섹스하는 건가. 놀랍네."

노기는 신문을 펼치고는 쓴웃음을 지으며 그렇게 말했다.

오후 4시 55분. 비행기는 조지타운의 티메리 국제공항에 도착했다.

기체 밖으로 나오자마자 열기와 습기를 잔뜩 품은 공기가 피부를 감쌌다. 맑은 날씨임에도 비가 내리는 날 같은 냄새가 났다.

나무로 지어진 공항에서 입국심사를 마치고 거리로 나섰다. 젊은 남자가 끈질기게 택시를 타라고 쫓아왔지만, 목적지까지 1킬로미터 남짓이기에 걸어서 향하기로 했다.

목적지, 즉 인민교회 출장소는 바둑판의 눈처럼 질서정연하게 구획된 거리 한구석에 있었다. 주변 주택과 마찬가지로 회반죽을 바른 2층 건물. 현관 앞에서는 남녀가 무언가를 두고 입씨름하고 있었다.

"목사님은 취재에 응하지 않으십니다."

흑인 여자가 그렇게 말하며 문을 닫았다. 백인 남자는 문을 걷어차려는 제스처를 취하더니 중얼중얼 욕지거리를 내뱉고는 거리를 걸으며 멀어졌다. 같은 팬아메리칸 505편에 타고 있던 꽁지머리 남자였다.

"좋아. 계획대로 가보자."

노기가 벨을 울리자 방금 막 안으로 들어간 여자가 문을 열었다.

"안녕하세요. 우리는 짐 조든을 숭배하는 일본인입니다."

여자는 눈을 가늘게 뜨고 값을 매기듯 둘을 쏘아봤다. 노기는 광고에서도 본 적 없을 정도로 환하게 미소 지었다.

"목사님을 만나고 싶어서 지구 반대쪽에서 날아왔습니다.

부디 조든타운으로 데리고 가주세요."

"당신들, 중국인이죠? 우리는 아메리카 대륙에서만 활동하고 있거든요."

"어떠한 출신과 인종도 그 때문에 차별당하지 않는다. 목사님은 그렇게 말씀하셨을 텐데요?"

노기는 아까 공부한 성과를 선보였지만, 여자는 "인민교회의 신자는 모두 미국인입니다. 이건 정해진 사실이에요" 하고 쌀쌀맞게 대답했다.

아, 그렇습니까, 하고 물러설 수는 없었다. 오토야는 운을 하늘에 맡기고 모모즈 상사의 기술을 써보기로 했다.

"그럼 어쩔 수 없죠. 외국인의 가입을 인정하도록 윗선과 협상하거나, 일단 우리를 조든타운까지 데리고 가든가. 당신이 원하는 쪽을 선택하세요."

두 개의 선택지를 제시하여 '아무것도 하지 않는다는 선택지'를 고르지 못하게 하는 수법이었다.

여자는 곤란한 듯 곱슬머리를 긁더니, "여기서 기다려요"라고 집게손가락을 세우고는 그대로 문을 닫았다. 창문을 통해 무전기의 잡음과 여자의 딱딱한 목소리가 들려왔다. 아무래도 조든타운과 연락을 취하는 듯했다.

2분 후, 현관으로 돌아온 여자는 어딘가 불만스러운 듯 입매를 일그러뜨렸다.

"식량을 실은 경비행기가 한 시간 후에 포트 카이투마 공항으로 출발해요. 거기에 타세요."

"그 말씀은?"

"목사님은 당신들을 환영하십니다."

오후 6시. 티메리 국제공항 활주로에서 두 명을 태운 화물
운송용 경비행기가 날아올랐다.

"화물에는 손대지 마세요."

조종석의 젊은 남자가 돌아보지도 않고 말했다. 인민교회
의 신자는 아닌 듯, 아시아인 2인조에도 관심이 없는 모양
새였다.

"리리코도 이 경치를 봤을까?"

창밖을 내려다보며 노기가 감상적인 말을 꺼냈다. 때때로
나타나는 붉은 진흙땅과 검은 습지를 빼면, 짙고 푸른 밀림
이 끝없이 펼쳐져 있었다.

해도 저문 오후 6시 55분. 경비행기는 포트 카이투마 공
항에 착륙했다.

바퀴가 착지한 순간, 지진이라도 난 것처럼 기체가 흔들렸
다. 공항이라고 해도 밀림을 대패로 깎아낸 듯한 활주로에
대기실용 작은 건물이 하나 있을 뿐, 직원은 보이지 않았다.

"드디어 도착했군."

조종사에게 감사 인사를 하고 기체에 연결된 계단을 내려
왔다.

활주로 끝에 밀림으로 향하는 좁은 길이 뻗어 있었다. 그곳에 중형 트럭이 한 대 서 있었다. 운전석과 조수석에서 남자가 내렸다. 조든타운에서 화물을 실으러 온 것이리라.

"처음 뵙겠습니다." 노기가 웃으며 오른손을 내밀었다. "노기 노비루라고 합니다. 이쪽은 오토야 다카시. 일본에서 왔습니……."

고막이 날아간 것처럼 아무런 소리도 들리지 않았다.

몇 초가 지나고 나서야 발포음이 울려 퍼졌다는 사실을 깨달았다.

조수석에서 내린, 샌프란시스코 자이언츠의 야구모자를 쓴 키 큰 남자가 이쪽으로 손전등을 향했다. 눈이 부셔서 얼굴을 돌렸다. 눈이 빛에 익자 운전석에서 내린, 안색이 안 좋은 작은 체구의 남자가 군용 M1903 구식 라이플을 든 것이 보였다.

"진정하세요. 목사님이 우리를 환영한다고 했을 텐데요."

대범한 노기조차도 목소리가 떨렸다.

"이 마을을 지키는 건 우리야." 라이플을 든 남자가 노리쇠를 당겨 탄환을 장전했다. "너희가 악마 같은 습격자demonic attackers가 아닌지 확인해야겠어. 엎드려서 양손을 뒤로 돌려."

그가 말한 대로 젖은 땅 위에 엎드렸다. 남자들이 옷과 가방 안을 검사했다. 대화를 듣고 있자니, 카메라나 녹음기 같은 취재 도구나 날붙이와 총 같은 무기를 찾는 듯했다. 노기는 이때를 대비해 공항에서 자료를 버린 것이리라.

"습격자는 아닌 듯하군."

그렇게 결론을 짓더니 야구모자를 쓴 남자가 직접 손을 빌려주며 둘을 일으켜 세웠다. 라이플을 든 남자는 불만스러운 듯 그 모습을 바라봤다.

"무례를 용서하게. 나는 보안장관 조셉 윌슨이라고 하네." 야구모자 남자는 그렇게 이름을 대고는 "이쪽은 부하인 래리 래빈스"하고 턱으로 라이플을 든 남자를 가리켰다.

"꽤 난폭한 환영이군 그래."

"우리는 정체를 숨긴 자들로부터 집요한 공격을 받아 머나먼 이 땅으로 도망쳐왔어. 새로 온 사람에게 예민한 점, 이해해주길 바라네."

조셉의 말투는 섬뜩할 정도로 차가웠다. 속으로는 아직 둘을 의심하고 있다는 사실을 짐작할 수 있었다.

오토야와 노기는 그들의 지시대로 트럭 짐칸에 올라탔다.

조셉과 래리는 경비행기와 트럭을 왕복하며 목제 컨테이너를 짐칸에 실었다. 컨테이너는 크기가 제각각으로, 바깥쪽 나무판에 '시리얼cereal', '조미료spice', '어린이 과자kids snack', '약품medicine' 등이 적혀 있었다. 짐을 다 싣고는 래리가 운전석, 조셉이 조수석에 올라타고 트럭을 출발시켰다.

키가 큰 나무에 둘러싸인 길을 30분 정도 나아가자, 두 개의 기둥에 횡목을 걸친 간소한 문이 나타났다. '조든타운에 오신 것을 환영합니다. 인민교회 집단농장'이라는 간판이 걸려 있었다. 문을 넘어서자 트럭이 멈췄고, 옆에 있는 오두막에서 젊은 남자들이 설렁설렁 나왔다. 짐을 각각의 보관소로 옮기기 위해서이리라.

조셉은 남자들에게 몇 가지 지시를 내린 후 둘에게 "오늘 묵을 숙소로 안내하지"라고 말하고는 밭 사이로 난 길을 걷기 시작했다. 길 끝에 고상식高床式 오두막이 모여 있는 거주지가 보였다. 그의 등을 쫓으려던 그때…….

"잠깐만."

딱딱한 목소리가 날아들었다.

돌아보자 래리 래빈스가 M1903의 총구를 이쪽으로 향하고 있었다.

"그건 뭐지?" 총구가 노기의 엉덩이를 가리켰다. "주머니에 들어 있는 그거 말이야."

"어?" 하고 눈을 깜빡이며 노기가 주머니에 손을 찔러 넣었다. 접힌 종이를 꺼내더니 "앗" 하고 얼빠진 소리를 냈다.

그것은 조든타운으로 향하는 기내에서 흰머리 남자에게 받은 〈뉴욕 포스트〉였다. 1면의 표제는 "Crazy Jim Jorden has sex with gnu baby!" 즉, '미친 짐 조든은 누의 새끼와 섹스를 한다!' 오른쪽 아래의 풍자화에는 짐이 누와 후배위로 몸을 섞고 있다.

122

짐을 옮기던 남자들이 손을 멈추더니 노기가 손에 든 신문을 바라봤다. 그들의 눈동자에는 혐오, 아니, 증오의 빛이 감돌았다.

노기는 오토야를 보고는 '저질러버렸네'라고 입술을 움직였다.

"습격자다!"

래리가 곧장 노리쇠를 잡아당겼다.

"잠깐만"이라고 조셉이 제지하는 것보다 총신이 뒤로 밀리는 것이 더 빨랐다.

소리가 사라진 세계에서 노기가 2미터 정도 날아가버렸다. 오토야의 얼굴에도 미지근한 무언가가 튀었다.

노기에게 달려가는데 갑자기 청각이 되살아났다. 찰칵, 하는 금속성이 들렸다.

돌아보자 M1903을 어깨에 대고 자세를 취한 래리와 눈이 마주쳤다.

죽는다.

도망가고 싶었지만 다리가 위축되어 움직일 수가 없었다.

어깨를 웅크리고 눈을 감았다.

…….

"무기를 치우세요."

발포음 대신 들려온 것은 귀에 익은 목소리였다.

"비켜! 쏜다!"

"저는 짐 조든 씨에게 조든타운에서의 안전을 약속받았어요. 저를 쏘면 당신은 목사님의 뜻을 저버리는 셈이 됩니다."

쭈뼛거리며 눈을 떴다. 오토야를 보호하듯 젊은 여자가 팔을 펼치고 있었다. 왼쪽 손목에 본 적 있는 염주가 흔들렸다.

뭐야 이건. 그녀를 구출하기 위해 머나먼 지구 반대쪽까지 찾아왔는데, 왜 그녀가 나를 지키고 있는 거지?

햇빛에 그을어 완전히 새까매진 조수 아리모리 리리코를 보고, 오토야는 어찌할 바를 몰랐다.

2

혼란을 수습한 것은 보안장관 조셉 윌슨이었다.

그는 부하인 래리 래빈스에게서 M1903을 빼앗아 들더니 무전기로 진료소 의사를 불렀다. 그러고는 운반 역인 남자들에게 래리를 거주지로 데리고 가게 했다. 발포음을 들은 주민 몇 명이 달려왔지만, 조셉이 돌아가라고 명령하자 그 말을 따랐다.

노기는 명치 아래 부분이 8밀리미터 탄환에 관통된 채였다. 파열된 등 쪽 근육에서 끝없이 피가 솟구쳐 나왔다. 오토야가 상처를 누르려고 하자 내장이 동물처럼 꿀렁거리는 것이 보였다.

"여, 리리코. 무사했구나."

노기는 새하얀 입술을 움직이더니 "다행이네"라고 입가를 올린 채 그대로 의식을 잃었다. 손발이 두세 번 경련하는 것을 끝으로 더는 움직이지 않았다. 리리코는 셔츠로 상처를 묶어서 출혈을 막으려 했지만, 달구어진 돌에 분무기로 물을 뿌리는 것이나 마찬가지였다.

"이미 늦었네요."

진료소에서 달려온 여자 의사는 노기의 흉부를 확인하고 눈동자에 불빛을 비추고는 아이도 알 수 있는 말을 했다.

"자네들은 서로 아는 사이 같은데, 도대체 무슨 관계지?"

M1903을 어깨 뒤에 맨 조셉이 물었다. 리리코는 오토야에게 시선을 향한 후에 "이 사람은 제 상사예요. 래리 래빈스가 쏴 죽인 건 그의 친구고요. 〈뉴욕 포스트〉와는 아무 관계 없고, 물론 습격자도 아닙니다."

"그렇군." 조셉은 마치 기계 같은 동작으로 오토야를 바라봤다. "자네는 신자인 척하며 마을로 숨어들어 부하를 데려가려고 한 건가?"

오토야는 대답하지 않았지만 조셉은 예스라고 해석한 듯했다.

"정체를 숨긴 건 마음에 들지 않지만, 래리 래빈스가 한 일은 도를 지나쳤다. 부하를 대신해 사과하지."

그는 야구모자를 벗고 그렇게 말했다.

"사람을 죽여놓고 죄송하면 끝이야? 얼른 경찰부터 불러!"

"가이아나 공화국의 법률은 조든타운에 미치지 않는다. 경찰은 여기에서 그 어떤 권한도 없어."

"그럼 어떻게 책임질 건데?"

"목사님이 정한 규율에 따라 래리 래빈스에게 엄벌이 내려지겠지."

"짐 조든 마음대로라는 거야? 이건 꼭 독재국가 같군."

조셉은 눈썹을 찡그렸지만 딱히 오토야의 말에 반론하지 않았다.

"자네가 우리를 공격하지 않는 이상, 우리도 자네의 안전을 보증하지."

그는 그렇게 말하고는 야구모자를 고쳐 썼다.

무법의 땅이라고는 하지만 길 한복판에 사체를 방치해둘 수는 없는 모양이었다. 조셉과 로레타 샤흐트라고 자신의 이름을 밝힌 의사가 사체를 들것에 실어 마을 공동묘지로 옮겼다.

오토야는 리리코의 안내를 받아 거주지로 향했다. 리리코가 묵는 숙소에 빈 침대가 있다고 해서 오토야도 그곳에 묵기로 했다.

"묘한 기분이네."

그것이 본심이었다. 조든타운에 도착하자마자 소꿉친구가

총격을 당했고, 조수와 재회했으며, 소꿉친구가 죽었다. 어지럽게 내달리는 전개에 머리가 따라가지 않았다. 제정신을 잃고 조셉에게 대들었지만, 실제로는 노기가 죽은 것에 대한 분노나 슬픔은 아직 샘솟지 않았다.

"오토야 씨, 조셉 씨가 말한 게 사실인가요?"

주변에서 사람이 멀어지자 리리코가 일본어로 물었다.

"뭐가?"

"그러니까 정말로 저를 구하러 오신 거예요?"

"불만 있어?"

"아니요. 오토야 씨도 가끔은 명탐정처럼 행동하시네요."

리리코는 그렇게 말하며 살짝 미소 지었다. 리리코의 하숙집에 숨어들고 유흥업소 점장을 협박한 일은 비밀로 해두기로 했다.

"너야말로 왜 갑자기 거기서 나타난 거야?"

"우연이에요. 화장실에 볼일을 보러 갔는데, 컨테이너를 쌓은 트럭이 달려오는 게 보였거든요. 그래서 어떤 물자를 산 건지 궁금해서 짐을 내리는 모습을 보러 갔더니 트럭 짐칸에서 오토야 씨와 노기 씨가 내리지 뭐예요."

오토야는 리리코의 요의 덕에 목숨을 구했다는 것인가.

"6일에는 귀국한다고 했잖아. 일단 구속당한 것처럼 보이지는 않는데, 너는 여기서 뭐 하고 있는 거야?"

리리코는 "이야기가 길어요"라고 서두를 깐 후에 오늘까지 있었던 일을 설명했다.

11월 2일. 리리코는 사전에 안내받은 대로 뉴욕에 있는 록펠러 센터를 방문했다. 그곳에서 그녀는 기업인 찰스 클라크와 그의 비서가 엄선한 세 명의 조사단원과 얼굴을 마주했다.

"짐 조든이 진짜로 유토피아를 만들려고 하는지, 그저 단순히 형편이 좋은 거주지를 찾고 있을 뿐인지, 혹은 아무도 모르는 진짜 목적이 따로 있는지, 자네들이 그의 본심을 밝혀내주었으면 좋겠네."

웬만한 나라의 연간 예산 정도의 자산을 가지고 있다는 기업인은 조사의 목적을 그렇게 밝혔다.

조사단원이 CC 페트롤리움사의 비즈니스 제트기로 티메리 공항에 내리자, 인민교회 간부의 뜨거운 환대가 쏟아졌다. 자세한 인적사항까지 알리지는 않았지만, 조사단을 파견한다는 뜻은 사전에 전해두었다. 포트 카이투마 공항을 경유하여 조든타운에 도착한 조사단은 이번에는 짐 조든 본인에게 열렬한 환영을 받았다.

"그로부터 이틀간, 우리는 짐 조든에 대한 인터뷰와 신자를 대상으로 그룹 인터뷰를 했고, 집회에 참석해서 관찰했어요. 그 결과, 한 가지 결론에 도달했죠."

"인민교회가 새로운 거주지를 찾는 이유를 알게 되었다는 이야기야?"

"맞아요."

"가이아나로 이주한 이유도?"

"그 뿌리는 같아요."

"그럼 어째서 여기에 남아 있는 거지?"

"우리의 결론을 짐 조든이 납득하지 않았기 때문이에요."

"무시하고 떠나버리면 되잖아."

"불가능해요." 리리코는 어깨를 움츠렸다. "조지타운까지는 240킬로미터의 밀림이 가로막고 있어요. 짐 조든이 운송기에 탑승을 허락하지 않는 이상, 우리는 여기에서 나갈 수가 없어요."

그 때문이었다.

"너희를 가둬둔다 해도 찰스 클라크의 심증만 굳힐 뿐이잖아. 조든은 대체 무슨 생각이야?"

"그는 기적을 믿게 하려고 애쓰고 있어요. 여기에 온 후로 우리에게 다양한 마술을 선보였죠. 하지만 안타깝게도 간파할 수 없는 트릭이나, 논리적으로 설명되지 않는 건 하나도 없더군요."

역시 전 세계에서 모인 조사단이 그 정도의 속임수를 간파하지 못할 리가 없다.

"너희는 꽤 무르군. 나였다면 어린애라도 인질로 삼아서 얼른 돌아가게 해달라고 협박했을 텐데."

"뭐, 딱히 우리에게 위해를 가하는 건 아니니까요. 이대로 우리가 뉴욕으로 돌아가지 않으면 찰스 씨도 가만히 있지는 않을 거예요. 조든도 그걸 알고 있을 테니까 귀환 허가가 내려지는 건 시간문제라고 생각하고 있었어요." 그렇게 말하며 장난스럽게 눈을 가늘게 떴다. "설마 오토야 씨가 저를 찾으러 올 줄은 꿈에도 생각 못 했지만요."

"너희가 밝혀낸 이주의 이유가 도대체 뭔데?"

"그들만의 기적을 지속시키기 위해서예요. 혹은 공동환각을 유지하기 위해서라고도 할 수 있겠네요."

잘 이해가 되지 않는 이야기였다.

"그게 무슨 말이야?"

리리코는 이어 말하려 했지만, 갑자기 오두막 밑에서 동물이 뛰어나와서 둘의 주변을 걷기 시작했다. 너구리와 닮았지만, 너구리치고는 얼굴 생김새가 험악했다.

"이거, 덤불개라는 녀석이에요. 며칠 전부터 길을 잃고 헤매고 있더라고요."

리리코는 익숙한 듯 작은 야생동물을 다뤘다. 잠시 잊고 있었지만, 자신들은 밀림 한복판에 있는 것이다. 정말로 길을 잃은 것은 어느 쪽일까.

"일단 숙소로 갈까요?"

덤불개의 목덜미를 쓰다듬으며 리리코가 말했다.

조사단이 묵는 숙소는 거주지 동남쪽의 구석진 곳에 있었다. 짐 조든과 간부들은 북쪽 끝에 살고 있다고 하니 그들에게서 가장 먼 숙소를 배분했다는 말이 된다.

그곳 역시 다른 숙소처럼 고상식의 단순한 오두막이었다. 허리케인이라도 오면 토대와 함께 통째로 날아가버릴 것 같았지만, 이주 개시로부터 약 2년이 지났다고 하니까 나름대로 견고한 듯했다.

'남-30'이라고 적힌 문을 열었다. 나무로 된 2층 침대가 좌우에 늘어선, 잠수함의 침실처럼 보이는 방이었다. 문 옆 작은 벤치에 땅딸막한 백인 여자가 앉아 있었고, 바로 앞 침대 2층에 몸집이 왜소한 아시아인 청년이 가부좌를 틀고 있었다. 둘은 튕기듯 고개를 들고 오토야의 얼굴을 들여다봤다.

"제가 아르바이트 중인 탐정사무소 대표님이에요."

리리코는 오토야를 소개하고, 함께 머물게 된 경위를 짧게 설명했다.

"당신과 당신 친구의 용기를 칭송합니다."

백인 여자가 벤치에서 일어나서 과장된 어투로 두툼한 팔을 내밀었다. 오토야가 손을 잡자, 곧장 팔을 잡아당겨 강하게 포옹했다. 키스도 하는 것 아닌가 하고 경계했지만, 여자는 등을 툭툭 두드리더니 오토야에게서 몸을 뗐다.

여자를 다시 바라보고 깜짝 놀랐다. 거창하게 컬을 넣은 금발 머리에 파란 눈동자, 뾰족한 매부리코. 오토야는 그 얼굴을 텔레비전에서 본 적이 있었다.

"사이비 과학 탐정인 조디 랜디 씨군요."

그녀는 유사 과학을 강하게 비판해온 것으로 잘 알려진 미국의 정신과 의사였다. 저서인 《초능력은 거짓말을 한다》가 전 세계에서 베스트셀러가 되어, 수년 전에는 일본 텔레비전 프로그램에도 출연했다. 리리코의 하숙집에 그 책이 있었던 것은 조디 랜디 역시 조사단으로 간다는 사실을 알고 흥미를 느꼈기 때문이리라. 개인적인 조사를 위해 이런 유명인을 초빙하다니, 역시 부자는 스케일이 다르다.

"그 별명은 그다지 좋아하지 않지만요."

조디는 그렇게 말하며 어깨를 으쓱했다. 블라우스의 가슴 부근에는 금테를 두른 터키석 펜던트가 매달려 있었다. 유사 과학을 비판하는 권위자가 미신적인 효험이 있는 광석으로 알려진 터키석을 걸고 있다니 어쩐지 위화감이 느껴졌지만, 그저 액세서리로서 착용하고 있는 것이리라.

"이하준입니다. 잘 부탁합니다."

아시아인인 덩치 작은 청년이 사다리에서 내려와서 오른손을 내밀었다. 이쪽은 안타깝게도 본 적 없는 얼굴이었다. 쭈뼛쭈뼛 손을 맞잡았지만, 이번에는 가볍게 흔들 뿐이었다.

"2년 전에 한국 광주의 가톨릭 성당에서 신자를 성폭행한 사실이 발각된 사건, 기억하세요?" 리리코가 입을 열었다. "그 사건을 해외 언론에 고발한 게 당시 서울대생이던 이하준 씨예요."

오토야의 기억에는 없었지만 그 사건은 한국에서 큰 화제를 불러일으켰다고 했다. 주범인 신부가 대통령의 먼 친척이었기에 정권에 대한 비판을 두려워한 중앙정보부가 사건을 은폐했다. 이하준은 목숨을 위협받아 미국에 망명한 상태라고 했다. 그는 리리코와 마찬가지로 종교단체의 악행을 폭로한 실적을 높게 평가받아 찰스 클라크에게 스카우트된 것이었다.

　"리리코 씨가 부럽네요. 이런 곳까지 구해주러 오는 동료가 있다니요."

　이하준이 쓸쓸한 눈으로 리리코에게 웃어 보였다. 제멋대로 자라게 내버려둔 수염 때문에 옛날 영화 속 사기꾼처럼 보였지만, 자세히 관찰하니 성실해 보이는 얼굴이었다.

　"잠깐만. 아까는 조사단원이 너 말고 세 명이라고 하지 않았던가?"

　"네. 나머지 한 명, 알프레드 덴트 씨라는 사람이 있어요." 리리코는 어째서인지 득의양양하게 답했다. "덴트 씨는 전 FBI 조사관인데, LA의 마피아와 스트리트 갱, 백인우월주의 단체와 맨슨 패밀리 조사에도 관여했어요. FBI에서 퇴직한 후에도 경찰과 정보기관의 의뢰를 받아 독자적인 조사를 하고 있어요."

　"독자적인 조사?"

　"잠입수사예요."

리리코는 마치 새로운 놀이를 발견한 아이 같은 표정으로
말했다.

"덴트 씨는 인민교회 신자인 변호사로 위장해 간부 숙소
에서 지내고 있어요."

1978년 11월 15일

1

"오토야 씨, 손님이에요."

리리코의 목소리에 눈을 떴다. 벌레가 파먹은 듯한 벽의 작은 구멍에서 가늘게 빛이 들어왔다. 긴 밤이 지나고 날이 밝은 것이다. 오토야는 스물두 시간이 넘는 긴 여정의 피로와 고온다습한 날씨, 날아드는 벌레들 때문에 마치 진자처럼 밤새 수면과 각성을 반복했다.

"당신이 오토야 씨군요."

이번에는 들은 적 없는 목소리가 들렸다. 위쪽 침대에 부딪히지 않도록 조심조심 몸을 일으켜서는 통로로 고개를 내밀었다.

문 안쪽으로 한 발짝 들어선 곳에 백인 남자가 서 있었다. 30대 중반에 키가 크고 앞머리를 9대 1로 정리했다. 늠름

하고 두툼한 눈썹에 오똑한 코. 일본 여자에게 인기 있을 것 같은 얼굴이었다. 좌우의 형태가 살짝 다른 눈이 시원스러운 외모에 소소한 야성미를 더했다.

"목사님이 이야기를 나누고 싶다고 하십니다. 7시 30분까지 혼자서 '아버지의 집'으로 오십시오."

손목시계를 보자 6시 50분이었다.

"당신은?"

"피터 웨더스푼. 인민교회의 내무장관을 맡고 있습니다."

남자는 허리를 굽혀 오토야와 악수를 하고는 "그럼"이라고 인사하고 '남-30'에서 나갔다.

잠이 확 깨는 동시에 놀라움이 샘솟았다. 머나먼 조든타운까지 온 이상 짐 조든을 만나보고 싶다고 생각했지만, 설마 상대 쪽에서 먼저 초대를 할 줄이야.

"나, 살해당하는 건 아니겠지?"

배에 구멍이 뚫린 노기의 사체가 머릿속에 떠올랐다.

"그런 일은 없을 거예요." 리리코가 위쪽 침대에서 사다리를 내려왔다. "짐 조든이 우리를 돌려보내지 않는 건 결국 찰스 클라크 씨에게 좋은 모습을 보이고 싶어서예요. 조사단이나 그 관계자에게 위해를 가할 리 없어요."

그렇다면 다행이지만.

오토야는 리리코의 안내를 받아 우물물로 얼굴을 씻고 지급된 옷으로 갈아입었다.

사실은 함께 가주었으면 했지만, '혼자서'라는 지시가 있었기에 어쩔 수 없었다. 리리코가 알려준 방향과 표식을 따라 '아버지의 집'으로 향했다.

하늘에는 조개구름(가이아나에 조개가 있는지는 모르지만)이 천천히 흘러갔다. 같은 간격으로 숙소가 이어진 거주지를 북쪽으로 걷다 보니, 좌우의 숙소에서 주민들이 연이어 나왔다. 그들은 가벼운 인사를 나누면서 지붕과 기둥만으로 만들어진 커다란 건물로 들어갔다. 저곳이 식당이리라.

주민은 대부분 아프리카계로, 백인은 20퍼센트 남짓이었다. 사이비 종교의 신자라고 해도 "당신은 신을 믿습니까?" 하며 밑도 끝도 없이 물어대지는 않았다. 어디에든 있는 평범한 사람들 같았다.

식당과 같은 구조의 건물(연설대가 보이는 것으로 보아 아마도 예배 시설이리라)에 도착했기에 오른쪽으로 돌아서 다시 북쪽으로 나아갔다. 가늘고 긴 단층 건물(창문 너머로 칠판이 보이는 것을 보면 학교인가?)과 거주지 사이를 나아가, 학교와 같은 구조지만 사람이 사는 듯한 건물(간부용 숙소이리라) 앞에서 왼쪽으로 돌자, 다른 숙소를 크게 부풀린 듯한 고상식 건물이 있었다.

맞배지붕 꼭대기에 십자가가 솟아 있다. '아버지의 집'이다. 창문에는 검은 커튼이 쳐져 있고, 벽 앞에는 대형 스피커가 쌓여 있었다.

"자녀들이여, 좋은 아침이다."

갑자기 스피커에서 굵은 목소리가 울려 퍼졌다. 2초 정도 사이를 두고 마을 여기저기에서 동시에 같은 소리가 메아리처럼 들렸다. 우두머리 괴물이 먼저 짖고 부하들이 일제히 따라 짖는 것만 같았다.

"어젯밤에 우리 유토피아에 새로운 습격자가 나타났다. 하지만 용맹한 보안반이 그놈을 사살했다. 우리 생활은 지켜졌다."

목소리의 주인은 짐 조든이리라. 이른 아침부터 꽤 기분 좋은 듯 연설하는 중이다.

장비 배치를 보니, 집 안에 있는 짐 조든이 마이크를 사용해 외부 스피커로 연설을 내보내고, 그것을 다시 마을 곳곳의 스피커로 송출하는 시스템인 모양이었다. 조든의 목소리를 직접 송출하는 편이 2초의 시간차도 없고 효율적일 것 같지만, 장비가 고장나서 고육지책을 쓰는 것이 아닐까 싶었다.

손목시계는 7시 25분을 가리키고 있었다. 문을 두드려 연설을 중단시킬까 생각했지만, 기분을 상하게 해서 좋을 리는 없을 터였다. 오토야는 '아버지의 집' 앞을 지나쳐서 화장실로 보이는 오두막 처마 끝에서 담배에 불을 붙였다.

작은 발소리가 귀를 두드렸다. 숙소가 이어진 거주지에서 '아버지의 집' 쪽으로 소년이 걸어왔다. 나이는 열두세 살. 옆모습을 보니 아시아계처럼 보였다. 몹시 딱딱한 표정으로 무언가를 감싸듯 양손을 겹치고 있었다.

"부디 겁내지 말고 건강한 하루를 보내길 바란다."

뚝, 하고 소리가 끊기며 연설이 끝났다.

소년은 오른손 팔꿈치로 능숙하게 '아버지의 집'의 벨을 울렸다. 전자자물쇠 열리는 소리와 함께 "들어와"라는 목소리가 새어 나왔다. 소년은 팔꿈치로 문손잡이를 누르고는 건물 안으로 들어갔다.

시각은 7시 28분. 1분 정도 먼저 온 손님의 용무가 끝나기를 기다렸지만, 소년이 나올 것 같지는 않았다. 지각했다고 욕을 먹는 것도 싫었기에 현관의 벨을 울렸다.

"들어오시오."

조금 전과 같은 목소리가 들렸다. 문을 열고 안으로 들어섰다.

그곳은 마치 동굴 같았다. 어둡고 춥고 습했다. 커튼을 친 상태임에도 천장의 전구는 딱 하나만 켜져 있었고, 닭살이 돋을 정도로 에어컨이 강했다. 신성함을 자아내기 위한 연출인 것일까. 벽은 진한 남색으로 칠해졌고, 바닥에도 새까만 타일이 깔려 있었다.

현관 안쪽에는 카운터 같은 기다란 테이블이 있고, 그 너머에 목제 책상과 침대, 책장 등이 놓여 있었다. 캠프장의 산장이라면 모를까, 사이비 종교 교주의 방치고는 상당히 소박했다.

짐 조든은 테이블 건너편의 등이 높은 의자에 깊숙이 앉아 있었다. 실내임에도 트레이드마크인 선글라스를 끼고 있었다. 앞서 들어온 소년이 옆에 서서 불안한 듯 짐의 손 쪽을 들여다보는 중이었다.

"아리모리 리리코 씨의 상사로군. 거기 앉게나."

조든은 테이블 앞에 고정된 둥근 의자를 가리키며 울림 있는 목소리로 말했다.

"너는 밖에서 기다려. 빌은 내게 맡기고."

소년의 어깨를 두드리며 그렇게 말했다. 소년은 코감기가 걸린 듯한 목소리로 "알겠습니다"라고 답하고는 '아버지의 집'을 나갔다.

"조든타운에 잘 오셨소."

조든은 손에 무언가를 든 채로 다리만으로 의자를 움직여 오토야 쪽으로 향했다.

오토야는 엄청난 위화감을 느꼈다.

이 남자는 가짜 아닌가?

물론 그럴 리 없다. 눈앞에 있는 남자의 얼굴은 〈뉴욕 포스트〉의 풍자화와 같았다. 틀림없이 짐 조든 본인이다.

하지만 그의 얼굴은 부자연스러웠다. 머리는 검게 빛나고 피부도 이상할 정도로 혈색이 좋았다. 어떻게 봐도 쉰 살에 가까운 남자의 그것이 아니다. 염색약과 페이스 파우더를 사용해 필사적으로 짐 조든으로 존재하고자 애쓰고 있다.

그런 인상을 받았다.

"자네 친구 일은 매우 애석하군."

자신감으로 가득 찬 표정은 그대로였지만 목소리에만 애석함을 띠었다.

"친구의 유해는 공동묘지의 관리 오두막에 안치시켰네. 무엇보다 자네를 이 개척지에 가둬둘 필요도 없지. 자네가 희망한다면 언제든 조지타운으로 보내줄 생각이야."

"당장 그렇게 해줘. 그러는 김에 아리모리 리리코도 데리고 가지."

"그건 불가능해." 조든은 오른쪽 어깨를 들어 올렸다. "그녀는 이 유토피아의 의미를 올바르게 해석할 의무가 있어."

"난 조수를 데리고 돌아가려고 온 거야. 혼자서는 돌아가지 않아."

"그런가. 그렇다면 자네에게 부탁이 있네."

마치 정치인의 연설처럼 조든은 '자네'를 강조했다.

"자네가 조사단을 설득해주지 않겠나? 인민교회에는 기적이 존재한다. 우리는 보호받아야 한다, 라고."

그렇군. 오토야를 부른 이유가 이것인가.

"어디에 기적이 있는데? 지붕 위?"

"자네는 신을 믿나?"

오오, 드디어 시작인가.

"어렸을 때, 나한테만 산타클로스가 없었어. 그때 이후 당신들의 신은 믿지 않아."

오토야는 솔직히 답했다.

"자네의 몸에 어디 안 좋은 곳은 없나?"

"에어컨이 너무 세서 그런지 아까부터 코가 간지러워."

"내게는 동지의 괴로움을 없앨 힘이 있어. 자네의 코를 뻥 뚫리게 하고 두 번 다시 코를 골지 않게 해줄 수도 있지. 물론 자네가 신앙을 받아들인다는 전제 하에."

"그건 대단하군. 틀림없이 기적이야." 오토야는 양팔을 벌렸다. "하지만 내 코가 뻥 뚫렸다고 주장해도 조사단 녀석들은 그걸 기적이라고 인정 안 하지 않을까? 그런 식의 확신을 이용한 트릭은 사기꾼 초능력자의 단골 수법이잖아."

"곤란하군."

조든은 갑자기 고개를 숙이더니 손에 들고 있던 '그것'을 테이블에 놓았다.

"마침 딱 좋은 게 있다. 자네에게 빌의 상처를 고치는 모습을 보여주지."

가까이 오라는 식으로 손가락을 까닥였다. 오토야는 의자에서 일어나 몇 발짝 걸어가 테이블을 내려다봤다.

거기에 있는 것은 도마뱀이었다. 머리끝부터 꼬리 끝까지 20센티미터 정도. 일본에서 보던 것보다 두 배 정도 크고, 온몸이 사파이어처럼 푸른색이었다. 파인애플처럼 가시가 돋은 비늘이 온몸을 뒤덮고 있었기에 쓰다듬는 것만으로 손가락에 구멍이 날 것 같았다.

"빌을 소개하겠네. 에메랄드 스위프트종으로, 방금 나간 소년 Q의 가장 친한 친구이기도 하지. 학교 쉬는 시간에 광장에서 곤충을 먹이다가 야생견한테 공격당했다고 하더군."

어젯밤에 만났던 그 덤불개일 터였다.

조든은 커튼을 걷어 테이블을 밝혔다. 빌은 죽은 것처럼 움직이지 않았다. 관절이 부러진 듯 원래 ㄱ자 형태로 휘어져 있어야 할 오른쪽 앞다리가 앞으로 쭉 뻗은 상태였다.

"Q는 상냥한 아이야. 어떻게든 살려달라며 이곳으로 빌을 데리고 왔지. 그의 부탁에 응하지 않으면 안 되겠지."

조든은 계란이라도 부화시키듯 빌의 온몸을 양손으로 감쌌다.

10초, 20초, 30초…….

엄지손가락 아래에서 꿈틀, 꼬리가 움직였다.

조든이 천천히 손을 열었다.

빌은 고개를 들고, 잠에서 깬 아이처럼 고개를 좌우로 흔들었다. 목이 부풀었다가 줄어들기를 반복했다. 오른쪽 앞다리는 말끔하게 ㄱ자로 되돌아가 있었다.

"아아, 다행이야."

도마뱀은 손과 발을 번갈아 움직여서 조금씩 테이블을 걷기 시작했다. 선글라스 너머로 미소 짓는 조든의 눈매가 보였다.

"내 코를 뻥 뚫리게 하려면 신자여야만 한다고 하지 않았나? 그럼 이 도마뱀은 인민교회 신자인 거야?"

"빌은 우리의 신앙을 이해할 능력이 없어. 다만 빌은 이 마을에서 자란 우리 친구다. 도마뱀 같은 하등한 동물이라면 그것만으로도 내 힘을 받아들일 수 있지. 인간은 그렇게 할 수 없지만 말이야."

조든은 득의양양하게 손을 비볐다.

"그렇군. 감동했어." 오토야는 다시 둥근 의자에 앉아 조든을 바라봤다. "잘 짜여진 '마술'이군."

조든의 두툼한 눈썹이 튕기듯 올라갔다.

"나도 탐정 일로 밥을 벌어먹고 살아. 안타깝게도 찰스 클라크에게는 뽑히지 못했지만, 이런 식의 트릭을 간파하지 못할 정도로 바보는 아니야."

조든의 팔에 핏줄이 솟았다.

"이 방에 들어왔을 때부터 신경 쓰이는 게 있었어. 더운 곳이라지만 에어컨이 지나치게 세다는 점이었지. 목사가 무척이나 더위를 타는 사람인가 하고 생각했지만, 그런 인간이 적도 가까이에 있는 열대우림을 이주지로 고르리라고는 생각하기 어려워.

당신은 내가 들어온 후 줄곧 빌을 손에 들고 있었어. 도마뱀은 변온동물이야. 기온이 낮아지면 체온도 낮아지지. 체온이 한계치 이하로 낮아지면 대사가 정체되어 움직이지 못하게 돼. 당신이 이 방의 온도를 매우 낮게 맞춘 건 빌이 움직이지 못하게 하기 위해서겠지. 양손으로 열심히 감싸 따뜻하게 데운 건 빌의 체온을 원래대로 돌리기 위한 거고.

빌이 충분히 따뜻해진 참에 당신은 마지막으로 커튼을 걷어서 햇빛까지 쬐게 했지. 빌은 무사히 체온을 회복해서 기운차게 움직이기 시작했어."

문득 테이블을 보니 빌은 작은 흙덩이만 남겨두고 모습을 감춘 채였다. 어느샌가 벽으로 옮겨가 창문틀 위까지 기세 좋게 기어오르고 있었다.

"당연히 아까 그 소년이 빌을 데리고 왔다는 건 거짓말이겠지. 당신은 내무장관에게 명령해서 7시 30분에 '아버지의 집'으로 오라고 나한테 전하고는 그 시각에 맞춰 소년에게 상처를 입은 도마뱀을 가지고 오는 척하도록 지시했어."

"빌의 앞다리가 부러져 있는 걸 보지 못했나? 그걸 내가 원래대로 되돌린 것도 마술이라는 건가?"

"물론이지. 체온을 낮춘 후에 무리해서 잡아당겨서 관절이 부러진 상태인 것처럼 속인 거잖아."

조든은 흙을 털어내듯 테이블 위를 쓸더니 양손을 위로 올렸다.

하지만 테이블에는 흙이 그대로 남아 있었다. 여유 있는 척하고 있지만, 어차피 허세일 뿐이다.

오토야는 의자에서 몸을 일으키고는 창문 위로 손을 뻗

어 비늘에 찔리지 않도록 조심하며 빌의 목을 붙잡았다. 테이블에 빌을 내려놓고 오른손으로 어깨를 누른 채 왼손으로 오른쪽 앞다리를 잡아당겼다.

"흠."

앞다리는 앞으로 쭉 늘어났지만, 손가락을 떼자 곧장 원래의 ㄱ자로 돌아가 버렸다. 근육이 이 형태로 돌아가게끔 되어 있는 것이리라. 다리가 뻗은 상태로 만들려면 다리를 붙잡고 있는 수밖에 없었다.

"보면 알겠지?"

조든은 만족스러운 듯 입가를 치켜올렸다.

"자네가 제아무리 억지 논리를 늘어놓더라도 빌의 다리가 부러져 있었던 것도, 그것이 나은 것도 모두 사실이야. 내가 빌의 상처를 치료한 거다."

"그건 불가능해."

"뭐 됐어. 자네도 결국 그 조사단 녀석들과 같다는 사실을 잘 알겠군."

조든은 지팡이를 짚고 몸을 일으킨 후에 창밖 마을로 얼굴을 향했다.

"조든타운 주민들의 이야기를 들어보지 그래? 분명 기적이 존재한다는 사실을 자네도 알게 될 테니까."

2

"……그래서 반론도 못 하고 돌아오신 거예요?"

리리코는 어깨를 떨구고 크게 한숨을 내쉬었다. 전 재산을 건 경주마가 트랙을 돌다가 넘어지는 모습을 본 듯한 표정이었다.

"너는 무슨 수법인지 알아?"

"물론이죠. 5일 전에 같은 마술을 선보였으니까요. 그때는 세 명 다 바로 알아챘어요."

조디 랜디와 이하준이 옥수수죽을 입에 넣은 채 끄덕였다.

오전 8시 20분. 숙소로 돌아온 오토야는 조사단 세 명과 함께 식당을 찾았다. 내무장관인 피터 웨더스푼이 다른 주민과 함께 그곳에서 아침과 저녁 식사를 하라고 지시했다고 했다. 대부분의 주민은 농장 일을 위해 8시 전에 식사를 마친 터여서, 오토야 일행이 식당에 도착했을 때는 사람이 거의 없었다.

"우리 때는 이구아나였지만요." 이하준이 그렇게 말하며 식은 양파 수프를 먹었다. "그리고 정답을 정확히 맞힌 건 조디 씨뿐이에요. 저와 리리코 씨는 속임수를 추측하는 것까지였고요."

솔직한 남자다. 오토야는 이하준에게 호감을 느꼈다.

"사전에 가지고 있던 지식이 많았던 것뿐이에요." 유사 과학 비판의 권위자가 겸손을 떨며 설명을 덧붙였다. "샌프란시스코에 있던 무렵, 짐 조든이 유리 겔러 흉내를 냈다는 건 알고 계신가요?"

노기가 읽으라고 준 자료에 그런 내용이 적혀 있었다는 사실이 떠올랐다.

"숟가락 정도는 자신도 구부릴 수 있다고 캘리포니아 방송국에 편지를 보냈다고 했던가."

조디는 고개를 끄덕이고는 오른손으로 숟가락의 오목한 부분을 잡았다.

"숟가락 구부리기에는 몇 가지 트릭이 있지만, 가장 간단하고 수법이 드러나지 않는 게 바로 저융점 합금^{low melting point alloys}을 사용하는 방법이죠."

"뭐라고?"

"문자 그대로 낮은 융점에서 녹는 금속을 말해요. 유리 겔러가 사용한 것으로 보이는 갈륨의 융점은 29.8도. 이 소재로 만들어진 숟가락은 손가락으로 문지르는 것만으로 흐늘흐늘 휘어져버려요. 조든은 유리 겔러를 따라잡으려고 숟가락 구부리기 트릭을 조사하는 와중에 저융점 합금에 대해 알게 되었겠죠. 그러다 작은 동물의 상처를 치료하는 마술의 아이디어를 얻은 게 아닐까요?"

"숟가락 구부리기와 도마뱀의 상처를 낫게 하는 건 전혀 다른 이야기잖아."

"아니요. 결국 똑같은 수법이에요. 조든은 도마뱀의 다리에 저융점 합금으로 만든 바늘을 찔러둔 거예요."

따끔, 하고 닭살이 돋았다.

"뾰족한 가시 안쪽으로 바늘을 찌르면 상처가 보이지 않습니다. 조든은 다리가 똑바로 펴진 상태가 되도록 바늘로 근육을 고정해둔 거예요.

변온동물의 체온이 주위의 기온에 맞춰서 변화한다는 사실은 아시죠? 손으로 감싸거나 햇볕을 쬐게 하거나 해서 피부를 따뜻하게 하면 체내의 온도도 상승합니다. 그러면 다리에 꽂힌 바늘이 녹아 다리를 구부릴 수 있게 되죠. 바늘에 찔린 상태라는 사실을 알지 못하는 사람에게는 부러져 있던 관절이 씻은 듯이 나은 것처럼 보일 수밖에요. 물론 근육은 상처를 입을 테고, 녹은 금속이 체내에 남아 있는 이상, 그 도마뱀이 무사하지는 못할 테지만요."

상처를 치료한다고 말한 주제에 실제로는 빌을 크게 상처 입혔다는 말이다.

"조든타운에 도착한 이후, 조든은 우리에게 많은 마술을 보여주었어요. 하지만 안타깝게도 그 수법을 알아채지 못한 건 하나도 없었죠. 이래서는 기적이라고 인정할 수 없어요. 조든도 그걸 알기에 물러설 수 없게 된 거고요."

리리코가 푸념과 한숨을 동시에 내뱉었다. 초보에게라면 몰라도 이 세 명에게 기적을 믿게 하는 것은 불가능에 가까 우리라.

"더군다나 저들의 눈으로 보면, 조든이 일으킨 기적을 우리가 트집 잡는 것처럼 보일 테죠."

이하준은 열심히 밭을 일구고 있는 신자들에게 눈길을 향하고는 그렇게 덧붙였다.

"또 하나, 신경 쓰이는 점이 있는데." 근처에 신자는 없었지만 오토야는 만약을 위해 목소리를 낮췄다. "짐 조든은 눈이 보이지 않는 건가?"

이미 알고 있는 것이리라. 세 명 모두 놀란 모습은 보이지 않았다.

"전맹全盲인지는 모르겠지만, 시력이 상당히 안 좋다는 점은 분명해요."

마찬가지로 작은 목소리로 리리코가 답했다.

조든이 '기적'을 선보이고 오토야가 그에 반박했을 때 조든은 어째서인지 손바닥으로 테이블을 쓸었다. 처음에는 흙을 털어내려고 한 것이라고 생각했지만, 흙은 그대로였다. 그때 조든은 무엇을 한 것이었을까.

오토야가 변온동물의 성질을 이용한 트릭을 지적하자, 조든은 빌의 오른쪽 앞다리가 원래대로 돌아간 것을 언급하며 오토야에게 맞섰다. 조든은 그때, 빌을 들어 올려서 오토야에게 오른쪽 앞다리를 보여주려고 한 것은 아닐까.

하지만 오토야가 말하는 동안 빌은 발소리를 내지 않고

벽으로 옮겨가 있었다. 빌의 피부는 사파이어 같은 푸른색, '아버지의 집'의 벽도 진한 남색이다. 빌의 형태가 벽에 녹아들어 조든의 눈에 보이지 않았고, 조든은 빌이 벽으로 옮겨갔을 거라고는 생각하지 못한 채 테이블을 쓸며 빌을 찾으려 한 것이리라.

"신자들은 조든의 눈에 대해 알고 있나?"

세 명은 나란히 입을 열었지만, 제대로 설명할 수 없는지 좀처럼 말이 나오지 않았다.

"그들의 인식은 복잡해요." 겨우 목소리를 낸 것은 조디였다. "설명하는 것보다 실제로 보시는 편이 빠를 것 같네요."

조든도 비슷한 말을 한 것이 떠올랐다.

"잠시 후에 열릴 그룹 인터뷰에 오토야 씨도 참석해주세요."

오전 10시. 오토야와 조사단 세 사람은 조든타운의 학교를 방문했다.

벽에 나란히 달린 작은 창문을 통해 교사의 목소리가 새어 나왔다. 문에 A라고 적힌 교실을 들여다보자, 서른 명 정도의 아이들이 의자에 앉아서 지루한 듯 수업을 듣고 있었다. 디즈니 영화의 마법사처럼 수염을 기른 덩치 작은 남자가 교단에서 낭랑하게 교과서를 읽고 있었다. B와 C 교실에도 비슷한 수의 아이들이 있었기에 합치면 백 명 전후의 학생이 있는 듯했다.

"아이들은 이 근처의 다섯 개 숙소에서 공동생활을 하고 있어요. 기숙사라고 보면 되겠네요."

안 그래도 자유가 억압된 마당에 아이들만 따로 떼어 한 장소에 가둬두었단 말인가. 오토야는 어른들에게 엄청난 분노를 느꼈다.

학교 앞을 지나쳐 E 교실에 들어갔다. 빈 교실인 듯, 아이들 대신 어른 네 명이 기다리고 있었다. 한 명은 오늘 아침 '남-30'에 오토야를 부르러 왔던 잘생긴 남자, 즉 내무장관인 피터 웨더스푼. 나머지 세 명은 본 적 없는 얼굴이었다.

조사단은 매일 신자 서너 명을 그곳에 호출해 그룹 인터뷰를 가진다고 했다. 조사는 짐 조든 공인 하에 이뤄지고 있었고, 간부들도 협력했다. 당초 예정되어 있던 인터뷰 횟수는 이미 채운 상태였지만, 어차피 바깥으로 나갈 수 없으니 데이터라도 늘리자는 이유로 귀환 예정이었던 5일 이후에도 인터뷰가 계속되고 있었다.

"오늘도 잘 부탁드립니다."

피터는 그렇게 말하고 가장 뒤에 있는 장의자에 앉았다. 간부로서 조사에 입회한 듯하나 조사단을 감시하는 것처럼도 보였다.

인터뷰 대상자는 세 명. 얼굴에 상처가 있는 남자가 농경반의 월터 데이비스. 휠체어에 앉은 남자가 특무반의 프랭클린 파테인. 지친 표정으로 등을 웅크린 여자가 서무반의 루이스 레즈너라고 각기 자신의 이름을 말했다. 주민의 생활을 관찰하던 와중에 이 세 사람에게 흥미를 느껴 호출했다고 조사단은 설명했다.

인터뷰는 이하준이 주로 질문하고, 조디와 리리코가 노트에 기록하면서 때때로 끼어드는 형태로 이루어졌다.

이하준은 사람 좋은 미소를 띤 채 조식의 죽에 들어 있던 셀러리가 맛있었다라는 거짓말 같은 이야기로 자리의 분위기를 띄우고는 "어떤 일을 하나요?", "가족은 있나요?" 같은 별스럽지 않은 질문으로 긴장을 풀었다. 그러더니 점차 "왜 인민교회에 입회했나요?", "조든타운에서의 생활에 만족하나요?" 같은 질문을 이어가며 깊이 파고들었다. 과거 가톨릭 성당의 성폭행 사건을 고발했을 때도 이런 식으로 증언을 모았으리라.

이하준의 인터뷰 기술에는 감탄했지만, 세 명의 답은 좋든 나쁘든 예상대로였다. 정해진 문구처럼 인민교회와 짐 조든을 칭송하고, 언론을 맹신하는 대중을 비난할 뿐이었다. 하나의 정답만이 존재하는 취업면접을 보는 듯한 기분이었다.

"만약 조든타운이 없어진다면 어떻게 하시겠어요?"

그들의 태도가 달라진 것은 이하준이 그 질문을 한 이후였다.

제일 먼저 반응한 것은 루이스 레즈너였다. 입가에 미소

를 띠었다가 곧바로 그 표정을 숨기려 애쓴 것이다. 저질러
버렸다는 표정으로 뒤에 앉은 내무장관을 바라봤지만, 그가
무언가를 깨달은 것처럼 보이지는 않았다.

방금 그 미소를 있는 그대로 해석한다면 루이스는 조든타
운이 없어지는 것을 바라고 있다는 말이 된다. 불편하고 지
루한 생활에 질린 것일까, 혹은 다른 이유가 있는 것일까.

"어떠신가요? 루이스 씨."

이하준은 아무 일 없었다는 듯한 표정으로 물었다.

"그런 일은 도저히 생각할 수 없습니다. 저는 물론 딸인 시
드니도 곤란해질 거예요."

교과서적인 답변이었다.

"월터 씨는 어떠신가요?"

옆의 남자에게 시선을 향했다. 월터 데이비스는 오른쪽 볼
에 손을 대고 부모라도 잃은 듯한 표정으로 답했다.

"저도 마찬가지입니다. 조든타운이 없어지면 산송장이 되
겠죠. 다시 샌프란시스코로 돌아간다니 생각하고 싶지도 않
습니다."

이는 본심을 말하는 것처럼 보였다.

"여기에 오기 전에 괴로운 일이라도 겪으셨나요?"

"전쟁입니다. 저는 1968년부터 1971년까지 베트남에 있
었어요. 당신네 나라가 지원한 북베트남군에 맞서 싸웠죠.
공산주의로부터 세계를 지키기 위해 싸웠는데, 귀국했더니

돌팔매질을 당하고 갓난아기를 죽였다고 매도당했습니다."

"그건 참 괴로우셨겠네요."

월터는 이하준을 중국인이라고 확신하는 듯했지만, 이하준은 딱히 아무 말도 하지 않았다.

"고향인 애너하임에 이별을 고하고 샌프란시스코로 이주했지만, 사람들이 저를 보는 눈은 달라지지 않았습니다. 그 이유를 아시겠습니까?"

월터는 자조적인 미소를 보이더니 오른쪽 볼에서 목까지 쓰다듬었다.

"베트남 후에 시에서 클러스터 폭탄의 폭발에 휘말려서 말이죠. 여기서 여기까지 커다란 상처가 있었습니다. 믿기십니까?"

순간 월터의 말을 잘못 들었나 생각했다.

"조든타운으로 옮겨 살기 시작한 이후, 어느샌가 화상이 없어졌습니다. 다 목사님 덕입니다."

오토야는 눈을 비비고 월터의 얼굴을 다시 바라봤다.

그의 피부에는 켈로이드 흉터가 그대로 남아 있었다.

"때문에 저는 이곳이 아닌 곳에서의 생활은 생각할 수 없습니다."

이 남자는 상처가 없다는 식의 연기를 하는 중일까. 아이 같은 행동이었지만, 그런 것치고는 행동에 망설임이 없었다. 설마 진짜로 상처가 없어졌다고 믿고 있는 것일까.

"프랭클린 씨는 어떠신가요?"

이하준이 옆의 남자를 떠보았다. 오토야는 또다시 가슴이 뛰는 것을 느꼈다. 이 남자는 휠체어에 타고 있다. 설마…….

"나도 마찬가지요. 여기에서 나가면 살아갈 수 없지."

프랭클린 파테인도 그렇게 답했지만, 월터만큼 간절한 느낌은 아닌 듯했다.

"나도 월터와 마찬가지로 1973년까지 베트남에 있었다오. 철수 명령이 떨어진 다음 날, 사이공에서 UH-1B 헬리콥터가 공격당해 시가지에 추락했소. 나는 그때 폭발 사고로 다리가 절단되는 중상을 입었소. 믿기 어렵겠지만, 나에게는 다리가 없었다오. 어떻게든 목숨은 부지했지만, 제대로 움직이지 못하는 탓에 몸도 마음도 완전히 망가져버렸지."

프랭클린은 사랑스러운 듯 무릎처럼 보이는 부분을 쓰다듬었다.

"그런데 인민교회에 들어오고 나서 바로 두 다리가 원래대로 돌아왔지 뭐요. 보시오, 이렇게 말이오. 이건 기적이라고밖에 생각할 수 없지 않겠소."

남자는 자랑스러운 듯 허리를 좌우로 흔들었지만, 고관절 아랫부분은 전혀 움직이지 않았다. 바지와 신발 사이로 막대기 두 개만 보일 뿐이다.

"대단하네요. 몸 상태도 완전히 좋아지신 것 같군요."

"맞소. 전에는 폭발 사고로 머리를 부딪힌 후유증 때문에 갑자기 눈이 보이지 않기도 하고, 의식을 잃기도 했었다오. 그런데 그것도 완전히 나았소." 그렇게 말하며 파나마모자를 벗고 기분 좋은 표정으로 머리카락을 쓸어 올렸다. "목사님 덕에 지금은 아무런 걱정 없이 살고 있다오."

"실례지만, 프랭클린 씨는 지금도 휠체어에 타고 계시죠. 다리가 다시 자랐는데 왜 휠체어를 계속 사용하시나요?"

조디가 아무렇지 않은 척하며 모순을 파고들었다. 기분 나빠하지 않을까 경계했지만, 프랭클린은 자랑스러운 듯 휠체어의 팔걸이를 두드렸다.

"이 녀석은 내 파트너요. 3년이나 사용하다 보니 애착이 생겨서 말이지. 다리가 나았다고 해서 창고로 보낼 수는 없지 않겠소. 나는 죽을 때까지 이 녀석과 함께할 생각이라오."

휠체어 없이는 살아갈 수 없는 현실과 휠체어 없이도 살아갈 수 있다는 망상. 두 개의 논리를 양립시키기 위해서 있지도 않은 감정, 즉 휠체어에 대한 애착을 날조하고 있는 것이리라.

"조든타운에는 프랭클린처럼 생각하는 사람이 많습니다." 월터가 곧장 말을 받았다. "혼자 걸을 수 있지만 일부러 지팡이를 가지고 걷는 노인들도 있죠. 소비주의에 물든 사람들은 좀처럼 이해하기 어렵겠지만요."

말도 안 되는 이야기라고 생각했지만, 본인은 한없이 진지했다.

"이 개척지에서 여러분이 최고의 생활을 손에 넣었다는
점을 잘 알았습니다."

이하준이 그럴싸한 감상을 말하며 인터뷰를 마무리했다.

3

"웃기지도 않는 코미디로군."

리리코가 문을 닫기도 전에 오토야는 침대 위로 쓰러졌다.

"기적이라는 건 보통 바다가 갈라진다거나 죽은 사람이
되살아난다거나 하는 거창한 거 아니었어? 저건 그저 연극
일 뿐이잖아."

"그들이 연기를 하는 것처럼 보였나요? 적어도 그들에게
는 그런 자각이 없다는 게 제 생각입니다."

조디가 벤치에 앉더니 굵은 무릎에 노트를 내려놓았다.

"그렇다면 녀석들이 미쳤다는 말이 되는데."

"의학적으로 설명하자면, 신자들은 지각 능력의 왜곡으로
인해 육체에 생긴 상처나 병의 증상을 올바르게 파악하지
못하고 있다고 할 수 있겠죠."

"그건 그냥 그럴듯하게 말을 바꾼 것뿐 아닌가?"

오토야는 침대에 누운 채 손을 흐느적흐느적 흔들었다.

"조금 더 구체적으로 말해볼까요? 신자들의 '지각 왜곡'은

크게 두 가지로 분류할 수 있어요."

조디는 그렇게 말하며 노트를 펼쳤다.

"하나는 얼굴의 상처가 없어졌다는 월터 씨처럼 본래 지각할 수 있을 터인 육체적인 손상이나 변화를 지각하지 못하게 된 유형. 단적으로 말하자면 있는 것을 없는 것처럼 느끼는 유형이에요. 가슴의 수술 흔적이 없어졌다, 목 뒤에 있던 혹이 없어졌다, 태어났을 때부터 얼굴에 있었던 반점이 완전히 사라졌다는 사람도 있었어요. 시각적인 건 아니지만 천식성 기침이 없어졌다거나 위궤양이 사라졌다는 케이스도 이 유형에 넣을 수 있겠죠."

"다른 하나는?"

"두 다리가 생겨났다는 프랭클린 씨처럼 사실은 지각하지 못하는 것을 지각하는 것처럼 느끼는 거예요. 즉, 없는 것을 있는 것처럼 느끼는 유형이죠. 첫 번째 유형과는 다르게 이 경우는 확실히 환각을 보고 있다는 말이 됩니다. 프레스 작업 도중 발생한 사고로 잃은 손가락이 생겨났다, 약 부작용으로 빠진 머리카락이 원래대로 돌아왔다, 섭식장애로 말라비틀어졌던 몸이 원래 체형으로 돌아왔다는 사람도 있었어요. 없는 것이 보인다는 단순한 환각이 아니라, 교통사고로 휘어진 코가 똑바로 펴졌다거나, 뇌 장애로 움직이지 못하던 손가락이 움직이게 되었다는 사람도 있었고요."

"그렇게 딱, 형편에 맞게 환각이 보인다는 게 말이 되나?"

"극히 드문 사례라는 점은 부정할 수 없어요. 그들은 정신 분열증으로는 보이지 않고, 환각제를 복용하고 있는 것 같 지도 않아요. 무엇보다 이해할 수 없는 건, 그들이 경험하는 환각이 개별적인 것에 국한되지 않는다는 겁니다. 주민들은 같은 환각을 공유하고 있는 것으로 보여요."

조디는 노트를 덮고 기억을 더듬듯 아무것도 없는 곳을 바라봤다.

"미국에 이런 사례가 있어요. 1950년경, 맨해튼의 미드타 운에 A라는 대학생이 있었어요. A는 애인인 B와 동거하고 있었는데, 이전부터 환각이나 망상 증상이 있었고 가벼운 정신분열증 진단을 받은 상태였죠.

졸업 학점을 이수하지 못한 걸 계기로 증상이 악화된 A는 악마가 맨션에 살고 있다, 자신에게는 그 모습이 확실히 보 인다고 호소하게 돼요. B는 정신병을 앓았던 적이 없었기에 처음에는 애인의 망상에 혐오감을 보였어요. 하지만 동거 생활이 이어지는 동안 점차 B도 악마가 보인다고 호소하게 되었죠."

"환각이 전염된 건가."

"나아가 B를 본가로 데리고 오려고 했던 모친 C도 A의 집 에 드나드는 사이에 악마가 보인다고 주변에 말하고 다니게 되었다고 해요."

"사이좋게 마약이라도 같이한 거 아니야?"

"아니에요. 이처럼 환각이 전염되는 증례를 '감응정신병'이라고 불러요. WHO는 증상을 호소하는 환자끼리 서로 친밀한 관계라는 점, 다른 사람들로부터 고립되어 있다는 점을 진단 기준으로 꼽고 있죠."

인민교회의 신자는 짐 조든에게 의존하고 있고, 바깥세상과 완전히 단절된 채 생활하고 있다. 조건은 딱 들어맞았다.

"자신들은 모두 건강하다는 환각이 모든 신자에게 전염되었다?"

조디는 고개를 끄덕였다.

"그것이 현시점의 우리 생각이에요. 천 명에 가까운 신자들이 집단 망상을 공유하고 있다는 점이 좀처럼 믿기지 않지만요."

인민교회에 입회하면 나을 리가 없는 상처나 병이 낫는다. 그런 농담 같은 이야기가 신자들에게는 사실이라는 말인가.

"참고로 앞서 말한 B는 정신병원에 입원한 후 일주일 만에 환각이 사라졌다고 해요. 이런 유형의 환각은 그걸 불어넣은 인물과 거리를 두고, 그 이외의 사람들과 적절한 교류를 가짐으로써 자연스레 치유될 가능성이 높아져요. 저는 짐 조든이 이 마을을 만든 이유가 바로 거기에 있다고 생각해요."

조든이 고발당해 구속되거나 외부 사람들과 신자들 사이의 접촉이 늘어난다면, 모처럼 만들어진 집단 망상이 유지

되지 못할 우려가 있다. 그래서 조든은 신자를 데리고 머나먼 가이아나로 이주했고, 나아가 미국에서 멀리 떨어진 이주처를 계속해서 찾고 있다는 말이다.

"다만 조든이 어디까지 자각해서 행동하고 있는지는 확실하지 않습니다."

"어쩐지 한심한 녀석들이군. 다 큰 어른들이 모여서 기분 좋은 망상에 사로잡혀 있는 것뿐이잖아."

"정말로 그런 걸까요?"

이하준이 끼어들었다. 벽에 기대서서 복잡한 표정으로 팔짱을 끼고 있었다.

"저도 기본적인 생각은 조디 씨와 같습니다. 하지만 신자들이 집단 망상을 공유하고 있다는 건 외부인stranger의 관점에 지나지 않죠. 그들에게는 그들만의 진실이 있을 겁니다."

"그들에게 있어서는 화상이 없어지고 다리가 쑥쑥 자라나는 세계가 진실이라는 말이야?"

이하준이 끄덕였다.

"그리고 신자가 아닌 우리 쪽이 기적이 일어나지 않은 세계의 망상을 보고 있다는 설명도 가능합니다."

"그럴 리 없잖아."

자신도 모르게 웃음이 터지려고 했다. 저 사람, 신자의 이야기를 너무 진지하게 들은 탓에 집단 망상에라도 사로잡힌 것인가.

"그렇다면 오토야 씨는 자신이 보는 세계가 옳다고 단언할 수 있나요?"

"억지 논리로군. 지구에 외계인이 없다는 사실을 증명할 수 없지만, 그게 곧 외계인이 있다는 말은 되지 않아."

이하준은 부루퉁한 얼굴로 벽에서 등을 떼고는 침대에 놓인 노트를 들고 흰 페이지에 연필로 두 줄의 선을 그었다.

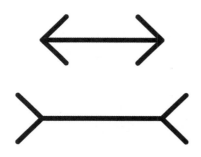

"이 두 줄의 선은 위쪽이 짧아 보이죠?"

그렇게 말하며 노트를 보여주었다. 위쪽 선에는 안쪽으로 된 날개가, 아래쪽 선에는 바깥쪽으로 된 날개가 붙어 있었다. 어린이를 대상으로 한 텔레비전 프로그램에서 자주 볼 수 있는 유명한 도형이다.

"이런 착시는 다양하게 존재하지만, 뇌가 이를 잘못 인식하는 이유는 거의 밝혀지지 않았습니다. 우리의 뇌가 처리하는 정보가 모두 올바르다고 단언할 수 없다는 말입니다."

오토야에게는 어린아이의 트집으로밖에 들리지 않았다.

"인간의 한계를 겸허하게 받아들이는 건 좋지만, 선의 길이를 다르게 느끼는 것과 다리가 생겨나는 건 너무 큰 차이 아니야?"

"그걸 다르게 느끼는 건 오토야 씨의 주관에 지나지 않습니다."

"객관적으로 봐도 인민교회의 망상에는 결정적인 모순이 있어."

"그게 뭔데요?"

"진료소야." 오토야는 이하준의 가슴을 쿡쿡 찔렀다. "노기 노비루가 총을 맞았을 때, 보안장관이 진료소의 의사를 호출했지. 하지만 상처도 병도 없이 모두가 건강하게 지내는 거라면 이 마을에 의사는 필요하지 않겠지."

"그건 착각입니다."

조디가 이하준에게 도움의 손길을 뻗었다.

"저도 처음에는 의아했지만, 그들에게는 질병disease이나 상처injury는 없지만, 감기라거나 찰과상 같은 일시적인 증상 disorder은 존재해요. 당연히 그들을 진료하고 약을 처방하는 의사도 필요하고요."

"그 두 가지를 확실히 구별할 수는 없지 않나?"

"지금까지 관찰한 내용을 바탕으로 대강 구분해보죠. 몸에 장기적이고 만성적인 영향을 끼치는 것이 전자, 내버려둬도 단기적으로 치료될 정도로 가벼운 것이 후자가 될 테죠."

두들겨 맞더라도 뼈가 부러지거나 흉터가 남을 정도의 상처를 입지는 않지만, 가볍게 피가 나거나 멍이 생기는 일은 있다는 말인가.

"물론 이 구별이 절대적이지는 않아요. 만성적이어도 재채기나 콧물 같은 가벼운 수준의 증상은 자각하고 있는 듯하고, 일시적이어도 열사병이나 아나필락시스 쇼크 같은 심각한 반응을 동반하는 건 자각하지 못하는 듯하거든요. 애매하다고 지적하셔도 할 말은 없지만, 환각이란 원래 그런 거니 어쩔 수 없죠."

"그럼 공동묘지는 뭔데?" 오토야는 다시 이하준에게 반격했다. "노기의 사체는 공동묘지에 안치되어 있다고 했는데, 왜 그런 곳이 있지? 찰과상을 입는다고 사람은 죽지 않잖아."

"원인이 없더라도 사람은 죽으니까요. 우리가 사는 세계에서도 나이가 들어 자연스레 죽는 사람은 많지 않습니까."

아무리 그래도 불리하다고 느꼈는지, 이하준은 지친 모습으로 목덜미를 주무르고는 좁은 어깨를 더욱 움츠렸다.

"오토야 씨가 무슨 말씀을 하고 싶은지 잘 압니다. 그들의 세계는 너무 그들에게 딱 맞게 잘 짜여 있죠. 그래도 지금 시점에서는 조든타운에는 진실이 두 개 있다는 게 공평한 견해라고 생각합니다."

화장실에서 볼일을 보고 숙소로 돌아오자, 통, 통, 통, 하고 벽이 세 번 울렸다.

"덴트 씨네요."

　조디가 노트에서 고개를 들고 말했다. 리리코가 침대에서 손을 뻗어 집게손가락으로 벽을 두드리며 답했다.

　조사단의 네 번째 단원, 전 FBI 조사관인 알프레드 덴트는 샌프란시스코에서 파견된 인민교회 신자인 변호사로 위장하여 교단의 중추에 잠입해 있다. 다른 세 명과는 면식이 없는 것처럼 꾸미고 있기에 마을 안에서 얼굴을 마주해도 대화를 나눌 수 없다. 정보 공유가 필요할 때는 밀림을 통해 상대방의 숙소를 찾아 벽을 두드려 바깥으로 불러내기로 했다고 한다.

　"제가 갔다 올게요." 리리코가 침대에서 뛰어내렸다. "여기까지 오셨으니 오토야 씨도 같이 가시죠."

　모두 함께 바깥으로 나가는 것은 의심을 살 수 있기에 매번 교대로 나간다고 했다.

　리리코의 뒤를 이어 아무 일도 없는 것처럼 행동하며 바깥으로 나갔다. 공터를 동남쪽으로 지나쳐 울타리를 대신하는 로프를 넘어서 밀림으로 들어서자, 50대 중반의 덩치 큰 남자가 만두 같은 바위에 앉아서 맛있게 지탄 담배를 피우고 있었다. 올백으로 넘긴 백발에 은테 안경. 고급 호텔의 프런트맨 같은 사람이었다. 이런 성실해 보이는 남자가 잠입

수사관이라니, 사람을 믿는 것이 두려워진다.

"자네가 리리코 씨를 구하러 온 용맹한 모험가인가? 만나서 기쁘군."

덴트는 담배를 입에 문 채, 경박한 동작으로 오른손을 내밀었다. 오토야는 이 남자가 싫어졌다.

"잠입 수사관이란 항상 정체를 숨기고 있어야 하지 않나? 찰스 클라크는 어떻게 당신을 고용했지?"

손을 맞잡으며 물었다. 덴트는 고개를 움츠리고는 말했다.

"그 사람이랑은 질긴 인연이 있거든. 나는 FBI 소속으로 5년 전까지 그 사람의 석유회사에 잠입해 있었어. 하지만 어느 날인가, 그는 회사의 내부 사정이 새어나가고 있다는 사실을 깨달았지. 그는 철저하게 조사한 끝에 내가 스파이라는 사실을 밝혀냈어. 30년 이상 이 일을 하고 있지만 정체가 탄로 난 건 그때가 처음이었네."

덴트의 손바닥에 땀이 배어나는 것처럼 느껴져서 오토야는 손을 뗐다.

"살가죽을 벗겨내 죽인다 해도 이상하지 않았을 테지만, 그 사람은 내 솜씨를 높게 사고는 FBI와 연을 끊는 조건으로 나를 풀어주었지. 그 사람과 같이 일하게 된 건 그때부터야. 이런 묘한 장소에 잠입하는 일을 받아들인 것도 목숨을 살려준 은혜가 있기 때문이지."

거드름 피우는 동작이 짜증나지만, 의리는 있는 남자인 듯했다.

"뭐 좋은 뉴스라도 있나요?"

리리코가 묻자, 덴트는 "그래"라며 집게손가락을 세웠다. "짐 조든은 당장 내일이라도 자네들을 귀국시키려 하고 있어."

"찰스 씨가 문제를 제기한 건가요?"

"아니. 2, 3일 이내에 레오 라일랜드라는 남자가 조든타운에 찾아오기로 했거든."

그 남자는 샌프란시스코의 하원의원이라고 했다. 언론의 주목을 모으는 것이 특기로, 지금까지도 교도소나 빈민가를 직접 찾아서 현장 조사를 했다고 한다.

라일랜드 의원은 인민교회 신자의 가족 모임의 청원을 받아 이 수상쩍은 종교단체에 관심을 가지게 되었다. 그는 하원에 조사 위원회를 설치한 후, "심각한 인권침해가 발생했을 우려가 있다"라고 호소하며 며칠 내로 조든타운을 방문하겠다고 밝혔다.

"조든은 그 남자를 받아들일 셈인가요?"

"당연히 문전 박대할 생각이었지만, 라일랜드 의원이 샌프란시스코 지부의 비과세 조치 취소를 슬쩍 내비친 모양이야. 내무장관인 피터에게 설득당해 어쩔 수 없이 받아들이기로 마음을 정한 듯해."

"꽤 막무가내네요."

"라일랜드 의원은 그런 식으로 자신의 행동력을 어필하고 있거든. 받아들이기로 한 이상, 조든은 의원을 환영할 수밖에 없어. 그렇게 되면 성가신 게 바로 자네들이지. 신자가 아닌 인간을 가두어둔 사실을 들키면 의원은 인권침해라고 달려들 테니까. 특히 조디 씨는 지명도도 있고 화제를 만들기에 제격이잖아. 조든은 의원이 방문하기 전에 자네들을 귀국시킬 수밖에 없게 된 거야."

과연 잠입 조사관이다. 복잡한 상황을 잘 파악하고 있었다.

"귀국할 수 있다니 기쁘지만, 의원 방문은 조금 걱정이네요."

리리코가 팔짱을 낀 채 말했다. 짐 조든이 외부 세계와의 교류를 거절하는 것으로 신자의 집단 망상을 유지하고 있다면, 의원의 방문이라는 이물질은 그것을 붕괴시킬 가능성이 있다.

"우리가 딱히 그런 걸 신경 써줄 의리도 없잖아?"

덴트는 바위에서 몸을 일으키고는 휴대용 양철 재떨이에 담배꽁초를 쑤셔 넣었다.

"덴트 씨의 조사는 순조롭나요?"

"걱정할 필요 없어. 지금은 내무장관이 보관하고 있던 재무 자료와 학교 교장에게 빌린 어린이 명부를 옮겨 적는 중이야."

"우리야 며칠 안에 귀국한다 치고, 당신은 어쩔 셈인데?"

"여기에 있는 정보를 대충 손에 넣으면 미국에 갈 핑계를 만들어 그길로 모습을 감춰야지."

이미 생각해둔 방법이 있는 듯, 덴트는 양손을 들어 올리고 과장되게 하품했다. 엄지손가락이 다육식물의 나뭇잎 끝에 닿았다. 빠각, 하고 가지가 부러지는 소리에 뒤이어 위에서 무언가가 떨어졌다.

"우와앗!"

덴트는 아이 같은 비명을 지르더니 5미터 정도 달려가다가 돌에 걸려 넘어졌다. 그 바람에 재킷 안쪽 주머니에서 검은 통 같은 것이 떨어졌다.

덴트가 앉아 있던 바위를 보니, 사발 크기의 벌집이 떨어져 있었다.

"이봐, 괜찮아? 벌레가 무서운가 보지?"

리리코가 허리를 굽혀 빽빽한 벌집 구멍을 들여다봤다.

"벌은 없어요."

"그, 그런가?"

덴트는 땅에 손을 짚고 몸을 일으키고는 재킷에서 떨어진 검은 통을 주워들었다. 끝에 은색 칼날이 튀어나와 있었다. 접이식 나이프였다.

"위험한 물건을 가지고 다니는군."

"호신용이야. 자네 친구 같은 일을 당하고 싶지는 않거든."

'그보다는 먼저 벌레 퇴치 스프레이를 사는 편이 좋을 텐데'라고 비아냥거리려던 그때…….

"쉿."

갑자기 리리코가 중얼거렸다. 오른손 집게손가락을 입술에 대고 왼손으로 덴트 뒤쪽의 밀림을 가리켰다.

손가락이 향한 쪽을 보자, 부스럭, 하고 나뭇잎 스치는 소리가 들렸다. 차박차박, 하고 지면을 박차는 발소리가 이어졌다. 곧바로 밀림으로 달려갔지만, 울창하게 들어선 초목에 가려져서 사람의 모습은 보이지 않았다.

"누군가가 엿듣고 있었던 것 같네요."

갑자기 자신 쪽으로 달려온 덴트를 보고 놀라서 소리를 내고 만 것이리라. 땅바닥의 나뭇잎을 들어 올려 살펴봤지만, 지면이 이끼로 뒤덮인 탓에 발자국은 발견할 수 없었다.

"어째서 이런 곳에 있었을까."

"알 수 없죠. 아이가 놀고 있었다거나 어른이 물건이라도 찾고 있었다거나."

"잠깐만. 조금 전 이야기를 들었다면 당신이 잠입 수사관이라는 사실을 들킨 거 아니야?"

덴트의 정체를 들킨다면 다른 조사단원도 무사하지 못하리라. 오토야는 좋지 않은 예감이 들었다. 하지만…….

"조든은 나를 신뢰하고 있어. 누군가가 일러바친다고 해서 쫓겨나는 일은 없을 거야."

덴트는 여유로운 태도를 유지했다.

4

오후 6시를 지난 시각에 조사단 세 명과 함께 식당으로
향했다.

식당 옆에 중형 트럭이 세워져 있고, 주민들이 줄을 지어
서 있었다. 전쟁통의 배급소 같았다. 오토야 일행도 줄 끝에
가세했다.

트럭은 얼핏 평범한 중고차로 보였지만, 컨테이너 안을 고
쳐 조리실로 만들었다고 했다. 본부가 샌프란시스코에 있
던 무렵, 인민교회는 포교용 라디오 방송을 제작했고, 이 트
럭은 이동중계차로서 캘리포니아 주 각지를 달렸다. 하지만
조든타운으로 이주한 이후부터는 그 용무를 마쳤기에 수돗
물을 끌어와서 조리실로 바꿨다고 했다.

컨테이너 뒤쪽에 놓인 테이블에서 쟁반을 집어 식사가 담
긴 그릇을 하나씩 올렸다. 메뉴는 우유에 담긴 시리얼과 꿀
수프뿐. 수프는 여전히 차가웠지만 불평하는 주민은 없었다.

식당에 들어가서 빈 테이블을 둘러싸고 벤치에 앉았다. 도
넛 형태의 시리얼을 먹으려던 참에 조디가 힐끔힐끔 주변을
둘러보고 있다는 사실을 깨달았다.

"왜 그러세요?"

이하준이 숟가락을 입으로 옮기던 손을 멈췄다. 조디는 허리 좌우에 손을 댄 채 말했다.

"약통이 없어졌어요. 조식 때는 약을 제대로 먹었으니까 그 후에 떨어뜨린 것 같은데."

듣자니 조디는 협심증이 있어서 평소 혈압 강하제를 복용하고 있다고 했다.

세계적인 거부에게 선발된 조사단원들이 동시에 테이블 아래를 들여다보는데, 세 칸 떨어진 테이블에서 흑인 청년이 말을 걸었다.

"찾으시는 게 이건가요? 저쪽 테이블에 놓여 있었어요."

그렇게 말하며 투명 케이스를 흔들었다. 담뱃갑 정도의 크기로, 뚜껑에 J. R.이라는 사인이 있었다. 안에는 담갈색 캡슐이 채워진 채였다.

"아, 맞아요. 다행이다."

조디가 감사 인사를 하자, 청년은 "도움이 되었다니 기쁘네요"라고 사람 좋은 미소를 보이고 자신의 테이블로 돌아갔다. 어디에나 있는 싹싹한 청년 같았고, 도저히 사이비 종교 신자로는 보이지 않았다.

"하원의원은 넋이 나가버릴지도 모르겠네. 여기에 있는 사람들은 평범한 사람들뿐이야. 흰 천을 걸친 채 십자가를 태울 것 같은 녀석은 보이지 않아."

오토야가 꿀 수프를 휘저으며 말했다.

"어차피 보여주기식 방문이니까 인민교회의 실태는 아무래도 상관없지 않을까요?"

이하준이 주변을 둘러보고 목소리를 낮춰서 대답했다.

"……조디 씨, 괜찮으세요?"

눈을 깜빡이며 물어본 사람은 리리코였다. 조디를 바라보자 안 그래도 양이 적은 시리얼을 반 이상 남긴 채 숟가락을 내려놓고 테이블에 양쪽 팔꿈치를 대고 있었다.

"감기에 걸린 것 같아요."

그렇게 중얼거리고 볼에 손을 댔다. 그 말을 듣고 보니 유령처럼 안색이 창백했다.

"진료소에서 약이라도 받아 올까요?"

"아니요. 하룻밤 자면 괜찮아질 거예요."

조디는 약통을 열고 날짜가 적힌 포켓에서 캡슐을 꺼냈다. 입에 넣으려는데 캡슐이 손가락에서 미끄러져 떨어지더니, 첨벙 소리를 내며 꿀 수프에 잠겼다. 춥지도 않은데 손이 떨리는 듯했다. 조디는 자기 자신에게 질린 듯 한숨을 내쉬고는 숟가락으로 캡슐을 꺼내 컵의 물과 함께 삼켰다.

"오늘은 다들 빨리 가서 쉬죠."

이하준이 마치 담임 선생님처럼 말했다. 오토야는 양수 냄비처럼 생긴 그릇을 들고 꿀 수프를 단번에 비우고는 빈 그릇과 쟁반을 조리실로 옮긴 후 세 사람과 함께 '남-30'으로 향했다.

몸을 구부린 채 걷는 조디를 보고 갑자기 위화감이 느껴졌다. 안색이 나쁜 것이 다가 아니다. 무언가 전과 다른 느낌이 들었다.

몸 상태를 걱정하는 시늉을 하며 관찰하자 바로 위화감의 정체를 알 수 있었다. 블라우스의 가슴 부근이 허전했던 것이다.

어느샌가 터키석 펜던트가 사라지고 없었다.

●

눈을 뜨자 암흑이었다.

뭔지 알 수 없는 동물의 울음소리에 뒤섞여 몇 명의 잠든 숨소리가 들렸다. 손목시계는 9시 55분을 가리키고 있었다. 평소였다면 네댓 캔의 맥주를 비우고도 남을 시간이었지만, 이역만리 땅에서의 피로도 있어서 푹 잔 듯했다.

다시금 눈을 감으려다가 눈을 뜬 이유를 깨달았다.

소변이 마려웠다.

저녁으로 먹은 꿀 수프가 가득 차 있는 듯 방광이 비명을 질러댔다.

머리를 부딪히지 않도록 조심하며 침대에서 빠져나와 문

을 열고 숙소에서 나왔다. 눅진한 공기가 얼굴을 쓰다듬었다. 구름이 흐르는 소리가 들렸다. 얼마 안 가 비가 올지도 모르겠다.

불이 켜진 숙소는 없었다. 달빛에 의지해 거주지를 빠져나와 화장실로 향했다. 자기 발소리가 묘하게 크게 들렸다.

높이가 낮은 오두막에 들어가서 문을 닫았다. 변기는 재래식으로, 미국인다운 심한 변 냄새가 났다. 숨을 멈추고 방광이 빌 때까지 소변을 쥐어짰다. 숨쉬기가 괴로워져서 도망치듯 문을 열었다.

"죄송합니다."

심장이 떨어지는 줄 알았다.

본 적 있는 여자가 지붕 밑에 몸을 숨기듯 서 있었다. 학교에서 인터뷰한 세 명 중 한 명, 루이스 레즈너였다. 모든 것을 체념한 듯한 표정으로 시종일관 시치미 떼던 태도가 기억났다.

"뭐, 뭐야, 갑자기."

"조용히 해주세요Be quiet, please."

루이스는 그렇게 말하며 블루종 점퍼 안주머니에 손을 넣어 반으로 접은 종잇조각을 꺼냈다. 잘 보니 당장이라도 울 것 같은 표정이었다. 오토야가 종이를 받아들자, 아무 말도 없이 주변을 둘러보더니 암흑 속으로 달려서 사라졌다.

여우에게 홀린 듯한 기분으로 종잇조각을 펼쳤다. 사인펜으로 적힌 작은 글자가 늘어서 있었다.

Please get us out of here.

'우리를 이곳에서 데리고 가주세요.'
멀리 천둥 치는 소리가 들렸다.

2일째

1978년 11월 16일

◆

페라리의 경쾌한 클랙슨이 고막을 뒤흔들었다.

협탁 시계가 가리킨 시각은 7시 8분. 아침 일찍부터 성미 급한 운전자가 있는 모양이었다. 몸을 일으켜 땀에 젖은 가운을 침대에 벗어버렸다. 컵의 물을 마신 후 껌을 입에 쑤셔 넣고 포장지를 쓰레기통에 버렸다. 커튼을 걷자, 눈앞에는 베이 에어리어의 화려한 거리 풍경이 펼쳐지고 있었다······ 같은 일은 벌어지지 않았다.

그곳에 있는 것은 흙과 진흙과 비로 뒤섞인, 문명의 숨결이라고는 느껴지지 않는 진절머리 나는 개척지의 풍경이었다. 고막을 뒤흔든 것은 클랙슨이 아니라 정신 나간 흰방울새가 울어대는 소리였다.

조든타운의 내무장관 피터 웨더스푼은 자문했다. 왜 나는 이런 오지에 와 있는가. 가이아나에 유토피아를 만든다는 광기 어린 계획에 반대하지 않았기 때문일까. 하지만 일단 인민교회의 신앙을 받아들인 사람으로서 교주에게 등을 돌린다는 선택지는 없었다. 처음부터 그 수상한 남자를 믿지 말았어야 했나. 후회는 쉽지만, 7년 전의 자신에게는 불가능한 일이었다.

되돌아갈 수 있다면 그날 밤, 클럽에서 알게 된 남자에게 초대받아 파티에 참석한 그날 밤밖에 없었다. 다시 말해 자업자득이다. 후회해도 늦었다.

헝클어진 머리카락을 쓸어 올리고 오른쪽 눈꺼풀을 만져 보았다. 한 번의 깜빡임. 고작 이것을 위해 피터는 인민교회에 인생을 바쳤다. 갓 태어난 아기도 당연한 듯 할 수 있는 눈꺼풀의 개폐 운동. 고작 이것만을 위해.

현관 앞 계단을 오르는 발소리가 들렸다. 문을 노크하는 소리가 이어졌다. 서무반이 조식을 가지고 온 것이리라.

조든타운의 주민 대부분은 노예선 같은 숙소에서 일어나 매일 아침저녁, 거주지 한복판에 있는 커다랗고 누추한 식당에서 식사한다. 하지만 짐 조든과 몇 명의 간부는 사적인 거주공간을 부여받고 식사도 그곳에서 할 수 있었다. 이 방에도 하루 두 번, 오전 7시와 오후 6시에 서무반이 식사를 날라다준다.

피터는 입에 막 넣은 껌을 티슈에 뱉고 손으로 머리를 가지런히 정돈한 후 손잡이를 돌려 문의 자물쇠를 열었다.

"안녕하세요. 어젯밤에는 비가 정말 대단했죠?"

서무반인 니콜 피셔가 방긋 웃더니 조식이 담긴 쟁반을 내밀었다. 검은 고양이의 사체를 머리에 얹은 듯한 세련된 헤어스타일. 귀에는 친구에게 받았다는 은색 귀걸이가 걸려 있었다. 번화가를 둘러보면 발에 차일 정도로 많은, 조금 바보 같지만 애교 있는 아가씨였다.

피터가 처음 니콜을 만났을 때, 그녀는 피셔맨스워프의 바에서 일하면서 학비를 모으고 있었다. 분명 캘리포니아 대학에서 유전자 의학을 배우는 것이 꿈이라고 했었다. 장래 설계에 얼마나 현실성이 있었는지는 제쳐두더라도, 그녀의 미래에는 무수한 가능성이 펼쳐져 있었다.

하지만 니콜은 미래를 팽개치는 길을 선택했다. 예금한 돈을 전부 인민교회에 기부하고 조든타운으로 이주한 것이다. 그녀는 과대망상광인 사기꾼에게 속고 있다. 그 남자가 똥을 먹으라고 하면 접시에 담아 먹으리라. 허무함을 넘어 차라리 웃고 싶은 기분마저 든다.

"고맙네. 오늘도 더울 것 같군."

피터는 입가를 올리며 마음에도 없는 소리를 했다. 성격 좋은 남자를 연기해온 지 벌써 7년째다. 니콜에 대해 이러쿵저러쿵 떠들 처지도 아니다. 자신도 결국 같은 덫에 사로잡힌 너구리일 뿐이다.

옆의 신임변호사 숙소로 향하는 그녀를 배웅한 후, 책상에 쟁반을 놓고 문을 닫았다.

저렴한 시리얼에 양상추를 잘게 잘랐을 뿐인 샐러드. 호텔의 룸서비스인 양 가져다주지만, 정작 중요한 음식은 흡사 가축 사료 같다. 매일 아침 그것을 먹을 때마다 후회가 내장을 채웠다.

8년 전, 1970년 봄. 로스쿨 졸업과 동시에 캘리포니아 주의 변호사 자격을 취득한 피터는 오클랜드의 법인을 고객으로 둔 로펌에 취직했다. 이듬해, 공항 확장 공사에 수반되는 퇴거 협상에 참여하여 주 정부로부터 역대 최고의 보상금을 끌어내는 데 성공. 피터의 이름은 단번에 널리 알려지게 되었고, 지역을 대표하는 기업에서 연달아 일이 쏟아져 들어왔다.

그해 말, 거리가 크리스마스 분위기에 젖어들 무렵, 피터는 단골 클럽 오너의 초청을 받아 그랜드오클랜드 호텔에서 열린 파티에 참석했다. 파티장에는 정치인과 기업인, 의사, 대지주, 기타 뭔지 잘 모르는 부자들이 시끄럽게 떠들고 있었다. 무대에는 주최자가 거리에서 데려온 추레한 여자들이 줄지어 서 있었고, 거기에는 명백하게 성인이 되지 않은 소녀도 섞여 있었다.

자정이 지나자 남자들은 마약을 한 것 같은 몽롱한 눈빛으로 차례로 여자를 방으로 데려가기 시작했다.

피터도 오너의 권유를 받아 10대 소녀를 스위트룸으로 데리고 갔다. 소녀는 매우 취해 있었고, 방에 들어온 후에도 스카치위스키를 스트레이트로 연신 들이켰다. 자세히 보니 애인에게 얻어맞기라도 한 것인지, 오른쪽 눈꺼풀이 골프공처럼 부풀어 있었다.

피터 일행은 여럿이 함께 소녀를 범했다. 소녀는 별다른 반응도 보이지 않다가 남자가 덮칠 때만 헐떡거렸다.

그때 사건이 일어났다. 피터와 다른 남자 회계사가 소녀를 동시에 범하고 있을 때, 갑자기 소녀가 경련을 일으킨 것이다. 소녀는 볼을 부풀리며 토하고, 다시 입에 토사물이 가득 찼는지 숨을 제대로 쉬지 못했다. 눈동자가 떨리고 손바닥이 허공을 긁었다. 엉덩이에서는 대변이 흘러나왔고, 회계사의 페니스가 대변으로 범벅이 되었다. 화가 난 회계사가 얼굴을 때리자 소녀는 그대로 꿈쩍도 하지 않았다. 방에 있던 남자들은 야유하며 소녀를 깨우려고 브랜디를 얼굴에 뿌렸지만 소녀의 의식은 돌아오지 않았다.

남자들은 그제야 사태의 심각함을 깨닫고는 다른 방에서 즐거운 시간을 보내던 의사를 데리고 왔다. 의사는 소녀의 목구멍에서 토사물을 제거한 후 심폐 소생을 시도했지만, 그녀의 숨은 다시 돌아오지 않았다.

남자들은 패닉에 빠졌다. 호텔 직원의 눈을 피해 사체를 들고 나가는 것은 불가능했다. 누군가 소녀를 살해한 죄를 뒤집어쓸 수밖에 없다. 하지만 과연 누가 불리한 제비를 뽑을 것인가.

일촉즉발의 공기 속, 오너의 조치로 피터는 한발 먼저 현장에서 나갈 수 있었다. 서둘러 바지를 입고 넥타이를 맨 후 아무 일 없었다는 듯 호텔을 나섰다. 주차장에 세워진 페라리에 올라타고 액셀을 밟았다.

지금 와서 되돌아보면, 피터는 '순진'했다. 산전수전 다 겪은 자들이 설치는 세계에 발을 들여놓기에는 너무나도 세상을 몰랐다. 공포와 후회, 절망과 흥분. 그것들이 뒤섞여서 반사신경이 마비되고 말았다. 피터는 200미터 정도 달린 곳에서 핸들을 제대로 꺾지 못하고 한 호텔 로비에 그대로 충돌했다.

의식이 돌아온 것은 8일 후였다. 피터는 캘리포니아 대학 샌프란시스코 부속병원 병실에 있었다. 목에 가벼운 통증이 느껴졌지만 다행히 큰 상처는 없었고, 약해진 팔다리 근력도 이대로 며칠 정도만 재활하면 원래대로 돌아온다는 설명을 들었다.

위화감이 느껴진 것은 이틀 후였다. 이상할 정도로 오른쪽 눈이 가려웠다. 물을 마시면 입술 사이로 물이 흘렀다. 표정으로 감정을 나타내려고 해도 제대로 전해지지 않았다. 아무래도 얼굴의 반이 마비된 듯하다고 깨달았을 때는 오른쪽 눈에 이미 심한 각막염이 발병한 뒤였다.

피터는 신경 이식 수술을 받았다. 덕분에 이마와 볼, 입가는 자유롭게 움직이게 되었지만, 눈꺼풀만은 여전히 꿈쩍도 하지 않았다.

세면대에서 자신의 일그러진 얼굴을 바라보면 그 소녀의 얼굴이 겹쳐졌다. 골프공처럼 오른쪽 눈꺼풀이 부풀어 있던 얼굴이. 그녀가 자신에게 벌을 주고 있는 것은 아닐까. 그런 바보 같은 생각이 가슴에 쌓여 사라지지 않았다.

피터는 과거와 결별하기 위해 캘리포니아의 모든 대학병원과 의료원을 돌았지만, 어디에 가도 의사의 답은 달라지지 않았다. 신경 이식으로 성과가 보이지 않은 이상, 달리 치료법은 없다. 안면마비를 안고 살 수밖에 없다는 말이었다. 자연적인 회복 능력을 높여준다는 영양제를 먹거나 수상쩍은 테라피를 찾기도 했지만, 피터의 눈꺼풀은 축 늘어져 있을 뿐이었다.

그러던 중, 샌프란시스코에서 자동차 수리공을 하던 삼촌이 레드우드 밸리에서 본부를 이전한 지 얼마 되지 않은 인민교회를 소개해주었다. 집회에 참가하는 것만으로 상처나 병의 증상이 사라졌다는 사람이 많다고 했다. 바보 같은 이야기라고 생각하면서도 지푸라기라도 붙잡는 마음으로 피터는 교회로 발을 옮겼다.

정말로 기적은 존재했다.

짐 조든의 연설을 듣는 사이에 순식간에 눈꺼풀이 움직이게 되었다…… 같은 일은 벌어지지 않았지만, 여자 상담원의 권유를 받아 숙소에서 일주일 정도 공동생활을 하다 보니 신기하게도 조금씩 눈꺼풀을 움직일 수 있었다.

물론 그는 바보가 아니었다. 그런 일이 일어날 리 없다는 사실을 머릿속으로는 이해하고 있었다. 그런데도 꼼짝도 하지 않던 눈꺼풀이 움직이게 되었다. 아니, 적어도 피터는 그렇게 느꼈다.

"덴트 씨, 괜찮으신가요?"

바깥에서 니콜 피셔의 목소리가 들렸다. 쿵, 쿵, 문을 두드리는 소리가 이어졌다.

피터가 생활하는 곳은 간부 숙소의 한복판인 '북-2'다. 오른쪽의 '북-3'에는 2주 전부터 알프레드 덴트라는 변호사가 살고 있다. 니콜이 두드리는 곳은 그의 방문이었다. 조식을 가지고 왔는데 반응이 없는 듯했다.

갑자기 현실과 꿈의 경계가 녹아내리는 듯한 감각에 사로잡혔다.

어젯밤 늦게, 묘한 소리를 들은 기억이 났다. 남자의 비명. 그리고 사람이 쓰러지고 심하게 몸부림치는 듯한 소리. 그것은 정말로 꿈이었을까. 꿈속에서 소녀의 목소리를 들은 일은 한없이 많지만, 남자의 목소리를 들은 적은 없었다. 그것은 분명 현실이다.

연이어 기억이 되살아났다. 소리를 들은 후, 피터는 잠결에 시계를 봤다. 시곗바늘은 11시 40분을 가리키고 있었다. 그때 덴트의 신변에 무슨 일이 생긴 것은 아닐까.

불길한 예감이 들어 방을 나서자 반대쪽의 '북-1'에서도 보안장관 조셉 윌슨이 나오는 중이었다. 두 칸 옆의 방까지 니콜의 목소리가 들린 것이리라. 시리얼을 먹고 있었던 듯 입술이 우유로 번들거렸다.

"저기, 덴트 씨가 불러도 나오지 않아서요."

니콜의 목소리가 갈라졌다. 손에 든 쟁반 위에 팬케이크가 담긴 그릇이 달그락달그락 소리를 냈다. 피터와 조셉은 각자의 방문을 잠그고 '북-3'으로 향했다.

"왜 이 녀석의 아침은 시리얼이 아니지?"

조셉이 덴트의 쟁반을 바라보고 쓸데없는 질문을 했다. 니콜이 손에 든 쟁반 위 그릇이 더 요란하게 달그락거렸다.

"다른 메뉴로 해달라고 주문하셔서요. 덴트 씨는 시리얼을 먹지 못한다고."

마치 변명하듯 답했다.

피터는 '북-3'의 문손잡이를 돌려보고 창틀을 옆으로 밀었지만, 둘 다 잠겨 있어서 움직이지 않았다. 창문은 진한 반투명 유리라 안쪽 상황은 보이지 않았다.

"어젯밤, 비명소리 들리지 않았나?"

같은 행동을 반복하며 조셉이 말했다. 이 사람도 덴트의 목소리를 들은 모양이다.

"침대에서 떨어져서 머리를 부딪혔을지도 모르죠. 심장 발작을 일으켰거나."

조셉은 긍정도 부정도 하지 않고 어깨를 가볍게 으쓱했다. 내무장관인 네가 정해, 라고 말하는 듯했다.

여벌 열쇠나 마스터키는 없다. 자물쇠를 열 도구나 기술을 가진 자도 없다. 할 수 있는 방법은 하나뿐이다.

"창문을 깨죠."

니콜에게 숙소로 돌아가라고 명령한 후, 피터와 조셉은 무기고로 가서 M1903을 가지고 '북-3'으로 돌아왔다.

"진짜 괜찮겠지?"

조셉이 그렇게 물은 후 주변에 신자가 없는 것을 확인하고 총신으로 창문을 쳤다. 충차에 받힌 성문처럼 동심원 형태의 금이 생겼다. 원 한가운데를 다시 쳤다. 유리가 깨지며 큰 구멍이 생겼다.

"앗."

조셉이 멍하니 중얼거렸다. 창문의 깨진 틈으로 방안을 들여다보고 피터도 같은 소리를 내질렀다. 현관에서 반걸음 들어선 부근에 남자가 엎드린 채 쓰러져 있었다. 몸을 둘러싸듯 퍼진 피 웅덩이. 손에 쥔 것은 레인코트일까. 등 쪽 셔츠에 몇 군데나 상처가 벌어져 있었고, 정수리 쪽에는 피범벅인 나이프가 떨어져 있었다.

확인해볼 필요도 없이 남자는 죽었다. 머리를 부딪힌 것도

192

심장 발작을 일으킨 것도 아니다. 그보다 훨씬 더 귀찮은 일이 벌어지고 말았다.

알프레드 덴트는 살해당했다.

"아직 범인이 숨어 있을지도 몰라."

조셉이 보안장관다운 말을 하더니 창문의 깨진 틈으로 손을 찔러 넣었다.

피터는 묘한 사실을 깨달았다. 신발장 위에 있을 리가 없는 물건이 보인 것이다.

조셉은 창문의 자물쇠를 열고 열린 창문을 통해 방으로 들어섰다. 피터도 뒤를 따랐다. 옷장 안이나 침대 밑을 살펴봤지만 범인의 모습은 없었다. 문이나 창문을 건드린 흔적도 없었다.

"누군가가 이 남자를 찌르고, 문을 잠그고 나갔다. 그런 말이 되겠지?"

조셉이 사체를 바라보며 말했다.

"잠깐만요." 피터는 신발장을 보며 고개를 저었다. "그건 불가능해요."

조셉이 수상쩍은 듯 피터를 노려봤다. 피터의 시선을 따라 신발장을 바라보더니 앗, 하고 소리를 질렀다.

그곳에는 있을 리가 없는 열쇠가 놓여 있었다.

1

침대에서 상반신을 일으키자 눈 안쪽이 시리며 아팠다.

손목시계의 바늘이 가리킨 시각은 7시 20분. 평소의 두 배는 잠을 잤지만, 밤새 비가 많이 온 탓에 깊게 잠들지 못한 듯했다. 잠에서 깬 상태임에도 아직 꿈을 꾸고 있는 듯 멍한 기분이었다.

"조디 씨, 몸 상태는 어떠세요?"

"완전히 괜찮아졌어."

물이 든 컵을 내민 이하준에게 조디가 엄지손가락을 세워 보였다. 말 그대로 안색이 꽤 좋아 보였다. 이하준과 리리코보다도 먼저 일어나 있었던 듯, 이미 외출 준비를 마쳤다.

"어디 가시나요?"

"신자들이 다과회에 초대했거든. E 교실에서 9시 예정이니까 오늘은 아침을 빨리 좀 먹을까 하고."

과연 유명인이다. 주민들 사이에서도 인기가 있는 듯하다.

"인터뷰에서는 들을 수 없는 이야기를 들을지도 모르잖아. 재밌는 이야기를 듣게 되면 보고할게."

조디는 갑자기 왼쪽 가슴을 누르며 멈춰 섰지만, 바로 "이따 봐"라고 손을 흔들고 '남-30'에서 나갔다.

이를 악물며 하품을 참았다. 침대에서 무거운 머리를 들었을 때 창문이 살짝 열려 있는 것을 깨달았다.

"그 창문, 완전히 안 닫히는 거야? 빗소리가 시끄러워서 잠을 못 자겠던데."

"죄송해요. 저 폐소공포증이 있어서요."

이하준이 미안한 듯 어깨를 움츠렸다.

"이제 아무래도 상관없잖아요. 덴트 씨의 예상이 맞다면 오늘쯤 이곳에서 해방될 테니까요."

불평을 터뜨리려 하는 오토야에게 리리코가 냉정하게 말했다. 이하준도 안도한 모습으로 가슴을 쓸어내렸다.

"그러고 보니 어젯밤에 묘한 걸 받았어."

오토야는 주머니에서 반으로 접힌 종잇조각을 꺼냈다. 리리코와 이하준이 번갈아 쪽지를 읽었다. 오토야는 화장실 앞에서 숨어서 기다리던 루이스 레즈너에게 그것을 건네받았다고 설명했다.

"루이스 씨에게 무슨 일인가 생긴 걸까요. 분명 어제 인터뷰에서도 고민을 숨기는 것처럼 보이긴 했는데."

새 둥지 같은 머리를 긁으면서 이하준이 방을 이리저리 오갔다.

"본인에게 물어보러 갈까?"

"안 돼요." 리리코가 딱딱하게 말했다. "루이스 씨가 일부러 사람들이 없는 시간에 편지를 건넸다는 건 주변에 알려지면 좋지 않다고 생각해서겠죠. 부주의하게 접촉해서는 안 돼요."

도망치듯 떠나간 그녀의 모습이 뇌리에 떠올랐다.

"그럼 어떻게 하지?"

"일단 이 편지를 통해 알 수 있는 게 있는지 생각해보죠."

리리코는 종이를 벽에 대고 손바닥으로 주름을 폈다. 우리를 이곳에서 데리고 가주세요Please get us out of here. 문장은 지극히도 심플했다.

"제가 신경 쓰이는 건 왜 루이스 씨가 지금에야 쪽지를 건넸는가 하는 점이에요. 우리 셋은 2주 전부터 조든타운에 체류 중이에요. 말을 걸거나 편지를 건넬 기회는 몇 번이고 있었을 거예요. 그런데 왜 이제 와서 우리에게 도움을 청한 걸까요?"

"어제의 그룹 인터뷰에서 우리가 나름대로 신뢰할 수 있는 사람들이라고 깨달은 건 아닐까요?"

"그것도 있겠지만, 그것만이라고는 생각하기 어려워요. 루이스 씨는 이 편지에 '도와주세요help us'가 아니라 '데리고 가주세요get us out'라고 적었어요. 그녀는 우리가 가까운 시일 안에 조든타운을 떠난다는 사실을 알고 있었던 것 같아요. 하지만 우리가 해방된다는 사실은 아직 우리에게도 정식으로 통보되지 않았죠. 일개 신자에 불과한 그녀가 어떻게 이 사실을 알고 있었을까요?"

"하핫, 알았다." 오토야는 손뼉을 쳤다. "우리와 덴트의 대화를 몰래 엿들은 게 그 여자였던 거야."

어제 오후, 밀림에서 덴트를 만났을 때의 일이다. 그가 벌집에 놀라 펄쩍 뛴 직후, 누가 달려가는 소리가 들렸다. 그때 훔쳐 듣고 있던 것이 루이스였으리라.

"저도 그렇게 생각해요. 이하준 씨 말대로 루이스 씨는 어제 인터뷰를 통해 우리가 나름대로 신뢰할 수 있는 사람들이라고 느꼈겠죠. 그래서 일하는 척하며 자연스레 우리를 관찰하던 참에 오토야 씨와 제가 '남-30'에서 밀림으로 향하는 모습을 목격한 거예요. 신경이 쓰여서 몰래 따라갔는데, 거기서 내통하고 있던 듯한 변호사가 얼마 안 가서 조사단이 해방될 것처럼 보인다고 이야기한 거죠. 그래서 그녀는 어떻게든 함께 데려가줄 수 없을까 하고 생각한 거예요. 그래서 쪽지를 건네고자 한 거 아닐까요?"

"그토록 조든타운에서 나가고 싶어하는 이유는 뭘까요?"

"그것도 이 문장에 단서가 있어요. 이 글의 목적어는 '나me'가 아니라 '우리us'예요. 그녀는 혼자가 아니라 누군가와 함께 조든타운에서 도망치고 싶다고 생각한 듯해요. 그건 누구일까요. 본인에게 묻지 않는 이상 단언할 수 없지만, 상식적으로 생각하면 가족이겠죠. 그녀는 인터뷰에서도 딸의 이름을 입에 올렸어요. 이곳에서 아이들은 어린이 숙소에 살도록 정해져 있죠. 그녀는 딸과 헤어져서 사는 걸 견디지 못했던 게 아닐까요."

"아, 그렇군요……."

이하준은 감탄한 모습으로 뺨을 쓰다듬더니, 갑자기 눈을 크게 뜨고 오토야를 바라봤다. 이쪽이 상사 아니었나? 얼굴에 그렇게 쓰여 있었다.

그때 난폭하게 문이 열렸다. 세 명의 남자가 인사도 없이 밀고 들어왔다. 내무장관인 피터 웨더스푼과 보안장관 조셉 윌슨, 그리고 노기를 쐈 죽인 보안반 래리 래빈스였다.

"왜, 왜 이래요, 갑자기."

항의하는 이하준의 코앞으로 래리가 M1903의 총구를 들이댔다. 황급히 꺼내 온 것일까. 총대 안쪽에 마른 잎이 붙어 있었다.

"우리를 속였군."

기계처럼 억양 없는 말투로 조셉이 말했다.

"도대체 무슨 말씀인지……."

"덴트 씨 말이에요."

피터가 리리코를 바라봤다. 래리가 이번에는 그녀에게 총구를 향했다.

"알프레드 덴트 씨는 당신들 동료였어요. 그는 샌프란시스코에서 파견된 인민교회 신자인 변호사로 위장해서 우리 정보를 캐내려고 했죠. 내 말이 틀립니까?"

맞아요, 라고 고개를 끄덕일 수도 없었다. 어떻게든 되받아치고 싶었지만 이하준은 입을 뻐끔거릴 뿐이었다. 리리코마저 침묵하고 있었다.

그렇다고는 해도 덴트의 정체가 어째서 탄로 난 것일까. 어제는 꽤 여유로운 듯 보였지만, 무언가 실수라도 저지른 것일까.

"그의 슈트케이스에서 교단의 재무 자료와 아이들의 명부를 옮겨 적은 노트를 찾았거든요." 오토야의 생각을 읽은 것처럼 피터가 답했다. "평상시라면 변호사의 짐을 뒤져볼 생각은 안 했겠지만 이번에는 비상사태였어요."

"비상사태라니요?" 리리코가 미간을 찌푸렸다.

"알프레드 덴트 씨는 살해당했습니다."

M1903에서 마른 잎이 떨어졌다. 벌레 먹힌 구멍이 무수히 뚫려 있었다.

피터, 조셉, 래리에게 끌려 나온 세 명은 '아버지의 집'으로 향했다. 걸음을 늦추자 래리가 등에 총구를 들이밀었기에 금방이라도 배가 뚫리고 창자가 흩날리지는 않을까 두려웠다.

"들어가."

피터가 전자자물쇠를 열었고 래리가 등 뒤를 두드리며 세 명을 안으로 밀어 넣었다. 커튼이 걷혀 있었고 실내 온도도 지난번처럼 낮지 않았다. 역시 어제는 마술을 위한 특별 세팅이었던 모양이다.

"자네들에게 실망했네."

짐 조든은 등받이가 높은 의자에 깊숙이 앉은 채 딱딱한 말투로 말했다. 파우더를 바를 시간이 없었던 것인지 병자처럼 안색이 안 좋았다.

"우리는 자네들을 환영했어. 그런데 자네들은 그 은혜를 배신하고 말았지."

"그 건 말인데요……."

"본래라면 이 손으로 벌을 주어야 마땅하지만, 자네들은 결국 고용당한 입장이지. 자네들을 이곳에 들인 우리도 어리석었어. 지금 당장 조든타운에서 나가주게."

라일랜드 의원의 방문이 진짜 이유일 테지만, 조든타운에서 나갈 수 있다면 아무래도 상관없다. 오토야가 앞장서서 방에서 나가려고 하는데…….

"하나 확인하고 싶은 게 있습니다."

리리코의 목소리를 듣는 순간 그녀의 무릎을 걷어차고 싶어졌다.

"분명 덴트 씨는 정체를 숨기고 인민교회에 잠입해 있었어요. 그는 우리와 마찬가지로 찰스 클라크 씨에게 고용된 조사단원이죠. 그의 정체를 알고 있으면서도 아무 말 하지 않았던 점에 대해서는 사죄드립니다."

"자네들과의 신뢰 관계는 이미 무너졌어."

"그렇다면 단도직입적으로 묻겠는데, 알프레드 덴트 씨를 죽인 건 당신인가요?"

이 녀석, 목숨이 아깝지 않은가. 예상대로 래리 래빈스가 리리코의 머리카락을 잡고 테이블에 얼굴을 짓이겼다.

"목사님을 모욕하지 마!"

"나는 범인이 아니야."

조든은 쌀쌀맞게 대답했다. 리리코는 짓눌린 얼굴을 어떻게든 움직이며 말했다.

"그럼 이 개척지에 덴트 씨를 죽인 범인이 숨어 있다는 거군요. 이대로 뉴욕으로 돌아가면 찰스 씨는 우리에게 덴트 씨가 어떻게 되었느냐고 묻겠죠. 안타깝게도 우리는 이렇게 답할 수밖에 없어요. 인민교회의 누군가에게 살해당했다, 그런데 범인은 알 수 없다, 라고요."

래리는 M1903을 옆으로 눕혀서 리리코의 목에 총신을 가져다 댔다. "닥쳐."

목이 눌린 탓에 리리코의 목소리는 죽음을 목전에 둔 노인 같았다.

"지금 우리를 모욕하는 건가?"

"그렇게 들렸다면 사과할게요. 덴트 씨는 우리 동료입니다. 그를 죽인 범인을 찾을 수 있게 해주세요."

"거절한다."

"실례지만." 그때 끼어든 것은 내무장관인 피터 웨더스푼이었다. "저는 어젯밤까지 그룹 인터뷰에 열두 번 동석했습니다. 이들은 우리의 신앙을 부정하지 않고, 충분히 경의를 가지고 신자를 접했습니다. 이들을 어중이떠중이 신문기자나 텔레비전 관계자처럼 취급해서는 안 됩니다."

조든은 거북이처럼 목을 움츠리고는 그야말로 앞이 잘 보이는 것처럼 피터의 얼굴을 들여다봤다.

"이들은 나를 속였어. 그 사실은 변하지 않아."

"맞습니다. 하지만 이대로 이들을 조든타운에서 내쫓으면 더더욱 귀찮은 일이 벌어질지 모릅니다. 그도 그럴 게……."

피터는 창문 너머 간부 숙소로 시선을 향했다.

"덴트 씨가 살해당한 방은 굳게 잠겨 있었습니다. 하나밖에 없는 열쇠는 방 안에 있었습니다. 목사님은 자신은 범인이 아니라고 말씀하셨지만, 신자들은 그 말을 믿지 않겠죠. 인민교회를 속이려 한 덴트 씨에게 천벌이 내려졌다, 아니 목사님이 천벌을 내렸다고 생각할 겁니다. 왜냐하면 조든타운에 기적을 불러일으키는 인물은 한 명밖에 없기 때문입니다."

조든의 안색이 흐려지는 것이 보였다.

"이대로라면 목사님은 누명을 쓰게 됩니다. 그걸 막기 위해서는 이들에게 진범을 찾으라고 하는 수밖에 없습니다."

구름이 걷히며 창문으로 빛이 들어왔다.

조든은 그것을 피하려는 듯 고개를 숙이고 어깨를 작게 들썩였다.

"지금, 몇 시지?"

"7시 55분입니다."

피터가 회중시계를 보며 답했다.

조든은 천천히 고개를 들고는 "세 시간 주지" 하고 입술을 깨물 듯이 말했다.

"11시에 포트 카이투마 공항으로 차를 보낼 거야. 그때까지 알프레드 덴트를 죽인 범인을 찾아내도록."

2

"너, 얼른 일본으로 돌아가고 싶지 않은 거야?"

오토야는 '아버지의 집'에서 나오자마자 리리코를 붙잡고 물었다.

"물론 돌아가고 싶죠. 하지만 덴트 씨가 살해당한 사건을 이대로 내버려둘 수는 없어요."

드디어 소설 속 탐정과 같은 말을 하기 시작했다.

"무모한 말이군. 만약 이게 '최후의 사건'이 되면 어쩌려고 그래?"

"그렇게 되기 전에 범인을 찾아내는 수밖에 없죠."

"지금 조든타운에서 나간다면 편지를 보낸 루이스 씨를 버려두는 셈이 되기도 하고요."

이하준까지 아무렇지도 않은 얼굴로 리리코 편을 들었다.

'아버지의 집'에서는 아무 말도 하지 않았으면서 뻔뻔한 녀석이다.

"시간이 없어요. 얼른 현장으로 가죠."

짐 조든에게 안내를 명받은 피터 웨더스푼이 '아버지의 집'을 나서서 왼쪽의 간부 숙소로 향했다. 세 사람도 그 뒤를 따랐다.

간부 숙소는 길고 좁은 형태로, 방 세 개가 나란히 붙어 있었다. 왼쪽의 '북-1'에서 오른쪽의 '북-3'까지, 번호가 적힌 플레이트가 문에 달려 있었다. '북-3'의 깨진 창문으로 안쪽 침대와 바닥이 보였다.

때마침 '북-3'의 문이 열리며 본 적 있는 여자가 나왔다. 노기가 총을 맞았을 때 조셉에게 호출되어 왔던 의사 로레타 샤흐트였다. 그녀는 사체를 얹은 들것을 옮기려고 하는 중이었다.

피터가 다가가서 경위를 설명했다. 로레타는 "아, 그래요?"라고 말하고 들것을 덮은 천을 들추었다.

덴트의 얼굴은 피로 엉망진창이었다. 올백으로 넘긴 흰머리는 헝클어졌고, 안경 렌즈에는 금이 가 있었다. 상처를 입은 후 심하게 발버둥을 친 듯했다.

상처는 등에 있었다. 셔츠 위로 찔린 듯, 셔츠와 피부가 갈기갈기 찢겼다. 뿜어져 나온 피가 머리부터 허벅지까지 붉게 물들였다. 이하준이 구역질을 하며 괴로워하더니 어제

먹은 시리얼을 풀밭에 토했다.

"흉기는 방에 있던 나이프가 틀림없어요. 상처 크기가 전부 칼날의 가로 너비와 같았거든요."

로레타는 간결하게 설명을 덧붙였다. 중학교 교실에 반드시 한 명씩 있던, 어떤 잡다한 일과도 거리를 두는 우등생이 떠올랐다.

"사망 시각은 알 수 있나?"

오토야가 물었다.

"체온은 남아 있지 않고, 피도 말라 있어요. 손발의 경직 상태를 보고 짐작컨대, 사후 일곱 시간에서 아홉 시간 정도가 아닐까요."

"어젯밤 11시에서 오늘 새벽 1시 사이에 살해당했다는 말인가."

"그것 말인데요." 피터가 말참견했다. "그가 죽은 건 11시 40분쯤인 것 같습니다."

"어떻게 아는 건데?"

"전 옆의 '북-2'에 묵고 있는데, 어젯밤, 덴트 씨의 비명을 들었거든요. 잠결에 시계를 봤더니 11시 40분이었습니다."

로레타 의사의 추정과도 일치했다. 사망 시각은 틀림없는 듯했다.

"이렇게 출혈이 심한 것으로 보아 범인 또한 피를 뒤집어 썼을 겁니다. 심야라고는 해도 목격자가 있을지도 몰라요.

수상한 인물을 본 사람은 없는지, 신자들에게 확인해줄 수
있나요?"

"부하를 통해 확인해보죠."

피터가 리리코의 부탁에 따라 허리춤에 걸려 있던 무전기
를 꺼내 들것에서 몇 걸음 떨어진 곳에서 무언가 말하기 시
작했다. 2초 정도 후 로레타의 허리춤에서도 노이즈가 뒤섞
인 피터의 목소리가 들렸다. 그녀도 셔츠 아래에 무전기를
휴대하고 있는 듯했다.

피터는 2분 정도 대화를 나누고는 무전기를 다시 허리춤
에 걸었다.

"목격자를 찾는 대로 연락하라고 지시했습니다."

리리코는 피터에게 감사 인사를 하고, 로레타에게 "이제
됐습니다"라고 머리를 숙였다. 로레타는 때마침 '아버지의
집'에서 나온 래리 래빈스를 불러 둘이서 들것을 들어 올려
공동묘지로 사체를 들고 떠났다.

"덴트 씨는 여기에 쓰러져 있었습니다."

피터가 '북-3'의 문을 열고 안이 보이도록 몸을 기울였다.
바닥 타일에 피 웅덩이가 퍼져 있었다.

그곳은 16.5제곱미터 남짓한 크기의 방이었다. 문을 연
부근에 폴리에스터로 된 러그와 목제 신발장이 놓인 간결
한 현관, 오른쪽에 침대, 정면에 알루미늄 책상, 왼쪽에는 옷
장 문이 있었다. 왼쪽 벽은 전면이 거울로 되어 있지만, 다른

벽은 전부 널빤지가 덧대어 있었다. 바닥에는 연분홍색 타일이 깔려 있다. 오토야 일행의 숙소보다는 고급스러웠지만 내장재에 통일감이 없어서 어딘지 싸구려 러브호텔 같다는 인상을 받았다.

피 웅덩이에는 기장이 긴 레인코트가 떨어져 있었다. 덴트는 이 레인코트를 쥔 채로 죽어 있었다고 했다. 나일론 옷감이 살짝 젖어 있었기에 어젯밤에 이것을 입고 바깥으로 나간 것으로 보였다. 피가 눌어붙어 있는 것을 제외하고는 딱히 이상한 점은 보이지 않았다.

침대 쪽 벽에는 짐 조든의 포스터가 붙어 있었다. 비행기에서 읽은 신문 기사에서도 여러 번 본, 마틴 루터 킹 주니어의 비폭력 평화상 수상식에서 연설하는 사진이었다. 인민교회 신자로 위장하고자 일부러 준비한 듯했지만, 한밤중에 보면 오줌을 지릴 것 같다. 혹시라도 포스터 뒤쪽에 구멍이 있지는 않을까 기대하는 마음으로 모서리의 테이프를 뜯어서 살펴봤지만, 뒤쪽 벽에는 벌레 먹은 작은 구멍이 여러 개 뚫려 있을 뿐이었다.

피터가 방을 가로질러 책상에 놓인 수건을 손에 들었다. 두루마기처럼 수건을 펼치더니 피 묻은 나이프를 꺼냈다.

"이게 로레타 씨가 말한 나이프입니다. 사체 바로 근처에 떨어져 있었습니다."

그 나이프는 본 기억이 있었다. 검은 통 끝에 은색 날이 나

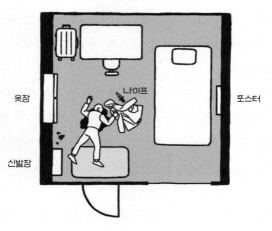

간부 숙소 북-3

옷장 　　　　나이프 　　　　포스터

신발장

와 있다. 어제, 밀림에서 덴트를 만났을 때 벌집에 놀란 덴트
가 떨어뜨렸던 접이식 나이프였다.

"그가 호신용으로 소지하던 나이프네요."

그 순간 리리코 역시 같은 사실을 깨달았다.

피터가 드물게 눈썹을 올리더니 "그가 자살했다는 말인가
요?"라고 배 앞에서 주먹을 옆으로 당겼다. 할복하는 모습을
흉내 내는 듯했다.

"아니요. 덴트 씨는 등 뒤를 반복해서 찔렸어요. 자살하기
위해 굳이 몸 뒤를 찌를 리는 없고, 두 분이 들은 비명도 설
명이 되지 않죠."

"일부러 타살처럼 보이도록 죽어서 자살을 타살로 위장했

208

을 가능성은요?"

"그렇다면 더더욱 본인이 가지고 있던 나이프를 쓰는 건 이상하지 않나요? 범인은 어떤 이유로 덴트 씨와 몸싸움을 하게 되었다. 그때 덴트 씨가 나이프를 떨어뜨렸고, 범인이 그걸 주워서 덴트 씨를 뒤에서 찔렀다……. 뭐, 그런 식 아닐까요?"

피터는 부끄러운 듯 할복 자세를 취했던 손을 내렸다.

"사체를 발견한 건 누군가요?"

"저와 보안장관 조셉 윌슨입니다. 다만 처음으로 이변을 눈치챈 건 서무반의 니콜 피셔였고요. 그녀는 조식을 들고 간부 숙소를 방문한 참이었습니다."

'북-3'의 창문 앞에는 니콜이 가지고 온 조식 쟁반이 그대로 놓여 있었다. 팬케이크가 담겨 있는데, 이것은 시리얼을 먹지 못하는 덴트를 위해 요리반이 특별히 준비한 것이라고 했다.

"그녀의 목소리를 듣고 심상치 않다고 느낀 저와 조셉이 '북-3'으로 달려와서 문과 창문에 자물쇠가 채워진 걸 확인했습니다."

"상관없는 것 좀 물어볼게요." 리리코가 딱딱한 말투로 말했다. "두 분이 바깥으로 나왔을 때, 각각의 방문에 자물쇠를 채우셨나요?"

"네, 채웠습니다. 문단속에 신경 쓰라고 목사님께 귀에 못이 박이도록 들었거든요. 조셉도 마찬가지였을 겁니다."

"혹시 모르니 조셉 씨에게도 물어봐주시겠어요?"

오토야로서는 질문의 의도를 알 수 없었지만 피터는 군말 없이 무전기를 꺼내서 조셉에게 같은 것을 물었다. 조셉의 답은 피터와 마찬가지였고, 둘 다 자물쇠를 채웠다는 사실을 알 수 있었다.

"감사합니다."

리리코는 말없이 설명을 재촉했다.

"우리는 니콜을 돌려보낸 후, 무기고에서 라이플을 가져와 창문을 쳐서 깼습니다. 그리고 피투성이가 된 채 바닥에 쓰러져 있는 덴트 씨를 발견했습니다. 열쇠는 신발장에 놓여 있었고, 범인의 모습은 어디에도 없었습니다."

그 말은 곧 살해 현장은 밀실이었다는 말이 된다. 피터가 '아버지의 집'에서 말한 것처럼 인민교회 신자가 그 사실을 알게 되면 조든이 덴트에게 천벌을 내렸다고 생각하리라.

"열쇠를 보여주실 수 있나요?"

리리코가 부탁하자 피터는 책상에 놓인 열쇠를 내밀었다.

"간부 숙소의 열쇠는 방 하나당 한 개씩밖에 없습니다. 유리창을 깨고 안을 들여다본 시점에 신발장 위에 열쇠가 있는 게 보였습니다. 조셉이 방으로 들어간 후에 몰래 놓았을 리도 없습니다."

리리코는 받아든 열쇠를 이리저리 뜯어봤다. 놋쇠로 만든

어진 극히 평범한 열쇠였다. 대신 오토야가 질문을 이어갔다.

"사체를 발견한 후에는 어떻게 했지?"

"제가 무전기로 로레타 샤흐트 의사에게 연락했고, 조섭은 목사님을 부르러 달려갔습니다. 먼저 도착한 건 목사님입니다. 목사님은 이야기를 듣고는 덴트의 짐을 조사하라고 지시했습니다. 그래서 책상 서랍과 슈트케이스 안을 찾아보니, 슈트케이스 뚜껑 안쪽에서 이런 것이 나온 거죠."

피터가 책상 옆에 놓인 슈트케이스에서 노트를 꺼냈다. 노트를 펼치자 중간 페이지쯤에 조든타운의 학교에 재적해 있는 아이들의 이름, 나이, 출신지, 신앙의 정도, 부모의 직업, 부모의 기부금 내역 등이 빼곡히 적혀 있었다. 4년 전, 리리코가 손에 넣었던 마루우치 신도의 명부와 똑같았다.

"목사님은 전부터 덴트 씨의 정체를 의심하고 있었다고 합니다. 어제도 10시 반이 지나, '아버지의 집'으로 불러들여서 전임자에게 인수인계받은 내용에 대해 추궁하셨다고 하더군요. 그렇긴 해도 설마 스파이라고는 생각하지 못한 듯, 노트의 내용을 전하자 무척이나 놀라셨습니다."

덴트가 비명을 지른 것이 11시 40분경이니까, 짐 조든은 그로부터 약 한 시간 전에 덴트를 만났다는 말이 된다.

"이후 목사님이 여러분을 '아버지의 집'으로 데리고 오라고 명했고, 저와 조섭, 그리고 식당 앞에서 만난 래리 래빈스, 이렇게 셋이 '남-30'으로 향했습니다. 나머지는 여러분이 아시는 대로입니다."

래리에게 총구가 겨눠진 채로 오토야, 리리코, 이하준이 '아버지의 집'으로 향했다는 말이다.

리리코는 생각에 잠긴 얼굴로 방에서 나가더니 문손잡이의 열쇠 구멍에 열쇠를 꽂았다. 딸깍, 하는 소리가 나며 문의 측면에서 데드볼트가 튀어나왔다.

"사실은 다른 방의 열쇠였다거나 그런 건 아닌가 보군."

"안타깝게도 여벌 열쇠도 마스터키도 없습니다. 외부의 열쇠 가게에 부탁하면 만들 수 있을지도 모르지만, 이 개척지에는 여분의 열쇠를 만들 소재도, 기술을 가진 장인도 없습니다."

옆에서 열쇠 구멍을 들여다봤지만, 바늘을 꽂아서 억지로 돌린 듯한 흔적도 없었다.

"바깥에서 자물쇠를 잠근 후에 어떤 방법으로 열쇠를 실내로 이동시킨 거 아닌가요?"

이하준이 손수건을 입에 물고 말했다. 구역질을 참고 있는 듯했다.

"어떤 방법이 뭔데?"

"실에 걸어서 문 아래에서 신발장 위까지 이동시켰다거나요."

수준 낮은 트릭이다.

"불가능하겠지." 오토야는 문을 닫았다. 위에도 아래에도 틈이 없었다. "이것 좀 봐."

책상 좌우에는 환기구가 있었지만, 이쪽도 그물망이 2중으로 끼워져 있었고 열쇠가 통과할 만한 틈새는 없었다.

"피터 씨와 조셉 씨가 사체를 발견했을 때, 문에는 정말로 자물쇠가 채워져 있었나요?" 이하준이 물고 늘어졌다. "무언가 문에 걸려서 열리지 않은 걸 자물쇠가 채워진 걸로 착각한 건 아니고요?"

"방으로 들어와서 곧장 문을 확인했는데 아무것도 걸려 있지 않았습니다. 창문도 마찬가지고요."

"당신들이 방에 들어갔을 때, 어딘가에 범인이 숨어 있다가 당신들의 빈틈을 노려 도망쳤을 가능성은?"

"침대 밑과 옷장 안도 확인했지만 사람의 흔적은 없었습니다."

"바닥 타일 아래에 숨겨진 탈출구가 있다거나."

"없어요. 보시는 대로 아마추어 목수의 수준을 가까스로 벗어난 정도의 건물입니다. 숨겨진 통로를 만들 정도로 공을 들인 구조가 아닙니다."

오토야와 이하준의 밑천은 이미 바닥나버렸다. 리리코는 어떨까 궁금해하며 바라보자, 손목의 염주를 정신없이 잡아당기며, 아아, 흐음, 하고 중얼거리는 중이었다.

"좀 더 세세한 걸 묻겠습니다. 피터 씨 일행이 사체를 발견했을 때 열쇠는 신발장 위에 있었던 거죠? 그런데 조금 전에

제가 열쇠를 보여달라고 했을 때는 책상 위에 놓여 있었어
요. 누군가가 손을 댄 건가요?"

피터는 몇 초간 뇌를 굴리듯이 목을 기울인 후에 "아" 하
고 손뼉을 쳤다.

"방 안을 조사하다가 조셉이 발부리를 신발장에 부딪혔습
니다. 그랬더니 열쇠가 바닥으로 떨어졌죠. 피가 묻거나 하
지는 않았지만, 같은 일이 반복될 것 같아서 사체에서 멀리
떨어진 책상에 열쇠를 놓은 겁니다."

리리코는 염주에서 손을 떼고 "그렇군요" 하고 중얼거렸다.

"트릭을 찾아내신 건가요?"

이하준이 옆에서 콧김을 뿜었다. 열쇠가 어디에 놓여 있든
바깥에서 자물쇠를 채울 수 없다는 사실은 달라지지 않을
것 같지만.

"가능성을 하나 지울 수 있었어요. 단서가 조금만 더 있으
면 좋을 텐데."

리리코는 중얼거리며 피 웅덩이를 내려다보다가 갑자기
"어라" 하고 허리를 굽혀 옷장 문을 응시했다.

"혈흔이 연결되어 있지 않네요."

옷장은 높이가 1미터 70센티미터, 폭이 50센티미터 정
도. 좌우의 벽과 마찬가지로 양쪽으로 열리는 옷장 문에도
거울이 붙어 있었다. 그곳을 잘 보니 문 하단에 피가 묻어
있었다. 리리코의 말대로 좌우 문의 혈흔이 이어져 있지 않

았다. 왼쪽 피가 3센티미터 정도 위로 어긋나 있었다.

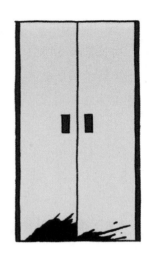

"재미있는 단서네요."

리리코는 문을 여닫으며 신기한 듯 옷장을 관찰했다. 양쪽 문 모두 위아래가 스테인리스 경첩으로 고정되어 있었다. 나사는 제대로 끼워져 있었고, 문을 떼어낸 흔적은 없었다.

옷장 안을 들여다보니, 머리 높이에 봉이 끼워져 있었고, 옷걸이가 하나 걸려 있었다. 리리코는 세심하게 측면과 바닥판을 관찰했지만 아무런 흔적도 보이지 않았다.

"그렇군요. 꽤 가능성이 좁혀졌어요." 상사를 내버려둔 채 조수가 의미심장한 말을 했다. "조금만 더 하면 답을 찾을 수 있을 것 같아요."

갑자기 라디오 소리 같은 잡음이 들렸다. 피터가 허리춤에서 무전기를 꺼내서 몇 걸음 떨어진 채로 무언가 말하기 시작했다.

"목격자를 찾은 건가요?"

이하준이 목소리를 높였다. 그렇게 되면 사건은 바로 해결이다. 피터는 마이크에 대고 "알겠다"라고 답하고는 오토야 일행을 바라봤다.

"범인을 목격했다는 증언은 나오지 않았습니다. 하지만 어젯밤 늦게 덴트 씨가 쫓기는 모습을 본 사람은 있는 것 같습니다."

3

손목시계 바늘이 9시 30분을 가리켰다. 남은 시간은 앞으로 90분.

몸길이가 까마귀 정도 되어 보이는 나방이 머리 위를 바쁜 듯 날아다녔다. 조바심을 내며 목격자를 기다리는데, 서른 살쯤으로 보이는 여자가 주변을 둘러보며 식당으로 들어섰다.

"저기, 죄송합니다."

여자는 피터를 바라보더니 망설이며 말을 걸었다. 피터가 "무슨 일인가요?" 하고 응했다. 기다리던 목격자는 아닌 듯했다.

"그게…… 로레타 샤흐트 선생님이 어디 계신지 아시나요? 진료소에 안 계시던데요."

여자는 마치 혼이 나간 듯 말에도 아무 감정이 실려 있지 않았다. 호흡이 거칠고 소나기라도 맞은 것처럼 땀에 흠뻑 젖어 있었다.

"공동묘지에 가셨습니다. 바로 돌아오실 것 같긴 한데, 무슨 일이죠?"

"아니, 아닙니다. 아무 일도 아니에요."

여자는 어떻게 보아도 큰일이 있는 듯한 태도로 대답하며 양손을 흔들었다. 하지만 실제로 흔들리는 건 왼손뿐이었다. 그녀에게는 오른손의 팔꿈치 아래가 없었다.

어제의 그룹 인터뷰 후, 조든타운을 다시금 관찰하며 깨달은 사실이 있었다. 이 마을의 주민은 몸에 상처나 장애가 있거나 병을 앓고 있는 사람의 비율이 다른 곳에 비해 명백하게 높았다. 얼핏 본 것만으로도 서너 명 중 한 명은 몸에 문제가 있는 듯했다. 인민교회에 입회함으로써 얻을 수 있는 은총 혹은 환각을 구하는 사람들이 모여든 결과이리라.

여자는 그야말로 오른손이 있는 것처럼 양팔을 겹치고는 말했다.

"죄송합니다. 실례하겠습니다."

그렇게 말하며 피터에게 등을 향하고 공동묘지 쪽으로 달려갔다.

"무슨 일이라도 있는 걸까요?"

피터가 불안한 듯 중얼거렸다. 그때 여자와 교대하듯 작은 그림자 두 개가 식당으로 들어왔다. 피터가 몸을 일으켜 둘을 맞이했다. 이번에야말로 기다리던 목격자인 듯했다.

"뭐야. 어린애잖아."

아무에게도 들리지 않게 말할 셈이었는데, 이하준이 오토야를 노려봤다.

한쪽은 본 기억이 있었다. 어제 '아버지의 집'에서 만난 아시아계 소년이다. 도마뱀 빌을 가지고 오는 연기를 수행했던 소년으로, 조든에게는 Q라고 불렸다.

다른 한쪽은 백인으로, 키는 비슷한데 분위기는 Q보다 갑절은 어른스러웠다. 학생회장을 맡을 법한, 아무 이유 없이 주변을 내려다보는 유형처럼 보였다. 그는 의심하는 눈초리로 오토야 일행을 바라봤다.

"고맙군. W는 학교로 돌아가줘."

피터는 Q를 의자에 앉힌 후 다른 소년에게 그렇게 말했다. 설마 이 마을에서는 모든 아이를 알파벳으로 부르는 것일까.

"007을 흉내 내는 거예요."

이하준이 귓가에 속삭였다.

분명 007 시리즈 영화에서는 코드네임이 알파벳인 캐릭터가 등장한다. 오토야가 몇 년 전에 본 작품에서도 Q라는 개발자가 활약했었다. 하지만.

"그럼 저 녀석은 M이어야 하는 거 아니야?"

다른 한 명, 007의 상사이자 비밀정보부의 보스는 M이라고 불렸지만, W라는 캐릭터는 들어본 적 없었다. '우미노니와'의 간판처럼 문자를 뒤집은 것일까.

"똑같이 따라하는 건 재미없어서가 아닐까요?"

자기에게 묻지 말라는 식으로 이하준이 입술을 내밀었다. 당사자인 W는 피터의 지시에 따라 혼자 식당에서 나갔다.

"어젯밤, 무슨 일이 있었는지 들을 수 있을까?"

소년 앞에 앉아서 피터가 물었다.

"믹이 덤불개의 혼령에게 살해당했어요."

Q는 코감기에 걸린 듯한 목소리로 답했다.

"……뭐?"

"그러니까 제가 자는 오두막에 덤불개의 혼령이 숨어 들어와서 믹을 죽였어요."

"믹이라면 그러니까, 이구아나였던가?"

"주머니쥐예요."

"어째서 덤불개의 혼령에게 살해당했다고 생각하는데?"

"침대에서 자고 있었는데 갑자기 그 개가 울부짖는 소리가 들렸어요. 불길한 예감이 들어서 바구니를 들여다봤는데, 믹이 움직이지 않았어요."

"개는 보통 주머니쥐를 죽이거나 하지는 않을 텐데?"

"배가 고팠는데 밥을 주지 않아서 화가 난 거 아닐까요? 야생 원숭이나 강아지에게 밥을 주면 선생님께 혼이 나요. 하지만 강아지는 그런 거 모를 테니까요."

Q는 찡그리듯 코에 주름을 잡으며 당장이라도 울 것 같은

표정을 지었다.

"알았어. 그래서?"

"바구니를 흔들어봐도 믹은 뒤집힌 채 꼼짝도 하지 않았어요. 얼굴을 가까이 가져가니 죽은 쥐 같은 냄새가 났어요. 그래서 영혼이 나가기 전에 되살리고 싶어서 '아버지의 집'으로 믹을 데리고 가기로 했어요."

주머니쥐가 어떤 동물인지는 모르지만, 요전번의 도마뱀과는 달리 정말로 귀여워했던 모양이다.

"그게 몇 시쯤이었지?"

"숙소를 나올 때 시계를 봤는데, 11시 35분이었어요. 비가 세차게 내리고 있어서 레인코트를 입고 믹의 바구니를 가지고 '아버지의 집'으로 갔어요. 그런데 간부 숙소 앞을 지날 때쯤, 화장실 쪽에서 어떤 아저씨의 비명소리가 들린 거예요. 저는 깜짝 놀라 건물 뒤에 숨었어요. 그러자 목소리가 들린 쪽에서 변호사인 덴트 씨가 달려왔어요."

리리코가 몸을 내밀었다. 덴트는 살해당하기 직전, 화장실에 갔다는 말인가.

"덴트 씨는 멈추지 않고 곧장 '북-3'으로 뛰어들었어요. 무슨 일일까 생각했는데, 10초 정도 지나서 '북-3'에서 다시 커다란 비명이 들렸어요. 저는 무서워져서 그대로 숙소로 돌아왔어요."

어른들은 몇 초 동안 소년의 얼굴을 바라봤다.

"이건 혹시나 해서 확인하는 건데." 리리코가 입을 열었다. "덴트 씨가 달려간 후, 누가 뒤를 쫓아오지는 않았니?"

"아니요. 아무도."

"그때 덴트 씨는 상처를 입은 상태는 아니었고?"

"그렇지 않았어요."

네 명은 자신도 모르게 서로의 얼굴을 바라봤다.

Q의 증언이 옳다면 덴트는 화장실에서 범인을 만났고, 숙소로 도망쳤다가 그곳에서 숨이 끊어졌다는 말이 된다. 하지만 화장실에서 도망친 시점에는 아직 상처를 입지 않은 상태였다면, 범인은 덴트를 쫓아서 숙소로 뛰어들어 그의 등을 찔러야 한다. 하지만 Q는 덴트 말고는 누구의 모습도 보지 못했다.

"범인이 두 명이었을까? 한 명이 화장실에서 덴트를 위협하고, 다른 한 명이 방에서 덴트를 죽였다든가."

오토야가 과장된 말투로 말했다.

"무엇 때문에 그런 귀찮은 짓을 하죠? 범인이 두 명이라면 일을 보러 온 화장실에서 둘이 같이 습격하는 쪽이 확실할 텐데요?"

예상대로 리리코가 반론을 퍼부었다. 찍소리도 할 수 없었지만, 그렇다면 소년은 왜 범인의 모습을 보지 못했을까. 밀실에서 연기처럼 사라졌다는 사실에 오토야도 덤불개의 혼령인지 뭔지를 의심하고 싶어졌다.

"그런데 주머니쥐 믹은 어떻게 됐어? 목사님에게 되살려 달라고 할 생각이었잖아?"

이하준이 아무래도 상관없는 이야기를 물었다.

"그게, 아침이 되니까 되살아나 있었어요. 제 소원이 통해서 목사님이 도와주신 거 아닐까요?"

Q가 아무렇지도 않은 듯 답했다. 뭐야, 그게.

그로부터 5분 정도 리리코와 피터가 이것저것 말을 바꿔가며 소년에게서 정보를 끌어내려고 했지만 새로운 사실은 들을 수 없었다.

"고맙다. 학교로 돌아가면 레이 모튼 교장에게도 인사 전해주렴."

피터가 어깨를 두드리며 말했다. Q는 "네" 하고 끄덕이더니 식당에서 나가려고 했다.

"아, 한 가지 더 괜찮을까?"

중요한 것이 떠오른 듯 리리코가 소년을 불러 세웠다. 소년이 발을 멈추고 신기한 듯 눈썹을 추켜올렸다.

"지금부터 하는 말은 결코 네가 믿는 걸 부정하려는 게 아니야. 너한테는 네가 믿고 싶은 걸 믿을 자유가 있어. 그런데 말이야."

리리코는 소년 옆으로 다가서더니 허리를 굽히고 Q의 눈동자를 들여다봤다.

"주머니쥐 믹이 되살아난 건 목사님 덕이 아니야."

Q는 병아리처럼 눈을 깜빡였다. "네?"

"나도 전에 학교 선생님에게 들은 적이 있는데, 주머니쥐는 방어를 위해 죽은 척하는 경우가 있어. 포식동물에게 습격당할 것 같으면 일부러 죽은 척을 하는 거야. 근육을 경직시키고 꼼짝도 하지 않지. 혀를 축 늘어뜨리고 일부러 썩은 듯한 냄새를 풍기기도 해. 그렇게 적을 속여서 몸을 지키는 거야."

"믹이 덤불개의 혼령을 눈치채고 있었다는 말이에요?"

"아니, 혼령 같은 건 없어."

"그래도 숙소에 포식동물 같은 건 없었는데요?"

"깨닫지 못했던 것뿐이야. 네가 자는 동안에 뱀이나 도마뱀 같은 게 숨어들었다가 눈을 뜨기 전에 나가버린 건 아닐까? 혹시 어젯밤에 창문을 닫는 걸 잊어버리지 않았니?"

Q는 머리를 긁으며 "기, 기억나지 않아요" 하고 말았다.

"너는 아까, 덤불개가 우는 소리에 잠이 깼다고 했잖아. 그런데 '아버지의 집'으로 갈 때는 비가 세차게 내리고 있었다고도 말했지. 만약 창문이 닫혀 있었다면 동물이 우는 소리는 지붕을 두드리는 거센 빗소리에 묻혀서 들리지도 않았을 거야.

믹은 바깥에서 숨어든 포식동물을 깨닫고는 바구니 안에서 죽은 시늉을 했어. 정말로 죽은 건 아니니까 포식동물이 사라지면 잠시 후에 다시 움직이게 돼. 그건 자연스러운 일일 뿐, 기적은 아니야."

Q는 아무 대답도 하지 않고 멍하니 입을 벌린 채였다. 소중하게 여기던 것이 가짜였다는 사실을 알게 된 것처럼 조금 슬픈 표정이었다.

"어째서 누나는 저에 대해 그렇게 잘 알고 있어요?" 작은 목소리가 새어 나왔다. "예언자나 신이에요?"

오토야는 웃음을 터뜨릴 뻔했지만 리리코는 진지한 얼굴로 대답했다.

"난 평범한 인간이야. 탐정이라는 흔치 않은 일을 하고 있지만."

"탐정……?"

소년의 눈동자에 빛이 감돌았다. 입술이 살짝 열리고 볼이 발그스름해졌다.

20년쯤 전, 구니오 삼촌에게 그의 직업에 대한 설명을 들었을 때의 일이 떠올랐다. 그때의 자신도 어쩌면 이런 얼굴을 하고 있었을지도 모른다.

"뭐, 사실은 탐정 조수지만 말이야."

리리코가 부끄러운 듯 오토야를 돌아본 그때였다.

부자연스럽게 커다란 발소리를 울리며 여자가 식당으로 들어왔다. 앞서 로레타 샤흐트를 찾던 외팔이 여자였다. 땀은 말랐지만, 얼굴에서 핏기가 완전히 가셨다. 30분 전에는 멍한 표정이었지만, 지금은 확실히 무언가를 겁내는 것처럼 보였다.

"무, 무슨 일이신가요?"

피터가 여자에게 달려들어 오른쪽 어깨를 부축했다.

"그, 그게, 실은."

그녀가 숨 가쁘게 내뱉은 말은 탐정이 신도 예언자도 아니라는 사실을 여실히 드러내주었다.

"크리스, 이따가 시간 좀 있어?"

오른손으로 가스버너의 손잡이를 몇 번이고 비틀면서 레이철 베이커가 말했다.

크리스티나 밀러는 강낭콩 꼬투리를 자르던 손을 멈췄다. 레이철은 요리반 선배였다. 왜 갑자기 자신을 초대하는 것일까. 크리스티나에게 호의가 있어서? 그럴 리 없었다. 동료임에도 말을 걸지 않으면 일하기 불편해질 것 같기 때문이겠지. 분명 그럴 것이다. 내가 초대를 받아들였다고 웃음거리로 삼으려 한다거나 하는 것은 아니다. 틀림없다.

"혹시 선약이라도 있었어?"

손잡이를 딸깍거리며 레이철이 이쪽으로 눈을 향했다. 지지직, 하는 소리가 날 뿐, 버너에 불이 붙을 기색은 없었다.

"아니요. 근데 제가 가도 괜찮은 건가요?"

"당연히 괜찮지. 그럼 같이 가기로 한 거다? 블랑카랑 크리스랑 나, 세 명이 같이 가면 조디 선생님도 좋아하겠지."

레이철은 흥분을 억누르기 어려운 듯 의미도 없이 발꿈치를 두드려 소리를 냈다.

2주 전, 조디 랜디가 조든타운에 찾아온 이후로 레이철은 완전히 그녀에게 마음을 빼앗긴 상태였다.

조디 랜디는 유사 과학을 철저하게 비판해온 정신과 의사다. 예언자인 진 딕슨이 입을 다물게 만들었다거나 초능력자 유리 겔러를 줄행랑치게 만들었다거나 하는 무용담이 차고 넘친다. 하지만 그 대부분은 레이철에게 전해 들은 이야기로, 크리스티나는 몇 번인가 텔레비전에서 본 적이 있는 정도였다.

조디 일행이 찾아오기 전날 밤, 파빌리온에서 임시 집회가 열렸다. 내무장관 피터는 찰스 클라크의 지령을 받은 사람들이 인민교회의 내부사정을 조사하기 위해 조든타운을 방문한다고 말했다. 인민교회는 악마 같은 습격자들로부터 집요한 공격을 받고 있지만, 찰스를 아군으로 만들면 단번에 형세를 역전할 수 있다. 조사에 최대한 협조하라고 피터가 당부했다.

다음 날부터 조디 일행은 주민을 대상으로 청취 조사를 시작했다. 몇 명씩 학교의 E 교실로 불러서 한 시간 정도 이야기를 들었다. 인터뷰를 다녀온 사람에게 물어보니 그들은 인민교회와의 관련성과 조든타운에서의 삶에 관해 물을 뿐, 교단의 어두운 면을 폭로하려는 느낌은 아니라고 했다.

조디를 사모하는 레이철은 E 교실로 불려갈 날만 손꼽아 기다렸다. 크리스티나는 처음에는 호기심을 숨기려고도 하지 않는 레이철에게 질렸지만, 그녀가 들려주는 조디에 관한 이야기를 듣는 사이에 그녀가 진짜로 조디에게 빠져 있다는 사실을 알게 되었다.

하지만 기다리고 기다려도 레이철을 부를 기미는 보이지 않았다.

그러다 맞이한 그저께. 드디어 레이철에게 운명의 순간이 찾아왔다.

조리실에 저녁노을이 들기 시작한 오후 6시 조금 지난 시각. 레이철은 그때, 컨테이너 앞에 있는 테이블에 우유 수프가 담긴 그릇을 막 놓아둔 참이었다.

난잡하게 늘어놓으면 블랑카에게 잔소리를 들으니까 이 작업은 나름대로 시간이 걸린다. 몇 분만 지나면 배가 고픈 신자들이 슬슬 모여들 시간이다. 레이철은 수프 접시가 방향을 맞춰서 깔끔하게 놓인 것을 확인하고 컨테이너로 돌아가려 했다. 하지만 그때 접시 중 하나에 개미가 떠 있는 것을 깨달았다.

이 수프 그릇은 샌프란시스코의 할인매장에서 대량 구매

한 것으로, 좌우에 손잡이가 달린 양수 냄비 같은 모양이었다. 개미가 떠 있는 수프를 빼내려고 레이철이 손잡이를 잡았을 때, 테이블 건너편에 있던 누군가가 반대쪽 손잡이를 잡았다.

"저기, 이거, 벌레가 빠져서……"

그렇게 말하며 고개를 들자, 불과 몇십 센티미터 앞에 조디 랜디의 얼굴이 있었다.

"아, 죄송합니다."

마음에 둔 상대와 같은 책을 잡으려 하던 하이틴 드라마의 한 장면처럼 레이철은 곧바로 손을 뗐다. 조디는 여전히 그릇을 쥔 채로 파란 눈동자를 반짝였다.

"저기, 저는 레이철 베이커라고 합니다. 제 인터뷰는 언제쯤인가요?"

레이철이 평소보다 두 옥타브 높은 목소리로 물었다.

공교롭게도 수 미터 뒤쪽에서는 짐 조든이 아이에게 이끌려 식당으로 향하는 중이었다. 조든은 한 달에 한 번, 식당에서 아이들과 저녁을 먹는다. 부드러우면서도 예리한 눈빛의 레이 모튼 교장이 몇 걸음 떨어진 곳에서 아이들을 바라보고 있었다.

신자가 외부인을 상대로 들떠 있는 모습을 보이면 조든이 기분 나빠하지 않을까. 컨테이너로 들어가는 계단에서 둘의 대화를 바라보고 있던 크리스티나는 어째서인지 그런 불안에 휩싸였다.

"아니요. 딱히 예정은 없습니다만."

조디가 발랄하게 답했다. 이야기를 들어보니 인터뷰 대상자는 조사단의 협의에 의해 결정되며, 안타깝게도 레이철의 이름은 후보에도 오르지 않았다고 했다.

"그래도 당신의 이야기를 듣고 싶어요. 요리반 여러분도 다 같이요."

딱 보기에도 의기소침해진 그녀를 신경 써준 것이리라. 조디는 낭랑하게 그렇게 제안했다. 레이철이 뛰어오를 듯 기뻐한 것은 두말할 필요도 없다.

"그럼 그때 뵙죠."

시간과 장소를 정하자 조디는 수프를 쟁반에 올리고 방긋 웃으며 식당으로 들어갔다.

짐 조든은 일순 이쪽으로 얼굴을 향했지만, 딱히 표정을 바꾸는 일 없이 아이들과 함께 식당으로 향했다. 크리스티나는 가슴을 쓸어내렸다.

그리고 이틀 후인 오늘, 비공식 다과회를 개최하기에 이르렀다.

"왜 안 되지? 불이 안 붙어. 블랑카 씨, 이 버너 고장 났어요."

여전히 손잡이를 딸깍딸깍 돌리던 레이철이 결국 목소리를 높였다.

"그럴 리 없는데?"

블랑카 호건은 흙먼지가 묻은 그릇을 씻으면서 짜증을 냈다. 그녀는 3년 전, 선발대가 조든타운에 왔을 때부터 부엌일을 담당해온 고참이다. 현재는 내무부 요리반 팀장을 맡고 있었다.

"정말이라니까요. 조리실을 엉망진창으로 만들어놓은 범인이 버너도 고장 낸 거예요."

블랑카는 한숨을 내쉬고는 수도꼭지를 잠그고 버너로 왼손을 뻗었다. "누른 다음에 힘껏 돌려야 해. 그러면, 봐봐." 손잡이가 돌아가는 것과 동시에 팟, 하고 파란 불이 붙었다.

"어라? 진짜네."

레이철의 목소리가 작아졌다. 블랑카는 곧장 설거지를 하러 돌아가서는 아무 일 없었다는 듯 수세미로 그릇을 씻기 시작했다. 크리스티나도 강낭콩을 싹둑싹둑 잘랐다.

"저기, 좋은 생각이 났는데 말이에요." 편치 않은 공기를 견디지 못한 것인지 레이철이 무리하게 화제를 바꿨다. "조디 선생님이라면 조리실을 엉망진창으로 만든 범인을 찾아낼 수 있지 않을까요?"

"그 사람 전문은 숟가락 구부리기나 텔레파시 아니었어?"

"그러니까 하는 말이에요. 오늘 아침의 조리실, 마치 폴터가이스트 현상이 일어난 것 같지 않았어요?"

그러면서 레이철은 아앗, 하고 목소리를 높였다.

"어제, 엄청 무서운 꿈을 꿨어요. 망령이 제 오른손을 꽉 잡고 어딘가로 데리고 가는 거예요. 덴마크의 고성에라도 있을 법한 품격 있는 망령이었어요. 그 녀석이 여기 나타나서 폴터가이스트 현상을 일으킨 걸지도 몰라요."

"품격 있는 망령이 레이철을 데리고 가려고 했을 리 없잖아."

블랑카가 가차 없이 레이철의 말을 잘랐다. 레이철은 어쩐지 기쁜 듯 "그런가요?" 하고 어깨를 으쓱했다.

이 여자는 밝고 명랑하며 누구에게든 마음을 열고 자유롭게 행동한다. 크리스티나는 그런 그녀가 거북했다.

레이철의 행동은 좋든 싫든 크리스티나에게 부족한 무언가를 드러내는 것만 같았다.

오른손을 잃기 전, 크리스티나가 손에 넣고자 무던히도 애썼던 것을.

계기는 16세의 여름이었다. 레드우드 밸리 고등학교의 스쿨버스에서 졸고 있던 크리스티나에게 갑작스러운 불행이 닥쳤다. 버스가 소화전을 부수고 숲으로 돌진한 것이다. 운전사가 갑자기 튀어나온 라쿤 가족을 피해 급하게 핸들을 꺾은 것이 원인이었다.

버스에 타고 있던 학생 대부분은 좌석에서 구른 정도였지만, 크리스티나는 얼굴을 스테인리스 손잡이에 세게 부딪힌 채 바닥을 피투성이로 만들었다. 다행히 머리에 이상은 없었지만 L자 형태로 휘어버린 콧날을 되돌리기 위해 코뼈 접합 수술을 받아야만 했다.

사고 일주일 후, 코에 깁스를 한 채로 등교한 크리스티나는 마치 하이틴 드라마의 여주인공으로 다시 태어난 것 같았다. 복도를 걷는 모두가 크리스티나를 돌아봤다. 수업하러 들어온 선생님들이 수술을 견뎌낸 크리스티나의 용기를 칭송했다. 제대로 눈을 마주친 적도 없었던 잘나가는 아이들까지 크리스티나의 불운을 한탄하고 격려하는 말을 건넸다.

하지만 약발은 몇 주밖에 이어지지 않았다. 깁스를 떼고 크리스티나의 코가 더는 휘어진 상태가 아니라는 사실이 알려지자 누구도 크리스티나에게 눈길을 주지 않았다. 돋보였던 것은 크리스티나가 아니라 휘어진 코뼈였던 것이다.

그날 이후 크리스티나는 조금씩 이상해졌다. 그것은 분명 심각한 병이었다. 고독과 불안을 견디지 못하게 되자, 이번에는 스스로 얼굴에 상처를 냈다. 라이터로 앞머리를 태우거나 바늘로 입술을 찌르거나 면도기로 각막을 긁기도 했다. 처음에는 상처나 붓기를 알아챈 친구들이 걱정스러운 듯 말을 걸어주었지만, 반년쯤 지나자 아무도 상대해주지 않게 되었다.

크리스티나는 분노했다. 내가 이런 일을 당했는데, 왜 아무도 신경 써주지 않는 것일까. 교사나 학생 모두 마음이라는 것이 없는 것일까. 만일 내가 죽으면 이 사람들 때문이다. 그런 마음이 부풀어 올랐다가 터져버렸다.

17세의 여름, 크리스티나는 언젠가의 라쿤처럼 도로로 뛰어들었다. 스쿨버스 운전사는 오른쪽으로 급하게 핸들을 꺾었지만, 보닛이 크리스티나의 왼쪽 가슴에 충돌했다. 아스팔트에 넘어진 그녀의 오른손을 직경 21인치의 타이어가 산산조각 냈다.

의식을 되찾은 것은 19일 후였다. 흐린 의식 속에 아직 살아 있구나, 하는 느낌이 들었지만, 마치 수조에 잠긴 듯 자신이 어디에 있는지도 알 수 없었다.

그 이후 열흘이 더 지나 패혈증에 의한 발열이 진정된 후, 크리스티나는 그제야 몸의 형태가 달라졌다는 사실을 깨달았다. 오른쪽 팔이 절반이 되었고, 팔꿈치였던 부분에는 잔금 같은 봉합 자국이 생겨 있었다. 병실의 거울에 비친 소녀를 보고 크리스티나는 자신의 어리석음을 저주했다. 원래 모습으로 돌아가고 싶어. 진심으로 그렇게 바랐지만, 두 손을 모아 신에게 기도하는 것도 불가능했다.

크리스티나는 고등학교를 자퇴했다. 무대에서 내려오면 주목을 모으고 싶다며 고민할 일도 없다. 하고 싶은 일은 없었지만 죽고 싶은 것도 아니었다. 어쩔 도리가 없는 하루하루가 이어졌다.

그날, 보고 싶지도 않았던 텔레비전을 켠 것은 집 바깥에 아직 세상이 있다는 것을 어떻게든 확인하기 위해서였다. NBC 심야뉴스의 남자 앵커가 평소와 똑같이 과장된 미소를 띠고 있었다. 그는 어딘가의 신문사에서 '올해의 인도주의자'를 발표했다는 무해무익한 뉴스를 읊고 있었다.

뉴스가 자료화면으로 전환되자 파일럿 같은 선글라스를 쓴 남자가 클로즈업되었다. 관자놀이에 혈관을 부풀린 채 주먹을 치켜들면서 입에는 거품을 물고 있다. 대통령 선거의 선거 집회도 아닌데 관중이 갈채를 보내고 있었다.

"인종과 종교에 관계없이 모든 사람에게 똑같이 애정을 쏟는 것, 단지 그것만으로 우리는 우리 안에 있는 신을 느낄 수가 있습니다."

수상쩍다. 뻔하다. 그렇게 생각하면서도 묘하게 마음이 흔들렸다.

언제나 친구들에게 둘러싸여 있는 인기인도, 자신과 같은 음험한 아이도, 이 남자는 똑같이 사랑할 수 있는 것일까? 자기 과시욕에 사로잡혀 한쪽 팔을 잃고 만 어리석은 여자아이도?

크리스티나는 어째서인지 그 남자에게서 눈을 뗄 수가 없었다.

서둘러 설거지와 저녁 재료 준비까지 마친 후, 레이철과 블랑카, 크리스티나는 약속한 대로 학교로 향했다.

조디 랜디는 한발 먼저 도착해서 B 교실의 작은 창문을 통해 학교 수업을 들여다보고 있었다.

"기다리고 있었어요."

그 말이 레이철을 기쁘게 했다.

E 교실은 사우나처럼 열기로 충만했다. 블랑카가 창문을 열었다. 사방이 40센티미터 정도인 작은 창문이지만 불어온 바람이 천장의 전구를 시원스레 흔들었다.

문 근처의 의자에 앉자, 자연스레 세 사람이 조디를 둘러싸는 형태가 되었다.

블랑카는 라탄 바구니에서 꺼낸 차 도구를 긴 책상에 늘어놓았다. 다즐링 찻잎이 들어 있는 찻주전자에 보온병의 뜨거운 물을 붓고, 모래시계를 뒤집었다.

"그룹 인터뷰는 어떻게 하든 어깨에 힘이 들어가거든요. 조금 더 터놓고 주민분들과 이야기하고 싶다고 생각했어요."

조디는 그렇게 말하며 싹싹한 미소를 보였다. 친한 친구와 이야기하는 듯한 편안한 느낌이었다.

"실은 선생님께 상담하고 싶은 게 있는데……." 더는 참을 수 없다는 듯이 레이철이 말을 꺼냈다. "우리가 일하는 공간에서 품격 있는 망령이 폴터가이스트 현상을 일으켰어요."

"이상한 말 좀 하지 마. 누가 엉망진창으로 만들어놓은 게 다잖아."

오른손으로 평평한 접시를 잡고 왼손으로 바닐라색 쿠키를 내려놓으며 블랑카가 낮은 목소리로 말했다. 조디는 흥미가 동한 듯 "무슨 일이 있었던 건가요?" 하고 뒷이야기를 재촉했다.

레이철의 표현이 과장되기는 했지만 조리실에서 이상한 일이 있었던 것은 사실이었다. 블랑카가 흙이 묻은 접시를 씻어야 했던 것도 크리스티나가 가위로 강낭콩을 잘라야 했던 것도 같은 이유였다. 누군가가 조리실을 어지럽혔던 것이다.

조든타운의 주민들은 오전 7시부터 8시 30분 사이에 아침을 먹는다. 요리반은 그에 맞추기 위해 6시경부터 아침 식사를 준비한다.

오늘, 11월 16일 오전 5시 50분. 크리스티나가 이동중계차를 개조한 조리실을 찾았을 때 블록을 쌓아 만든 계단에 더러운 발자국이 남아 있었다. 컨테이너에 들어가는 발자국과 나오는 발자국이 겹쳐져 있었다. 한밤중에 누가 드나들었던 것일까.

이상하게 생각하며 문을 열자, 익숙한 공간이 완전히 달라져 있었다. 냄비는 옆으로 쓰러졌고, 식기 선반은 건너편 벽에 기대서 있고, 식기는 바닥에 나뒹굴었다. 그릇은 스테인리스여서 깨지지 않았지만, 칼이 뚝 부러진 채 칼날과 손잡이로 분리되어 있었다.

크리스티나와 거의 동시에 블랑카가, 5분 정도 후에 레이철이 도착했지만, 누가 무엇 때문에 이런 장난을 친 것인지 셋 다 짐작도 할 수 없었다.

"그리고 가스버너의 불도 잘 안 붙게 되었어요. 그것도 초현실적인 현상 중 하나일지도 몰라요."

레이철은 대강 사정을 설명한 후 쓸데없는 말을 덧붙였다. 블랑카는 둥글게 놓인 찻잔에 홍차를 따르며 "그건 네 기술이 부족해서야"라고 잘라 말했다.

조디는 한겨울에 손을 데울 때처럼 손으로 입을 덮은 채 진지한 얼굴로 무언가 생각에 잠겨 있었다.

"저기, 그렇게 진지하게 생각하지 않으셔도 돼요. 어차피 단순한 장난일 테니까요."

블랑카가 홍차가 담긴 찻잔을 나눠주려 하자 조디는 서둘러 일어나서 "아, 감사합니다" 하고 스스로 찻잔을 잡았다. 의자에 앉아서는 김이 나는 찻잔에 입을 댔다. 세 사람도 찻잔을 쥐고 조용히 홍차를 마셨다.

1분 정도 지났을 때 조디가 갑자기 크게 숨을 들이쉬었다.

"확인하고 싶은 게 있는데요. 조리실 문에는 자물쇠가 달려 있지 않나요?"

"네. 조든타운에 도둑은 없으니까요. 자물쇠가 있는 건 '아버지의 집'과 간부 숙소 정도예요."

"식기 선반을 쓰러뜨리거나 그릇을 떨어뜨렸다면 꽤 큰

소리가 났을 것 같은데, 근처 숙소에 있는 사람들에게 들은 이야기도 없고요?"

"없어요. 실은 컨테이너 벽에 흡음재가 붙어 있거든요. 옛날에 이동중계차였으니까요. 그래서 뒤쪽 문을 닫으면 소리가 새어 나오지 않아요."

"그렇군요. 그럼 이번 사건에 초현실적인 현상이 얽힌 부분은 없는 것 같네요. 안타깝지만 제 전문 분야와는 조금 다른 것 같아요." 그렇게 말하며 볼을 찡그렸다가 말을 이었다. "그래도, 뭐, 가능성을 제시하는 것 정도는 할 수 있을 것 같지만요."

레이철의 이목구비가 순식간에 확장되었다. "그 말씀은?"

"누군가가 조리실을 엉망진창으로 만들었다, 라는 게 여러분의 생각인 듯하지만, 구체적인 동기가 떠오르지 않는 이상, 일단 그걸 제외한 가능성을 생각해봐야 해요."

"그렇다면 역시 폴터가이……"

"자연현상이에요. 조리실은 이동중계차를 개조한 거라고 하셨는데, 다른 건물처럼 기초가 제대로 잡혀 있지 않은 만큼 바닥이 흔들리기 쉽지 않을까요?"

이 질문에 답한 것은 고참인 블랑카였다.

"저는 3년 전부터 조든타운에 살고 있어요. 지금까지 몇 번인가 마을이 날아갈 것 같은 강풍을 경험했지만, 그런 식으로 조리실이 엉망이 된 적은 한 번도 없었어요. 원래는 자동차였다지만 타이어를 떼어낸 상태고, 지면에 말뚝을 박아 고정했으니 여간해서는 움직이지 않아요."

"그렇군요. 그럼 천재지변은 아니겠네요." 조디는 순순히 의혹을 거두었다. "그럼 동물이 와서 그렇게 만들었을 가능성은요? 조든타운에는 야생동물에게 먹이를 줘서는 안 된다는 규칙이 있죠? 음식 냄새에 이끌려 찾아왔지만 먹이를 얻지 못해 배가 고픈 동물이 있었을지도 몰라요. 그 동물이 냄새를 따라 조리실로 숨어든 거죠."

"컨테이너의 문은 닫혀 있었는데요?"

"영장류라면 문 정도는 닫을 수 있으니까요."

레이철은 불편한 듯 블랑카를 슬쩍 쳐다본 뒤 말했다.

"말하는 걸 잊었는데, 실은 발자국이 있었어요."

레이철은 블록으로 만들어진 계단에 범인의 것으로 보이는 발자국이 남아 있었다고 설명했다.

"그렇군요. 그럼 유인원의 범행도 아니겠네요."

조디는 쓴웃음을 지으며 그릇에 놓인 쿠키를 향해 손을 뻗었다.

"만일 범인의 소행이라면 조금 더 기분 좋지 않은 상상을 해야겠네요. 이를테면 범인은 요리반 한 사람 혹은 전부를 미워해서 요리반을 곤경에 빠뜨리려고 조리실을 엉망으로 만들었다."

"뭐, 그런 결론이 되겠죠."

조디가 쿠키를 먹는 모습을 본 세 사람도 쿠키를 집어 들었다. 입 속만은 영국의 오후였다.

"다만 그렇게 생각하면 범인의 행동이 앞뒤가 맞지 않는 것도 사실이에요. 요리반 여러분을 괴롭히고 싶었다면 문을 열어둔 채 비를 들이치게 한다거나, 조리기구를 망가뜨린다거나, 방법은 얼마든지 있죠."

"밥을 못 먹게 되는 상황은 범인도 원하지 않았던 것 아닐까요?"

"혹은 이렇게 생각할 수도 있죠. 냄비를 뒤집거나 식기 선반을 쓰러뜨린 건 정말로 여러분을 괴롭히기 위해서가 아니라, 진짜 목적을 숨기기 위한 일종의 위장이라고."

"오오." 레이철이 다리를 들썩이며 말했다. "그거예요. 틀림없어요."

"그렇다면 진짜 목적은 뭘까요? 조리실에 무언가가 숨겨져 있었다고 해보죠. 범인은 그걸 찾기 위해 비 내리는 밤에 조리실로 숨어들었어요. 그래도 찾는 물건이 좀처럼 보이지 않았죠. 조급해진 범인은 식기 선반의 뒤쪽을 살펴보려다가 선반을 쓰러뜨리고 말았어요. 눈덩이처럼 쏟아져 내린 식기. 어디에 뭐가 있었는지 모르는 범인으로서는 선반을 원래대로 돌려놓을 수 없었죠. 그래서 다른 선반을 쓰러뜨리고, 냄비를 엎고, 누군가가 조리실을 헤집어놓은 것처럼 꾸민 거예요."

레이철은 당장이라도 침을 흘릴 것 같은 표정이었지만, 예상대로 블랑카가 끼어들었다.

"아까도 말했지만, 저는 3년 전, 선발대가 조든타운에 왔을 때부터 요리반으로 일하고 있어요. 빈 컨테이너에 가스버너나 식기 선반을 옮겨 넣은 일도 기억하고 있지만, 숨겨진 물건 같은 건 없었는걸요."

"그렇군요. 그렇다면……." 조디는 수상쩍은 얼굴로 홍차를 비우더니, 갑자기 미소지었다. "어쩔 수 없네요. 안타깝지만 역시 누가 짓궂은 장난을 친 거겠죠."

그렇겠죠, 라고 블랑카가 어깨를 움츠렸다. 레이철은 불만스러운 듯 볼을 부풀렸지만, 사실은 즐거워 보였다.

"홍차, 무척이나 맛있었어요. 고급스러운데도 은은한 단맛이 도네요."

조디가 찻잔을 든 채로 블랑카에게 미소를 보였다.

"그러고 보니, 좀 신경 쓰이는 게 있는데요." 크리스티나는 가벼운 마음으로 입을 열었다. "칼이 두 조각으로 부러져 있었어요. 칼날의 뿌리 부분에서 뚝, 하고요. 식기 선반에 올려두었던 것이 바닥으로 떨어졌을 테지만, 그렇게 간단히는 부러지지 않을 텐데요. 이건 무언가 단서가 되지 않을까요?"

말을 마치고 나서 깜짝 놀랐다. 10초 전과는 마치 다른 사람인 것처럼 조디의 안색이 안 좋았다. 동공이 수축되고, 입술이 부들부들 떨렸다. 목 주변에서 땀이 쏟아졌다.

"그, 그건 이상하네요. 장난이라고 생각했지만, 그게 아니었을지도요. 범인이 조리실에 온 건……."

조디의 손에서 찻잔이 떨어졌다. 쨍그랑 소리가 나면서 파편이 바닥에 튀었다. 레이철의 비명. 크리스티나가 손에 들고 있던 찻잔이 흘러 넘쳐 발 근처를 적셨다.

"괘, 괜찮으세요?"

블랑카가 먹으려던 쿠키를 내팽개치고 곧장 조디에게 달려들었다. 조디는 가슴을 누른 채 산소가 부족한 듯 입을 뻐끔거리다가 갑자기 바닥으로 떨어져서는 앉아 있던 의자에 토했다. 온몸을 심하게 경련하면서 교실을 기어 다녔다. 평범한 오한으로는 생각할 수 없는, 명백한 급성 독극물 중독이었다.

"……어째서?"

자신도 모르게 말이 흘러나왔다.

조든타운에는 상처나 병도 없다. 그렇게 믿으며 머나먼 레드우드 밸리에서 여기로 이주해왔는데 이래서는 이야기가 다르지 않은가.

"레이철, 로레타 선생님 좀 불러와!"

블랑카의 고함에 정신을 차렸다. 레이철은 조디를 내려다보며 얼어붙어 있었다. 그것을 본 블랑카가 크리스티나에게 얼굴을 향했다.

"크리스티나, 선생님을 불러와! 얼른!"

도대체 무슨 일이 벌어진 것인지 알지 못한 채 크리스티나는 교실을 뛰쳐나왔다.

4

"조, 조디 선생님이 홍차를 마셨는데, 갑자기⋯⋯."

미지근한 바람이 식당을 훑고 나갔다. 외팔이 여자는 기우뚱 몸을 흔들고는 바닥에 무릎을 꿇었다. 놀란 피터가 어깨에서 손을 뗐다. 여자는 의식을 잃은 듯 엎드린 채로 쓰러졌다.

"조디 씨에게 무슨 일이 생긴 걸까요?"

이하준이 떨리는 목소리로 말했다. 리리코의 얼굴에서도 핏기가 사라졌다. 텐트에 뒤이어 조디를 노린 것이라면, 범인의 표적이 조사단이라는 이야기가 된다.

"조디 씨는 어디에?"

"신자분의 초대를 받아 9시부터 E 교실에서 차를 마신다고 했어요."

"그렇군요. 그럼 학교로 가봅시다."

피터는 무전기로 부하를 불러 실신한 크리스티나 밀러를 보살피라고 명령하고는 식당을 나섰다. 오토야, 리리코, 이하준도 뒤를 따랐다. Q 소년도 따라오고 싶은 듯했지만 "여기에 있으렴"이라는 피터의 말에 식당에 남았다.

학교는 소란스러웠다. 아이들이 교실에서 뛰쳐나와 E 교실의 문과 창문 앞에 모여 있었다.

"교실로 돌아가. 교장 선생님이 곤란해하시잖아."

피터가 아이들을 타일렀지만, 간부가 나타났으니 사건이 발생한 것이 확실하다고 여겼는지 아이들은 점점 더 흥분해서 날뛰거나 소리 지르기 시작했다.

문 앞에서는 디즈니 영화의 마법사처럼 수염을 기른 남자(교장인 레이 모튼이리라)가 양손을 펼치고 필사적으로 아이들을 밀어내고 있었다. 창문 앞에는 앞서 Q를 데리고 왔던 W가 등을 유리에 붙인 채 안을 가리고 있었다. 학생회장처럼 보인다는 첫인상이 들어맞은 모양이다.

인파를 헤치고 E 교실로 들어섰다.

교실에는 세 명의 여자가 있었다. 다과회에 참석한 듯한 두 명과 한발 먼저 달려온 의사 로레타 샤흐트였다.

책상에는 조촐한 다과회의 흔적이 그대로 남아 있었다. 찻잎이 들어 있는 찻주전자에 보온병, 모래시계, 라탄 바구니, 그리고 마시던 찻잔이 늘어섰다. 그릇에는 아직 쿠키가 남아 있었다.

그 책상 다리 쪽에 조디 랜디가 커다란 몸을 ㄱ자로 구부린 채 죽어 있었다.

찻잔 파편, 흘러넘친 홍차, 먹다 만 쿠키, 토사물이 묻은 의자. 이것들이 조디의 사체를 둘러싸고 있었다. 화면발이 좋던 화려한 얼굴이 눈물과 콧물로 엉망진창이었다. 까부는 아이처럼 혀를 내밀고 있는 것이 이상했다. 비참한 사체에서 고급스러운 다즐링 향이 풍기는 상황도 어딘지 해학적으로 느껴졌다.

"가까이 가지 않는 게 좋겠어요."

사체에 다가서는 피터를 로레타가 제지했다.

"목에서 희미하게 아몬드 냄새가 났어요. 사인은 사이안화칼륨, 그러니까 청산가리 중독인 듯해요. 토사물에 독성이 잔류해 있을 가능성이 있어요."

피터는 발을 멈추고는 무전기로 짐 조든에게 보고한 후 부하에게 몇 가지를 지시했다. 목덜미의 땀을 닦으며 일동을 둘러보고 말했다.

"소란이 커지지 않도록 일단 여기에서 나가죠. 로레타 선생님은 식당에서 크리스티나를 진료해주세요. 다과회에 참석했던 둘은 제 방으로 와주시겠습니까? 리리코 씨 일행도 같이요."

여섯 명은 제각기 고개를 끄덕였다.

문을 열고 E 교실을 나섰다. W의 옆을 통해 작은 창문을 들여다보자, 의자 끝에서 톡, 하고 토사물 한 방울이 흘러내렸다.

"제가 끓인 홍차에 독이 들어 있었던 것 같아요."

블랑카 호건은 이따금 이빨을 딱딱거리면서도 확실한 말투로 리리코의 질문에 답했다. 본부가 샌프란시스코에 있던 무렵부터 인민교회의 위장을 지탱해왔다는 베테랑 요리사로, 현재는 내무부 요리반의 팀장을 맡고 있다고 했다.

피터, 오토야, 리리코, 이하준 네 사람은 피터가 생활하는 간부 숙소인 '북-2'에서 다과회에 참석한 두 명에게 이야기를 듣는 중이었다. 시각은 오전 10시 45분. 남은 15분 안에 두 사건의 범인을 찾아낼 수 있다고는 도저히 생각할 수 없지만, 리리코는 아직 포기하지 않은 듯했다.

"조리실을 엉망진창으로 만든 자가 꾸민 일이에요. 그 녀석이 홍차에 독을 넣은 거예요. 그게 분명하다고요!"

레이철 베이커가 거친 목소리로 말했다. 왼손의 컵에서 물이 튀어 통이 넓은 반바지를 적셨다. 블랑카와는 대조적으로 레이철은 완전히 흥분 상태였다.

그녀는 반년 전에 입회한 후, 이탈 신자로 인한 결원을 채우기 위해 요리반에 들어갔다고 했다. 이틀 전 밤, 식사하러 온 조디와 하이틴 드라마처럼 만나서, 지금이 기회라는 듯이 다과회 약속을 잡은 것도 그녀였다.

둘의 이야기를 정리하면 사건 개요는 다음과 같았다.

오늘 오전 6시 전, 차례로 조리실에 도착한 요리반 세 사람은 컨테이너가 엉망으로 어질러진 것을 발견했다. 그들은 서둘러 선반을 세우고 더러워진 식기를 씻어 어떻게든 식사 준비를 마쳤다.

오전 9시, 서둘러 정리와 저녁 재료 준비를 마친 세 사람은 약속한 대로 학교로 향했다. 조디와 합류하여 E 교실에 들어선 후, 블랑카가 홍차를 끓이고 레이철은 마침 잘됐다며 조리실 사건을 조디에게 상담했다. 조디는 몇 가지 가설을 내놓았고, 부엌칼이 부러졌다는 이야기를 듣고는 무언가 번뜩인 듯한 내색을 했다. 하지만 구체적인 내용을 입에 담지 못한 채 몸 상태가 급변했고, 그대로 숨을 거두고 말았다.

"확인할 게 있는데요." 리리코가 카운슬러 같은 말투로 물었다. "조디 씨뿐만 아니라 다른 분들도 홍차를 마신 거죠?"

"물론이에요. 저도 레이철도 크리스티나도 마셨어요."

블랑카가 답했고, 레이철도 고개를 위아래로 흔들었다.

"홍차를 끓인 후, 조디 씨에게 찻잔을 건넨 건 블랑카 씨인가요?"

"아니요. 제가 홍차를 다 따르자, 조디 선생님은 스스로 찻잔을 쥐고 의자로 돌아갔어요."

그렇다면 일이 묘하게 된다. 요리반 세 명은 중독 증상을 일으키지 않았다. 조디가 고른 찻잔에만 독이 들어 있었다면, 범인은 어떻게 그녀가 그것을 선택하게 만든 것일까.

가령 범인이 표적을 좁히지 않은 상태였다면? 즉, 참가자 중 아무나 죽으면 된다고 생각했다면 이 수수께끼는 풀린다. 어느 것이든 찻잔 하나에만 사전에 독을 묻혀놓으면 되기 때문이다. 하지만 약 아홉 시간 전에 덴트가 살해당한 것으로 미루어볼 때 표적은 분명 조사단일 터였다.

범인은 또다시 기적 같은 방법으로 사람을 죽인 것이다.

"찻주전자나 찻잔은 보통 어디에 보관하나요?"

리리코가 질문을 이었다.

"라탄 바구니에 넣어서 조리실에 놓아둬요."

"오늘 다과회에 대해서 다른 신자분들한테 말씀했나요?"

"아니요. 꾀를 내서 우리만 쉬는 것 같아서 아무에게도 말하지 않았어요."

블랑카가 답하자, 레이철도 끄덕였다. 아마도 크리스티나도 마찬가지이리라.

"조디 씨가 죽어갈 때, 자신의 몸에 발생한 이변에 대해 무언가 말하진 않았나요?"

"전혀요. 무척이나 괴로워 보였으니 그럴 틈은 없었을 거예요."

"사체 주변에 퍼져 있던 홍차는 조디 씨가 흘린 건가요?"

"그건 크리스티나가 흘린 거예요. 조디 선생님은 쓰러지기 전에 홍차를 전부 마셨거든요."

"찻잔에 표식이 될 만한 건 없나요? 하나만 모양이 다르다거나, 작은 금이나 흠집이 있다거나."

"없을 거예요. 찾으면 세세한 흠집 정도는 있을지도 모르지만요."

"가령 블랑카 씨가 홍차를 따를 때, 하나의 찻잔에만 독을 넣었다고 치죠. 그 찻잔을 조디 씨가 있는 쪽에 놓아둠으로 써 그녀에게 그걸 고르게 할 수 있지 않나요?"

"아니요." 블랑카는 기분 나쁜 듯 굳은 목소리로 말했다. "홍차를 따를 때, 저는 네 개의 찻잔을 둥글게 놓아두었어요. 조디 선생님이 어떤 걸 가져갈지 예측하는 건 불가능해요. 저를 의심하는 건 얼토당토않아요."

도움을 구하듯 레이철을 바라보자, 레이철은 "그건 맞아 요"라며 테이블에 컵을 거세게 내려놓았다.

"쿠키는 어때?" 오토야가 끼어들었다. "교실 바닥에 먹다 남은 쿠키가 떨어져 있었어. 그건 조디가 먹던 건가?"

"아니요"라고 블랑카가 말했다. "그건 제 거예요. 조디 선 생님이 쓰러진 건 쿠키를 먹은 후였어요."

"모두 그 쿠키를 먹었나?"

"네. 제가 접시에 올려놓은 걸 모두 함께 집어서 먹었어요. 조디 선생님만 다른 쿠키를 먹거나 하지는 않았어요."

블랑카가 의연하게 대답하고 레이철이 끄덕였다. 홍차와 마찬가지로 하나에만 독을 묻혀두고 조디로 하여금 그것을 먹게 할 수는 없었을 것 같다.

"그건 이상하군요. 어디엔가 맹점이 있을 겁니다."

이하준이 팔짱을 낀 채 신음했다. 그것을 본 블랑카는 왼쪽 뺨을 올리고 어색한 미소를 보였다.

"저기, 잠시만요. 여러분은 착각하고 계세요."

이하준이 고개를 갸웃했다. 블랑카가 일그러진 얼굴 앞에서 손을 흔들고 말을 이었다.

"맹점 같은 건 없어요. 어젯밤, 조리실에 숨어든 범인이 찻잎에 독을 섞은 거겠죠. 우리가 마신 홍차에는 모두 독이 들어 있었어요. 그걸 마시고 조디 선생님이 돌아가셨죠. 신자 세 사람은 무사했고요. 그게 뭐가 이상하죠?"

오토야는 쓴웃음을 지었다. 완전히 잊고 있었지만, 그녀들은 미친 사이비 종교의 신자였다.

"우리는 독을 마시더라도 죽지 않는 게 당연하잖아요. 그도 그럴 것이 우리는 인민교회 신자니까요."

피터가 부하를 불러 블랑카와 레이철을 숙소로 보낸 후, 일동은 다시 사건 현장으로 향했다.

"한 가지 궁금한 게 있어요." 물웅덩이를 피해 걸으면서 리리코가 피터에게 말을 걸었다. "조든 씨가 사이안화칼륨을 수입한 이유는 뭐죠?"

순간 피터의 얼굴이 딱딱하게 굳었지만, 이내 자조적인 미소를 지었다.

"왜 그렇게 생각하셨나요?"

리리코 역시 내무장관을 추궁하는 대신 온화한 말투로 말을 이었다.

"사이안화칼륨은 동식물로부터 채취할 수 있는 알칼로이드계 독과 달라서 반드시 화학공장 등을 통해 수입해야 합니다. 밀림 개척지에 그런 것이 있다면 조든 씨가 어떤 목적으로 그걸 들여왔다고밖에는 생각할 수 없죠."

'어떤가요?'라고 말하는 것처럼 리리코는 피터를 보고 고개를 기울였다.

"말씀하신 대로입니다. 목사님은 1년 전에 오하이오의 화학회사에서 사이안화칼륨을 구입해 현재도 저장고에 보관하고 있습니다."

"무엇 때문에요?"

"목사님은 간부나 신자를 믿지 못하게 되면, 그들을 불러서 독이 든 주스를 마시게 하거든요."

피터는 별일도 아니라는 듯 말했다.

"왜 그런 짓을……."

"신앙심을 확인하기 위해서입니다. 인민교회 신자라면 독을 마셔도 죽지 않으니까요. 목사님은 사이안화칼륨을 일종의 리트머스 시험지처럼 사용하는 거예요."

리리코는 멍하니 입을 벌렸지만, 거기에서 말은 나오지 않았다.

말할 필요도 없는 일이지만, 사람은 치사량의 사이안화칼륨을 먹으면 죽는다. 어떤 종교를 믿든 관계없다. 중독 증상이 나타나지 않는다는 것은 그들의 망상이다.

조든은 독이 든 주스를 가장해서 사실은 평범한 주스를 먹였으리라. 신자가 주스를 마시는지 확인함으로써, 그들의 신앙심을 확인하는 것이다. 이것은 리트머스 시험지라기보다는 '십자가 밟기'에 가깝다.

"주민들은 저장고에 사이안화칼륨이 있는 걸 알고 있나요?"

"거의 다 알고 있을 겁니다. 딱히 함구령을 내린 것도 아니니까요."

"저장고의 경비는 어떻게 하고 있나요?"

"딱히 하고 있지 않습니다. 이 마을에 있는 사람은 전부 인민교회 신자니까요."

마음만 먹는다면 누구든 사이안화칼륨을 손에 넣을 수 있다는 말이다.

학교에 도착하자 30분 전의 소동이 거짓말인 것처럼 아이들의 모습이 보이지 않았다. 피터의 부하들이 하교시켰다고 했다.

E 교실의 문을 열려고 하는데, 몇 센티미터쯤 열린 지점에서 문이 무언가에 걸렸다. 누군가가 안에서 문을 막고 있는 것인가 생각했지만, 창문으로 안을 들여다봐도 그런 것처럼은 보이지 않았다.

의자에서 떨어진 조디의 토사물이 문 바로 앞까지 작은

웅덩이처럼 퍼져 있었다. 문과 문틀 사이에 거의 틈이 없다 보니 건조되어 굳어버린 토사물로 인해 문이 움직이지 않는 것이었다. 팔꿈치를 당겨 양손에 힘을 주었더니 철퍽거리는 기분 나쁜 감촉과 함께 문이 열렸다.

보폭을 넓혀 토사물을 뛰어넘어 교실로 들어섰다.

로레타의 충고를 떠올리고 토사물에 닿지 않도록 조심하면서 조디의 사체를 관찰했다. 조디의 얼굴은 눈물과 콧물로 엉망진창이었지만, 옷은 거의 더럽혀지지 않았다. 바지주머니에는 손수건과 약통이 들어 있었지만, 펜던트는 여전히 보이지 않았다.

허리를 들어 올려 찻잔 파편으로 시선을 옮겼다. 검은 바탕에 흰 물방울무늬가 그려진, 골동품 시장에서 떨이로 팔 것 같은 저렴한 물건이었다. 블랑카가 말한 대로 책상에 놓인 다른 세 명의 찻잔과 아무 차이가 없었다.

"……어라?"

2미터 정도 떨어진 부근에서 방을 둘러보던 이하준이 김빠진 소리를 냈다. 피터와 리리코가 동시에 돌아봤다.

"거기에 쿠키 떨어져 있지 않았었나요?"

그렇게 말하며 리리코의 엉덩이 부근을 가리켰다. 그러고보니 바닥에 떨어져 있던 먹다 만 쿠키가 사라졌다.

"이상하네요. 우리가 블랑카 씨와 레이철 씨의 이야기를 듣는 동안, 범인이 여기에 침입해서 쿠키를 가지고 간 걸까요?"

리리코는 당황한 모습으로 바닥을 둘러봤다.

"범인은 쿠키에 독을 발라놨던 걸까요? 우리가 사건을 조사하고 있다는 사실을 알고, 그 사실이 들키지 않게 쿠키를 숨긴 거죠."

"바닥에 떨어져 있던 쿠키는 조디 씨 것이 아니라 블랑카 씨가 먹던 것이라고 했어요. 그녀가 중독 증상을 일으키지 않은 이상, 그 쿠키에 독은 발라져 있지 않을 거예요."

리리코는 책상 위, 접시에 놓인 쿠키로 눈을 향했다. 이쪽은 줄어든 것 같지 않았다. 범인은 바닥에 떨어진 먹다 만 쿠키만을 가지고 간 듯했다.

"범인은 바닥에 떨어진 쿠키를 조디 씨가 먹던 것이라고 오해한 걸까요?"

"그렇다고 해도 현장에 숨어들면서까지 쿠키를 가지고 갈 필요는 없지 않을까요."

리리코가 드물게 목소리를 높였다.

네 사람이 멍하니 바닥을 내려다보는데 끼익, 하고 손잡이 돌리는 소리가 울려 퍼졌다.

입구를 돌아봤다. 문을 연 것은 보안장관 조셉 윌슨이었다. 그 바로 뒤에 짐 조든이 지팡이를 쥐고 있었다.

"범인은 알아냈나?"

조든의 낮은 목소리가 울려 퍼졌다. 고급스러운 가죽 신발이 철퍽, 하고 토사물을 밟았다.

"아직 모릅니다."

리리코는 솔직히 답했다.

"조셉, 지금 몇 시지?"

"11시 2분입니다."

조셉이 손목시계를 보며 답했다. 시간이 지나버렸다.

"그럼, 여기까지다. 곧장 짐을 싸서 포트 카이투마 공항으로 향하도록."

"조금 더 시간을 주세요. 부탁드립니다."

리리코가 다시 매달렸다.

"바보 취급하는 것도 정도껏 하게!"

조셉이 노성을 질렀다. 오른쪽 어깨에 멘 M1903을 내리더니 총구를 이쪽으로 향했다. 아직 고막에 발포음이 생생해서 주먹에 땀이 배어났다.

"조디 씨까지 살해당했는데 이대로 돌아갈 수는 없어요."

"닥쳐."

"어떻게든 여기에 남겠단 말인가?"

조든이 부하를 막아섰다.

리리코가 "네" 하고 즉답했다. 이하준은 리리코를 힐끔 보고는 "저도요" 하고 작게 대답했다. 두 사람이 오토야를 돌아보며 답을 재촉했다.

오토야는 말할 필요도 없이 이런 장소에 남고 싶지 않았다. 그렇지 않아도 여기까지 같이 온 친구가 총에 맞아 죽지 않았나. 한 번은 안전을 보장받았지만, 이번에는 정체불명의 살인마가 자신들의 목숨을 노리고 있다. 그는 그런 장소에 스스로 남기를 청할 정도로 죽음을 두려워하지 않는 사람이 아니었다.

하지만 조수를 구하기 위해 머나먼 이곳까지 온 이상, 리리코를 두고 혼자 귀국할 수도 없는 노릇이었다.

"나도, 뭐…… 마찬가지야."

자기가 듣기에도 한심한 목소리였다.

"그럼 어쩔 수 없군." 조든은 몸을 돌리더니 조셉의 어깨를 쓰다듬으며 말했다. "저들을 감옥으로 데리고 가게."

5

학교를 나섰을 때 안개비가 흩뿌리기 시작하더니, 감옥에 도착할 무렵에는 본격적으로 비가 쏟아지기 시작했다.

마을의 남쪽 끝, 밀림과 접하는 부근에 폭 10미터 정도의 경사면이 있다. 물론 공원처럼 잘 정비된 경사면이 아니라, 울퉁불퉁한 지면에 크고 작은 돌과 흙더미가 흐트러져 있어서 발이라도 미끄러졌다가는 찰과상 한두 군데로 끝나지 않을 위험 지대다. 감옥은 그런 경사면의 가장자리, 토사 붕괴가 일어나면 가장 먼저 미끄러져 떨어질 것 같은 곳에 세워져 있었다.

세 사람은 조셉의 명령에 따라 발밑을 조심하며 입구로 향했다. 감옥은 두 개의 건물, 즉 제1감옥과 제2감옥으로 나뉘어 있고, 관처럼 좁은 복도로 연결되어 있었다. 감옥 하나에 감방은 두 개밖에 없다고 하니까 이주했을 당시보다 감방을 사용할 일이 늘어나 나중에 증축한 것일지도 모른다. 어떤 건물이건 환기구가 하나씩 있을 뿐, 지붕과 벽은 전부 녹슨 함석판으로 덮여 있었다.

"너희들은 석방이다."

감방에는 젊은 흑인 남자 세 명이 따로따로 수용되어 있었는데, 오토야 일행 대신 석방되어 의아한 표정으로 거주지로 돌아갔다.

조셉의 지시에 따라 바로 앞의 제1감옥의 두 감방에는 각각 오토야와 리리코가, 복도를 사이에 둔 제2감옥에는 이하준이 들어가게 되었다.

"두 분 다, 부디 무사하시길."

이하준이 새파래진 얼굴로 손을 흔들고는 혼자서 제2감옥으로 향했다. 폐소공포증이 있다고 말했으니 감방에 들어가면 제정신이 아닐 것이다. 오토야는 "고생해"라고 손을 마주 흔들고 제1감옥의 감방으로 들어갔다.

"용건이 있으면 부르쇼."

그렇게 말하며 격자문에 U자형 통자물쇠를 잠근 것은 어제 학교에서 인터뷰한 사람 중 한 명인, 베트남 참전용사 프랭클린 파테인이었다. 인터뷰에서는 특무반이라고 말했지만, 실제로 하는 일은 감옥 간수였던 모양이다. 휠체어 없이는 이동하지 못하고, 농작업이나 마을 정비에 가담하기도 어렵기에 이 일이 맡겨진 것이라. 애초에 본인도 주변인도 다리가 생겨났다고 믿고 있는 듯하니 이것 또한 무의식으로 이루어진 앞뒤 맞추기 중 하나일 것이다.

프랭클린은 막대 모양의 열쇠를 자물쇠에서 뽑고는 그것을 주머니에 넣고 휠체어의 바퀴를 밀며 입구 옆의 간수실로 돌아갔다.

"설마 유치장에 갇히는 날이 올 줄이야."

벽에 기댄 채 일본어로 중얼거렸다. 감방은 3.3제곱미터 정도의 넓이로, 답답함은 숙소 침대와 비슷한 수준이었다.

리리코는 벽 건너편에서 아무 말도 하지 않았다. 복도를 돌아간 끝에 있는 간수실의 프랭클린을 신경 쓰고 있는 것이리라. 벽에 벌레 먹은 구멍이라도 있는지 찾아보았지만, 아무것도 보이지 않았다.

환기구 바깥의 세상이 어두워지고 지붕을 두드리는 빗소리가 더욱더 거세지기 시작한 오후 8시 반. 처마 끝에 설치된 스피커에서 짐 조든의 목소리가 울려 퍼졌다.

"긴급 집회를 열겠다. 모든 자녀들은 15분 후에 파빌리온으로 집합하도록. 반복하……"

곧장 간수실의 문이 열리고 휠체어를 탄 프랭클린이 나가는 소리가 들렸다. 왼쪽 벽에서 숨을 내쉬는 소리가 새어 나왔다.

"너무 예의범절을 차리는 거 아니야? 조금 더 죄인답게 굴라고."

"예를 들면요?"

"간수를 때린다거나 포크로 벽을 깎는다거나."

리리코는 목소리를 높여서 웃었다.

리리코는 아무렇지도 않은 듯했다. 그녀는 감옥에 들어오게 되는 것도 각오한 채 여기 조든타운에 남겠다고 말한 것이리라.

이미 절반이 죽어버렸다고는 하지만, 찰스 클라크가 파견한 조사단이 짐 조든이 의지할 유일한 동아줄이라는 사실은 달라지지 않았다. 갑자기 성가신 듯 쫓아내려고 했던 것은 레오 라일랜드 의원과 마주치기라도 했다가는 귀찮은 일이 벌어지기 때문이다. 사람들 눈에 띄지 않는 곳에 가둬둔다면 마을에 머물러도 지장은 되지 않는다. 리리코는 처음부터 이런 전개를 예상하고 있었을 것이다.

살인마에게 목숨을 위협당하는 이상, 이동의 자유를 빼앗기는 것이 두렵지 않다면 거짓말이다. 하지만 간수가 24시간 입구를 감시한다고 생각하면, 자물쇠가 없는 숙소에 머무르는 것보다 안심할 수 있을 것도 같았다.

"우리는 오랫동안 악마 같은 습격자들의 위협에 노출되어 있었다. 그들은 잔혹한 방법으로 우리의 목숨을 빼앗으려고 한다. 너희들도 불안했을 줄로 안다. 하지만 드디어 오늘, 조든타운은 신이 지켜주고 있다는 사실이 증명됐다."

다시금 스피커에서 조든의 목소리가 들려오기 시작했다. 이번에는 사람들의 떠들썩한 소리도 함께였다. 파빌리온에서 집회가 시작된 듯했다.

"선인인 척하며 마을로 잠입한 두 명의 습격자, 알프레드 덴트와 조디 랜디가 천벌을 받았다. 나머지 세 명의 습격자도 이미 감옥 안에 있다. 우리의 생활은 지켜졌다."

"이거 곤란하게 됐네. 나도 습격자였어?"

오토야가 중얼거렸다.

"아까는 자신은 범인이 아니라고 한 주제에, 뻔뻔한 연설이네요."

리리코도 마른 목소리로 말했다.

"하지만 모든 위협이 사라진 건 아니다. 이곳은 병도 사고도 존재하지 않는, 신이 지켜주는 유일한 공동체다. 이 장소를 파괴하려는 자는 수없이 많다.

내일, 레오 라일랜드라는 정치인이 이곳을 찾아올 예정이다. 그는 공포에 의한 세계 지배를 획책하고 있다. 우리가 조금이라도 틈을 보인다면 그는 특수부대를 이끌고 조든타운을 철저하게 파괴할 것이다."

"제정신인가? 말하는 게 피해망상증 환자와 다를 바 없군."

"집회를 열 때는 항상 저런 식이에요."

리리코가 슬금슬금 움직이는 소리가 들렸다. 누워 있던 몸을 일으킨 듯했다.

"악마의 속삭임에 귀를 기울여서는 안 된다. 나도 너희도 겉으로는 그를 환영하되 결코 진심으로 마음을 열어서는 안 된다. 배신자에게는 천벌이 내려질 것이다."

"저딴 식으로 용케도 9백 명 넘게 신자를 모았군."

"조든타운에 오기 전까지는 이보다는 멀쩡했던 것 같지만요. 당시에는 집회에서 성경을 읽거나 신에게 기도하거나 했던 것 같지만, 최근 1년간은 연설만 하게 되었다더라고요. 조든은 정신적으로 꽤나 궁지에 몰려 있는 것처럼 보여요."

"신자들은 이상하다고 생각지 않는 건가?"

"이상하다고 생각하는 사람도 있겠죠."

"그럼 왜 나가지 않는 거지?"

"그건 밀러파와 같아요."

리리코가 영문을 알 수 없는 말을 했다.

"뭐?"

"19세기 초, 윌리엄 밀러라는 뉴잉글랜드의 농부가 1843년 1월 1일부터 12월 31일 사이에 그리스도가 나타난다고 예언했어요. 그 말을 믿은 자들은 사재를 털어 포교를 하며 그 날을 대비했죠."

"거참, 수고가 많군."

"결과는 아시죠? 12월 마지막 날이 지나도록 그리스도는 나타나지 않았어요. 그들이 어떻게 했을 것 같으세요?"

"그야 술이라도 마시고 원래 생활로 돌아갔겠지." 오토야가 코웃음을 쳤다. "거짓말이었으니까."

"그들은 우선 예언의 해석을 바꿨어요. 유대력으로 바꿔 읽으면 그리스도는 1843년 3월 21일부터 다음 해 3월 21일 사이에 재림하게 되죠. 그들은 예언의 시일을 3개월 연장해서 포교에 더욱 힘을 쏟았어요."

"포기란 걸 모르는 놈들이었군."

"하지만 결국 3월 21일이 지나도록 그리스도는 나타나지 않았죠. 그들은 새롭게 10월 22일을 기일로 잡고, 더욱더 열정적으로 포교를 했어요. 이날에도 역시 아무 일도 없었지만, 그 후에도 새로운 해석을 거듭하며 지금도 천만 명이 넘는 신자가 밀러의 이야기를 계속해서 믿고 있어요."

"대단한 집념이군."

"물론 그들의 믿음도 존중받아야 하죠. 어쨌든 밀러파의 사례는 한번 믿음을 가지면 그리 간단히 버리지 못하는 인간의 속성을 보여줘요."

"그거, 130년 전의 예언이잖아?" 오토야는 벽을 향해 목소리를 높였다. "지금은 인간이 달을 걷는 시대라고. 조금 더 현명해져도 좋지 않을까?"

"지금으로부터 약 20년 전인 1954년 여름, 시카고의 도로시 마틴이라는 여자가 우주의 수호신에게서 무서운 메시지를 받았어요. 그해 12월 21일 새벽에 큰 홍수가 발생하고, 그 직전인 17일에 하늘을 나는 원반이 나타나서 선택된 사람들을 구해준다는 내용이에요. 그들은 재산을 버리고 사람들의 조소를 받으면서도 조용히 그날을 기다렸어요."

"어디선가 들어본 것 같은 이야기로군."

"하지만 그날이 와도 원반은 날아오지 않았고, 홍수도 일어나지 않았죠. 도로시 마틴은 메시지의 해석을 바꾸기도 하고 새로운 메시지를 받기도 했지만, 결국 예언은 틀리고 말았어요."

그 후의 이야기는 듣지 않아도 알 것 같았지만 오토야는 성실하게 맞장구를 쳤다. "그래서?"

"그녀를 믿었던 사람들은 신이 자신들을 용서해 홍수를 유예했다는 새로운 설을 주장했어요. 그러고는 완전히 태도를 바꿔서 열심히 홍보 활동을 했다고 하네요. 그들은 지금도 형태를 바꿔서 계속 활동하고 있고, 신자는 수천 명에 이른다고 해요."

"왜 그런 일이 벌어지는 거지?"

"신앙이 현실과 괴리를 일으키면 신자는 새로운 해석을

만들어서 그 괴리를 해소하려고 하죠. 나아가 활동의 규모를 키움으로써 자신들의 정의를 뒷받침하려고 하고요. 결과적으로 신앙은 오히려 더 강화돼요. 굳이 설명한다면 그런 식이겠죠.

밀러파와 도로시 마틴 추종자 집단에는 한 가지 공통점이 있어요. 그건 어느 쪽 신자이건 뒤로 물러설 수 없는 상황이었다는 점이에요. 그들은 일상생활을 팽개치고 사람들에게 백안시당하며 전재산을 털어서까지 예언이 현실이 되는 순간만을 기다렸어요. 이제 와서 되돌아갈 수 없다는 상황 앞에 그들의 신앙이 현실을 초월하게 된 거죠."

"그렇군." 오토야는 벽에 기댄 채 주르르 상반신을 무너뜨렸다. "모모즈 상사에 투자한 노인들이 언젠가 이익이 나올 거라고 믿은 채, 다른 사람들이 말리는데도 점점 더 많은 재산을 쏟아부은 거랑 비슷한 건가."

"종교와 사기를 동일시하는 건 옳지 않지만, 현상으로서는 비슷할지도 모르겠네요." 리리코의 목소리가 딱딱해졌다. "인민교회에도 똑같이 들어맞고요."

인민교회 신자는 미국에서의 생활을 버리고 전재산을 교단에 기부한 채 바다 건너 열대우림의 개척지로 이주했다. 이제 와서 되돌아갈 수는 없다는 점에서 일치했다.

"교주가 특수부대에게 공격당할 거라고 말하는 정도로 신앙은 흔들리지 않는다는 거군."

"바로 그거예요."

스피커를 통해 울려 퍼지는 조든의 목소리에 뒤섞여서 리리코의 염주가 흔들리는 소리가 들렸다.

자신이 이상한 세계에 말려들었다는 사실을 새삼 통감했다. 게다가 자신들은 그곳에서 살인사건의 범인을 밝혀내려는 중이다. 올바름보다도 신앙이 우선되는 세계에서 합리적으로 수수께끼를 풀 수 있을까.

"너, 누가 범인인지 알아냈지?"

벽을 향해 말을 걸었다.

"지금 시점에서는 아직 모르겠어요. 오토야 씨는 어떤가요?"

"전혀 모르겠어. 범인이 덴트의 방에 드나든 방법도, 조디에게 독을 먹인 방법도 전혀."

고개를 흔들며 문득 몇 시간 전에 리리코가 한 말을 떠올렸다.

"덴트의 방을 조사할 때, 옷장의 혈흔을 보고 가능성이 좁혀졌다고 했잖아? 그건 무슨 의미지?"

"흐음. 그게 말이죠." 리리코는 크게 숨을 들이쉰 후 말했다. "예를 든다면, 숟가락 구부리기 같은 거예요. 숟가락이 구부러지는 현상은 하나지만 구부러뜨릴 수 있는 방법은 하나가 아니잖아요? 지렛대의 원리를 써서 힘으로 구부리는 게 가장 단순하겠지만, 미리 칼집을 내어놓거나 저융점 합금을 쓰는 방법도 있죠. 그와 마찬가지로 현장을 밀실로 만드는 방법에도 여러 가지가 있을 수 있어요. 그러니까 현장의 흔적을 바탕으로 범인이 고른 방법을 특정해야만 해요. 이건 범인이 조디 씨에게 독을 먹인 방법에 관해서도 마찬가지고요."

이미 몇 가지 선택지가 떠올라 있다는 말인가. 역시 나와는 차원이 다르다.

"또 하나 모르겠는 건……." 리리코는 거기서 목소리를 낮췄다. "범인은 왜 현장을 밀실로 만들고, 얼핏 불가능해 보이는 방법으로 독을 먹였는가 하는 점이에요."

"범인은 미친 사이비 종교 신자잖아. 그 녀석의 마음속에서는 의미가 있겠지."

"그건 유치한 편견이에요. 인민교회에 기적 같은 방법으로 사람을 죽이는 걸 옳다고 가르치는 교리는 없어요."

"말은 잘하시네. 그건 그렇고 동기에 관해서는 떠오르는 게 없어?"

"아직이에요. 한번 검토해볼까요?" 그때 리리코의 목소리 위치가 높아졌다. 등을 곧추세운 것이리라. "우선 대전제로, 애초에 범인이 의도해서 기적 같은 사건을 일으킨 게 아니라, 어떤 우연에 의해 그렇게 보였을 뿐이라는 가능성을 생각해볼 수 있어요. 하지만 얼핏 불가능하게 보이는 사건이 연이어 일어났다는 점을 생각하면, 범인이 의도적으로 비슷한 사건을 일으키고 있다고 봐도 틀림없겠죠."

"뭐, 그렇겠지."

"첫 번째로 생각할 수 있는 동기는, 기적을 일으킬 수 있다고 여겨지는 존재, 즉 신이나 짐 조든에게 혐의를 씌우기 위해서예요. 이것이 정답이라면 아까 조든이 두 명의 죽음을 천벌이라고 표현한 건 그야말로 범인의 의도대로 흘러갔다는 말이 되겠죠."

"신이 죄를 뒤집어쓴다면 범인도 안심하겠군."

"다만 이 가설에는 큰 문제가 있어요. 왜냐하면 사건의 진상을 숨기는 것, 혹은 타자에게 혐의를 씌우는 건 범인이 인민교회의 신자인 이상 의미 없는 행동이나 마찬가지이기 때문이에요."

"어째서?"

자신도 모르게 목소리가 커졌다.

"일반적으로 살인범이 범행을 숨기려 하는 이유는 뭘까요. 범행이 폭로되면 경찰에 붙잡혀서 형벌을 받는다는 사실을 알고 있기 때문이죠. 하지만 조든타운은 어떨까요. 가이아나 경찰은 이 마을의 사건에 개입하지 않아요. 여기에서 권력을 가진 자는 짐 조든뿐. 그리고 그는 노기 씨를 쏴 죽인 래리 래빈스에게 어떤 처벌도 내리지 않았어요. 불평 한마디쯤 했을지도 모르지만, 래리는 그 후에도 여전히 보안 일을 계속하고 있죠. 조든타운에서는 외부인인 우리를 죽이더라도 처벌을 받을 걱정은 없다는 말이에요."

확실히 그 말대로였다. 새삼 말로 듣게 되니 온몸의 핏기가 사라지는 듯한 느낌이 들었다.

"범인은 애초에 누군가에게 혐의를 씌울 필요가 없다는 말이군."

"형벌의 유무를 불문하고 사람을 죽인 것 자체를 숨기고 싶은 범인도 있을 테지만, 단지 그런 목적으로 이런 복잡한 방식을 택하는 건 앞뒤가 맞지 않아요."

"그럼 왜 기적 같은 사건을 일으킨 거지?"

"표리일체의 가능성으로서 범인이 스스로를 신성한 존재로 가장하기 위해서, 라는 동기도 생각할 수 있어요. 이 경우에는 당연히 짐 조든이 범인일 수밖에 없어요. 그는 자주 기적처럼 보이는 마술을 선보여왔으니, 이 사건도 그 기적의 일환이라는 말이 돼요. 두 명에게 천벌이 내려졌다는 앞선 발언은 일종의 범행 성명이 되겠죠."

"그건 이상하잖아." 오토야가 어깨를 움츠렸다. "녀석에게는 덴트나 조디를 죽일 이유가 없으니까."

"네, 맞아요. 찰스 클라크 씨의 협력을 바라는 짐 조든이 찰스 씨가 파견한 조사단을 죽일 리는 없겠죠. 기적 같은 방법으로 사람을 죽인다는 동기는 있더라도, 애초에 그들을 죽일 동기 자체가 없죠. 이래서는 본말전도니까요. 그렇게 되면."

톡톡 손가락으로 바닥을 두드리는 소리.

"흐음. 좀처럼 떠오르지 않네요."

리리코가 맥 빠진 소리를 낸 바로 그때, 복도 안쪽에서 끼익, 하고 문이 열리는 소리가 울려 퍼졌다. 바퀴가 삐걱거리는 소리와 간수실 문이 열리는 소리가 이어졌다. 프랭클린이 집회에서 돌아온 것이리라. 손목시계의 바늘은 11시를 가리키고 있었다.

30초 정도 후에 다시 간수실 문이 열리더니 비에 젖은 프랭클린이 감방 앞에 모습을 드러냈다. 파나마모자의 오목한 부분에 빗물이 차 있었다.

"도망치려는 생각 따위 하지 마."

감방을 노려보며 위협적인 목소리로 말했다. 집회 전과는 다른 사람이 된 듯 정나미가 없었고, 눈동자에도 적의가 가득 차 있었다. 조든의 연설을 듣고 오토야 일행을 습격자라고 믿고 있는 듯했다.

"할 수 있었다면 이미 했을 거야."

프랭클린은 오토야의 비아냥거림을 들은 척도 하지 않고 복도 끝 제2감옥으로 향했다. 이하준을 살피러 간 것이리라. 3분 만에 돌아와서는 아무 말도 없이 간수실로 돌아갔다.

문이 닫히는 소리를 들으면서 앞서 있었던 조든의 연설을 다시 생각했다. 오토야의 뇌리에서 무언가 번뜩였다.

"알았어. 범인이 기적 같은 방법으로 사람을 죽인 건 조든에게 죄를 뒤집어씌우기 위해서야. 다만 동기는 자기 자신을 보호하기 위해서가 아니야. 범인은 조든타운에서 거둘 성과가 필요했던 거야."

"네?"

"내일, 레오 라일랜드 의원이 조든타운으로 찾아오잖아. 정치는 퍼포먼스야. 샌프란시스코에서 머나먼 남미의 개척지까지 찾아와서 아무 성과도 없이 돌아갈 리 없어. 이 사건은 라일랜드 의원이 꾸민 짓이야."

"네, 그렇군요." 리리코는 어째서인지 영어로 중얼거린 후 "그래서요?"라고 일본어로 재촉했다.

"라일랜드 의원은 방문에 앞서서 이곳으로 자객을 보냈어. 그러고는 조든이 한 것으로 보이는 방법으로 두 명을 죽이고, 그를 악당으로 만들려고 한 거지."

"9백 명 넘게 있는 신자가 아니라 그 두 명을 죽인 건 어째서죠?"

"그건 두 사람이 거물이기 때문이야. 알프레드 덴트는 오랫동안 FBI에서 활동했던 잠입 수사관, 조디 랜디는 세계적으로 유명한 유사 과학 비판의 권위자잖아. 이름도 없는 신자를 죽이는 것보다 이 둘을 죽이는 쪽이 더 큰 파장을 일으킬 수 있지. 그걸 폭로한 라일랜드 의원의 공적 또한 훨씬 커질 테고 말이야."

"그렇군요. 우리는 유명하지 않은 덕에 목숨을 부지했다는 이야기네요." 리리코가 벅벅, 어딘가를 긁고는 말했다. "재밌는 추리지만, 커다란 문제가 있어요."

오토야는 벽을 노려봤다. "뭔데?"

"라일랜드 의원이 파견한 자객이 범인이라고 쳐보죠. 그 자객은 어떻게 덴트 씨가 잠입 수사관이라는 사실을 알았을까요?"

"뭐?"

"찰스 씨는 우리 조사단에게 조든타운으로 가는 사실을 입 밖에 내지 말라고 엄명했어요. 제가 컬럼비아 대학 학회에 출석한다고 거짓말한 것도 그 때문이죠. 다른 사람들도 당연히 이곳에 오는 사실을 주변에 숨겼을 거예요. 라일랜드 의원이 조사단 현황을 파악하고 있으리라고는 생각하기 어렵죠.

물론 조디 씨는 유명인이니까 범인이 우연히 그녀를 보고 정체를 깨달았다고 해도 이상하지는 않아요. 하지만 덴트 씨는 신자인 변호사로 위장하고 있었어요. 조디 씨처럼 얼굴이 알려진 것도 아니고요. 덴트 씨와 직접 연관이 있던 조든이나 간부들이 정체를 수상하게 여겼을 수는 있지만, 몰래 조든타운에 숨어들어 있던 자객이 정체를 간파할 기회를 얻었다고는 생각하기 힘들어요."

우연히 죽인 변호사가 알고 보니 잠입 수사관이었다는 건 역시 억지가 심했다. 오토야는 리리코에게 들리지 않도록 혀를 찼다.

"저도 떠오른 게 있는데요."

다리를 바꿔 꼬는 소리가 들렸다. 오토야도 누운 채 무릎을 폈다. "뭔데?"

"지금까지의 이야기를 바탕으로 생각해보면, 범인은 조든이 한 짓처럼 꾸며 두 명을 죽일 이유가 있고, 동시에 덴트 씨의 정체를 알고 있던 인물이라는 이야기가 되잖아요? 떠오르는 인물이 한 명 있어요."

"누구야 그게?"

"찰스 클라크 씨요."

상반신이 튕겨 올랐다.

"너희를 이곳으로 보낸 장본인이잖아? 스스로 조사단을 보내놓고 죽인다니, 그런 바보 같은 일이 있을까?"

"찰스 씨는 덴트 씨의 정체를 알고 있었어요. 덴트 씨를 죽일 이유도 있고요."

"뭔데?"

"덴트 씨는 FBI에게 고용되어 5년 전까지 찰스 씨가 대표를 맡은 CC 페트롤리움에 잠입해 있었어요. 찰스 씨는 덴트 씨의 솜씨를 높게 사서 처분을 미뤘지만, 기밀정보를 훔친 스파이를 내버려두는 건 회사로서 큰 리스크였을 거예요. 한번은 일을 맡겼지만, 용무가 끝난 이상 덴트 씨의 입을 막았다고 해도 이상한 일은 아니죠."

272

"그렇다고 해도 굳이 사이비 종교 마을에 보내서 죽일 필요는 없잖아."

"찰스 씨는 조든의 집요한 협력 요청에 질린 거겠죠. 조든 타운에 파견한 조사단이 살해당한다는 상황을 만들면 조든의 부탁을 거절할 이유도 생기니까 일석이조 아닌가요."

"조디는 어떻고? 그 여자도 페트롤 어쩌고에 목숨이 노려질 이유가 있는 거야?"

"아니요. 그녀에게 손을 댄 건 진짜 목적을 숨기기 위한 위장이겠죠. 저나 이하준 씨를 이곳에 파견한 것도 같은 이유였을 테고요."

그것이 진실이라면 범인은 남은 두 명에게도 손을 쓰려고 할 것이다. 감방에 갇혀 있는 지금 같은 상황은 절호의 기회이리라.

"아니야. 범인은 찰스의 자객이 아니야."

오토야는 벽에 기댄 채 말했다.

"어째서죠?"

"조리실의 식기 선반이 쓰러져 있었기 때문이야."

콩, 하고 머리가 벽에 부딪히는 소리가 울려 퍼졌다. "네?"

"찰스가 배후에 있다는 가설이 맞다면, 범인은 덴트를 습격한 시점에 명확한 살의를 가지고 있었다는 말이 돼. 당연히 흉기도 준비했을 테고. 그런데 덴트는 자신이 가지고 다니던 바로 그 나이프에 찔려 죽었어. 범인은 덴트와 몸싸움

하는 사이에 자신의 흉기를 사용할 수 없게 되었고, 재빨리 덴트의 나이프를 빼앗아 그를 찔렀다는 추측이 성립하지."

"그렇겠죠."

"그럼 범인이 본래 사용하려 했던 흉기는 뭐였을까? 요리 반 세 사람은 이날 밤, 조리실이 엉망이 되는 사건이 일어났다고 말했어. 식기 선반이 쓰러졌고 아래서 발견된 부엌칼의 날과 자루가 분리되어 있었어. 하지만 선반에서 떨어진 정도로 부엌칼이 부러졌다는 생각하기 어렵지. 이 부엌칼에는 도대체 무슨 일이 벌어진 걸까?"

"아, 그렇군요." 리리코가 드물게 감탄하는 목소리를 냈다. "범인이 덴트 씨를 죽이기 위해 준비한 흉기는 부엌칼이었던 거군요."

오토야는 벽을 향해 끄덕였다.

"범인은 덴트를 덮치기 전에 컨테이너의 조리실에 숨어들어 부엌칼을 가지고 나왔어. 범행 후, 피를 닦아내고 선반에 돌려놓을 예정이었겠지. 하지만 덴트를 습격할 때 상상 이상의 저항을 받아 뿌리 부분이 댕강 부러져버렸어. 즉시 나이프를 빼앗아 덴트를 죽이기는 했지만, 부러진 부엌칼은 원래대로 돌려놓을 수 없지. 그래서 조리실을 헤집어놓고, 선반을 쓰러뜨리고는 그 난리통에 부엌칼이 부러진 것처럼 꾸민 거야. 조리실 바로 근처에는 숙소가 있지만, 컨테이너 벽에 흡음재가 부착되어 있던 탓에 안을 난장판으로 만들어도 소리가 새어 나갈 걱정은 없었지.

　하지만 범인이 덴트를 죽이기 위해서 외부에서 온 사람이라면, 당연히 흉기 정도는 준비했을 테지. 굳이 조리실에서 부엌칼을 가지고 나올 필요는 없어."

　"조든이나 신자의 범행으로 속이고자 일부러 현지에서 흉기를 조달한 걸지도 모르잖아요."

　"그럼 부엌칼을 조리실에 돌려놓거나 선반을 쓰러뜨려 부러진 이유를 숨길 필요도 없잖아. 내부인의 범죄로 꾸미기 위해 조리실의 부엌칼을 사용해 놓고선 범행 후에 그걸 숨기려고 한다는 건 앞뒤가 맞지 않아. 범인은 조든타운의 주민 또는 적어도 조든타운에 체류 중인 사람이야. 찰스 클라크가 보낸 자객은 아니야."

　"그 말이 맞네요."

　리리코는 순순히 자신의 가설을 접었다.

　"그러면 아까의 레오 라일랜드 배후설도 포함해서 외부에서 보낸 자객이 범인이라는 추측은 성립하지 않는다는 말이 되네요. 범인은 어째서 그런 방법으로 두 사람을 죽인 걸까요. 흐음, 무언가 이유가 있을 텐데요."

　다시 간수실 문이 열리는 소리가 들렸다. 프랭클린이 두 사람의 감방을 들여다보더니 제2감옥으로 향했다. 몇 분 후에 간수실로 돌아갔다.

　손목시계를 보니 1시 정각이었다. 앞서 찾아왔을 때가 오후 11시였으니까, 두 시간 간격으로 순찰을 도는 듯했다.

그 후에도 오토야와 리리코는 이래저래 동기에 대해 검토를 이어갔다. 프랭클린이 두 번 더 순찰하러 온 것을 기억하니까, 꾸벅꾸벅 졸면서도 5시가 넘었을 때까지 눈을 뜨고 있었다는 말이 된다.

하지만 수긍할 만한 추리는 찾지 못한 채, 오토야는 환기구 건너편의 하늘이 밝아져 오는 참에 잠에 빠졌다.

●

……부우우우웅…….

오래된 에어컨 소음 같은 귀에 거슬리는 소리가 들렸다.

살짝 눈을 뜨자, 환기구에서 밝은 빛이 쏟아지고 있었다.

"시끄럽네."

소리가 나는 방향으로 고개를 돌린 순간, 오토야의 졸음은 단번에 날아가버렸다.

코앞에 벌이 떠 있었다. 참새로 보일 만큼 날개가 크고 다리도 길었다. 부푼 배 아래쪽에는 가는 침이 검게 빛나고 있었다.

"으, 으악!"

기어가듯 벌에게서 떨어져 등과 엉덩이를 벽에 붙였다. 귓가에 금속을 긁는 듯한 소리가 들렸다. 두려워하며 고개를 비틀자, 거기에도 날갯짓을 멈춘 벌이 머리를 돌려 이쪽을 보고 있었다.

"마, 말도 안 돼."

손발에서 힘이 빠졌다. 이틀 전, 벌집을 보고 펄쩍 뛰던 덴트를 비웃은 것을 마음속 깊이 반성했다.

"이, 이봐, 리리코, 일어났어?"

몸을 움직이지 않고 목소리만 쥐어짰다.

"무슨 일이세요?"

벽 건너편에서 잔뜩 졸린 목소리가 돌아왔다.

"벌이 있어. 죽을 만큼 커. 그것도 두 마리나! 프, 프랭클린을 불러줘."

리리코는 답하는 대신 격자문을 두드리며 프랭클린의 이름을 불렀다. 귀에 들리는 것이라고는 날갯짓 소리뿐. 간수가 나올 기색은 없었다.

"이상하네요. 외출이라도 한 걸까요?"

"어, 어, 어떻게든 해줘."

"저로서는 방법이 없어요. 3미터 이내로 다가서지 않으면 찔리는 일은 없다고 초등학교 선생님께 들었어요."

감방의 가로 폭이 2미터도 안 되는데 어떻게 3미터를 떨어지라는 거야. 자신도 모르게 벽을 두드리고 싶어진 참에 딸깍, 하고 감옥 문 열리는 소리가 들렸다.

"다, 다행이다."

간수 프랭클린이 돌아온 줄 알았지만, 곧 그게 아니라는 사실을 깨달았다. 복도를 걷는 발소리가 들렸기 때문이다.

"누구신가요?"

리리코가 속삭이듯 말했다.

"아, 안녕하세요."

모습이 보이기 전에 코감기 같은 목소리로 정체를 깨달았다. 얼마 전에 봤던 아시아계 소년 Q였다.

소년은 격자문 앞까지 오더니 감방을 번갈아 보고 나서 손톱을 물거나 셔츠를 잡아당기거나 했다.

"설마, 우리를 도와주러 온 거니?"

리리코가 영어 선생님 같은 말투로 물었다.

"탐정 여러분이 갇혀 있다는 이야기를 듣고 걱정이 돼서."

Q는 수줍어하면서 기특한 말을 했다. 주머니쥐 사건으로 완전히 탐정에 빠진 듯했다.

"훌륭해. 이쪽 격자문부터 열어주겠어?"

Q는 간수실에서 여벌 열쇠를 가지고 와서는 자물쇠 구멍에 꽂았다. 막대 형태의 열쇠가 오른쪽으로 돌더니 딸깍, 하고 U자형 다리가 빠졌다. 오토야는 격자문을 열고 감방에서 뛰어나왔다.

"말도 안 되는 '최후의 사건'이 될 뻔했잖아."

오토야가 농담 같은 말을 늘어놓는 사이에 Q가 옆의 격자문 자물쇠를 열었다. 리리코가 복도로 나왔다. 벌이 쫓아오지 않기를 바라면서 두 명은 감옥 바깥으로 도망쳤다.

"어쩐지 이하준 씨에게 미안하네요."

경사면을 구르지 않도록 다리에 힘을 주며 리리코가 중얼거렸다. 완전히 잊고 있었지만, 제2감옥에는 아직 이하준이 갇혀 있는 것이다.

"나는 도와주러 가지 않을 거야."

부추기기 전에 선언했다. 제2감옥에 가려면 그 무서운 벌들이 있는 제1감옥을 통과해야 한다.

"폐소공포증인데 이대로 놔두면 가엾잖아요."

"내가 알 게 뭐야. 사람은 공포증 때문에 죽지 않아."

"저기, 그 사람 말인데요."

Q가 간수실에서 얼굴을 내밀고 말했다. 감방 열쇠를 돌려놓으러 간 모양이다. 혀라도 씹은 듯 소년의 입가가 일그러졌다.

"오늘 아침, 그 사람이 파빌리온 무대에 쓰러져 있는 것이 발견되었어요."

몇 초 동안, 소년이 무슨 말을 한 것인지 알 수 없었다.

"설마…… 죽었어?"

Q는 오토야를 보고 고개를 끄덕했다.

"그 사람, 몸이 두 동강 나 있었어요."

3일째
1978년 11월 17일

◆

  밀림은 유백색 안개에 잠겨 있었다.

  발을 한 걸음 앞으로 내디딜 때마다 고무화 밑창이 질퍼덕한 진흙에 잠겼다. 조금 전까지 비가 내려서인지 곤충 소리나 새소리는 거의 들리지 않았다. 지금, 이 숲에서 눈을 뜨고 있는 것은 루이스 레즈너뿐인지도 모른다.

  15분 정도 걸었을 즈음 루이스는 키 작은 트럼펫나무를 발견했다. 머리보다 조금 높은 곳에 굵은 줄기가 Y자 모양으로 갈라져 있었다. 루이스는 와이어로프 다발을 풀어 줄기가 갈라지는 부분에 걸었다.

  목에 와이어를 감으려다가 늘어진 부분이 너무 길다는 사실을 깨달았다. 이래서는 체중이 실리지 않을 것 같았다.

  주변을 둘러보자 1미터쯤 옆에 명주나무가 자라 있었다.

트럼펫나무에서 늘어뜨린 와이어를 명주나무 가지에 걸었다. 남은 부분이 딱 좋은 길이가 되었다.

강하게 잡아당겨도 가지가 부러지지 않는 것을 확인한 후, 와이어를 목에 감았다. 줄기에 기대서 심호흡을 하고 나서 몸의 힘을 빼기 시작했다.

시야가 진자처럼 흔들리더니 이내 멈췄다. 껄끔거리는 와이어가 목을 조였다. 머릿속이 화끈거리고 팔다리가 떨렸다. 숨 막히던 고통이 점차 달콤한 환희로 바뀌기 시작했다.

어디부터 어떻게 잘못된 것일까. 조든타운에 찾아온 것이 실수였을까. 하지만 텍사스에 남아 있었다면 자신은 물론 딸인 시드니도 더욱 비참한 말로를 맞이했을지 모른다.

루이스는 텍사스 주 매리스빌 외곽에 위치한 흑인 마을에서 태어났다. 19세가 되던 봄에 결혼하여 남편이 운영하는 신발 수리점에서 일하기를 7년. 금세 아이도 생겨서 소박하지만 행복한 나날을 보냈다.

하지만 2년 전, 남편이 경찰에 체포당했다. 그에게 씌워진 혐의는 백인 소녀를 심야의 볼링장으로 데리고 가서 강간하려 했고, 소녀가 저항하자 목을 졸라 죽였다는 믿을 수 없는 내용이었다.

루이스는 처음에 사태를 그렇게까지 심각하게 받아들이지 않았다. 백인 경찰의 괴롭힘에는 익숙했고, 소녀가 살해당한 시각, 남편은 루이스와 가게의 작업장에 있었기 때문이다. 증거도 없는데 기소될 리 없다. 그렇게 믿고 있었다.

석 달 후, 남편은 텍사스 주 법정의 피고인석에 섰다. 그가 소녀를 덮치는 모습을 봤다는 증인이 나타난 것이다. 이 증인은 폭행죄로 수감 중이던 백인우월주의 단체의 간부로, 남편에게 불리한 증언을 함으로써 크게 감형받기로 검찰과 형량 거래가 되어 있었다. 루이스가 그 사실을 알게 된 것은, 남편이 일급살인죄로 유죄 판결을 받고 사형수 감방에서 목을 맨 이후의 일이다.

루이스는 그로부터 1년간을 진부한 부조리극을 보는 듯한 기분으로 지냈다. 아이를 먹여 살리기 위해 일을 계속했지만 가슴 속은 허무로 가득 차 있었다. 정체 모를 악당에게 남편이 살해당한 것이라면 오히려 악당을 증오함으로써 슬픔을 달랠 수 있었을지도 모른다. 하지만 남편을 죽인 것은 루이스로서는 어떻게도 할 수 없는 이 나라의 사법제도 그 자체였다.

그런 나날로부터 루이스를 구해준 것이 인민교회였다.

1977년 말, 루이스는 지난 한 해를 돌아보는 ABC뉴스의 특집 방송에서 짐 조든이라는 남자를 알게 되었다.

"성경에는 이웃을 사랑하라고 적혀 있다. 하지만 이 나라의 백인들은 가난한 자를 멸시하고 흑인을 배제하고 있지. 이거야말로 터무니없다고 생각하지 않는가?"

케네디 국제공항에서 인터뷰에 응한 짐 조든은 텔레비전

앞에 앉은 루이스에게 그렇게 말했다.

"조든타운에는 인종도 계급도 재산도 존재하지 않는다. 당신이 당신인 채 살아갈 수 있는 장소가 있다."

그 말을 남기고 미국을 떠난 남자는 루이스와 같은 것을 증오하고 그것에 맞서려는 것처럼 여겨졌다. 루이스는 샌프란시스코에서 입회 절차를 마친 후, 매리스빌의 자택을 헐값에 팔아넘기고는 딸 시드니와 함께 카리브해를 건넜다.

조든타운에서는 주민들의 열렬한 환영을 받았다. 루이스는 내무부의 서무반으로 임명되어 신발이나 의류 수선을 담당하게 되었다.

하지만 주민들의 생활을 알아갈수록 루이스는 강한 위화감을 느꼈다. 밭에서 땀을 흘리는 사람은 전부 흑인인데, 넓은 방에서 사는 간부는 전부 백인이었다. 마치 남북전쟁 이전의 농장 같았다. 공항에서 거침없이 인종차별에 항의했던 짐 조든은 이 상황을 어떻게 생각할까.

하지만 그것 이상으로 루이스를 동요케 한 것은 조든타운에서 사는 시간 대부분을 딸 시드니와 떨어져서 지내야 한다는 사실이었다. 아이들은 별도로 마련된 숙소에 모여서 생활하기에 일하는 동안에는 물론이고, 식사 때나 취침 전에도 얼굴을 마주할 수가 없었다. 딸의 모습을 보려면 일을 빨리 마무리하고 저녁 전에 학교 근처에서 노는 아이들 쪽으로 갈 수밖에 없었다.

조든타운에 이사하고 2주 정도가 지난 어느 날 저녁. 루이스는 그날도 작업화의 밑창 교환을 서둘러 마치고 학교 주변에서 시드니를 찾는 중이었다.

별생각 없이 교실 창문을 들여다보니, 어른과 아이가 서로 마주하고 있었다. 나머지 공부를 하는 것일까 생각했지만 창문 안에서 웃음소리가 들려왔다. 선생님과 함께 '수업 놀이'를 하는 듯했다.

창문에 더 가까이 다가가자 아이들과 놀고 있던 남자와 눈이 마주쳤다.

"W, 잠깐만."

남자가 아이에게 시선을 되돌리고 말했다.

"무슨 일이에요? 교장 씨Mr. Principal?"

"선생님은 잠깐 이야기하고 올 테니까 5분 정도 쉬고 있을래?"

아이가 교실을 나가 다른 아이들 쪽으로 달려갔다. 남자는 그것을 눈으로 배웅하더니 루이스 쪽으로 다가왔다.

"독특한 호칭을 사용하시네요."

"친근감을 가져주었으면 해서 아이들에게는 자유롭게 부르라고 하고 있습니다. 교장인 레이 모튼이라고 합니다."

그는 가슴에 손을 얹고 자신의 이름을 밝혔다.

"정말로 뭐라고 불려도 화내지 않으세요?"

"네. 멍청이 씨Mr. Pumpkin라고 불렸을 때는 아무리 그래도 화가 났지만요. 아이들 대부분은 아까처럼 그렇게까지 이상하지는 않은 호칭을 사용합니다."

남자는 그렇게 말하며 학교 앞 광장을 둘러보더니 목소리를 낮추고 말을 이었다.

"루이스 씨. 기분 나빠하지 말고 들어주세요. 당신이 하는 행동은 여기에서는 환영받지 못합니다. 아이를 사랑하는 마음은 잘 알지만, 부디 그 마음을 참아주실 수 없겠습니까?"

처음 만나는 사람에게 그 같은 지적을 들은 루이스는 자신도 모르게 반발했다.

"왜 제가 제 아이를 만나서는 안 된다는 거죠?"

"목사님이 그러길 원치 않기 때문입니다."

교장의 대답은 도저히 이해가 되지 않았다.

그 후에도 루이스는 시드니를 만나러 갔고, 간부처럼 보이는 남자들에게 자주 주의를 들었다. 그럼에도 완강하게 딸을 만나려고 하는 루이스에게 신자들은 차가운 시선을 보냈다.

그로부터 2주 정도 지난, 매우 더운 여름날 밤의 일이었다.

"긴급집회를 열겠다. 모든 자녀들은 파빌리온으로 집합하도록."

마을 곳곳에 설치된 스피커를 통해 조든의 음성이 울려 퍼졌다.

모두가 모인다면 시드니를 볼 수 있지 않을까. 옅은 기대감을 품은 루이스는 서둘러 파빌리온으로 향했다.

"루이스 레즈너는 어디 있지?"

짐 조든은 내무장관의 손을 빌려 무대에 오르더니 갑자기 그렇게 말했다.

신자들이 두리번거리며 주변을 둘러봤다. 가까이 있던 요리반 여자가 깜짝 놀라 루이스를 가리켰고, 파도가 갈라지 듯 모두가 이쪽을 향했다. 루이스가 우뚝 서 있자, 보안반 남자가 손목을 잡고 무대 앞으로 끌고 갔다.

"이 마을에 사는 자는 모두 신의 자식이자 내 가족이다." 마이크를 통하지 않고 듣는 조든의 목소리는 상상했던 것보다 까칠까칠했다. "하지만 어리석고 오만한 루이스 레즈너 는 자신과 딸만이 특별하다고 착각하는 모양이다."

몇 초 동안 그가 무슨 말을 하는지 이해되지 않았다.

조든은 무대 근처의 신자에게 "자네는 그녀를 어떻게 생각하지?" 하고 물었다. 신자들은 "은혜도 모르는 인간", "악마의 자식", "추악한 짐승", "죄를 안고 태어난 자"라며 앞다 투어 비난을 퍼부었다.

루이스는 울면서 조든에게 참회했고, 이제부터는 규칙을 지키겠다고 약속했다. 동료들에게 폐를 끼치지 않도록, 목사 님에게 인정받을 수 있도록, 약한 마음을 고쳐먹겠다고 결의했다.

하지만 거주지에서 시드니를 만날 때마다 루이스의 마음 은 흔들렸다. 자신이 조든타운에 찾아온 것은 사랑하는 남편을 빼앗은 사회와 결별하기 위해서였다. 그런데 왜 여기에서도 딸과 함께할 수 없는 것일까.

루이스가 번뇌에 빠져 있을 때 조든타운에 3인조 조사단이 나타났다. 조든은 그들이 "인민교회의 운명을 쥐고 있는 사람들"이라고 했고, 그들 앞에서는 평소보다 더 근면하게 행동하라고 명령했다.

세 명은 신자들과 같이 생활하며, 자신들의 생활상을 관찰하면서 몇 명씩 학교의 E 교실로 불러 인터뷰를 진행했다. 그들이 무엇을 위해 조사를 하는지 루이스로서는 짐작이 가지 않았다.

그들이 오고 나서 2주 정도 지난 11월 15일. 내무장관 피터의 명령에 루이스도 인터뷰를 받게 되었다.

지정된 시각에 E 교실로 향하자, 조사단은 아시아계 남자한 명이 더해진 네 명이 되어 있었다. 피터가 동석해 있었기에 루이스는 큰 문제가 되지 않을 법한 대답만 늘어놓았지만, 다른 두 사람은 열렬히 인민교회의 훌륭함을 설명했다. 외부인으로서는 한바탕 웃음을 터뜨리더라도 이상하지 않을 것 같은 내용도 포함되어 있었지만, 조사단은 진지하게 귀를 기울였다.

인터뷰가 끝나고 학교에서 작업장인 '남-25'로 돌아가려는데, 식당에서 아이들이 노는 모습이 보였다. 레이 모튼 교장이 보라색 분말로 주스를 만드는 모습을 어린아이들이 열심히 바라보고 있었다. 그중에는 시드니도 있으리라. 다른 사람들 앞에서 딸에게 다가갈 수는 없다. 루이스는 마을 바깥을 돌아 작업장으로 향하려고 했다.

와이어로프를 넘어 어두운 밀림으로 들어가서 호를 그리는 양치식물과 실처럼 늘어진 나무뿌리를 피하면서 남쪽으로 나아갔다.

20분 정도 걸은 후, 슬슬 거주지로 돌아가려고 마음먹은 참에 루이스는 생각지도 못한 밀회 현장을 목격하게 되었다. 한발 먼저 돌아온 듯한 조사단 두 사람이 밀림 속에서 변호사와 이야기를 나누는 중이었다.

"짐 조든은 당장 내일이라도 자네들을 귀국시키려 하고 있어."

변호사는 그렇게 말하고 득의양양하게 담배 연기를 내뿜었다.

그들은 뒤에서 내통하고 있던 것이다. 몰래 훔쳐 들은 것을 들키면 무슨 일을 당할지 알 수 없다. 한시라도 빨리 자리를 떠야 했지만 마치 뿌리내린 듯 다리가 움직이지 않았다.

그때, 스스로도 놀랄 만한 생각이 떠올랐다.

그들이 며칠 내에 귀국한다면, 루이스와 시드니도 함께 데리고 나가줄 수 없을까.

조든은 이탈자를 증오하고 배신자라고 규정하며 끔찍한 천벌이 내려질 거라고 반복해 말했다. 루이스가 혼자서 돌아가고 싶다고 말하더라도 허가가 내려지지 않을 터였다. 하지만 조사단 사람들과 함께라면 어떨까. 인터뷰하는 모습으로 보건대 그들은 조든과도 대등한 관계처럼 보였다. 그들을 아군으로 삼으면 이 마을에서 나갈 수 있지 않을까.

그날 밤 늦은 시각, 루이스는 화장실에 용무를 보러 온 조사단원을 붙잡고 "우리를 이곳에서 데리고 가주세요Please get us out of here"라고 적힌 편지를 건넸다.

다음 날, 두려운 일이 벌어졌다. 변호사 남자와 조사단 여자가 연달아 죽은 것이다. 자세한 사정은 알려지지 않았지만, 둘 다 상식적으로 설명되지 않는 방법으로 살해당했다고 했다.

루이스는 떨림이 멈추지 않았다. 그들은 그 편지를 읽고 자신을 도우려고 했던 것이리라. 그리고 신의 천벌을 받은 것이다.

다른 누구 탓도 아니다. 루이스 때문에 죄 없는 자들이 목숨을 잃었다.

"은혜도 모르는 인간."

"악마의 자식."

"추악한 짐승."

"죄를 안고 태어난 자."

식당에서, 작업장에서, 침대 안에서, 목소리들이 루이스를 책망했다.

정말로 벌을 받아야 하는 자는 누구인가. 그 답은 너무나도 명확했다.

다음 날 아침 일찍, 루이스는 해가 뜨기 전에 숙소를 나서서 농장 창고에서 와이어로프를 꺼내 들고 이틀 만에 밀림으로 들어섰다.

시드니를 두고 가는 것은 마음이 아프지만, 여기에는 목사님이 있다. 가르침을 지키고 노력하면 언젠가 그분이 천국으로 인도해주리라.

루이스는 나뭇가지에 와이어를 걸고, 목을 매달았다…….

빠각, 하고 나뭇가지가 부러지는 소리가 났다.

잠시 후, 허리와 뒷머리에 통증이 스쳤다. 눈을 뜨자 하늘이 보랏빛으로 빛나고 있었다. 몸 아래에는 떨어진 낙엽이 쌓여 있었다. 트럼펫나무 또는 명주나무, 둘 중 하나의 가지가 부러진 모양이다. 목에 손을 대자, 반려견의 리드줄처럼 와이어가 감겨 있었다.

땅에 손을 대고 몸을 일으켰다. 허벅지에서 발목으로 따뜻한 액체가 흘렀다. 속옷이 사타구니에 달라붙었다.

"……왜 이런 일이."

소변을 지린 채로 밀림을 서성이는 모습이 발견되면 다시 모두에게 매도당하리라. 주민들이 일어나기 전에 목숨을 끊어야만 한다.

하지만 목을 매는 것도 제대로 되지 않는다면 도대체 어떻게 하면 좋을까. 근처에는 몸을 던질만한 강도, 뛰어내릴 만큼 높은 절벽도 없다. 날카롭고 뾰족한 가시 혹은 독버섯이라도 없을까.

거기서 탁 무릎을 쳤다.

독이다. 조든타운에는 독이 있다.

배신자가 숨어든 경우를 대비하여 목사님은 사이안화칼륨을 저장고에 보관 중이다. 목사님을 배신한 자신이 그것을 먹으면 확실히 죽을 수 있을 터였다.

루이스는 와이어를 목에 늘어뜨린 채 밀림을 나서서 마을에 인기척이 없는지 확인한 후 서둘러 저장고로 향했다. 마을 사람들이 잠에 빠져 있는 거주지를 가로질러 파빌리온 앞에서 왼쪽으로 꺾었다.

갑자기 강렬한 냄새가 코를 찔렀다. 매리스빌의 직장에서 5분 거리에 있던 식육 공장이 떠올랐다. 묘한 그리움에 이끌려 루이스는 파빌리온을 바라봤다.

"히, 히이익?"

깨닫고 보니 자신도 모르게 주저앉아 있었다. 위장이 뒤집히고 위산이 목으로 역류했다.

무대 위 연설대가 쓰러져 있고, 그곳에 동물의 사체가 놓여 있었다. 복부가 가로로 잘렸고, 창자와 간이 흘러나온 상태였다. 마치 괴물이 크게 입을 벌려 구토하고 있는 듯했다.

거기서 좀 떨어진 곳에 나머지 반쪽이 놓여 있고, 너덜너덜한 스니커즈 같은 신발이 보였다. 밑창을 바꾸면 걷기 쉬울 텐데, 하고 상황에 어울리지 않는 생각을 한 후에야 그것이 인간의 사체라는 사실을 깨달았다.

또다시 조사단에게 천벌이 내려진 것이다. 사체는 두 명 있던 아시아인 남자 중 한 명이리라. 루이스가 편지를 건넨 직후, 신은 조사단원 전부의 목숨을 빼앗으려 하고 있다.

끼이익, 하고 숙소 문이 열리는 소리가 들렸다. 누가 루이스의 목소리에 잠이 깬 듯했다. 이런 곳에서 주저앉아 있을 때가 아니다. 얼른 저장고에 가야 한다.

머리로는 그렇게 알고 있었지만, 루이스는 몸을 일으킬 수 없었다.

1

"저 녀석들은 누구지?"

파빌리온과 식당을 둘러싸듯 사람들이 모여 있었다. 대부분 조든타운 주민들이었지만, 명백하게 달라 보이는 말쑥한 차림새의 남자들도 그곳에 섞여 있었다. 비디오카메라와 마이크를 주민에게 들이대는 사람도 있었다.

"라일랜드 의원이 데리고 온 기자와 신자의 반환을 요구하는 가족들이에요. 인민교회와 관계 없는 사람이 이렇게 많이 찾아온 건 처음이에요."

Q가 답했다.

짐 조든이 다른 사람의 동행을 양해했을 것이라고는 생각하기 어려우니 라일랜드 의원이 예고 없이 데리고 온 것이리라. 기자와 신자 가족들 앞에서는 보안반도 사흘 전처럼 라이플을 난사하거나 할 수 없다.

오토야, 리리코, Q 세 사람은 감옥에서 '남-30'으로 이동하여 창을 통해 마을의 모습을 살피는 중이었다.

"이하준의 사체는 파빌리온 무대에 있던 거지?"

"네. 저 사람들이 찾아오기 30분 전에 로레타 선생님이 사체를 옮겼고, 보안반 사람들이 피를 씻어냈어요."

루이스 레즈너가 사체를 발견한 것이 아침 6시쯤이라고 하니, 이후 라일랜드 의원이 도착하기까지 일치단결하여 사건을 은폐한 것이리라. 사체 발견 현장을 두 눈으로 확인하고 싶은 마음이 굴뚝같았지만, 탈옥수 입장에서 저 군중을 향해 돌격하는 것은 불에 뛰어드는 불나방 같은 행동이다.

소란이 잠잠해지기를 한 시간 정도 기다렸으나 군중이 흩어질 기색은 없었다.

"사체를 옮긴 곳은 공동묘지겠지?"

"네. 관리 오두막에 놓여 있을 거예요."

이대로 숨어 있어도 별도리가 없기에 세 사람은 사체를

보러 가기로 했다.

공동묘지는 마을의 북쪽 끝, '아버지의 집' 너머에 있다. 마을 안을 통과하면 다른 사람의 시선을 피할 수 없다. 세 사람은 숙소에서 나와 빠른 걸음으로 밀림으로 향했다.

담쟁이덩굴과 이끼 긴 커다란 나무 사이를 누비며 어두운 숲을 계속 나아갔다. 커다란 나무라고는 해도 잎이 높은 부근에밖에 나 있지 않은 나무도 많아서 상상한 것보다 걷기 수월했다. 엄지손가락만 한 파리가 달라붙는 것은 귀찮았지만, 쫓아내는 것도 한계가 있어서 신경 쓰지 않기로 했다.

보육소, 학교, 간부 숙소 등 커다란 건물 뒤편을 지나가는 동안, 비가 그친 후의 냄새 같은 것이 진하게 풍기기 시작했다. 점점 습도가 높아지는 것 같았다.

"공동묘지 건너편에 커다란 습지가 있어서 바람이 이쪽으로 불 때면 습기가 날아오거든요."

Q가 여행 가이드처럼 설명을 시작한 시점에 '아버지의 집' 뒤까지 왔다. 밀림과의 경계에 정원 같은 평지가 있고, 높은 널빤지 담이 그것을 둘러싸고 있었다. 그 옆에 작은 오두막이 있었다.

"담에 둘러싸여 있는 곳이 공동묘지고, 작은 건물이 관리 오두막이에요. 샤론 클레이튼이라는 사람이 관리인을 맡고 있어요."

Q가 그렇게 말하며 어쩐지 괴로운 표정을 지었다.

"그 녀석이 싫어?"

"아니요. 그저 공동묘지에서 노는 모습을 들키면 엄청 혼이 나거든요."

아이다운 이유였다.

Q는 두 사람에게 밀림에서 기다리라고 말하고는 혼자서 담을 대신한 와이어로프를 넘어 오두막으로 달려갔다. 그러더니 전당포 카운터 같은 창문을 들여다보고는 곧장 이쪽을 향해 오른손 엄지를 치켜세웠다. 성격 나쁜 여자는 부재중인 모양이었다.

와이어를 넘어 오두막으로 가서 문을 열었다. 맹렬한 악취가 코를 찔렀다. 직업상 사체 냄새에는 익숙했지만, 이 방의 진한 냄새는 상식을 뛰어넘었다. 자신도 모르게 닭살이 돋은 것은 에어컨이 뿜는 냉기 탓만은 아닌 듯했다.

셔츠 소매로 코와 입을 가리고 방 안을 둘러봤다. 창가의 책상을 ㄷ자 형태로 둘러싸듯 2단 침대가 자리 잡고 있었다. 위아래에 검은 나일론 보디백이 두 개씩 놓여 있었다.

"실례하겠습니다."

리리코가 일본어로 말하고는 보디백에 달린 지퍼를 열었다. 첫 번째는 등을 찔린 백인 남자 알프레드 덴트. 두 번째는 얼굴이 엉망진창이 된 백인 여자 조디 랜디. 세 번째에 겨우 피투성이 아시아계 남자 이하준이 들어 있었다.

"끔찍하네요."

Q가 오두막 바깥에 있는 것을 확인한 후에 보디백을 활짝 열었다.

이하준의 몸은 말 그대로 두 동강이 나 있었다.

명치 아래 몇 센티미터 부근에서 몸이 잘려 있었고, 양 단면에서 내장 대부분이 흘러나왔다. 마른 몸이 더욱더 얇아져 있었다.

단면을 관찰하자 두꺼운 종이를 무리하게 찢은 것처럼 피부가 뒤틀려 있었다. 커다란 날붙이로 찌른 후 밀고 당기며 무리하게 절단한 것이리라. 등뼈가 부러진 부근에도 상처가 많아, 딱딱한 물건으로 연거푸 내리쳐 뼈를 부쉈다는 사실을 알 수 있었다.

"꽤 힘들었겠는데."

머리부터 발끝까지 전신이 붉게 물든 채였다. 스니커즈 아래쪽까지 피가 스며들어 있는 것은 단면에서 다리를 통해 흘러내렸기 때문이리라. 유일하게 신발 바닥만은 진흙이 잔뜩 묻어 있는 탓에 다른 색채를 유지했다.

"측두부에 얻어맞은 상처가 있네요."

이하준의 머리를 옆으로 젖히고 리리코가 말했다. 머리카락이 피로 엉겨 있었고 오른쪽 귀 뒤쪽에는 붉은 상처가 있었다.

"범인은 이하준을 때려서 기절시킨 후, 커다란 날붙이와 둔기로 몸통을 두 동강 냈다. 그러고는 그걸 파빌리온 무대로 옮겼다는 말인가."

사체의 엉덩이 부근에서 무언가 움직였다.

허리를 굽히고 하반신을 뒤집었다. 바지와 엉덩이 사이에 딱정벌레가 있었다. 손가락으로 튕겨내려다가 엉덩이에 부풀어 오른 부분이 있다는 사실을 알아챘다.

"이 흉터는 뭐지?"

리리코는 허리를 굽히고 바지를 들여다봤다.

"최근에 생긴 건 아닌 듯하네요. 이하준 씨는 2년 전, 성당의 성폭행 사건을 고발했을 때, 한국 경찰에게 전기 고문을 당했다고 했어요. 아마도 그때의 상처일 것 같아요."

리리코가 억양 없는 말투로 말하고는 바지를 끌어 올렸다. 무척이나 심각한 일인 것은 분명하지만, 내장이 흘러나온 단면과 비교하면 경미한 상처처럼 여겨졌다.

"그 대단한 짐 조든도 몸이 두 동강 난 걸 천벌이라고 주장하기는 어렵겠군."

"분명 그렇겠네요. 믿음을 강화하는 도구로 쓰기에 이건 너무 잔혹해요."

"하지만 그저 잔혹할 뿐이라고도 말할 수 있으려나. 앞선 둘과 비교하면 불가사의한 점은 없어."

"아니, 오토야 씨, 정신 차리세요." 리리코가 고개를 들고 말했다. "범인이 이하준 씨가 있던 제2감옥에 침입하는 방법은 두 가지밖에 없어요. 복도의 환기구를 통과하거나, 제1감옥에서 이어지는 복도를 통과하거나. 하지만 어른의 몸으로 그 좁은 환기구를 통과할 수 있을 것 같지는 않고, 절단된 사체를 옮기기에도 폭이 좁아요. 범인이 제2감옥으로 숨어들려면 제1감옥의 복도, 즉 우리 눈앞을 지나갈 필요가 있었을 거예요. 오토야 씨는 범인이 복도를 드나드는 모습을 보셨나요?"

"못 봤어. 우리가 자는 사이에 지나갔겠지."

"루이스 씨가 파빌리온 무대에서 이하준 씨를 본 것이 오전 6시쯤이에요. 하지만 우리는 창밖이 밝아올 때까지 눈을 뜨고 있었죠. 이 마을에 오고 나서 몇 번인가 새벽녘의 하늘을 본 적 있는데, 해가 뜨는 건 대략 6시 반 정도였어요."

오토야는 자신도 모르게 숨을 들이마시고는 토할 것 같아져서 창문으로 얼굴을 내밀었다.

"……그러니까 범인은 우리가 깨어 있는 동안, 제2감옥에서 이하준의 사체를 옮겼다는 말이야?"

아침이 다가올 무렵 잠이 쏟아지기는 했지만, 사체를 짊어진 범인이 눈앞을 지나갔다면 그 모습을 보지 못했을 리 없었다.

"더군다나 감방의 격자문에도 자물쇠가 채워져 있었을 테니, 범인은 이중 밀실에서 사체를 옮겼다는 말이 돼요."

어째서 그런 짓을 한 것인지 도무지 이해되지 않았다.

"미친놈의 소행이군. 그것만큼은 틀림없어."

리리코는 긍정도 부정도 하지 않은 채 보디백 지퍼를 닫았다.

자신들의 발자국을 더듬어 마을 남쪽으로 돌아온 후, 세 사람은 울퉁불퉁한 경사면을 올라 감옥으로 향했다.

나갔을 때와 마찬가지로 Q가 먼저 간수실을 들여다봤다. 프랭클린은 아직 돌아오지 않았다. 제1감옥에 들어간 후 복도를 지나쳐 제2감옥으로 향했다.

"벌은 나간 것 같군."

중얼거리며 제2감옥의 문을 열자마자 벌집이 눈에 들어왔다.

"범인이 두고 간 선물인가?"

벌집은 아기 머리만 한 크기로, 복도 안쪽 환기구에서 1미터쯤 떨어진 곳에 있었다. 벌집의 주민은 없는 듯했다.

"아까 그 벌은 환기구를 통해 우연히 들어온 것이 아니라 범인이 가지고 온 것이었군."

이론의 여지는 없다고 생각했지만, 리리코는 고개를 갸웃했다.

"범인이 벌을 풀어서 제1감옥의 우리를 죽이려고 했다는 건가요? 동일 범인의 수법으로 보기에는 너무 운에 맡긴 행동처럼 보이는데요."

"그럼 벌집이 우연히 환기구를 통해 떨어졌다는 거야?"

"아이들이 장난으로 밀어 넣었을지도 모르죠. 물론 범인이 들고 왔을 가능성도 부정할 수 없지만요."

리리코는 "여기서 기다리렴" 하고 Q의 어깨를 쓰다듬고는 제2감옥 복도를 나아가 가까운 쪽의 감방을 들여다봤다. 오토야도 뒤를 따랐다.

감방은 피로 흥건했다.

격자문에는 통자물쇠가 채워져 있었고, 밀고 당겨봐도 열리지 않았다. 격자의 틈새는 15센티미터 정도로, 몸을 두 덩이로 절단한 정도로는 사체를 꺼낼 수 없었다. 그곳에서 이하준이 살해당한 것은 분명하지만, 사체만이 홀연히 사라진 채였다.

"범인은 모종의 방법으로 제2감옥에 침입하여 감방의 격자문을 통과해서 그 안에서 이하준의 몸통을 절단했어요. 나아가 사체와 함께 감방을 나와서 감옥을 탈출해 파빌리온 무대에 사체를 눕혔죠. 마치 가스 인간(1960년에 개봉한 영화〈가스 인간 제1호〉의 주인공으로, 자유자재로 가스 상태로 변신할 수 있다 - 옮긴이) 같네요."

리리코는 눈썹을 모은 채 복도의 환기구를 올려다봤다. 가로세로의 폭은 40센티미터 정도로 역시 사체를 옮기기에는 너무 작았다.

"간수가 수상해. 그 녀석은 감방 열쇠를 주머니에 넣어둔 채였어. 그 녀석이라면 자유롭게 격자문을 열 수 있잖아."

"그가 범인이라면 밀실이 하나로 줄어드는 게 사실이지만,

제2감옥 자체가 밀실이었다는 점 자체는 달라지지 않아요. 프랭클린 씨는 어떻게 여기에서 사체를 옮길 수 있었을까요? 이하준 씨의 사체를 안고 복도를 지나갔다면 우리가 몰랐을 리 없어요."

나도 그 정도는 안다.

"너는 어떤데? 좋은 생각이라도 떠올랐어?"

"아직 아무것도요. 역시 관계자의 말을 들어보지 않으면 사건의 윤곽이 보이지 않겠네요."

리리코는 형편 좋은 핑계를 댔다.

"탈옥수가 느긋하게 참고인 조사를 하러 다닐 수도 없잖아."

리리코는 흐음, 하고 신음하며 떡진 머리카락을 긁었다. 감옥을 빙글 둘러보더니 "아" 하고 손을 멈췄다. 시선 끝을 보자 문 틈새로 Q가 얼굴을 내밀고 있었다.

"미안. 조금만 더 도와주지 않을래?"

리리코가 간사한 목소리를 내자, Q는 의기양양하게 고개를 위아래로 흔들었다.

◆

"프랭클린 씨, 안녕하세요."

옆에서 누가 이름을 불렀다.

파나마모자를 기울이자, 아시아인 아이가 휠체어 뒤에서 얼굴을 내밀었다. 자랑스러운 표정으로 오렌지색 노트를 가슴에 품은 채였다.

이름은 모르지만 조든타운의 유일한 아시아인이기에 얼굴은 안다. 일본계 이민자인 부모가 사기죄로 체포되어 시설에 들어가게 된 아이를 목사님이 인민교회로 데리고 들어왔다고 들은 적이 있었다.

"저기, 여쭤보고 싶은 게 있는데요."

"다른 사람한테 가서 물어봐."

프랭클린 파테인은 쌀쌀맞게 응했다. 이 녀석은 자신을 센트럴파크에 서식하고 있을 법한, 그저 스물네 시간 행복하게 아이들을 바라볼 뿐인 무기력한 노인으로 생각하고 있음이 틀림없다.

오늘 아침, 휠체어로 학교 앞의 공터를 찾은 이후, 프랭클린은 그곳에서 움직이지 않았다. 물론 아이들을 보고 있던 것은 아니다. 그는 외부인들을 감시하는 중이었다. 그들이 '아버지의 집'이나 공동묘지로 다가가려 하면 즉시 무전기로 연락하라고 보안장관 조셉 윌슨에게 직접 명령받은 상태였다.

"목사님 부탁으로 아침의 사건을 조사하고 있었거든요. 어젯밤부터 오늘 아침까지, 감방에서의 이하준 씨의 상태를 알려주실 수 있나요?"

"목사님이 너한테?"

아이가 거짓말을 하고 있다는 사실은 바로 알아챘다. 목사님이 직접 신자에게 지시를 내리는 일은 없었다. '이 녀석, 어른을 얕보고 있군.'

프랭클린은 전부터 학교 교사들이 학생들을 너무 무르게 대하는 모습을 보고 화가 나 있었다. 아이들은 조든타운을 커다란 놀이동산으로 착각하는 것인지 밭이나 저장고, 진료소와 조리실, 나아가서는 공동묘지나 감옥까지 아무렇지도 않게 숨어들고는 했다. 교사들은 이를 알면서도 제대로 혼내지 않았다. 마지막 보루라고 생각했던 교장까지 아이들에게 멍청이니 뭐니, 바보 취급당하는 별명으로 불렸고, 그에 대해 화를 내기는커녕 기뻐하는 상황이었다.

"딱히 이상한 일은 없었어."

그만큼 아이들을 싫어했던 프랭클린이 왜 형사 놀이에 어울려주려고 한 것일까. 그것은 공터를 감시하는 일에 질렸기 때문이었다. 아니, 사실은 사건에 대해 누군가와 이야기하고 싶어서 근질근질했기 때문이었다.

"어젯밤 집회 후, 나는 오후 11시에 감옥으로 돌아갔어. 이하준은 아직 깨어 있었고, 두세 마디 대화도 나눴지."

"어떤 내용이었나요?"

"이상할 정도로 안색이 나쁘기에 괜찮냐고 물었더니 녀석

은 좁고 닫혀 있는 장소가 괴롭다고 지껄이더라고. 환기구
가 있잖아, 하고 말했더니 녀석은 증오에 가득 찬 눈길로 나
를 노려봤어."

아이는 노트에 필기하던 연필을 멈추더니 어두운 표정을
지었다.

"그러고는 간수실로 돌아가신 건가요?"

"맞아. 이후 두 시간마다 상태를 보러 갔는데 오전 1시에
는 벽에 기댄 채 잠을 자고 있었어. 3시와 5시에도 딱히 이
상한 점은 없었고."

하지만 그 한 시간 후, 루이스 레즈너가 파빌리온에서 그
남자의 사체를 발견했다. 천벌이 아니라면 도저히 설명할
길이 없다.

"프랭클린 씨가 사건 발생을 알게 된 건 언제인가요?"

"조셉이 6시 50분에 무전기로 연락해서 파빌리온 주변을
감시하라고 명령하더군. 사체를 본 것도 그때야."

"5시부터 6시까지 사이에 제2감옥에서 수상한 소리가 들
리지는 않았고요?"

"그런 거 없었어. 다만 5시 반 정도까지는 비가 왔으니 어
느 정도 큰 소리가 아니라면 들리지 않았을 거야."

"그 시간 동안 감옥에 드나든 사람은요?"

"설마. 입구가 보이는 간수실에 계속 있었지만, 그런 녀석
은 없었어."

아이는 복잡한 얼굴로 몇 번이고 자신의 메모를 고쳐 읽었지만, 이윽고 포기한 듯 노트를 닫았다. 기대하던 단서를 얻을 수 없었던 것이리라.

"감사합니다."

마음에도 없는 소리를 하고는 파빌리온 쪽으로 돌아가려 했다.

"잠깐만." 갑자기 불안이 엄습해서 프랭클린은 아이를 불러 세웠다. "너, 기적의 비밀을 밝히려는 건 아니겠지?"

돌아본 아이는 진귀한 동물이라도 보는 듯한 표정이었다.

"프랭클린 씨, 기적에 비밀이 있다고 생각하세요?"

"바, 바보 같은 소리를."

자신도 모르게 강한 말투로 말했다. 이 녀석, 꼬투리를 잡다니.

조든타운에는 9백 명 넘는 신자가 있지만, 프랭클린 정도로 기적의 은혜를 받은 자는 없으리라.

인민교회와 만나기 전의 프랭클린은 몸도 마음도 너덜너덜한 상태였다. 이 세상은 뭐가 됐든 다리가 있는 사람에 맞춰 만들어졌다. 예를 들어 슈퍼마켓에 커피 원두를 사러 갈 때도 프랭클린은 보도에서, 버스 정류장에서, 매장에서, 계산대에서, 몇 번이고 다른 사람의 손을 빌려야만 했다.

그것만으로도 무척이나 우울하지만, 프랭클린은 뇌에도 후유증이 남아 있었다. 큰마음 먹고 휠체어로 집을 나섰는데 문을 나서자마자 눈앞이 깜깜해졌고, 정신을 차리고 보니 어느새 밤이 깊어가고 있었던 일도 흔했다.

"나는 목사님의 기적을 믿어."

당연하다. 만약 기적이 가짜라면 프랭클린 파테인의 몸과 뇌를 포함해서 지금의 자신을 형성하는 모든 것이 가짜가 되어버린다.

"비밀 따위 없어. 절대로."

얼빠진 표정을 짓는 아이에게서 휠체어 바퀴를 굴려 등을 돌렸다.

"……루이스 씨, 안녕하세요."

천사가 자신을 부르고 있었다.

루이스 레즈너는 오렌지 비치의 너른 바다를 떠다니는 듯한 기분으로 그 천진난만한 목소리를 들었다. 세상은 조용하고 따뜻하고 부드럽다. 이곳은 천국이리라. 영혼이 해방되어 모든 죄가 용서받은 것이다.

"루이스 씨?"

천사에게 답하고 싶지만 어째서인지 목소리가 나오지 않았다. 아름다운 모습도 보이지 않는다. 힘을 실어 눈꺼풀을 열자 꾀죄죄한 아시아인 소년이 이쪽을 내려다보고 있었다.

"아, 다행이다. 안녕하세요."

무심코 상반신을 일으켜 주변을 둘러봤다. 이곳은 진료소의 한구석, 커튼으로 나뉜 처치실 병상 위였다. 파빌리온에서 정신을 잃은 후, 의사에 의해 이곳으로 옮겨진 것이리라. 숙소 침대보다는 부드러웠지만 이 정도로 천국이라고 생각하다니 스스로가 보기에도 우스웠다.

"넌 분명……."

"Q예요. 목사님 부탁으로 이야기를 들으러 왔어요. 사체를 발견했을 때의 일을 자세히 설명해주실 수 있나요?"

Q는 오렌지색 노트를 펼치고 자랑스러운 듯 연필을 쥐었다. 왜 짐 조든이 아이에게 조사를 부탁했는지 알 수 없었지만, 깊게 생각할 기력도 없었다. 어른들은 라일랜드 의원에게 대응하느라 바빠서 남는 손이 없는 것이리라.

"제대로 죽지 못했어."

루이스는 밀림에서 목매달려다가 실패한 후, 독을 훔치기 위해 저장고로 향하다가 도중에 사체를 발견했다고 설명했다. Q는 연필로 노트하면서 복잡한 표정으로 루이스의 이야기를 들었다.

"거기 죽어 있던 건 조사단 사람이지?"

"네. 이하준 씨라는 분이라고 해요."

"역시 신이 천벌을 내린 거네."

파빌리온

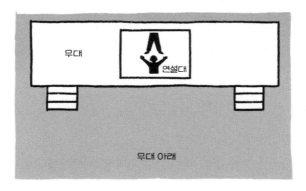

무대

연설대

무대 아래

"그건……." Q의 목소리가 작아졌다. "저로서는 모르겠네요. 이하준 씨의 사체가 어떤 식으로 놓여 있었는지 가르쳐 주실 수 있나요?"

"무대 위 연설대가 옆으로 쓰러져 있었고, 거기에 상반신과 하반신이 나란히 있었어. 가까운 쪽이 상반신, 먼 쪽이 하반신. 나는 무대 아래에 있었으니 하반신은 잘 안 보였지만, 상반신은 확실히 보였어. 단면이 이쪽을 향하고 있었고, 배 안의 내용물이 반쯤 흘러나와 있었어."

설명하는 것만으로 속이 울렁거렸다. Q는 재빨리 연필을 굴리더니 노트를 이쪽으로 향했다.

"즉, 이런 느낌인가요?"

루이스는 끄덕였다. 그 순간, 와이어가 걸려 있던 목 주변이 아팠다.

"사체를 발견했을 때 파빌리온에 다른 사람은 없었나요?"

"없었어. 어딘가에 숨어 있었을지도 모르지만."

Q는 눈썹을 모으더니 연필 뒤쪽의 둥근 부분으로 뒤통수를 긁었다.

"그 밖에 깨달은 거나 신경 쓰였던 점은 없나요? 아무리 사소한 거여도 상관없어요."

루이스는 눈을 감고 반나절의 기억을 되살려봤다. 동이 트기 전의 차가운 공기에 녹아드는 식육 공장 같은 냄새. 연설대에 얹힌 괴물처럼 보이는 사체.

"……신발을 수리해주고 싶다고 생각했어."

그렇게 말하고 눈을 뜨자, Q는 계란에서 문어라도 부화한 것 같은 표정을 지었다.

"그게, 사체의 발끝이 무대 아래쪽을 향하고 있었다고 했잖아." Q의 노트를 가리키며 설명했다. "나, 조든타운에 오기 전까지 텍사스에서 신발 수리점을 했었거든. 사체가 신고 있는 신발을 보고, 새것으로 바꾸거나 수리하지 않으면 위험하겠다고 생각했어. 그 사람, 맨날 같은 옷을 입고 같은 신발을 신던 사람 아니었을까."

Q는 어색하게 끄덕이고는 노트에 "루이스는 신발을 수리해주고 싶었다"라고 적었다.

"감사합니다."

이 이상의 수확은 얻을 수 없다고 생각한 것이리라. Q는 노트를 닫은 후 커튼을 걷고 밖으로 나갔다.

헤드보드에 기댄 채 한숨을 내쉬었다. 그 남자가 죽은 것은 사실 그 원인을 따지자면 루이스가 조사단에게 편지를 건넨 탓이다. 역시 자신은 살아갈 자격이 없다.

무릎을 구부려 머리를 파묻는데 어째서인지 발소리가 되돌아왔다. 다시 커튼이 걷혔다.

"저기, 쓸데없는 참견일지도 모르지만요."

Q는 매우 심각한 표정이었다.

"응?"

"조사단이 죽은 건 천벌을 받아서가 아니에요."

자신도 모르게 커튼 바깥을 쳐다봤다. 파빌리온 근처가 소란스러웠지만, 진료소 근처에 사람의 기색은 느껴지지 않았다.

"……그런 말 하면 못써."

이 소년은 목사님의 말씀을 부정하고 있다. 간부들이 듣는다면 집회에서 호되게 혼이 나거나 최악의 경우 감옥에 갇히고 만다.

"정말이에요. 그러니까 루이스 씨 탓도 아니에요."

"그럼 그 사람들은 왜 죽은 건데?"

Q는 잠시 말이 막혔지만, 통처럼 둥글게 만 노트를 꽉 쥐고 똑바로 루이스를 바라봤다.

"이제 곧 탐정이 수수께끼를 풀어줄 거예요. 그러니까 그 때까지 절대로 자살 같은 거 하지 마세요."

2

식당 중앙에 설치된 무대에서 6인 편성 밴드가 형편없는 컨트리 록을 연주하는 중이었다.

연주자들은 학교 교사들인데 어째서인지 그곳에 W가 섞 여서 탬버린을 치고 있었다. 필요 이상으로 어른에게 좋은 모습을 보여주고 싶어하는 우등생도 있다지만, 저래서는 동 급생들에게 욕을 먹지는 않을까 걱정이 되었다. 무대 아래 에서는 신자들이 과장되게 어깨를 들썩이며 보컬의 구호에 맞춰서 손뼉을 치고 있었다.

윤곽이 번진 달이 감옥 처마 끝에 서 있는 두 명의 탈옥수 를 내려다봤다. 내빈을 위해 마련된 돼지고기 스테이크 향 기가 풍겨서 오토야는 자신도 모르게 침을 삼켰다.

"우리 때는 환영하는 고기도 내주지 않았으면서."

Q가 훔쳐다 준 시리얼을 맨손으로 입에 넣으면서 리리코 가 투덜거렸다.

"나 때는 라이플을 쏴재꼈는데?"

오토야는 미지근한 물을 마시고 손등으로 입술을 닦았다.

식당과 파빌리온에 신자들이 모여 레오 라일랜드 의원 일행 환영 파티 중이었다. 그들을 환영함으로써 인민교회는 위험한 사이비 종교가 아니라는 인상을 주고 싶은 것이리라. 파빌리온 무대에는 붉은 셔츠를 걸치고 선글라스를 쓴 짐 조든의 모습도 있었다.

"그러고 보니 오늘은 그 덤불개를 못 봤네요."

도넛 형태의 시리얼 한가운데에 새끼손가락을 찔러 넣은 채 리리코가 중얼거렸다. 그러고 보니 오토야도 모습을 보지 못했다.

"지금쯤, 라일랜드 의원의 배 속에 들어가 있는 거 아니야?"

"그러지 마세요."

리리코는 오토야를 노려봤다.

아무리 그래도 인민교회가 그렇게 손이 많이 가는 괴롭힘을 하지는 않으리라. 덤불개는 이곳에서는 먹을 만한 것이 없다고 판단하고 밀림으로 돌아갔을 것이다.

"오늘 아침, 저기에 이하준 씨가 죽어 있었다는 사실 따위는 모두가 잊어버린 것 같네요."

리리코가 파빌리온 무대를 보면서 시리얼을 씹는데, 갑자기 머리 위 스피커에서 듣기 거슬리는 하울링이 울려 퍼졌다. 마을 여기저기에 설치된 스피커에서도 동시에 같은 소리가 퍼져 나왔다.

"이곳에 올 수 있어서 우리는 무척이나 기쁩니다."

식당으로 눈을 돌리자, 록밴드 대신 회색 양복에 넥타이를 맨 남자가 무대에 서 있었다. 레오 라일랜드 의원이리라. 내무장관 피터 웨더스푼이 허리를 굽혀 그에게 마이크를 갖다 댄 상태였다.

"여기에 오기 전까지 저는 조든타운을 매도하는 많은 말을 들었습니다. 하지만 오늘, 이 마을이야말로 세상에서 가장 좋은 곳이며, 이 순간이야말로 세상에서 가장 좋은 시간이라고 믿는 분이 있다는 사실을 알게 되었습니다."

신자들이 튕기듯 일어나 라일랜드 의원에게 열렬히 박수를 보냈다.

"저 인간, 완전히 빠져버린 거 아니야?"

"정치인이니 환영받으면 세게 나가지 못하는 걸지도 모르죠. 하지만 본심은 알 수 없어요."

그곳에 작은 그림자가 숙소를 누비며 찾아왔다. 신입 조수 Q였다.

"곧 파티가 끝난다고 해요. 프랭클린 씨도 감옥으로 돌아올 거예요."

Q는 둘의 지시를 받아 파티에 숨어들어 조든과 간부, 라일랜드 의원과 기자들을 관찰했다.

"그럼, 슬슬 감방으로 돌아갈까?"

기지개를 켜면서 중얼거리는 오토야를 힐끔 보더니 리리

316

코는 Q 앞에 쭈그려 앉았다.

"오늘은 온종일 고마웠어. 뭐라도 보답을 하고 싶은데 아무것도 할 수 있는 게 없네. 미안."

Q는 점점 귀가 빨개졌다. 리리코로부터 고개를 돌리고는 숨이 찬 듯 말했다.

"저, 계속 외톨이였어요."

그러고 보니 조든타운에는 Q를 제외하고는 아시아인이 보이지 않았다.

"그래서 어른이 되면 할아버지가 나고 자란 일본에 가고 싶어요. 만약 그때가 온다면 탐정사무소를 안내해주시겠어요?"

이번에는 리리코가 부끄러워할 차례였다. 입가에 미소를 띠고는 어째서인지 오토야의 허리를 쿡 찔렀다.

"맡겨둬. 네가 일본에 온다면 우리가 해결한 사건 이야기를 질릴 정도로 들려줄게."

오토야가 경솔하게 맞장구치자, Q는 기쁜 듯 끄덕이고 빠른 걸음으로 파티로 되돌아갔다.

"앞으로의 이야기도 좋지만 일단 눈앞의 사건을 어떻게든 해야겠네요."

"네 말이 맞아."

그 말을 끝으로 입을 굳게 닫은 채, 둘은 경사면을 주의하면서 감옥으로 돌아갔다.

바깥을 나다녔다는 사실을 간수 프랭클린에게 들키지 않
도록 감방의 자물쇠를 잠가두어야만 했다. 간수실 서랍에서
여벌 열쇠를 가지고 나와 우선 리리코가 감방으로 들어간
후 오토야가 자물쇠를 잠갔다. 이어서 오토야가 옆의 감방
에 들어가 격자 사이로 손을 내밀어 다시 자물쇠를 잠갔다.
열쇠는 소리가 나지 않도록 손수건에 감싸 엉덩이 쪽 주머
니에 넣어두었다.

10분 정도 사건에 대해 생각하다 보니 프랭클린이 감옥으
로 돌아왔다. 두 개의 감방을 들여다보더니 간수실로 들어
갔다. 그는 주머니에 열쇠를 넣어서 가지고 다니니까 두 사
람이 바깥에 나갔다 왔다는 사실을 알아차리지 못하는 한
여벌 열쇠가 없어진 사실을 깨달을 가능성은 크지 않았다.

"무슨 일이 있으면 큰 소리로 불러."

바퀴가 미끄러지는 소리가 간수실로 사라지기를 기다렸
다 오토야는 벽을 향해 말했다.

상식적으로 생각하면 자물쇠가 잠긴 감옥만큼 안전한 공
간도 없을 터였다. 하지만 이하준의 몸에 일어난 일을 생각
해보면 도저히 안심은 할 수 없었다.

"알았어요."

리리코의 딱딱한 목소리가 들렸다.

차가운 바닥에 몸을 눕히고 천장을 향해 숨을 내쉬었다.

세 가지 사건을 반복해 떠올리다 보니 갑자기 졸음이 밀

려왔다. 안 그래도 잠이 부족한데 하루 만에 밥을 먹은 탓에 뇌가 오후의 직장인처럼 노곤해진 듯했다.

큰소리를 쳐놓고 곧바로 잠에 빠질 수는 없다. 머리로는 그렇게 생각했지만 오토야의 눈은 스르르 감기고 말았다.

●

새가 우는 소리에 바깥을 걷는 사람의 목소리가 겹쳐졌다.

눈을 뜨자, 환기구에서 천장을 향해 빛이 쏟아져 들어오고 있었다.

"⋯⋯리리코?"

갑자기 가슴이 두근거려서 황급히 몸을 일으켰다. 왼쪽 벽을 두드렸다. 답이 없었다.

"어이, 리리코. 괜찮아?"

오토야의 목소리가 복도에 울렸다. 놀라서 주머니에서 열쇠를 꺼내든 그때.

"진정하세요. 살아 있으니까요."

리리코의 맥 빠진 목소리가 들렸다. 자신도 모르게 다리의 힘이 빠져서 바닥에 무릎을 찧었다.

"걱정했잖아. 귀에 벌레라도 가득 찬 거야?"

"밤새 곰처럼 코를 곤 사람에게 그런 말을 듣고 싶진 않네요."

둘의 목소리를 들은 프랭클린이 상태를 살피러 와서 오토야는 서둘러 열쇠를 주머니에 숨겼다. 프랭클린은 감방을 살펴보더니 "너무 시끄럽게 굴지 마"라고 말하고 간수실로 돌아갔다.

"……너, 밤새 깨어 있었던 거야?"

"네. 덕분에 모든 수수께끼가 풀렸어요." 리리코는 산뜻하게 말했다. "범인은 레이 모튼이에요."

"뭐?"

"조든타운의 교장 선생. 그가 이 사건들의 범인이에요."

4일째
1978년 11월 18일

1

"미국의 차별주의자들은 내가 돈과 권력을 추구하는 악당이라고 말하지."

짐 조든은 등받이에 몸을 기댄 채 집게손가락을 NBC 뉴스 취재팀의 다니엘 해리스에게 향했다.

"하지만 나는 조든타운 주민들에게 이 한 생명을 바쳐왔어. 긴 시간 고통받았던 자들을 위해 누구나 자유롭고 건강하게 살 수 있는 공동체를 만든 거야."

어젯밤, 새초롬한 얼굴의 밴드가 어설픈 록을 연주하던 식당 무대가 오늘 아침에는 뉴스 스튜디오를 방불케 하는 인터뷰장으로 변모해 있었다. 팔걸이의자 두 개가 대각선을 향해 놓여 있고, 오른쪽에 짐 조든, 왼쪽에 다니엘 해리스가 다리를 꼬고 앉은 채였다. 무대 아래에서는 두 개의 비디오

카메라와 건 마이크가 조든의 일거수일투족을 담고 있었다.

"이곳은 병도 사고도 존재하지 않는, 세상에서 단 하나뿐인 유토피아다. 이 마을을 파괴하려는 자는 진실을 모르는 어리석은 자들이지."

"이해할 수 없는 일에는 공격부터 하고 보는 게 언론이니까요."

해리스가 나약한 말을 하더니 자연스럽게 무대 아래를 바라봤다. 레오 라일랜드는 미간에 주름을 잡고 집게손가락과 가운뎃손가락으로 자신의 눈을 가리켰다. '제대로 보고 있어. 조금 더 세게 나가봐.'

"당신의 이념에는 공감합니다. 하지만 인민교회에는 크게 우려되는 사항도 있습니다."

이어지는 해리스의 말에 신자들이 웅성거렸다. 작업을 시작할 시간이었지만 식당은 남녀노소 신자들로 가득 차 있었다. 인파는 바깥까지 이어졌다.

"한 이탈자는 가족과 떨어져서 제각기 생활하도록 강요받았다고 말했습니다. 또 다른 이탈자는 인민교회의 엄격한 규율에 의문을 제기했다가 집회에 불려 나와 많은 신자들 앞에서 사납게 매도당했다고 했고요. 이 마을이 자유로운 공동체라는 당신의 견해는 다소 자의적인 거 아닌가요?"

해리스는 굳이 신사적인 태도를 무너뜨리지 않고 말했다. 이 남자는 시청자를 불쾌하게 만들지 않고 상대를 도발하는 방법을 잘 알고 있었다.

"내가 보기엔 자의적인 건 자네 쪽이야." 조든이 굳은 목소리로 말했다. "이 마을에는 9백 명 넘는 주민이 있지. 가족이 있는 자, 없는 자, 원래부터 신을 믿었던 자, 침을 뱉었던 자. 다양한 사람이 있어. 모두가 평등하게 생활하려면 약간의 마찰은 감수해야겠지."

"그 마찰이 평화로운 방법으로 해소되고 있다면 문제는 없겠죠. 하지만 당신이 쓰는 건 폭력적인 방법입니다."

무대의 구석에 있던 간부가 "그건……"이라고 끼어들려고 하는 것을 조든이 손을 흔들어 저지했다.

"바보 같군. 폭력이라는 단어야말로 인민교회와 가장 거리가 먼 단어야."

"하지만 당신은 말을 듣지 않는 신자에게 징벌을 가하지 않나요? 이탈자 다수가 감옥에 갇힌 채 식사를 공급받지 못한 일이 있다고 증언했습니다."

"지어낸 이야기다. 배신자들은 고급 승용차나 한도 없는 신용카드를 손에 넣으려고 가당치도 않은 거짓말을 하는 거야. 그들에게는 반드시 천벌이 내릴 테지."

"그렇다면 저쪽을 향해 답해주세요." 해리스는 NBC 카메라맨이 메고 있는 비디오카메라를 가리켰다. "폭력적인 수단을 쓴 적은 단 한 번도 없다고 단언하실 수 있나요?"

"물론이다."

"그 말과 다른 증거가 발견되어 당신이 폭력을 사용한 일이 증명되면 어떻게 책임지실 생각이신가요?"

"바보 같은 질문에는 답하지 않겠어."

"거리낌이 없다면 답할 수 있을 텐데요."

"그런 것이 증명되면." 조든의 목젖이 움푹 들어갔다. "나는 주저하지 않고 스스로 목숨을 끊겠다. 하지만 그런 걱정은 할 필요조차 없겠지."

"다른 이야기를 해보죠."

해리스가 메모장을 펼쳤다.

"당신은 무기도 수입하고 있죠? 티메리 국제공항 직원이 조든타운으로 향하는 경비행기에 구식 군용 라이플과 산탄총이 쌓여 있는 걸 목격했습니다."

"그건 수렵용 무기다."

"오하이오의 의약품 회사로부터 감기약과 혈압약을 대량으로 구입한 건요?"

"주민들의 건강을 위해서야."

"거짓말이네요. 당신은 약 구입을 빙자해서 계열사인 화학공장에서 사이안화칼륨을 2천 그램이나 수입했잖아요."

의표를 찔렸는지 짐 조든은 당황하며 선글라스를 두 번 밀어 올렸다.

"그런 건 지어낸 이야기다."

"여기에 계약서 사본이 있습니다. 이것도 가짜라고 주장하실 셈인가요?"

해리스는 의자 옆에 놓인 서류가방에서 서류를 꺼내서 조든 앞에 내밀었다. 조든은 토라진 것처럼 그것을 보려고도 하지 않았다. 해리스는 살짝 고개를 흔들더니, 서류를 비디오카메라를 향해 펼쳐 보였다.

"우리는 위기감을 품고 있습니다. 어젯밤부터 오늘 아침 사이 여러 신자에게 조든타운에서 데리고 나가 달라는 부탁을 받았습니다. 인민교회가 정말로 폭력과 무관한 공동체라면 외부인에게 의지할 필요는 없지 않습니까?"

조든은 앉은 채 해리스에게 등을 내보이고는 초조한 듯이 팔걸이를 두드렸다. 관중의 야유가 쏟아졌다. 해리스는 무대 아래의 라일랜드를 쓱 보더니 살짝 입가를 올렸다.

이것으로 충분하다. 적이 추하게 행동할수록 맞서는 자의 웅장함이 돋보이는 법이다.

"안타깝지만 당신이 폭력적인 방법으로 신자를 지배하고 있다는 의혹은 떨쳐버릴 수 없을 것 같군요."

해리스가 비웃듯이 어깨를 움츠렸던 그때, 무대 좌우에 설치된 스피커에서 지지직, 하는 잡음이 울려 퍼졌다. 마을 안에 설치된 스피커에서도 같은 소리가 새어 나왔다. 신자들이 의아한 듯 주변을 둘러봤다.

"……레오 라일랜드 의원님, 난폭한 방법으로 사람들을 조종하려 하는 건 당신도 마찬가지 아닌가요?"

스피커에서 여자 목소리가 들렸다. 조든의 사주를 받은 누군가의 행동이라고 생각했지만, 조든 역시 크게 놀란 듯 간부에게 무슨 일이냐고 묻고 있었다. 해리스가 의자에서 일어나서 "앗" 하고 파빌리온 쪽을 가리켰다.

"저도 인민교회가 청렴결백하다고 생각하지는 않아요. 하지만 조든 씨가 무기나 독약으로 신자를 지배하는 것처럼 상황을 조작하려는 건 좌시할 수 없네요."

신자들이 일제히 파빌리온을 바라봤다. 본 적 없는 아시아인 여자가 무대에서 마이크를 쥐고 있었다.

"조든 씨, 멋대로 감방에서 나온 걸 사죄드립니다. 마을의 취재 자리에 끼어든 것도요. 어떻게든 신자 여러분께 이야기하고 싶었거든요."

보안장관 조셉 윌슨이 무전기에 뭐라고 속삭였다. 2초 정도 틈을 두고 식당 바깥에 있던 덩치 작은 남자의 허리에서 조셉의 목소리가 들렸다. 남자는 무전기를 꺼내서 "알았습니다"라고 답하고는 파빌리온으로 달려갔다. 그대로 무대에 올라서 여자에게서 마이크를 빼앗으려 했지만, 이번에는 모르는 아시아인 남자가 나타나 세 명의 몸싸움이 시작되었다. 스피커에서는 새된 노이즈가 흘러나와 신자들이 얼굴을 찌푸렸다.

"조셉, 무슨 짓을 하는 건가." 조든이 일어나 물을 털어버리듯 손을 흔들었다. "시키지 않은 짓은 하지 마."

보안장관은 마뜩찮은 태도로 다시금 무전기를 들고 부하에게 지시를 내렸다. 2초 후, 덩치가 작은 남자가 여자에게서 손을 뗐다. 여자는 마이크를 고쳐 잡고 관중을 둘러봤다.

"저는 인민교회를 규탄할 마음은 없어요. 하지만 조든 씨, 당신이 종교인으로서 뛰어난 자질을 지니고 있으면서도 보잘것없는 마술로 신자들을 기망해왔다는 점은 안타깝게 생각해요. 정말로 사람을 구하고 싶다면 잘못된 행동은 고쳐야 하죠."

앞서와 같이 반박을 늘어놓을 줄 알았지만, 조든은 팔걸이를 지팡이인 양 쥔 채 여자의 말을 들었다.

"조든 씨, 여기에 모인 신자 여러분은 이 마을에서 일어난 일을 제대로 알 권리가 있어요. 허락해주신다면 제가 이 마을에서 일어난 세 번의 살인사건의 수수께끼를 풀어보죠. 제게 시간을 주시겠어요?"

살인사건이라는 단어에 NBC 취재팀의 낯빛이 달라졌다. 카메라맨이 라일랜드 쪽을 봤지만, 라일랜드로서도 무슨 일인지 알 수 없었다.

"이건 함정인가?"

조든은 오른손의 마이크를 들어 파빌리온을 향해 물었다.

"아니에요." 여자는 고개를 저었다. "저는 인민교회 여러분을 지키기 위해 여기 서 있는 거예요."

조든은 왼손으로 얼굴을 쓰다듬더니 무언가를 체념한 듯

어깨를 떨어뜨리고 그 손을 축 늘어뜨렸다.

"좋아. 어디 한번 들어볼까."

그의 손끝에는 분홍색 파우더가 묻어 있었다.

2

텔레비전 방송국의 인터뷰를 구경하려고 식당에 모여 있던 신자들은 마른침을 삼키며 파빌리온 무대에 나타난 조사단의 생존자, 아리모리 리리코의 말을 기다렸다. 두 사람이 감옥에 갇혀 있다고 믿었던 간수 프랭클린 파테인이나 리리코를 무대에서 끌어내리려던 래리 래빈스도 도무지 이해가 되지 않는다는 표정으로 무대를 올려다봤다.

리리코는 오토야에게 눈길을 준 후에 천천히 입을 열었다.

"제가 지금부터 말하려는 건 여러분의 신앙을 부정하는 내용이 아니에요. 여러분에게는 믿고 싶은 걸 믿을 자유가 있어요. 하지만."

최근에 같은 말을 들은 일이 떠올랐다. 주머니쥐가 되살아난 이유를 설명했을 때 리리코가 Q에게 말한 것과 같은 말이었다.

"저의 세 동료가 불가사의한 상황에서 살해당한 것. 아니, 적어도 그렇게 보인 건 신이 그들에게 벌을 내렸기 때문이 아닙니다."

신자들은 놀란 듯 서로의 얼굴을 바라봤지만 조든의 표정은 달라지지 않았다.

"다만 일련의 사건과 여러분의 신앙이 관계없는가 하면, 그렇지도 않아요. 인민교회의 신앙이 이 같은 사건을 촉발한 것 역시 사실이에요.

19세기 초, 윌리엄 밀러의 예언을 믿은 자들은 1843년에 그리스도가 나타난다고 믿었죠. 밀러의 예언은 틀렸지만, 그들은 그때그때 해석을 바꿔서 예언이 올바르다고 계속해서 믿으려 했어요. 그들은 형태를 바꾸면서 지금도 활동을 이어가고 있죠.

다른 예로 1954년 여름, 도로시 마틴이 우주의 수호신에게 받았다는 메시지를 믿은 자들은 12월 21일에 세계가 대홍수에 휩싸인다고 믿었어요. 그날이 와도 홍수는 일어나지 않았지만, 그들은 해석을 바꾸거나 새로운 설을 제창하면서 역시 도로시 마틴의 말을 계속해서 믿고 있죠.

이 두 신앙집단에 공통되는 점은 신자들이 원래 생활까지 버리고 벗어나고 싶어도 벗어날 수 없는 상황에 봉착해 있었다는 점이에요. 그건 조든타운에서 살고 있는 인민교회 여러분에게도 들어맞죠."

"우리의 신앙이 틀렸다고 말하고 싶은 건가?"

조셉이 거친 목소리로 말했다. 청중에게서도 비난의 목소리가 나왔다.

"아니요. 여러분의 경우, 밀러파나 도로시 마틴 추종자들과는 큰 차이점이 있어요. 인민교회를 믿는 여러분은 상처나 병의 증상이 사라졌다는 구체적인 기적을 체감하고 있다는 점이죠. 저 같은 외부인으로서는 믿기 어려운 일이지만, 여러분이 그와 같이 느끼고 있다는 사실은 부정할 수 없어요. 제가 확인하고 싶은 건, 사람은 신앙과 현실의 괴리에 맞닥뜨리면 무리해서라도 그걸 해소하려 하는 존재라는 점이에요."

야유가 잦아들기를 기다린 후 리리코는 말을 이었다.

"사건을 구체적으로 돌아보도록 하죠. 우선 알프레드 덴트 씨가 찔려 죽은 사건이에요. 15일 밤늦은 시각, 덴트 씨는 화장실에서 비명을 지른 후 간부 숙소인 '북-3'으로 도망쳤어요. 직후에 방에서 다시금 비명이 흘러나오는 걸 같은 간부 숙소에 살던 조셉 윌슨 보안장관과 피터 웨더스푼 내무장관, 그리고 우연히 근처에 있던 Q 소년까지 세 명이 들었어요.

다음날 16일 아침, 식사를 들고 갔던 서무반 니콜 피셔 씨가 '북-3'의 이변을 깨달았고, 간부 두 명이 덴트 씨의 사체를 발견했어요. 사인은 등을 반복해서 찔린 것으로 인한 과다 출혈. 열쇠는 방 안에 있었음에도 범인의 모습은 어디에도 없었죠.

마치 유령이 화장실에서 덴트 씨를 쫓아가서 '북-3'으로 도망친 참에 찔러서 죽인 것처럼 보이지만, 물론 그런 일은 불가능해요. 이 사건의 속임수를 간파하기 위해서는 우선 덴트 씨에게 벌어진 일을 두 가지로 구분해서 봐야 해요."

리리코는 그렇게 말하며 손가락 두 개를 세웠다.

"첫째, 덴트 씨가 화장실에서 비명을 질렀을 때 무슨 일이 일어났는가. 둘째, '북-3'으로 도망쳐서 다시금 비명을 질렀을 때 무슨 일이 일어났는가.

하지만 첫 번째 사건에는 무수한 가능성이 있기에 특정하기가 거의 불가능하죠. 화장실에서 용무를 보던 누군가와 마주쳤을지도 모르고, 마을에 숨어들어 있던 덤불개의 공격을 받았을지도 몰라요. 생전의 덴트 씨는 벌집에 놀라 펄쩍 뛰기도 하고, 벌레 먹은 벽의 구멍을 포스터로 가려두기도 하는 등 보통 사람 이상으로 곤충을 무서워한 것처럼 보였으니까요. 화장실에서 벌이나 나방을 만나서 자신도 모르게 비명을 질렀을 가능성도 있겠죠. 어느 것이 정답인지는 저로서는 알 수 없어요. 여기에서 말하고 싶은 건 첫 번째 사건에는 얼마든지 설명을 갖다 붙일 수 있다는 점이에요."

석연치 않은 모습의 신자들에게 리리코는 두 번째 손가락을 흔들어 보였다.

"문제는 두 번째. 덴트 씨가 '북-3'에서 비명을 질렀을 때 방 안에서는 도대체 무슨 일이 벌어졌을까 하는 것입니다.

힌트가 된 건 옷장에 묻은 혈흔이었어요. 이 옷장은 양쪽으로 열리는 방식으로, 전면에는 거울이 붙어 있죠. 이 문 아래쪽 끝에 걸치듯 피가 묻어 있음에도 좌우의 혈흔은 연결되어 있지 않았어요. 덴트 씨가 피를 흘렸을 때, 옷장의 문은 완전히 닫혀 있지 않았다는 말이 되죠. 다만 왼쪽 문이 활짝 열려 있었다면 오른쪽 문에 피가 묻지 않았을 테니, 왼쪽 문은 반 정도 열린 상태였을 거예요.

화장실에서 '북-3'으로 도망친 덴트 씨는 곧장 돌아서서 문의 자물쇠를 잠갔어요. 자물쇠 손잡이는 문의 오른쪽에 있으니까 덴트 씨는 왼쪽으로 몸을 돌려 자물쇠를 잠그고, 다시 오른쪽으로 몸을 돌렸겠죠. 이때 방의 왼쪽에 있는 반쯤 열린 옷장 문이 눈에 들어왔을 거예요. 방의 오른쪽, 그러니까 침대가 있는 쪽 벽에는 짐 조든 씨의 포스터가 붙어 있어요. 덴트 씨는 거울이 달린 옷장 문에 비친 조든 씨의 모습을 보고 자신도 모르게 비명을 지른 거예요."

신자들은 크게 웅성거렸지만, 절반 이상이 이해가 되지 않는 듯 얼굴을 마주 보거나 투덜투덜 불평을 터뜨렸다. 그중 한 명인 요리반의 레이철 베이커가 무대를 향해 목소리를 높였다.

"당신의 추리가 맞다고 치면, 덴트 씨가 두 번 비명을 지른 건 어느 쪽이든 범인에게 습격당해서가 아니라는 말인가요?"

간부 숙소 북-3

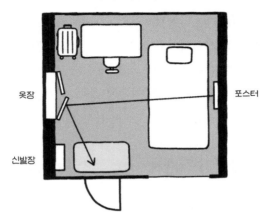

옷장

포스터

신발장

"네. 보다 단적으로 말하면, 덴트 씨는 누구에게도 습격당하지 않았다는 말이 되죠."

식당이 조용해졌다. 신자들이 당황한 것이다.

"그렇다면 덴트 씨는 왜 죽었을까요? 그의 목숨을 뺏은 건 그가 호신용으로 가지고 다니던 접이식 나이프였어요. 덴트 씨는 화장실에서 무언가와 만났을 때 자신의 몸을 지키기 위해, 혹은 그걸 쫓아내기 위해 재빨리 나이프를 꺼낸 거죠.

그는 '북-3'으로 도망친 후 나이프를 든 채로 문에 자물쇠를 채우고, 안도의 한숨을 내쉬었어요. 하지만 그때 짐 조든 씨의 환영을 보고는 다리에 힘이 풀려버린 거예요.

덴트 씨가 쓰러진 것과 나이프가 바닥에 떨어진 건 거의 동시였겠죠. 바닥에 튕긴 나이프는 불행히도 그의 등 한가운데를 찔렀어요. 아픔과 놀라움에 패닉을 일으킨 덴트 씨는 자신도 모르게 나이프를 뽑고 말았어요. 그리고 과다 출혈 쇼크로 죽게 된 겁니다."

"그러면 덴트 씨가 죽은 이유는 불행이 겹쳐진 사고라는 말인가요?"

"맞아요."

"그거야말로 이상하잖아!" 탁한 목소리를 지른 사람은 휠체어에 앉은 프랭클린 파테인이었다. "그 남자는 등을 몇 번이고 찔린 상태였어. 네 추리가 맞다면 상처는 하나여야 하지 않나?"

"그 말씀도 맞아요. 자신의 등을 반복해서 찌를 수는 없고, 그런 짓을 할 이유도 없죠. 불행한 사고로 죽은 덴트 씨를 타살로 속이기 위해 그의 사체를 반복해서 나이프로 찌른 인물이 있지 않고서는요.

이 인물을 특정하기는 어렵지 않아요. '북-3'의 열쇠는 하나밖에 없으며, 그건 신발장 위에 놓여 있었죠. 밀실 상태였던 현장에 출입하는 건 불가능하니 사체에 손을 댈 수 있었던 사람은 창문을 깨고 방에 들어간 두 명, 보안장관 조셉 윌슨 씨와 내무장관 피터 웨더스푼 씨뿐이에요."

신자들은 일제히 식당 무대 구석에 있던 둘을 바라봤다. 조셉 윌슨은 무언가 말하고 싶은 듯 입술을 움직였지만, 피터 웨더스푼은 모든 것을 체념한 듯 께느른한 옅은 미소를 띠고 있었다.

"이 두 명은 왜 사체에 손을 댔을까요? 현장이 밀실이었으므로 그들 역시 불행한 사고의 가능성을 곧바로 떠올렸을 거예요. 하지만 조든 씨는 조든타운에 병이나 사고는 존재하지 않는다고 몇 번이고 말했죠."

앗, 하고 숨을 삼키는 소리가 여기저기서 겹쳐졌다.

"신자 여러분만이 사는 이상, 이 말이 현실과 괴리를 일으킬 리는 없어요. 여러분의 몸에는 상처나 병이 생기지 않는다. 적어도 여러분 자신은 그렇게 느끼고 있을 테니까요. 하지만 외부에서 찾아온 덴트 씨가 사고로 죽어버림으로써 조든 씨의 말에 모순이 생겼어요. 밀러파나 도로시 마틴 추종자들과 마찬가지로 절대 있어서는 안 되는 일, 즉 현실과 신앙의 괴리가 생겨버린 거죠."

리리코는 조든을 바라보고 말했다.

"두 명의 간부는 조든 씨의 말을 떠올렸어요. 이 마을에 병이나 사고는 없다. 그렇다면 거기에 맞지 않는 이유로 덴트 씨가 죽은 것처럼 꾸민다면 조든 씨가 한 말의 정당성을 지킬 수 있는 게 아닐까. 그렇게 생각한 그들은 병도 사고도 아닌 사망의 이유를 찾았어요. 그리고 발견한 가능성이……."

"살인인가."

조든이 내뱉듯 말했다. 리리코가 끄덕였다.

"두 사람은 덴트 씨가 살해당한 것처럼 꾸미기 위해 사체의 등을 나이프로 반복해서 찔렀어요."

그 순간 바람이 멎었다.

"불가사의한 밀실 살인은 그 두 사람이 신앙을 지키기 위해 만들어낸 환상이었던 거예요."

●

"다음으로 조디 랜디 씨가 독살당한 사건을 생각해보죠."

리리코가 마이크를 고쳐 쥐었다. 청중의 웅성거림은 거의 가라앉은 상태였다.

"16일 오전 9시, 조디 씨는 요리반 블랑카 씨, 레이철 씨, 크리스티나 씨와의 다과회에 참석하고자 학교의 E 교실로 향했어요. 모두 모이자 블랑카 씨가 찻잔에 홍차를 따랐고, 네 사람은 자유롭게 찻잔을 골라 입에 댔죠. 하지만 조디 씨만이 쓰러져 그대로 세상을 뜨고 말았어요.

이 사건에는 다른 두 사건과는 다른 점이 있어요. 그건 인민교회를 믿는 여러분에게는 이 사건에 수수께끼가 존재하지 않는 것처럼 보인다는 점이죠. 독이 든 홍차를 마시더라도 신자가 중독을 일으킬 일은 없다. 따라서 조디 씨만이 죽은 것도 당연하다고 생각하게 된다는 말이에요."

리리코의 말에 요리반 레이철이 고개를 크게 끄덕이는 것이 보였다.

"처음에 말한 것처럼 저는 여러분의 신앙을 부정할 생각은 없어요. 하지만 저는 인민교회 신자가 아니며, 기적을 체감한 적도 없죠. 모두가 독을 마셨음에도 중독 증상을 일으킨 게 조디 씨뿐이었다는 설명을 받아들일 수도 없고요.

그렇다면 그녀의 몸에 무슨 일이 벌어진 걸까요. 네 사람이 손에 든 찻잔은 전부 같은 모양으로, 표식이 될 만한 금이나 흠집도 없었어요. 둥글게 놓인 네 개의 찻잔에서 조디 씨가 어떤 걸 고를지 사전에 예측하는 건 불가능해요. 조디 씨의 찻잔에만 독을 넣을 수는 없다는 말이죠. 그럼에도 홍차를 마신 다른 세 사람이 무사한 사실을 보면 조디 씨가 마신 홍차에도 독은 들어 있지 않았다는 말이 돼요."

"그럼 그녀는 왜 쓰러진 건가요?"

마찬가지로 요리반인 블랑카가 복잡한 얼굴로 물었다.

"실은 조디 씨에게는 지병인 협심증이 있었어요. 전날 밤에도 안색이 나빴고, 명백하게 몸 상태가 좋지 않았죠. 본인은 감기에 걸린 것 같다고 했지만, 실제로는 가슴 통증이 있었거나 괴로웠던 건 아닐까요. 혈압 강하제를 복용해 일시적으로 증상이 나아진 듯했지만, 돌아가신 날 아침에도 순간 심장에 이상이 있는 건 아닐까 싶은 모습을 보이기도 했으니까요.

　실은 제 어머니도 협심증을 앓고 있었는데, 혹시 모를 발작에 대비해서 니트로글리세린 성분의 설하정을 가지고 다니라고 의사가 신신당부를 했었어요. 조디 씨 역시 의료 체계가 갖춰지지 않은 밀림의 개척지로 향하면서 니트로글리세린 정을 준비해왔을 거예요. 하지만 그녀의 사체를 조사해봐도 상용하던 혈압 강하제 말고 다른 약은 보이지 않았어요."

　그러면서 리리코는 천천히 셔츠의 가슴 부근에 손을 가져다 댔다.

　"그럼 왜 조디 씨는 니트로글리세린 정을 가지고 있지 않았을까요. 매일 일정한 시간에 먹는 약과는 달리 발작 시에 먹는 약은 들고 다니는 걸 무심코 잊기 쉽죠. 사망 전날까지 조디 씨는 금속 테두리가 달린 터키석 펜던트를 목에 걸고 있었어요. 그녀는 잊지 않고 항상 니트로글리세린 정을 가지고 다니기 위해 그 펜던트 안에 약을 넣어두었던 거예요."

　조디의 펜던트를 봤을 때, 유사 과학 비판의 권위자와 효험이 있다고 알려진 보석의 조합이 어색하다고 느꼈던 것을 떠올렸다. 그 펜던트는 테두리 부분을 개폐할 수 있는 이른바 로켓 펜던트였던 것이다. 실용적인 이유로 아이템을 고른 것이라면 그녀의 선택도 이해가 간다.

　"하지만 돌아가시기 전날 밤, 조디 씨의 가슴에서 펜던트가 사라진 채였어요. 후크가 빠지거나 체인이 끊어져서 어딘가에 떨어진 게 아닐까 싶어요.

다과회 도중에 조디 씨가 쓰러진 건 독을 먹었기 때문이 아니라 협심증 발작을 일으켰기 때문이었어요. 니트로글리세린을 먹고자 가슴으로 손을 옮겼지만, 뒤늦게 펜던트가 없다는 사실을 깨달았겠죠. 그녀는 불행하게도 발작을 억누르지 못한 채로 그대로 세상을 뜨고 말았어요."

리리코는 블랑카, 레이철, 크리스티나 세 사람에게 시선을 향했다.

"요리반 여러분은 앞선 두 사람의 간부와 같은 사태에 직면했어요. 조든 씨의 말이 올바르다면 조든타운에 병은 존재하지 않아야 하는데 조디 씨는 지병으로 세상을 뜨고 말았죠. 현실과 신앙에 괴리가 생긴 거예요."

요리반 세 사람은 동요한 듯 서로의 얼굴을 마주 보더니, 고개를 젓기도 하고 입을 틀어막기도 했다.

"간부들과 동일한 갈등을 느낀 그녀들도 사체에 손을 대기로 마음먹었어요. 다행히도 조든타운 저장고에는 조든 씨가 오하이오에서 들여온 사이안화칼륨이 보관되어 있었죠. 그녀들은 그걸 꺼내 와서 홍차에 녹여 사체의 목에 흘려 넣음으로써 조디 씨가 독을 먹고 죽은 것처럼 위장했어요."

리리코는 거기서 잠깐 말을 멈추고 애도의 눈길을 짐 조든에게 향했다.

"이 불가사의한 독살 사건 또한, 그녀들이 신앙을 지키기 위해 만들어낸 환상이에요."

●

"마지막은 이하준 씨가 살해당한 사건이에요."

리리코는 컵의 물로 목을 적시고 다시 마이크를 쥐었다. 청중은 한 명도 빠짐없이 마른침을 삼키며 그녀의 말에 귀를 기울였다.

"16일 점심부터 우리 셋은 감옥에 들어가 있었어요. 저와 오토야 씨가 있던 곳이 입구 쪽의 제1감옥, 이하준 씨가 있던 곳이 복도를 사이에 둔 안쪽 제2감옥이에요. 이하준 씨를 공격하려면 우리가 있는 제1감옥의 감방 앞을 지나 제2감옥으로 가야 하는 데다 감방의 격자문을 빠져나가야만 하죠. 하지만 17일 아침, 파빌리온 무대에서 이하준 씨가 죽어 있는 모습이 발견되었어요. 이하준 씨는 머리를 두들겨 맞았을 뿐 아니라, 몸이 두 조각으로 절단되어 있었죠."

NBC의 다니엘 해리스가 흠칫 놀란 듯 눈을 크게 뜨고 취재팀과 시선을 교환했다. 이렇게까지 처참한 사건이 벌어졌다고는 생각하지 않았으리라.

"다만 이 두 가지 장벽 중, 감방의 격자문에 대해서는 어떤 이유로 자물쇠가 풀려 있었다고밖에 생각할 수 없어요. 간수인 프랭클린 씨가 고의로 자물쇠를 열었다고는 생각할 수 없기에, 이하준 씨를 안에 넣을 때 자물쇠를 잠그는 걸 잊었거나 격자문의 금속에 제대로 걸리지 않았던 게 아닐까 싶어요.

폐소공포증이었던 이하준 씨는 어느 시점에서 견디지 못하게 되어 감방에서 복도로 나섰어요. 격자문을 개폐할 때는 소리가 울렸을 테지만, 제1감옥과 제2감옥은 복도를 사이에 두고 떨어져 있고, 그날은 비도 내렸기에 우리도 프랭클린 씨도 그 사실을 깨닫지는 못했어요."

리리코는 프랭클린을 힐끗 바라봤다. 프랭클린은 파나마모자의 챙을 들어 올린 채 가만히 리리코를 노려보았다.

"이하준 씨의 긴장은 다소 완화되었을 테지만, 그렇다고는 해도 건물 자체가 폐쇄된 공간이라는 점은 다르지 않아요. 그는 바깥으로 나가고 싶어서 견디지 못했을 거예요. 복도에는 환기구가 있었지만 어른이 통과하기에는 너무 작습니다. 그렇다고 해서 제1감옥으로 향하면 우리에게 발견되며, 그걸 무시하더라도 간수실 앞을 통과하면 프랭클린 씨에게 들키고 말죠.

고민하는 사이에 두 시간이 지나, 다시금 프랭클린 씨가 상태를 보러 왔어요. 냉정함을 잃은 이하준 씨는 프랭클린 씨의 허를 찔러 그를 혼절시켰어요. 그다지 힘이 센 것처럼은 보이지 않았지만, 휠체어로 이동하는 프랭클린 씨의 틈을 찌르는 것 정도는 충분히 가능하겠죠. 이하준 씨는 프랭클린 씨의 모자를 깊게 눌러쓰고 그로 위장한 후 휠체어를 조작해 우리 감방 앞을 지나쳐 감옥에서 탈출한 거예요."

프랭클린의 표정이 더욱 굳었지만, 반박하는 말은 나오지 않았다.

"이하준 씨는 바다에서 조난당한 사람이 육지에 도달한 것 같은 기분으로 감옥의 현관을 뛰어나갔을 거예요. 하지만 그 흥분이 그의 목숨을 재촉하게 되었어요. 다들 아시는 대로 감옥 앞은 경사가 급하죠. 휠체어 조작에 익숙하지 않았다는 점, 비로 인해 시야가 어두웠다는 점, 땅이 질퍽거렸다는 점이 겹쳐져서 이하준 씨는 휠체어를 탄 채로 경사면으로 튀어 나가게 된 거예요."

여기저기에서 숨을 삼키는 소리가 들렸다.

"한편, 밀림 안에서는 한 여자가 자살을 시도하던 중이었어요. 그녀는 처음에 튼튼해 보이는 나뭇가지의 Y자로 갈라진 부분에 와이어로프를 걸고 목을 매려 했다고 해요. 하지만 가지고 온 와이어가 너무 길어서 제대로 목을 맬 수가 없었죠. 그래서 와이어 끝을 가까이 있던 다른 나뭇가지에 걸쳤죠. 즉, 하나의 와이어를 두 개의 나무에 걸침으로써 간신히 목을 맬 수 있었다고 해요.

와이어로프가 그녀의 목을 조르고 있던 때, 두 나무 사이에는 와이어가 팽팽히 당겨져 있었어요. 그곳에 휠체어를 탄 이하준 씨가 맹렬한 속도로 돌진한 거예요."

히익, 하는 소리를 내며 요리반 크리스티나 밀러가 입에 손을 가져다 댔다.

"이하준 씨는 필사적으로 휠체어를 멈추려 했을 테죠. 그는 양다리로 있는 힘껏 버티며 바퀴를 멈추려고 했어요. 스니커즈가 진흙투성이가 되고 밑창이 너덜너덜해진 건 그 때문이에요. 하지만 질퍽대는 경사면에서는 필사적인 저항도 무의미했어요. 휠체어는 두 나무 사이로 돌진했고, 와이어로프가 이하준 씨의 몸을 두 동강 냈어요.

한편, 목을 매고 있던 여자는 와이어가 강하게 당겨진 탓에 나뭇가지가 부러져서 지면으로 떨어져버렸죠. 뇌에 산소가 공급되어 의식을 되찾자, 그곳에는 전혀 생각지도 못한, 두 동강으로 절단된 남자의 사체가 있었어요.

그녀 또한 간부인 남자들이나 요리반 여자들과 같은 갈등에 직면했어요. 조든 씨의 말이 올바르다면 조든타운에 사고는 없어야 하는데, 이하준 씨는 명백하게 불의의 사고로 죽어버렸죠. 여기에서도 현실과 신앙의 괴리가 생긴 거예요."

짐 조든이 고개를 숙였다. 작게 한숨을 내쉰 것을 알 수 있었다.

"지금까지의 다른 두 사건과 마찬가지로 그녀는 사체에 손을 대기로 마음먹었어요. 경사면 아래에서 죽었다는 사실을 알지 못한다면, 이하준 씨의 사체는 도저히 사고사로는 보이지 않죠. 그녀는 사체를 휠체어에 실은 후, 리어카 대신으로 삼아 경사면을 올라 거주지로 옮겼어요. 일부러 이 무대에 사체를 놓아둔 건 몸을 두 동강을 낼 정도로 눈에 띄고 싶어하는 범인이라면 자신의 범행을 세상에 과시하고 싶으리라 생각했기 때문이겠죠."

리리코는 등을 펴고 똑바로 짐 조든을 바라봤다.

"이 잔혹해 마지않은 사건 또한 그녀가 신앙을 지키기 위해 만든 환상이었어요."

조든은 무언가 말하려고 했지만, 보안장관인 조셉 윌슨이 그것을 제지했다.

"즉, 목사님은 거짓말쟁이이며, 우리는 그걸 맹신하는 우둔한 자들이라는 말인가?"

"아니요. 다시 말하지만 저는 여러분의 신앙을 부정할 생각이 없어요. 사고나 병을 살인으로 꾸민 신자분들을 규탄할 생각도 없고요."

"그럼 왜……."

"신앙이란 본래 자유로운 것이어야 해요. 하지만 인민교회의 신자 여러분은 사체에 손을 대는 금기를 범할 정도로 조든 씨의 말에 사로잡혀 있었어요. 저는 거기에서 위태로움을 느꼈고요."

리리코는 그렇게 말한 후 마이크를 내려놓고 파빌리온 무대에서 내려섰다. 모세가 지팡이를 들어 올린 것처럼 군중이 양쪽으로 갈라졌다. 리리코는 똑바로 식당으로 향한 후, 무대 아래에서 조든에게 말을 걸었다.

"조든 씨. 신자 여러분을 궁지로 몰아넣는 것이 아니라, 마음속 깊이 신을 믿을 수 있는 종교를 만들어주세요. 그게 제 바람이에요."

◈

짐 조든이 일어나서 탐정 흉내를 내는 여자에게 오른손을 내밀었다. 여자가 그것을 마주 쥐었다. 조든이 손을 흔들자 신자들이 일제히 박수를 쳤다. 어젯밤 환영 파티의 소란스러운 그것과는 다르게 열정이 담긴 박수였다.

"우리는 많은 문제를 안고 있다. 하지만 오늘은 새로운 인민교회의 첫 하루가 되리라."

조든의 연극 같은 대사에 신자들은 갈채를 보냈다. 눈꼬리를 손으로 훔치는 자도 있었다. 무대의 의자에 앉은 NBC의 다니엘 해리스까지 감격한 모습으로 손뼉을 치고 있었다.

레오 라일랜드는 주먹으로 허벅지를 쳤다. 굳이 밀림 깊은 곳까지 찾아와서는 싸구려 휴먼 드라마를 보게 되다니 견딜 수 없었다.

부하의 손에 이끌려 조든이 무대에서 내려왔다. 보안장관이 호령하자 신자들은 개운한 표정으로 각자 작업장을 향해 걷기 시작했다. NBC 취재팀도 일을 끝낸 것 같은 표정으로 장비를 정리했다.

라일랜드가 혼자서 이를 갈고 있는데, 내무장관인 피터 웨더스푼이 그에게 말을 걸었다.

"갑자기 죄송하지만, 이쪽 두 사람도 비행기에 태워주실 수 있을까요?"

피터 옆에는 앞선 아시아인 남녀가 어깨를 나란히 하고 있었다. 다른 사람의 무대를 망가뜨려놓고는 뻔뻔한 녀석들이다.

"마음대로 해."

사실은 꼴도 보기 싫었지만, 딱히 거절할 이유도 찾지 못해서 라일랜드는 내뱉듯 답했다. 여자 쪽이 "짐을 가지고 오겠습니다"라고 말한 후, 둘은 사이좋게 식당을 나섰다.

그들의 등을 눈으로 좇다가, 숙소 처마 끝에서 잡담하던 흑인 2인조에 눈길이 머물렀다. 얼굴에 상처가 있는 남자는 누구인지 모르지만, 휠체어를 타고 있던 남자는 여자의 이야기에 나왔던 간수 프랭클린일 터. 둘 다 체격은 좋았지만 그다지 똑똑해 보이지는 않았다.

"이봐, 이쪽으로 와. 카메라를 돌려."

라일랜드는 비디오카메라를 케이스에 넣으려던 NBC의

밥 브랜트에게 명령하고는 식당을 나섰다. 브랜트가 서둘러 카메라 렌즈를 고쳐 끼우며 뒤를 따랐다.

"여어, 자네가 프랭클린이군. 잠시 묻고 싶은 게 있는데 괜찮을까?"

지난달에 열렸던 지지자 집회 때와 맞먹는 미소를 지으며 오른손을 내밀었다. 휠체어 남자는 브랜트의 카메라를 슬쩍 보고는 조금 긴장한 표정으로 손을 맞잡았다.

"내가 아는 거라면 답하겠소."

"고맙네. 자네는 짐 조든을 믿으니까 자네 몸의 상처는 이미 나았겠군."

"물론이오."

"혹시 괜찮다면 자네가 그 다리로 일어서는 모습을 이 카메라로 찍게 해주지 않겠나?" 라일랜드는 브랜트의 팔을 잡고 줌렌즈를 프랭클린의 고관절 앞쪽으로 향했다. "그걸 보면 시청자도 인민교회의 기적을 믿을 거야."

프랭클린은 수줍은 듯한 미소를 보이더니 더듬거리며 답했다.

"그건 불가능하오. 이 휠체어는 계속 나와 함께한 파트너라오. 다리가 어떻게 되든 이 녀석과 살아가기로 정했소."

"스스로 걸을 수 있는데 굳이 걷지 않기로 정했다는 건가? 아무리 그래도 믿기 어렵군."

라일랜드가 목소리를 높이자 얼굴에 상처가 있는 남자가

라일랜드의 어깨를 밀쳤다.

"그만해. 프랭클린이 불편해하잖아."

"자네들은 무엇 때문에 조든타운에 온 거지? 어차피 두 다리로 걷지 못한다면 기적이 쓸모없는 거 아닌가?"

"적당히 좀 하지? 이 사람은 구경거리가 아니야!"

"요즘에는 서커스의 개도 두 다리로 서서 걷는다니까? 해봐. 얼른!"

라일랜드는 등받이의 핸들을 잡고 휠체어를 힘껏 옆으로 쓰러뜨렸다. "으악" 하고 얼빠진 소리를 내며 프랭클린이 굴러 떨어졌다. 얼굴과 손이 진흙투성이가 되었지만 고관절에 달라붙은 두 개의 막대기는 꿈쩍도 하지 않았다.

"일어서. 일어설 수 있잖아?"

"하지 말랬잖아! 이 미친 의원 새끼가!"

상처가 있는 남자가 라일랜드의 가슴팍을 붙잡았다. 라일랜드는 얼굴 한복판에 강한 충격을 받고 풀 위로 쓰러졌다. 코에서 미지근한 피가 흘렀다.

"이봐, 찍었나?" 라일랜드는 브랜트를 돌아봤다. "인민교회 신자가 나를 폭행했어!"

브랜트가 파인더에서 눈을 떼고 크게 고개를 끄덕였다. 렌즈는 똑바로 라일랜드를 향해 있었다.

"이건 상해 사건이야. 연방재판소에 소송을 걸겠어. 정의를 위해 싸우겠어!"

목소리를 낼 때마다 코피가 거품이 되어 튀어나왔다.

상처가 있는 남자가 브랜트에게 달려들어 비디오카메라를 빼앗으려 했다. 하지만 렌즈를 움켜쥔 순간, 갑자기 몸을 굳히고는 "죄송합니다"라고 중얼거렸다. 남자의 눈은 브랜트가 아니라 그의 뒤쪽을 향해 있었다.

그의 시선을 쫓자 식당 앞에 짐 조든이 우뚝 서 있었다.

무뚝뚝한 표정은 변함이 없었다. 하지만 지팡이 끝이 살짝 떨렸다.

3

오토야는 짐을 가방에 채우고는 '남-30'을 나섰다. 빵빵한 배낭을 등에 짊어진 리리코가 바로 뒤를 따랐다. 노기나 조사단원들의 유품도 가지고 가고 싶었지만 어깨가 떨어질 것 같아서 포기했다.

손목시계의 바늘은 3시를 가리켰다. 귀국까지의 여정은 길다. 교단의 차로 포트 카이투마 공항으로 이동하여 라일랜드 의원이 준비한 쌍발기로 조지타운의 티메리 국제공항으로 이동. 거기에서 팬아메리카 항공기로 갈아타고 카리브해를 건너 케네디 국제공항까지 간 다음, 다시 일본행 항공권을 사서 태평양을 건너야 한다.

숙소 사이를 누비듯 거주지를 비스듬하게 가로질러 마을 입구로 향했다. 두 사람이 걷고 있다 보니 스쳐 지나가는 신자들이 과할 정도로 리리코에게 미소 짓거나 양손을 모으거나 한다는 사실을 깨달았다.

"완전히 인기인이 다 됐군."

"놀리시는 건가요?"

신자들에게 마주 인사하며 리리코가 말했다.

"칭찬하는 거야. 너는 할 일을 잘 해냈으니까."

좁은 길을 빠져나와 '조든타운에 오신 것을 환영합니다'라는 간판이 달린 문 앞에 도착하자, 이미 짐을 싼 기자들이 모여 있었다. 라일랜드 의원이 데리고 가기로 한 조사단원들이 도착하기를 기다렸던 모양이다. 저장고 옆에는 덤프차 두 대가 서 있었다.

짐을 내려놓고 한숨을 내쉬는데 거주지에서 작은 그림자가 다가왔다. 몇 미터 앞쯤에서 발을 멈추고, 소변을 참는 듯한 모습으로 같은 곳을 맴돌았다. 신입 조수 Q였다.

리리코는 손짓으로 소년을 불러서는 "어제는 고마웠어. 덕분에 사건을 해결했어"라며 허리를 굽히고 어깨에 손을 올린 채 말했다. 곧장 Q의 볼이 술 취한 사람처럼 붉어졌다.

"도움이 되었다면 다행이에요."

안 그래도 코감기에 걸린 것 같은 목소리가 더욱 뭉개져서 헐떡이는 것처럼 들렸다.

"네가 일본에 오길 기다리고 있을게. 그때까지 사무소가 망하지 않도록 열심히 해야겠군."

"괜찮아. 우수한 조수가 있으니까." 그렇게 말하며 리리코는 손뼉을 치더니 영화 주인공 같은 말을 꺼냈다.

"맞다. 내 보물을 맡겨둘 테니까 언젠가 돌려주러 와."

"보물?"

"소중한 염주가 있거든."

리리코는 왼쪽 손목을 쥐더니 "어라?" 하고 고개를 갸웃했다. 그곳에 있는 것은 손목시계뿐. 조디의 펜던트가 그랬던 것처럼 조든타운에는 물건을 잃어버리게 만드는 힘이라도 있는 모양이다.

"마루우치 신도의 가짜 굿즈 말이야? 그런 재수 없는 물건을 줘서 어쩔 건데?"

"저한테는 보물이에요."

리리코는 당황한 모습으로 가방을 뒤졌지만 염주는 아무 데도 없었다. Q는 불편한 듯 턱과 팔꿈치를 긁었다.

"감옥에 떨어뜨린 것 같네요. 아니면 숙소였거나. 잠깐 찾아보고 와야겠어요."

리리코가 뛰어가려고 해서 오토야는 서둘러 팔을 잡았다.

"바보 아니야? 이러다가는 라일랜드 의원이 두고 가버린다고."

손목시계는 3시 10분을 가리키고 있었다.

"얼른 다녀올게요."

"어차피 못 찾을 거야."

"그건 모르는 일이잖아요."

리리코는 오토야의 손에서 팔을 빼더니 "맞다" 하고 저장고로 달려가서는 벽에 걸린 무전기 두 대를 집었다. 레버를 돌려 주파수 채널을 바꾼 후 한 대를 오토야에게 건넸다.

"혹시 두고 갈 것 같으면 이걸로 불러주세요. 바로 돌아올게요."

그렇게 말하며 셔츠 아래의 벨트에 무전기를 끼우고는 "잘 부탁해요"라고 손을 흔들고 거주지로 달려갔다.

◆

'아버지의 집'의 문이 닫히자마자 짐 조든은 지팡이로 바닥을 찧었다.

"왜지? 왜 놈들은 나를 함정에 빠뜨리려 하는 거지!"

밭이라도 가는 것처럼 두 번, 세 번 지팡이를 내리쳤다. 네 번째에 바닥 타일에 금이 갔다.

"외부인들은 분명 조든타운을 파괴하려고 하고 있어. 내가 말한 대로 된 거잖아. 이 얼빠진 것들아!"

조든이 계속해서 화를 터뜨리는데도 피터 웨더스푼의 가

슴은 잔잔했다. 이런 정도로 하나하나 놀라서는 이 남자 밑에 있을 수 없다. 귀찮은 일이 벌어졌을 때 그가 짜증을 내는 것은 아기가 밤에 우는 것과 마찬가지로 자연스러운 일이었다.

"왜 아무 말도 안 하는 거지? 피터, 네가 외부인을 불러들인 탓에 이런 꼴이 되었잖아."

"샌프란시스코의 마커스 레인 변호사를 통해 NBC 상층부에 연락을 넣어두죠. 영상을 내보내면 명예훼손으로 고소한다고 협박하겠습니다."

"그런 어중간한 수단이 통할 거 같아?" 조든이 손을 이리저리 흔들었다. "적은 NBC가 아니야. 연방 하원의원이지. 너는 얼굴만 아니라 뇌도 마비된 거 아니야?"

"면목 없습니다."

그때 보안장관 조셉 윌슨이 과장되게 헛기침을 했다. 조든은 그에게 손끝을 향했다.

"넌 어떻게 생각해?"

조셉은 깊게 숨을 들이쉬고 말했다.

"인민교회는 크나큰 위기에 봉착했습니다. 유일하게 남겨진 희망은 소련으로 이주하는 것이지만, 그 영상을 찰스 클라크가 보게 된다면 그것도 물거품이 되겠죠. 일행이 이곳을 떠나기 전에 비디오카메라를 빼앗고 테이프를 파괴해야 합니다."

"그런 짓을 하면 녀석들은 재물 손괴라고 더더욱 날뛸 텐데?"

"그렇다면 입을 막는 수밖에 없습니다." 조셉은 목소리를 낮췄다. "우리 보안반은 이날을 위해 무기를 준비하고 훈련을 거듭해온 것 아닙니까?"

"그래. 그 말대로야."

조든은 허벅지에 손을 대고 천천히 어깨를 들썩이고는 분노가 잦아든 것처럼 조용한 목소리로 말했다.

"조셉. 이 건의 대응은 네게 맡기지."

이 말에는 대담한 피터도 불안해지기 시작했다. 자신 있게 말을 내뱉은 이상, 조셉도 이대로는 발을 뺄 수 없으리라. 의원이 코피를 흘린 정도라면 또 모르지만, 보안반의 공격에 의해 조사단원 여러 명이 부상을 당하는 사태에 빠지면 인민교회에 해명의 여지는 사라지고 만다. 세상은 자신들을 무장한 사이비 광신자 집단으로 보게 될 것이다.

하지만 이의를 제기한다고 해서 조든의 마음을 바꿀 수는 없을 것 같았다. 몇 초 고민한 끝에 피터는 남의 힘을 빌리기로 했다.

"하지만 그런 행동을 신이 용서해줄까요?"

"신?"

마치 존재 자체를 잊고 있었던 듯 조든은 "아" 하고 목 주변을 긁었다.

"시답잖은 소리 하지 마."

문득 그 뒤를 보자, 책장에 꽂힌 성경이 뒤집혀 있었다.

●

마을 입구에 당도한 레오 라일랜드 의원은 수십 명의 신자를 대동하고 있었다.

"배웅은 없는 듯하군. 출발 준비를 하게."

덤프차의 운전석 창문을 두드리며 통명스럽게 말했다. 운전석의 남자는 사이드미러를 힐끔 보고 의아한 듯 창문에서 고개를 내밀었다.

"이상하게 사람이 많군." 문 앞에 모인 사람들에게 얼굴을 향해 선글라스를 벗었다. "이봐, 왜 인민교회 신자가 있는 거지?"

신자들은 불편한 듯 덤프차로부터 시선을 피했다.

"그들은 우리와 함께 미국으로 돌아가고 싶다고 나선 자들이야. 이미 내무장관에게도 이야기해두었어. 얼른 짐칸에 태우게."

라일랜드가 지껄이자, 남자는 미심쩍어하며 운전석에서 내려서 짐칸의 커버를 벗겼다. 기자인 남자가 뒤쪽을 열어주자 신자들이 천천히 짐칸으로 올라탔다.

다른 한 대의 덤프차에서도 운전사 남자가 내려온 참에 오토야는 라일랜드 의원을 불러 세웠다.

"미안하지만 내 동료가 두고 온 물건을 가지러 갔어. 잠깐 만 기다려 주지 않겠나."

라일랜드는 불쾌함을 숨기려고도 하지 않고 느물거리는 동작으로 손목시계에 시선을 떨궜다.

"10분 기다려주지. 3시 50분까지 안 돌아오면 두고 갈 거 야."

그렇게 말하면서 오토야에게 등을 돌리고는 기자들과 잡 담을 시작했다. 오토야는 그들로부터 조금 벗어난 곳에서 무전기의 송화 버튼을 눌렀다.

"나야. 어디 있어?"

"감옥에요."

곧장 답이 왔다.

"가짜 굿즈는 찾았어?"

"아직이에요. 먼저 '남-30'을 들여다봤는데, 거기에는 없 었어요."

"라일랜드가 10분 후에 출발한다고 했어. 빨리 돌아와."

"자녀들이여."

깜짝 놀라 쓰러질 뻔했다. 굵은 목소리가 2중으로 겹쳐서 들려왔다. 지붕 위의 스피커와 귓가의 무전기에서 동시에 짐 조든의 목소리가 울려 퍼졌다.

"지금부터 긴급 집회를 열겠다. 15분 후에 파빌리온으로 집합하도록."

방금 해산한 참인데 다시 집회를 여는 모양이다. 밖으로 향하던 신자들에게서 또야, 하는 작은 소리가 들려오는 듯했다.

"들려? 10분 내로 돌아오지 않으면 두고 간다잖아."

오토야는 다시 송화 버튼을 눌렀다. 무전기에서 조든의 목소리가 들렸다는 말은 감옥의 스피커 소리가 리리코의 무전기에 들어왔기 때문이리라.

"알겠어요. 지금 돌아갈게요."

몇 초 후, 리리코가 답했다.

무전기를 저장고 벽에 걸어놓고 한발 앞서 덤프차의 짐칸에 올라탔다. 그곳으로 거주지에서 본 적 있는 남자가 달려왔다. 노기를 쫙 죽였던 보안반 래리 래빈스였다.

"왜 그래? 무슨 일이야?"

운전사 남자가 눈썹을 찌푸렸다. 래리는 그것을 무시하고 라일랜드의 팔을 잡았다.

"의원님, 부탁입니다. 저도 데리고 가주세요."

짐칸의 신자들이 술렁였다. 아기를 품은 여자가 "그 녀석은 거짓말쟁이야"라고 날카로운 목소리로 말했다.

"거짓말이 아니에요. 조든타운의 생활은 이제 지긋지긋하다고요."

라일랜드는 은색 머리카락을 쓸어 올리며 "마음대로 해"라며 덤프차를 턱짓으로 가리켰다. 래리는 고맙다고 인사하고 짐칸으로 올라섰다.

"이봐, 여자는 아직이야? 두고 간다."

　라일랜드는 짐칸에 다리를 올린 채 오토야에게 외쳤다. 거주지 쪽을 봤지만 리리코가 오는 모습은 보이지 않았다. 손목시계는 3시 45분을 가리키고 있었다.

"잠깐만. 아직 5분 남았잖아."

　오토야는 짐칸에서 내려와서 저장고 벽에서 무전기를 쥐고 송화 버튼을 눌렀다.

"이봐, 어디서 게으름을 피우고 있는 거야? 빨리 돌아와."

　5초, 10초, 20초…… 30초를 기다려도 응답은 없었다.

　정말이지 손이 많이 가는 조수다. 오토야는 좁은 길을 거슬러 거주지로 달려갔다. 파빌리온으로 향하는 신자들에게 기이한 시선을 받으면서 숙소 사이를 빠져나가 감옥으로 뛰어들었다.

"리리코?"

　앞쪽에서 순서대로 감방을 들여다보며 나아갔다. 제2감옥 안쪽까지 가봤지만 리리코의 모습은 보이지 않았다. 무전기로 호출해도 여전히 응답은 없었다.

　손목시계를 보자 3시 54분을 가리키고 있었다. 약속한 시각을 4분 넘긴 상태였다. 의원이 이 이상 자신들을 기다려

줄 거라고는 생각하기 어려웠다.

오토야는 복도의 벽에 기대서 크게 한숨을 내쉬었다.

이 바보는 도대체 뭘 하고 있는 거지. 무전기에 응답하지 않다니, 머리라도 얻어맞고 의식을 잃어버린 것일까. 혹시라도 감옥을 나선 참에 경사면에서 굴러 떨어진 것일까.

혹시나 하는 생각에 문을 열자 눈앞의 경사면을 내려간 새로운 발자국이 남아 있었다. 발자국은 일직선이었고 보폭도 깨끗하게 정렬되어 있었다. 굴러 떨어진 것이 아니라 스스로 밀림으로 들어선 듯했다.

오토야는 발자국을 따라 경사면을 내려갔다. 이끼나 낙엽에 살짝 가려지긴 했지만, 발자국은 거주지를 빙 둘러 북쪽으로 향하고 있었다.

리리코는 아마도 공동묘지로 향한 것이리라. 어제, 밀림을 통해 공동묘지로 갔을 때 염주를 떨어뜨렸을지도 모른다고 생각한 모양이다. 무전기에 응답하지 않은 것은 도중에 발을 헛디뎌 의식을 잃은 탓일까.

오토야는 발자국을 좇아 밀림을 나아갔다. 귓가에 날아드는 파리 소리와 함께 파빌리온에 모인 사람들의 웅성거림이 들려왔다. 왜 내가 이런 곳에 있는 것인가 생각하자 화가 치밀었다.

간부 숙소 뒤를 지나쳐 습지의 냄새가 풍기기 시작한 부근에서 문득 발을 멈췄다. 공동묘지 쪽에서 발소리가 들려온 것이다. 거친 숨소리와 함께 누군가가 이쪽으로 향하는 중이었다. 리리코라고 생각했지만, 그것치고는 발걸음이 가벼웠다. 놀이터를 뛰어다니는 아이 같았다.

묘한 두근거림을 느끼며 오토야는 커다란 나무뿌리 부근에 몸을 숨겼다. 오토야와는 반대 방향으로 작은 그림자가 밀림으로 뛰어들었다. 목을 빼고 옆모습을 보자 W였다.

이런 곳에서 뭘 하고 있었을까. 그는 식당에 Q를 데리고 오거나, E 교실의 창문 앞에 서서 아이들이 사체를 보지 못하게 하거나, 교사의 밴드에 뒤섞여 탬버린을 치는 등 지나치게 착한 아이처럼 행동하는 모습만 보여왔다. 이런 타입의 우등생은 어른을 기쁘게 하고자 하는 마음이 강한 나머지 어른으로서는 상상도 할 수 없는 짓을 저지를 때가 있다. 이 녀석도 무언가 이상한 짓을 하고 있던 것 아닐까.

"저 녀석, 도대체 무슨 짓을……."

그렇게 중얼거리다 중대한 사실을 잊고 있었다는 점을 깨달았다.

최악의 가능성이 뇌리를 스쳤다.

전속력으로 밀림을 빠져나갔다. 갑자기 시야가 넓어지며 높은 널빤지 담이 나타났다. 어느새가 공동묘지 뒤편으로 들어와 있던 듯했다.

담의 틈새로 안을 들여다보니 리리코가 엎드린 채 쓰러져 있는 모습이 보였다.

"이봐, 괜찮아?"

리리코는 꿈쩍도 하지 않았다.

담을 둘러보자 밀림에 접해 있는 널빤지 하나에 작은 문이 달려 있었다. 손잡이를 앞뒤로 흔들었지만 빗장이 걸려 있어서 움직이지 않았다. 담을 빙 둘러서 거주지에 접한 문의 손잡이를 당겼다. 이쪽은 잠겨 있지 않았다.

"무슨 일이야?"

관리 오두막 창문에서 헤드폰을 쓴 여자가 불쑥 얼굴을 내밀었다.

오토야는 묘지를 가로질러 리리코에게 달려갔다. 목에 와이어가 감겨 있었다. 가슴 부분을 안고 들어 올리자, 핏기 없는 얼굴에서 혀가 축 늘어졌다.

리리코는 죽어 있었다.

"시간 됐어."

짐칸을 둘러싼 판자에 몸을 기댄 채, 레오 라일랜드는 운전석 뒤쪽 창문을 두드렸다.

"아까 그 형씨는 기다리지 않아도 되는 건가?"

"시간 됐다고 말했잖아. 그만 출발하지."

라일랜드가 거친 목소리를 내자, 운전석의 남자는 투덜거리면서 시동을 걸어 덤프차를 출발시켰다. 다른 한 대의 덤프차도 뒤를 따랐다.

짐칸에는 스무 명 정도가 어깨를 나란히 하고 있었다. 절반은 라일랜드가 데리고 온 기자나 신자의 가족들, 나머지 절반은 조든타운에서 나가고 싶다고 나선 신자들이었다. 어느 쪽이건 캘리포니아 유권자에게 라일랜드의 활약을 알릴 중요한 증인들이었다.

30분 남짓 걸려 포트 카이투마 공항에 도착했다. 공항이라고 해도 활주로 끝에 대기실용 오두막이 하나 서 있을 뿐. 라일랜드는 쌍발기와 경비행기를 한 대씩 준비해두었지만, 둘 다 아직 도착하지 않았다.

짐칸에서 내려 대기실로 향했다. 벤치에 앉으니 〈샌프란시스코 이그재미너〉 신문사의 기자와 카메라맨이 들어왔다.

"사진 한 장 찍어도 될까요?"

카메라맨인 그렉 로버트슨이 카메라 렌즈를 들이댔다. 라일랜드는 셔츠에 묻은 피가 잘 보이도록 주름을 폈다.

"기분은 어떠신가요?"

기자 토마스 레터맨이 수첩을 펼치면서 물었다.

"무척 좋군. 우리는 조든타운에 갇혀 있던 사람들을 구해 냈어. 자유와 정의를 사랑하는 사람으로서 이보다 기쁜 일은 없지."

그 목소리가 들렸는지 NBC 기자들도 줄줄이 오두막으로 들어왔다. 함석 오두막이 기자회견장으로 변모했다.

기자들의 질문에 답하는 사이에 쌍발기와 경비행기가 연이어 활주로에 착륙했다. 각각의 파일럿이 탑승구를 열었고, 신자들이 줄줄이 기내로 들어갔다.

라일랜드가 오두막을 나와 쌍발기로 향하려는데, 경비행기 탑승구에서 덩치 작은 남자가 이쪽을 돌아봤다. 불길한 미소를 보이더니 곧장 기내로 사라졌다.

"방금 저자는 누구지?"

"어, 그러니까 마지막에 트럭에 올라탄 남자예요."〈샌프란시스코 이그재미너〉의 토마스가 수첩을 펼쳤다. "보안반 래리 래빈스네요."

갑자기 불안감이 치밀어 올랐다. 조든타운을 출발할 때까지는 꽤 예절 바르게 행동했으면서 지금 표정은 마치 라일랜드를 비웃는 것처럼 보였다.

"누군가 가서 저 남자가 무기를 가지고 있지 않은지 확인해봐."

그때 조든타운으로 이어지는 좁은 길에서 엔진소리가 들렸다. 타이어가 물을 튕기는 소리가 이어졌다. 돌아보자 붉은 트랙터가 활주로로 들이닥치는 참이었다.

"저 녀석들은 뭐지?"

트랙터는 활주로를 가로질러 쌍발기의 대각선 앞에 정차

했다. 뒤쪽에 달린 트레일러에서 열 명 정도의 남자들이 뛰어내렸다. 게릴라 병사처럼 M16 어설트 라이플과 레밍턴 M870 산탄총을 들고 있었다.

"이봐. 어쩔 셈이……."

빵. 총소리가 고막을 꿰뚫었다.

경비행기에서 비명이 울려 퍼졌다.

탑승구를 보자, 래리 래빈스가 자동권총을 들고 승객들에게 총탄을 퍼붓고 있었다.

"우와아앗!"

NBC의 다니엘 해리스가 쌍발기의 뒷바퀴 뒤로 몸을 피했다. 그곳에서는 동료 밥 브랜트가 무장한 남자들에게 비디오카메라를 향하고 있었다.

"쏴!"

트레일러에서 보안장관 조셉 윌슨이 명령했다. 다음 순간, 밥 브랜트의 머리가 날아갔고, 피를 뒤집어쓴 비디오카메라가 발밑으로 떨어졌다.

라일랜드는 활주로에 멍하니 서 있었다. 도망치고 싶은데 다리가 얼어붙어 움직이지 않았다. 경비행기에서는 계속해서 총소리가 울려 퍼졌다.

"바보 같은 짓 그만해!"

간신히 쥐어짜 말했다. 마른 혀가 입안에 달라붙었다.

"이런 짓을 했다가는 너희도 끝장이야!"

"너는 아무것도 모르는군."

조셉 윌슨은 라일랜드의 말에 답하려고 했지만, 남자들이 동시에 방아쇠를 당겼기에 그의 말이 라일랜드의 귀에 도달하는 일은 없었다.

"……우리는 이미 오래전에 끝났어."

조셉 윌슨을 사령관으로 하는 인민교회 보안반의 공격부대는 약 10분에 걸쳐 레오 라일랜드 의원이 이끄는 조사단과 이탈한 신자들에게 총격을 퍼부었다.

NBC 뉴스 취재팀의 카메라맨 밥 브랜트는 쌍발기의 꼬리날개 부근에서 산탄총에 머리를 맞아 사망했다.

NBC 뉴스 취재팀의 기자 다니엘 해리스는 쌍발기의 오른쪽 날개 후방에서 산탄총에 왼쪽 가슴 부위를 맞아 사망했다.

〈샌프란시스코 이그재미너〉의 카메라맨 그렉 로버트슨은 쌍발기의 왼쪽 날개 부근에서 오른쪽 어깨 부위에 탄환을 맞아 과다 출혈로 사망했다.

인민교회를 떠나고자 한 신자 패트리샤 파크는 쌍발기 탑승구에서 측두부에 탄환을 맞아 딸인 트레이시의 눈앞에서 사망했다.

조사단을 이끌던 레오 라일랜드 하원의원은 쌍발기 오른쪽 날개 부근에서 두부를 중심으로 20발 이상의 탄환을 맞아 사망했다. 머리는 완전히 으깨졌고, 주변에는 다량의 피와 함께 두개골과 뇌 조직이 흩뿌려져 있었다.

경비행기 기내에서는 보안반 래리 래빈스가 승객들을 총격했지만, 그를 경계하던 신자들에게 붙잡혀 탑승구에서 밀려 떨어졌다. 조종사는 곧장 경비행기를 이륙시켰고, 비행기는 포트 카이투마 공항을 날아올랐다.

활주로에 남겨진 것은 습격을 당해 크게 파손된 쌍발기와 부상자 십여 명의 비명뿐이었다.

종언

1

조든타운은 정적에 휩싸여 있었다.

9백 명이 넘는 신자들이 파빌리온에 모여 한마음이 되어 기도를 올렸다. 단 한 사람, 짐 조든만이 술에 취해 다리가 풀린 듯 무대의 의자에 앉은 채였다. 잠든 것은 아닌지 불안했지만, 때때로 심하게 기침을 하고는 가래를 내뱉는 것을 보면 눈은 뜨고 있는 듯했다.

피터 웨더스푼은 손으로 얼굴을 가리고 한숨을 내쉬었다.

태양이 지평선에 가까워지고 숙소의 지붕이 하얗게 빛나기 시작한 오후 5시 30분. 포트 카이투마 공항으로 이어지는 좁은 길에서 트랙터 소리가 울려 퍼졌다. 문을 여닫는 소리에 이어서 보안장관 조셉 윌슨이 파빌리온으로 달려왔다. 조든은 의자에서 몸을 일으켜 양팔을 벌려 그를 맞이했다.

"레오 라일랜드 의원과 그의 동료들을 습격해서 비디오테이프를 되찾았습니다."

조셉이 흥분한 채 외쳤다. 조든의 입가에 미소가 떠올랐지만 조셉은 "다만" 하고 목소리를 낮췄다.

"그들이 준비한 항공기 중 한 대가 이륙하는 걸 막지 못했습니다. 그들은 조지타운으로 향하고 있습니다. 도착하면 대사관에 구조를 요청하겠죠."

지팡이가 갈라지는 소리. 조든은 기우뚱 어깨를 흔들며 바닥에 주저앉았다. 소란이 파도처럼 번졌다. 몇 명의 신자가 달려들어 조든을 안아 일으켜 의자에 앉혔다.

"안심하십시오. 만약 특수부대가 공격해오더라도 우리는 끝까지 목사님을 지켜내겠습니다."

"이제 됐다."

조든은 냉담하게 말했다.

물을 끼얹은 듯 소란이 잦아들었다. 신자들은 마른침을 삼키며 교주의 말을 기다렸다.

조든은 5분 정도 묵묵히 있었지만, 이윽고 크게 숨을 내쉬고는 천천히 마이크를 손으로 쥐었다.

"여행을 떠날 때가 왔다."

●

꿈이었으면 좋겠다고 마음속으로 바란 적은 태어나서 처음이었다.

아버지가 불륜 상대의 칼에 찔렸을 때도, 노기 노비루가 배에 탄환을 맞았을 때도, 구니오 삼촌이 야쿠자에게 죽었다는 진실을 알았을 때조차도 이런 마음은 들지 않았다.

왜 내가 이렇게나 당황한 것일까.

이런 일이 벌어져서는 안 되기 때문이었다.

뛰어난 재능을 가지고 남을 위해 그 재능을 써온 아리모리 리리코가 아닌가. 어떤 때는 오토야와 함께 사기꾼의 악행을 폭로하고, 어떤 때는 오토야의 잘못을 질책하고, 어떤 때는 양팔을 벌려 M1903의 총구로부터 오토야를 지킨 아리모리 리리코가 그딴 남자에게 패배당하다니, 그런 일은 벌어져서는 안 된다. 신자를 속이고, 바보 같은 망상을 현실로 여기게 하는 능력이 약간 있을 뿐인 그런 사기꾼 같은 남자에게 패배당하는 일은 있어서는 안 된다.

"그 여자, 죽은 거야?"

돌아보자 커다란 헤드폰을 목에 건 여자가 뒤에서 리리코의 사체를 들여다보고 있었다. 셔츠에서 사체와 똑같은 고약한 냄새가 났다. Q가 심하게 혼이 났다고 말했던 공동묘지 관리인 샤론 클레이튼이리라.

오토야는 왼손으로 샤론의 목을 쥐고는 오른손으로 가슴 한복판을 때렸다. 여윈 몸이 ㄱ자로 꺾였고, 누군가의 묘석에 위액이 튀었다.

"뭐, 뭐 하는 거야!"

샤론이 몸을 비틀어 공동묘지에서 도망치려 했다. 오토야는 뒤에서 그녀의 머리카락을 잡고 얼굴을 널빤지 담에 밀어붙였다.

"나, 나, 나하고는 관계없는 일이야."

손가락에 미지근한 감촉이 느껴졌다. 후두부의 머리카락이 빠져 피가 번진 것이 보였다.

"당신, 탐정이잖아? 제대로 조사도 안 하고 사람을 때리다니 양아치랑 다를 게 뭐야?"

샤론은 얼굴과 담 사이에 손가락을 밀어 넣어서 숨 쉴 공간을 만들어 말했다.

'오토야 씨는 탐정이 가해자가 될 수 있다는 사실을 자각해야 해요.'

언젠가 리리코가 한 말이 되살아났다. 미야기 현경의 고고타의 부탁을 받아 탐정인 요코야부 유스케가 살해당한 사건 조사에 참여했을 때, 잘못된 추리를 선보인 오토야에게 충고하며 한 말이다.

탐정은 때로는 가해자가 될 수 있다. 그때와는 달리 지금의 오토야는 확실히 그것을 자각했다.

그렇다면 자신이 해야 할 일은 명백하다. 그것은 이 여자를 상처입히는 일이 아니다.

오토야는 크게 심호흡하고는 여자의 머리에서 손을 뗐다.

"너, 공동묘지 관리인이지?"

샤론은 담에 기댄 채 미끄러져 땅바닥에 엉덩이를 댔다.

"그렇긴 한데, 그게 뭐?"

새삼 다시 보자 그녀의 손과 발은 마른 체형이라고 표현하기에도 도가 지나친 수준으로 가늘었다. 눈 주변은 퍼렇게 움푹 들어갔고, 목에는 갑상선 연골이 드러나 있다. 언젠가 조디가 말했던 섭식장애로 말라비틀어진 신자란 그녀를 말하는 것이리라.

"언제부터 관리 오두막에 있었지?"

샤론은 신경질적으로 보이는 가는 눈으로 오토야를 노려본 후, 마지못해 답했다.

"그 여자의 연설이 끝나고 이곳으로 돌아와서 줄곧. 2시 30분 정도 아닐까."

"그렇다면 리리코가 공동묘지로 오는 모습도 봤을 테지. 함께 온 녀석이 누구인지 말해."

"그건 나도 몰라." 샤론은 관리 오두막 창문으로 눈을 향했다. "이곳 일은 지루해서 말이야. 딱히 일이 없을 때는 저쪽에서 책을 읽어. 몇 명인가 드나드는 것 같다는 느낌은 들었지만, 얼굴은 못 봤어."

책상에는 페이퍼백이 놓여 있었다. 표지에는 《Psycho》라고 적혀 있었다.

"프시…… 무슨 책이야?"

"사이코야. p와 h는 묵음. 중국에서는 히치콕도 못 보나?"

샤론은 이때다 싶은 듯 웃었다. 오토야는 배를 차서 날려 버리고 싶은 것을 꾹 참고 발끝을 지면에 문질렀다. 범인은 바보가 아니다. 이 여자가 제대로 방문객을 확인하지 않는다는 사실을 알고 있었기에 이곳을 범행 장소로 골랐을 것이다.

"관리인이 이따위라니 어처구니가 없군."

"당신이랑은 관계없잖아. 그리고 오후 4시 이후에는 아무도 드나들지 않은 게 분명해."

뭐라고?

"이 마을에서는 가이아나의 AM 라디오를 수신할 수 있어. 토요일 4시부터는 'US 핫 리퀘스트'라는 미국 팝송을 소개하는 프로가 있어서, 나는 방송이 시작할 때부터 책을 덮고 그걸 듣고 있었어. 귀로 음악을 듣고 있었으니 공동묘지에 사람이 드나들었다면 눈에 띄었을 거야."

샤론은 그렇게 말하고 목의 헤드폰을 들어 올려 보였다.

관자놀이를 눌렀다. 말이 되지 않는다.

라일랜드 의원 일행이 출발할 때가 되어 무전기로 리리코에게 연락한 것이 오후 3시 40분이다. 이때 리리코는 감옥에 있었다. 지금까지의 경험을 돌이켜보건대 감옥에서 밀림을 빠져나와 공동묘지에 도착하려면 아무리 서둘러도 20분은 걸린다. 무전을 끊은 직후에 밀림으로 달려들었다고 해도 공동묘지에 도착한 것은 오후 4시 직전이었을 것이다.

문제는 범인이다. 범인은 리리코와 동시 또는 그녀보다 앞서 공동묘지에 찾아왔으리라. 하지만 제아무리 솜씨 좋게 일을 마무리한다고 해도 그녀의 목을 졸라 숨을 끊었을 무렵에는 오후 4시가 지나 있을 터였다. 그럼에도 샤론은 4시 이후에 공동묘지에서 나간 사람은 없다고 했다.

오토야는 공동묘지를 둘러봤다. 사방이 널빤지 담에 둘러싸인 평지에 섬록암으로 만들어진 작은 묘비가 여섯 개. 몸을 숨길 장소는 없었다.

"……저 문은 막혀 있는 건가?"

관리인 오두막의 반대편, 밀림에 접한 문을 가리키며 물었다. 앞서 바깥에서 열려고 했을 때는 빗장이 걸려 있어서 움직이지 않았다.

"아니. 열 수 있어."

샤론은 마른 나뭇가지 같은 손을 짚고 일어서더니 피를 흘리면서 공동묘지 안쪽으로 향했다. 핸들 형태의 빗장을 세로로 올린 후 문을 당겨서 열었다.

"다만 문이 닫히면 이런 식으로 자동으로 자물쇠가 잠기지."

손잡이에서 손을 떼자, 삐걱거리는 소리를 내며 문이 닫혔다. 몇 초 후에 핸들이 내려왔고, 동시에 빗장이 걸렸다. 방식은 아날로그였지만, 원리는 아파트나 호텔의 오토록과 같았다.

"그도 그럴 게 바로 바깥은 밀림이니까. 만에 하나라도 자물쇠를 잠그는 걸 잊어서 야생동물이 무덤을 파헤치기라도 하면 안 되잖아. 그래서 안쪽에서는 언제든 열 수 있지만 바깥에서는 열 수 없게 만들었어."

안에서 열 수 있다면 문제는 없다. 범인은 이 문을 통해 밀림으로 도망친 것이리라.

그러면 범인은 한 명으로 좁혀진다.

왼쪽으로 나아간 끝은 습지니까, 거주지로 돌아가려면 오른쪽으로 빙 돌아갈 수밖에 없다. 범인이 5분 만에 리리코를 죽이고, 4시 5분에 공동묘지를 나섰다고 하면, 오토야는 이미 학교 뒤편 언저리에 도착해 있었을 때다. 자신이 범인과 마주치지 못했다면 이상한 일이다.

밀림 안에서 본 사람은 한 명뿐. 범인은 W다.

"……그 애새끼가 리리코를 죽인 건가."

오토야가 중얼거리자 샤론은 비에 젖은 개처럼 고개를 털었다.

"그건 아니겠지."

핏방울이 어깨를 적셨다.

"누구를 말하는 건지는 모르겠지만, 범인이 아이일 리는 없어. 나는 목사님에게서 아이들을 공동묘지에 절대 들이지 말라는 엄명을 받았거든. 목사님 말로는 태어난 지 얼마 되지 않은 아이가 죽은 사람이 잠자는 장소로 다가오게 하는 건 좋지 않대."

공동묘지에서 노는 모습을 들켜 크게 혼이 났다고 Q가 중얼거린 일을 떠올렸다.

"4시까지 누가 왔는지 알 수 없다고 말하긴 했지만, 아이가 오지 않은 건 분명해. 그 녀석들만은 놓치지 않을 자신이 있어. 책을 읽든 라디오를 듣든 반드시."

오토야는 머릿속이 혼란스러워져서 누군가의 묘에 손을 짚었다.

이 공동묘지에는 두 곳의 입구가 있다. 불가사의한 앞선 사건들과는 얼핏 크게 다른 것처럼 보인다.

하지만 마을에 접한 앞쪽 문에는 관리인 여자가 눈을 번뜩이고 있었다. 리리코가 살해당한 오후 4시 이후, 공동묘지에서 나간 자는 없다.

한편 밀림에 접한 뒤쪽 문은 관리인의 눈에 들어오지 않는 위치에 있었다. 하지만 범인이 그곳을 통해 나간 것이라면 오토야와 마주치지 않으면 안 된다. 실제로 마주친 것은 W뿐이지만, 아이에 한해서는 공동묘지로 들어갔을 리가 없다고 한다.

두 개의 입구가 있으면서도 현장을 방문했다가 나갈 수 있었던 사람은 존재하지 않는다. 이것 또한 밀실이다. 리리코는 밀실에서 살해당했다.

"나는 거짓말은 하지 않아. 거짓말할 이유도 없고."

샤론의 말에 간신히 제정신을 찾았다.

상당히 혼란스러웠던 모양이다. 또다시 착각하고 말았다.

"부탁이 있어. 나를 혼자 있게 해줘."

갑자기 고개를 숙이는 오토야를 보고 샤론은 의아한 표정을 지었다.

"때린 건 미안해. 얼른 간부에게 가서 고발이라도 하고 싶겠지만, 조금만 기다려줘. 내가 이 사건의 진짜 마무리를 지을 테니."

샤론은 질렸다는 듯 어깨를 떨구더니 그제야 자신이 피를 흘린 것을 떠올린 듯 손수건을 뒤통수에 대고 "당신 마음대로 해"라고 말하고는 터벅터벅 공동묘지에서 나갔다.

◆

오후 6시 40분. 태양이 저물고 암흑이 마을 구석구석까지 뒤덮었다.

주민들이 파빌리온에 모여 있었기에 숙소에는 불이 켜져

있지 않았다. 기분 탓인지 새나 곤충의 소리도 들리지 않는 듯했고, 미지근한 바람이 빠져나가는 소리만이 묘하게 크게 들렸다.

"자녀들이여, 내가 얼마나 너희를 사랑했던가. 또 너희를 위해 얼마나 힘을 쏟았던가."

짐 조든이 의자에 축 늘어진 채 마이크를 쥐고 말했다. 신자들은 숨을 죽인 채 교주의 말에 귀를 기울였다.

"너희는 나를 신처럼 공경했다. 하지만 나는 신이 아니다. 내 힘으로 어쩔 수 없는 일도 있다.

배신자들은 모든 걸 파괴했다. 우리는 라일랜드 의원과 그를 따르는 자들을 공격했으나, 작전은 실패했고 배신자들은 조지타운으로 도망쳤다. 그들은 가이아나군을 데리고 이 땅으로 돌아와 우리의 마을을 불바다로 만들 것이다."

비명이 퍼졌다. 안 돼, 믿을 수 없어……. 비통한 목소리들이 여기저기에서 어지럽게 들려왔다.

"옛 예언자는 말했다. '누가 우리의 목숨을 빼앗을 수는 없다. 우리는 스스로 우리의 목숨을 바칠 것이다.' 나는 예언대로 조용한 여행을 떠나고자 한다."

비명이 파빌리온을 삼켰다. 눈물을 보이는 자도 있었다.

피터 웨더스푼은 자신의 가슴이 크게 뛰는 사실에 놀랐다. 목의 땀을 닦으려 하는데 손에도 기름진 땀이 배어 있는 것이 느껴졌다. 드디어 때가 온 것이다. 갑작스럽기도 하고, 줄

곧 기다렸던 것 같기도 했다.

"너희를 두고 갈 생각은 없다. 결코 사랑하는 자를 남겨두고 나 홀로 여행을 떠나지는 않을 것이다. 보통의 독으로는 죽을 수 없는 우리를 위해 내가 특별한 주스를 준비했나니, 이것을 마시면 편안하게 여행을 떠날 수 있다. 고대 그리스인들처럼 함께 독배를 마시는 것이다."

조든은 소란을 가라앉히려는 듯 오른손을 들었다.

"주어진 생명을 끊는 건 죄가 아닐까 우려하는 자도 있으리라. 하지만 걱정할 필요 없다. 우리는 자살하는 것이 아니다. 혁명의 과업을 이룩하는 것이다."

"목사님!" 요리반의 크리스티나 밀러가 손을 들었다. "저, 우리가 죽으면 아이들은 어떻게 되나요?"

"나는 이제 목사가 아니다. 너희를 이끄는 것이 아니라, 그저 함께 여행길에 오르기 때문이다. 지금부터는 나를 조든이라고 부르도록."

조든은 그렇게 얼버무리더니 몇 초간 입을 닫았다. 교사를 따라 이 자리에 참석한 아이들이 겁먹은 표정으로 무대를 바라봤다.

"물론 아이들도 데리고 간다. 습격자들은 아이라고 자비를 베푸는 법이 없지 않던가. 미군이 베트남에서 자행한 짓을 너희는 기억할 것이다. 죄 없는 아이도 주저 없이 쏴 죽였지. 우리의 적은 그런 놈들이다."

"아직 시간이 있습니다. 어떻게 아이들만이라도 소련으로 도망치게 할 수는 없나요?"

"정말 아무것도 모르는군. 우리는 함정에 빠졌고, 이단이라는 오명을 뒤집어썼다. 소련이 우리를 환영할 리 없다."

"왜 그렇게 단언하시는 건가요? 확인해보지 않으면 모르는 거 아닌가요?"

조든은 한 손으로 머리를 감싸고는 서무반 니콜 피셔를 불러 조지타운 출장소에 연락하도록 명령했다. 그렇게 하지 않는 한 크리스티나를 설득할 수 없다고 생각한 듯했다.

조든의 명령에 니콜은 빠른 걸음으로 통신기기가 있는 '북-11'로 향했다. 크리스티나는 눈을 감고 반복해서 십자가를 그렸지만, 대부분의 신자들은 멍한 표정으로 무대를 바라볼 뿐이었다.

"조지타운에서 여러 경로로 교섭을 시도했지만…… 소련 외무부는 수용을 검토하고 있지 않다고 합니다."

15분 만에 파빌리온으로 돌아온 니콜이 굳은 표정으로 보고했다.

"모든 게 끝났어!" 크리스티나와 함께 요리반에 소속된 레이철 베이커가 무대 위 배우처럼 외쳤다. "목사님, 아니, 조든 씨. 발버둥 쳐도 소용없습니다. 저도 각오한 바입니다. 함께 데리고 가주세요."

둑이 터진 것처럼 박수가 쏟아지고 그녀에게 존경을 표하는 목소리가 들끓었다.

"고맙군. 고마워. 나는 정말로 행복하다. 요리반이여, 주스를 가지고 오도록."

명령에 따라 세 사람이 조리실로 향했다. 그들은 이내 식재료를 옮기는 짐차에 알루미늄으로 된 커다란 냄비를 싣고 돌아왔다. 그들은 집회가 시작되기 전에 짐 조든의 지시에 따라 '주스'를 준비해둔 것이리라.

"부디 안심하길 바란다. 결코 고통은 느끼지 않을 거다."

블랑카가 무대 왼쪽에 테이블을 놓고, 그곳에 냄비를 올렸다. 달큼한 냄새를 풍기는 보라색 액체가 넘칠 듯이 담겨 있었다. 어린이용으로 수입한 과자 세트에 들어 있던 포도향 쿨에이드였다. 레이철이 오른손을 냄비의 손잡이에 가져다 댄 채 왼손에는 스테인리스 국자를 쥐고 주스를 휘저어 섞었다.

"아이들부터 시작하지. 어른이 주스를 마시는 걸 도와줘야 하니까 말이야."

반별로 나뉜 아이들에게 시선이 모였다. 자진해 나서는 아이는 없었다. 빨리 마셔, 미적대지 마, 하는 야유가 날아들었다. 보다 못한 조셉 윌슨이 무대 근처에 있던 여자아이의 목을 붙잡고 냄비 앞으로 끌고 갔다.

"옳지, 입 벌려봐."

레이철은 스포이드로 주스를 빨아들인 다음 여자아이의

볼을 잡고 스포이드 끝을 입에 넣었다.

"괜찮아. 무섭지 않아."

"하지 마!"

크리스티나가 국자로 레이철의 턱을 가격했다. 레이철은 쇳소리를 내며 충혈된 눈으로 얼굴에 묻은 주스를 털어냈다. 원피스의 가슴에서 무릎까지 보라색으로 물들었다.

"조든 씨, 부탁드려요. 부디 다시 생각해주세요."

크리스티나가 또다시 물고 늘어졌다. 조셉은 그녀의 오른 팔을 붙잡으려 했지만, 그 손은 어째서인지 허공을 갈랐다.

"당신과 만나기 전, 저에게는 팔이 하나밖에 없었어요. 열 일곱 때, 학교의 인기인이 되고 싶어서 스쿨버스 앞으로 뛰어들었거든요. 저는 신에게 받은 육체를 스스로 상처입힌 어리석은 사람입니다. 하지만 당신은 그런 저를 구원해주었죠."

조셉이 크리스티나를 밀어서 쓰러뜨리고 왼팔을 비틀었다. 하지만 크리스티나는 말을 멈추지 않았다.

"조든 씨, 당신은 틀렸습니다. 당신은 2년 전의 저와 같은 일을 하려고 하고 있어요."

닥쳐, 뻔뻔한 것 같으니, 잘난 척하지 마! 야유하는 소리가 더욱 거세졌다.

"우리는 곤란에 직면한 때야말로 신을 믿어야 합니다. 가이아나군에게 공격당하면 이 마을은 두 번 다시 원래대로 돌아갈 수 없겠죠. 하지만 당신만 있다면, 우리는 다시 일어설 수 있습니다."

어디선가 손뼉을 치는 소리가 들렸다. 군중이 일제히 무대를 올려봤다. 조든이 지팡이를 내려놓은 채 힘차게 손뼉을 치고 있었다.

"훌륭해. 크리스티나 밀러, 자네는 실로 훌륭하군."

무슨 일이 일어난 것인지 알 수 없었다. 신자들도 멍하니 조든의 말을 기다렸다. 칠칠치 못하게 입을 벌린 조든은 우는 것처럼도, 웃는 것처럼도 보였다.

"그 말이 맞다. 내가 틀렸다. 살아 있다면 반드시 희망은 있다. 다들 크리스티나의 용기와 신앙을 보아 다시 한번 나를 믿어주지 않겠나. 함께 이 곤란한 현실에 맞서주지 않겠나."

믿기 어렵게도 터질 듯한 박수갈채가 쏟아졌다. 3분 전까지 아이에게 죽으라고 말하던 어른들이 희망은 반드시 있고, 포기해서는 안 된다고 외쳐댔다. 자신들의 위기 상황은 전혀 달라지지 않았는데도 말이다.

"훌륭해. 당신은 정말 최고의 남자야."

그런 외침 속에 외국 억양이 섞인 목소리가 들렸다. 모두 자신도 모르게 목소리가 들린 쪽을 바라봤다.

"감동했어. 실로 **훌륭한** 연기였어."

라이플의 노리쇠를 당기는 소리가 울려 퍼졌고 청중은 금세 조용해졌다. 파빌리온 뒤쪽에서 무장한 보안반 남자가 덩치 작은 남자에게 M1903의 총구를 향했다.

"진정하시지. 난 무기 따위는 갖고 있지 않아. 보라고."

작은 덩치의 남자가 데님 셔츠를 좌우로 펼쳐 보였다. 무대에서는 조든이 "누구지?" 하고 중얼거렸고, 조셉이 "오토 야 어쩌고 하는 중국인입니다"라고 속삭였다.

"놀랍군. 이미 떠난 줄 알았는데."

조든이 마이크 너머로 말했다.

"나야말로 놀랐지 뭐야. 우리 조수가 유능하다는 건 알고 있었지만, 설마 그녀의 분실물 덕에 탄환 세례를 맞지 않게 될 거라고는 생각 못 했거든."

오토야는 자신은 신변의 안전이 보장되었다는 듯 신자들을 헤치면서 무대로 향했다. 장난 치는 것처럼 보이지는 않았다. 도대체 그는 무슨 생각을 하고 있는 것일까.

"그건 제쳐두고, 감동적인 연기에 대한 답례를 하게 해주지 않겠어? 말하고 싶은 게 하나 있거든."

조든은 입술 한쪽을 올렸다.

"너희 연설이라면 아까 다 들었는데."

"그건 지어낸 이야기야. 당신도 알고 있을 텐데?"

오토야는 큭큭, 하고 악마처럼 웃었다.

"우리 조수는 까칠해 보여도 배려심이 있어서 말이지. 당신네를 생각해서 복잡한 거짓말을 한 거야. 그럼에도 당신은 곤란한 현실에서 눈을 돌리지 않고 그에 맞서기로 마음 먹은 것 같아서 말이야. 그럼 나도 진짜 이야기를 들려줘야 겠다 싶어서."

"누가 네놈 말 따위 믿는데!"

농경반의 월터 데이비스가 새된 목소리를 질렀다. "네놈들 이 오고 모든 게 다 이상해졌어!"

"말이 심하군. 나는 어딘가의 의원처럼 당신들을 규탄할 마음은 없어. 그저 이 안에 있는 살인범이 누군지 알려주고 싶을 뿐이야. 혹시 진실을 알게 되는 게 두려운 건가?"

오토야는 무대에 올라서더니 구석에 있던 의자를 조든 옆 에 놓고 당당히 마이크를 쥐었다.

"하나 좀 여쭤봐도 괜찮을까요?"

크리스티나 밀러가 손을 들었다. 오토야가 다음 말을 재촉 했다. 어느새 그가 연설의 주도권을 차지한 듯했다.

"저, 아까 리리코 씨의 추리를 무대 근처에서 들었습니다. 무척이나 논리적이고, 의문을 제기할 여지가 없는 것처럼 들렸는데요."

"그건 기쁘군. 그건 우리가 머릿속을 짜내 만들어낸 혼신 의 가짜 이야기니까 말이야."

"그 추리의 도대체 어디가 잘못된 건가요?"

"촌스러운 질문을 하는군. 스스로 기적의 비밀을 밝히는 풋내기 같은 짓은 하고 싶지 않지만 어쩔 수 없지. 하나하나

388

설명해주는 수밖에."

오토야는 의자에 앉아 보란 듯이 다리를 꼬았다.

이 녀석은 무엇을 꾸미고 있는 것일까. 형언할 수 없는 불안감이 가슴에 차올랐다.

미지근했던 바람이 어느샌가 얼음처럼 차가워져 있었다.

2

"우선 알프레드 덴트가 칼에 찔린 사건."

본론으로 들어가기 전에 쫓겨나면 의미가 없다. 오토야는 빠르게 설명을 시작했다.

"15일의 심야, 덴트는 화장실에서 비명을 지른 후 간부 숙소인 '북-3'으로 도망쳐 들어가서는, 그곳에서 다시 비명을 질렀어.

다음 날 아침, '북-3'에서 반복해서 등을 찔린 덴트의 사체가 발견되었지. 문은 자물쇠로 잠겨 있었고, 유일한 열쇠는 방 안에 있었지만 범인의 모습은 어디에도 없었어.

범인은 벽을 통과해 덴트를 살해하고 다시 바깥으로 나간 걸까? 물론 그런 일은 있을 수 없어. 리리코가 주목한 건 현장의 옷장에 묻은 혈흔이었지. 양쪽으로 열리는 문 아래쪽에 피가 묻어 있었고, 그 혈흔은 중간에 끊겨 있었어. 따라서 덴트가 피를 흘렸을 때, 이 옷장 문은 반쯤 열린 상태였다고 생각할 수 있지. 덴트가 비명을 지른 건 실은 옷장 문의 거울에 비친 조든의 포스터를 보고 놀랐기 때문이었어. 그는 다리에 힘이 풀려 쓰러졌고, 자신의 호신용 나이프에 찔려서 과다 출혈로 사망했다는 말이지.

다음 날, 간부 두 명이 '북-3'에서 이 사체를 발견했어. 그들은 조든의 말과 현실 사이에 생겨난 괴리를 해소하고자 사체에 손을 댔어. 그 결과, 덴트가 밀실에서 살해당한 것 같은 상황이 벌어진 거지. 자, 이것이 리리코의 추리였어. 과연 이게 진실일까?"

오토야는 방심해 있던 청중을 둘러보더니 집게손가락을 세웠다.

"만약 이것이 평범한 사건이라면 여기에서 탐정이 할 일은 하나뿐이야. 사체를 발견한 간부 두 명에게 진짜로 당신들이 현장에 손을 댔느냐고 물어보면 돼. 이 녀석들이 자신들이 관여했다고 인정하면 리리코의 추리는 증명되니까.

하지만 이 사건은 평범하지 않아. 지금 이 녀석들에게 질문해도 그 답에는 의미가 없지. 조든이 리리코의 추리를 일단 받아들였기 때문이야. 조든타운에서는 그의 언동이 모든 것에 우선하지. 그가 옳다고 말하면 가령 잘못된 것이라 해도 신자들에게는 그것이 정답이 돼. 따라서 지금부터의 추리는 현장의 증거, 그리고 조든의 언동과는 관계없는 증언만을 바탕으로 진행하겠어."

조든은 입술을 굳게 닫은 채 표정 없는 얼굴로 이야기를 들었다. 선글라스 아래 숨은 두 눈은 분명 음울하게 노려보고 있을 것이다.

"그래. 이런 식으로 말하면 과장되어 보이기는 하지만, 리리코의 추리가 성립하지 않는다는 사실은 현장을 보고 조금만 생각해보면 쉽게 알 수 있어.

단서는 레인코트야. 덴트의 사체는 레인코트를 손에 쥐고 있었어. 피가 묻어 있어서 놓치기 쉽지만, 덴트는 등을 찔렸을 때 그 레인코트를 입고 있지 않았어. 레인코트를 입은 채 나이프에 찔렸다면 당연히 등 쪽 옷감에 구멍이 뚫렸을 테니까 말이야. 레인코트에 그런 구멍은 없었어. 덴트는 부상을 입은 후, 무언가를 상처에 가져다 대서 출혈을 막으려 한 거겠지. 그래서 가까이 있던 레인코트를 손으로 잡은 거야.

그럼 이 레인코트는 어디에 있었을까? 현관 입구에 쓰러진 덴트의 손이 닿는 곳에 있었음이 분명하지만, 조금 더 구체적으로 좁혀볼 수 있겠지?

우리가 현장을 조사한 시점, 그러니까 사건 이튿날 아침 8시에 레인코트는 아직 비에 젖어 있었어. 그렇긴 하지만 나이프에 찔린 흔적이 없는 이상, 덴트가 마지막에 레인코트를 입은 건 죽기 직전에 화장실에 갔을 때는 아니야. 그보다 앞서 레인코트를 입고 바깥에 나갔었다는 말이 되지. 덴트는 짐 조든의 부름을 받아 10시 반이 넘은 시각에 '아버지의 집'을 방문했어. 그날 밤은 10시 무렵부터 비가 내렸으니 이때 레인코트를 입고 갔겠지. 화장실에 갔을 때 레인코트를 입지 않은 이유는 당장이라도 변이 나올 것 같아서였을 수도 있고, 마침 빗줄기가 약해져서 입을 필요가 없어서일지도 모르지. 물론 그저 걸치고 나가는 게 귀찮았을 가능성도 있고.

중요한 건 등에 부상을 당한 덴트가 상처를 누르려고 레인코트를 쥐었을 때, 그 레인코트는 젖어 있었다는 점이야. 접어서 옷장이나 신발장에 놓아두지는 않았을 거란 말이지. 그렇다면 어딘가에 펼쳐서 말리고 있었을 거야. 그럼 덴트는 레인코트를 어디에서 말렸을까?"

오토야가 양팔을 펼치고 청중에게 물었다.

"옷을 걸 수 있는 곳은 옷장 속 옷걸이 정도 아닌가요?"

서무반의 니콜 피셔가 답했다. 최근 2주간 덴트의 방에 식사를 날랐기에 그 방의 모습도 잘 알고 있으리라.

"분명 옷장 옷걸이에는 아무것도 걸려 있지 않았기에 레인코트를 말리기에는 제격이겠지. 하지만 리리코의 추리에 따르면 옷장의 왼쪽 문 거울에 짐 조든의 포스터 사진이 비쳤다고 했어. 이 포스터는 옷장의 왼쪽 문보다 약간 방의 안쪽에 걸려 있지. 옷장 문의 거울에 사진이 비쳐 보였다면, 이 문은 30도 정도밖에 열려 있지 않았다는 말이 돼.

이건 이상해. 젖은 코트를 옷장 안에서 말리고 있었다면 문은 조금 더 활짝 열려 있었을 거야. 안 그러면 안에 습기가 차서 옷이 마를 수가 없지 않겠나? 이 경우, 덴트가 거울에 비친 조든을 봤다는 추리는 성립하지 않게 되지."

아, 그렇구나, 하고 청중들 사이에서 목소리가 새어 나왔다.

"그렇기는 해도 레인코트를 말리려면 어느 정도 높은 곳에 걸어두어야 하지. 덴트의 손이 닿는 범위에 있던 가구 중에 그 정도 높이가 되는 건 옷장 정도야."

"덴트 씨는 옷장 문에 레인코트를 걸쳐둔 게 아닐까요?" 물건을 들어 올리는 동작을 취하면서 니콜 피셔가 말했다. "문 위의 모서리에 후드 부분을 걸쳐놓았다면, 문이 반쯤 열린 것도 말이 되잖아요."

"분명 그런 방법도 있을 수 있지. 하지만 이 옷장의 양쪽 폭은 50센티미터 정도이고, 좌우 문의 폭은 25센티미터 정도밖에 되지 않아. 덴트가 손에 쥐고 있던 이상, 레인코트는 사체가 있던 쪽, 즉 옷장 왼쪽 문 모서리에 걸쳐져 있었다는 말이 돼. 레인코트는 비에 젖지 않도록 입는 물건이니까 후드 안쪽의 폭도 넓어. 가령 20센티미터 정도였다고 해도 그걸 위쪽 모서리에 걸고 옷 전체가 펼쳐져 있었다면 거울 대부분이 가려졌을 거야. 그래서는 포스터가 거울에 비치지는 않을 테고, 덴트가 비명을 지르고 쓰러질 일도 없지. 이 경우에도 리리코의 추리는 성립하지 않아."

"레인코트의 무게 때문에 후드가 문의 모서리에서 떨어지려던 참이었다면 어떤가요?" 니콜 피셔가 물고 늘어졌다. "혹은 바닥에 떨어져 있었을지도 모르고요. 후드를 문 모서리에 거는 건 옷걸이에 거는 것보다 훨씬 불안정하니까요. 덴트 씨는 레인코트를 말리려고 했지만, 실제로는 자신도 모르는 사이에 떨어지기 직전이었거나, 이미 떨어져 있었다. 그렇다면 조든 씨의 사진이 거울에 비치잖아요."

"중요한 사실을 잊었나 보군. 옷장 문 아래쪽에는 덴트의 피가 묻어 있었어. 문 아래까지 코트가 걸려 있거나 앞쪽 바닥에 레인코트가 떨어져 있었다면, 문 아랫부분이 가려져버리지. 그래서는 피가 묻지 않아."

오토야는 니콜에게 어깨를 으쓱해 보였지만, 다른 반론은 나오지 않았다.

"이야기를 정리하지. 덴트가 옷장에서 레인코트를 말리고 있었던 이상, 옷장 거울에 조든의 사진이 비칠 수는 없어. 따라서 포스터를 보고 놀란 덴트가 넘어져서 허리에 나이프가 찔렸다는 추리는 성립하지 않아."

오토야는 어깨를 내리고 다리를 바꿔 꼬았다.

"그럼 다음으로 넘어가지. 조디 랜디가 독을 먹은 사건.

16일 오전 9시부터 조디는 E 교실에서 요리반 사람들과 함께 다과회에 참석했어. 블랑카가 끓인 홍차를 넷이 함께 마셨음에도 어째서인지 조디만이 목숨을 잃었지. 범인은 도대체 어떻게 그녀에게만 독을 먹였을까.

리리코의 추리는 지극히 단순해. 애초에 조디는 독을 먹지 않았다는 내용이었지. 그녀는 다과회 도중에 협심증 발작을 일으켰다. 니트로글리세린 정이 들어 있는 로켓 펜던트를 잃어버린 그녀는 발작을 억제하지 못하고 그대로 죽어버렸다. 그걸 목격한 요리반 사람들이 조든의 말과 현실 사이의 괴리를 해소하기 위해 나중에 독을 주입해 살해당한 것처럼 꾸몄다는 거지."

요리반 세 사람은 무대 왼편, 냄비 앞에서 오토야의 말에 귀를 기울였다.

"이 추리와 다른 사건의 추리 사이에는 큰 차이점이 있어. 바로 피해자의 사인이지. 덴트와 이하준이 불행한 사고로 죽은 것과 달리, 조디는 지병으로 죽었어.

지병에 의한 발작은 부주의나 착각으로 인한 사고와는 달라. 어떤 상황에서도 일어날 수 있거든. 덴트의 죽음이 사고사가 아님을 증명하는 것과 마찬가지로, 조디의 죽음이 병사가 아님을 증명하기란 쉽지 않아.

그래서 리리코의 추리가 옳았느냐고 묻는다면, 물론 답은 아니오야. 이 추리에는 다른 두 가지와는 다른 결정적인 하자가 있어."

오토야는 옆의 짐 조든을 흘낏하고 말했다.

"요리반의 세 사람은 조디가 죽은 걸 보고 현실과 신앙의 괴리가 생겼다고 느꼈을 거라 했지. 조든타운에 병은 존재하지 않는다고 조든이 반복해서 말했음에도 조디가 지병으로 죽었으니까. 그리고 그 괴리를 해소하기 위해 그녀들은 조디의 사체에 독을 주입했다는 이야기였지.

이건 말이 안 돼. 의사도 아닌 요리반 사람들이 애초에 조디의 사인이 지병에 의한 발작이라는 사실을 알 수 없기 때문이야."

아아, 하며 한숨 쉬는 소리가 들렸다.

"조디는 세 사람과 이야기를 하다가 홍차를 마시고 쓰러졌어. 일단 홍차에 독극물이 들어 있었을 가능성을 누구라도 떠올렸을 거야. 가령 정말로 협심증에 의한 발작이었다고 해도 아무것도 모르는 사람이 그 사실을 간파할 수는 없지. 조디는 아무 말도 하지 못하고 숨이 끊어졌다고 했으니까, 그녀 스스로 지병에 의한 발작이라고 밝혔을 가능성도 없어.

그리고 애초에 그녀들이 인민교회의 신자가 아니었다면 이야기는 달라져. 자신들이 동일한 중독 증상을 일으키지 않았다는 점에서 홍차에 독은 들어 있지 않았다. 즉, 조디는 다른 원인으로 죽었다고 추측할 수 있기 때문이야. 하지만 그녀들은 조든의 말을 믿었고, 자신들은 독을 먹어도 아무 일도 벌어지지 않는다고 확신했지. 그래서는 조디가 독살당한 사실을 의심할 이유가 없어.

요리반 세 사람은 놀라서 동요했겠지만, 신앙과 현실에 괴리가 발생하는 일은 없었을 테지. 따라서 저장고에서 사이안화칼륨을 가지고 와서 조디에게 먹이는 일도 있을 수 없어. 리리코의 추리는 아예 성립하지 않는다는 말이야."

오토야는 세 사람에게 미소 짓더니 바로 청중에게 눈길을 돌렸다.

"드디어 세 번째. 이하준이 이 무대에서 두 동강이 난 사건이야.

이하준은 16일 점심 때부터 제2감옥의 감방에 들어가 있었어. 그를 덮치려면 우리 눈앞을 통과해 제2감옥으로 숨어들고, 나아가 감방의 격자문을 통과해야만 해. 하지만 17일 아침, 그는 두 동강이 난 채 바로 이곳에 놓여 있었어. 범인은 어떻게 감방으로 숨어들어 사체를 파빌리온으로 이동시켰을까. 마치 마법처럼 보이지만, 물론 그런 일은 있을 수 없어.

리리코의 추리는 이랬지. 폐소공포증 증상이 있던 이하준은 간수 프랭클린이 자물쇠를 잠그는 걸 잊은 틈을 타서 감방을 탈출해 밖으로 나왔다. 나아가 순찰하러 온 프랭클린을 공격해 그로 위장하고는 휠체어를 조작해서 감옥에서 나왔다. 하지만 거기서 방심하다가 운이 다해 휠체어가 경사면으로 돌진하고 말았다. 그 길 끝에서 주민이 목을 매려고 했던 불운까지 겹쳐 가련한 이하준의 몸은 두 동강이 났다. 이후, 그녀가 이하준을 발견, 역시 신앙과 현실의 괴리를 직면한 결과, 사체를 파빌리온으로 옮겨서 살인처럼 꾸몄다. 이렇게 사체가 파빌리온으로 이동한 것 같은 사건이 완성되었다는 거였지."

"그 추리는 검증할 필요도 없이 우연이 너무 지나친 듯한데요."

로레타 샤흐트가 중얼거렸다.

"나도 당신과 같은 의견이야. 다만 여기서 가능성의 높고 낮음은 문제가 아니야. 내가 확인하고 싶은 건 만에 하나라도 이 추리가 진실이 될 수 있는지의 여부지. 그리고 다들 알다시피 답은 아니오야.

이 추리와 모순되는 증거는 얼마든지 있어. 이하준은 프랭클린의 모자를 쓰고 그로 위장했다고 하지만, 프랭클린은 사건 후에도 평소처럼 모자를 쓰고 있었어. 이하준이 경사면을 미끄러져 내려와 두 동강이 났다고 하지만, 제2감옥의 감방에는 그의 것으로 보이는 피가 다량 남아 있었지.

이것만으로도 충분한 듯하지만, 이하준의 사체를 본 여자가 다른 신자와 협력해서 사고를 은폐하고자 손을 썼다고 생각하지 못할 것도 없지. 그래서 재차 확인하고 싶은 게 있어. 리리코가 말한 일이 그대로 벌어졌다고 했을 때, 과연 정말로 몸이 두 동강이 날 수 있는지에 관해서야."

오토야는 몸을 일으켜 남쪽 거주지로 시선을 향했다. 청중도 뒤따라 암흑을 바라봤다.

"감옥 뒤편의 경사면이 어떤 모습이었는지 떠올려봐. 공원에 있는 것처럼 정비된 경사지와는 달리 그곳에는 돌이나 흙더미가 여기저기 튀어나와 있어. 휠체어에 앉은 채 경사면을 미끄러져 내려갔다면 돌부리에 치이거나 해서 의자에서 튕겨나갔겠지. 만에 하나라도 경사면 아래까지 휠체어에서 떨어지지 않았다면, 이하준은 좌우의 팔걸이 혹은 파이프를 꽉 붙잡고 있었을 거야. 그럼 그 상태 그대로 팽팽하게 당겨진 와이어에 돌진하면 어떻게 될까?"

속삭이는 목소리가 술렁거리던 와중에 월터 데이비스가 흥, 하고 코웃음을 쳤다.

"당신이 말하고 싶은 건 이거잖아. 이하준이 팔걸이를 잡고 있었다면 **몸통만 절단되는 일은 있을 수 없다.**"

"맞아. 가령 팔걸이에서 손을 떼고 팔을 높게 들어 올리고

있었다면, 몸통만 두 동강 나는 일도 있을 수 있겠지. 하지만 그 자세로는 와이어에 돌진하기 전에 이미 휠체어에서 떨어지고 말았을 거야.

반대로 이하준이 팔걸이를 잡고 있었다면, 허리 쪽에서 몸이 잘리거나, 몸통과 팔이 동시에 잘리는 일은 있더라도 몸통만 잘리는 일은 있을 수 없어.

따라서 이하준의 몸통이 잘린 건, 휠체어로 경사면을 미끄러져 내려갔기 때문이 아니야. 당연히 자살에 실패한 여자가 이하준의 사체를 파빌리온으로 옮기는 일도 불가능하지. 안타깝게도 이 추리도 진실일 수는 없어."

오토야는 크게 기지개를 켠 후에 짝, 하고 손뼉을 쳤다.

"이것으로 드디어 내 조수의 추리가 전부 가짜였다는 사실이 증명되었어. 조사단 세 사람이 죽은 이유는 사고도 병도 아니야. 누군가에게 살해당한 거야."

"중요한 설명이 빠져 있지 않은가?"

갑자기 조든이 거친 목소리로 말했다.

"자네 조수는 일부러 거짓 추리를 선보였다고 했지. 도대체 무엇 때문에 그런 귀찮은 짓을 한 거지?"

"그건 탐정이 가해자가 될 수 있다는 사실을 알고 있었기 때문이야."

언젠가 리리코가 한 말이 귀에 메아리쳤다.

"이 일은 사람의 인생을 엉망진창으로 만들 위험을 내포

하고 있어. 잘못된 추리로 죄를 뒤집어쓰게 만들 수 있는 것은 물론이고 올바른 추리라 하더라도 상황에 따라서는 타인에게 부당한 위해를 가할 가능성이 있지. 리리코에게는 이 조든타운이 바로 그런 장소였어."

청중 뒤쪽으로 눈길을 향했다. 무장한 보안반 남자들이 긴장한 모습으로 일이 어떻게 흘러가는지 지켜보고 있었다.

"이 마을에는 제대로 된 형벌 체계가 존재하지 않아. 내 친구를 쏜 남자가 아무런 벌도 받지 않은 점이나, 우리가 별다른 이유도 없이 감방에 들어갔던 게 무엇보다 큰 증거야. 모든 건 조든의 마음에 달렸지. 연쇄살인사건의 범인이 판명된다고 해도, 어떤 처우를 받게 될지 알 수 없어. 대처가 너무 가벼울 수도 있고, 과도하게 잔혹한 벌이 주어질 가능성도 있지. 이 장소에서 진범을 밝히는 일은 그 녀석의 직업윤리에 반하는 행동이었어.

그렇기는 하지만 살인을 반복하는 범인을 가만히 내버려둘 수도 없지. 리리코가 거짓 추리를 선보인 건 다음 범행을 막기 위해서였어. 범인은 존재하지 않았다는 추리를 모두에게 들려주고, 그걸 들은 범인이 범행이 들키지 않았다고 여기고 손을 멈추면 더 이상의 살인은 나오지 않을 테니까. 리리코는 그렇게 함으로써 간접적으로 추가적인 살인을 막으려 한 거야."

"마음 씀씀이가 과하군."

"동감이야. 하지만 리리코에게는 승산이 있었어. 바로, 그 추리가 당신에게도 유리하다는 점이었지."

청중이 웅성거렸지만 조든의 눈썹은 꿈쩍도 하지 않았다.

"그렇지 않은가? 소련 이주를 꿈꾸던 당신에게 있어서 찰스 클라크가 파견한 조사단원들이 연이어 살해당한 이 사건은 결코 바람직한 일은 아니었어. 그들이 신자에게 살해당한 게 아니라 사고나 병으로 죽은 거라면, 당신에게도 일말의 희망이 남지. 당신은 틀림없이 이 추리를 받아들일 테고, 교주가 옳다고 말하면 조든타운에서는 그것이 진실이 돼. 리리코의 추리는 진범과 조든이 동시에 받아들일 수 있도록 짜여진 혼신의 비책이었어."

하지만 그것은 실패로 끝났다.

범인은 리리코의 양보를 받아들이지 않고, 나아가 그녀의 목을 졸라 죽였다.

이제 그가 해야 할 일은 하나뿐이다.

"서두는 이 정도면 됐겠지. 저들도 이제 슬슬 질리기 시작했을 테니."

오토야는 청중을 둘러보고는 조든의 답을 기다리지 않고 말을 이었다.

"진짜 수수께끼 풀이를 시작하지."

3

두꺼운 구름이 베일처럼 밤하늘을 뒤덮고 있었다.

파빌리온에 들어올 수 있었던 신자는 대략 6백 명 정도. 남은 신자들은 파빌리온 밖, 밤하늘 아래에서 오토야의 말에 귀를 기울였다.

"지금부터 알프레드 덴트, 조디 랜디, 이하준, 그리고 아리모리 리리코 네 명을 죽인 범인을 밝히겠어."

파도처럼 동요가 일었다. 리리코가 살해당한 상황을 간단히 설명하고 연설을 계속했다.

"다만 또 하나, 추리를 선보이기 전에 확인해야만 하는 사실이 있어. 이 추리는 도대체 누구를 위한 것인가, 하는 점이지."

신자들의 얼굴에 곤란한 빛이 떠올랐다. 오토야는 상관하지 않고 계속 말했다.

"나와 너희들 사이에 결정적인 차이가 있어. 너희는 인민교회를 믿고, 나는 믿지 않아. 너희는 짐 조든을 숭상하고, 나는 그를 특이한 노인네 정도로 생각하지. 너희는 기적을 믿고 체감하고 있으며, 나는 기적 같은 건 믿지도 않고 체감한 적도 없지. 너희는 인민교회에 들어옴으로써 상처나 병이 나았다고 느끼고, 나는 그런 바보 같은 일은 있을 수 없다고 생각해. 단순한 신앙심의 유무가 아니라, 나와 너희는 보고 있는 세상이 다르다는 말이야.

그럼 나는 어떤 입장에서 수수께끼를 풀어야 할까. 나 자신을 위한 거라면 내 입장에서 추리하면 되지만, 이렇게 너희 앞에서 수수께끼를 푸는 이상, 그래서는 독선에 지나지 않아.

따라서 나는 지금부터 너희 입장에서 추리를 진행할 거야. 기적은 있다는 전제로 범인을 밝혀 보이겠어."

힘을 담아 말한 탓에 스피커에서 울려 퍼지는 목소리가 탁하게 들렸다. 신자의 절반은 멍하니 듣고 있었지만, 다른 절반은 난해하다는 듯 눈썹을 찌푸렸다.

"그건 불가능한 거 아닌가요?" 요리반의 블랑카 호건은 후자였다. "기적은 신이 불러오는 것이고 우리의 인지 영역을 뛰어넘으니까요. 신자인 제가 이렇게 말하면 이상하게 들리지만, 기적의 존재를 인정해버리면 논리적인 수수께끼 풀이는 성립하지 않아요. 극단적으로 말해 네 사람을 죽인 게 악마나 성령이라는 추리도 가능해지는 거니까요."

논리정연한 말에 주변의 신자가 끄덕였다.

"물론 악마가 범인이라면 추리 따위 무의미하지. 그래도 걱정할 필요 없어. 범인은 육체를 가진 인간이라는 명확한 증거가 있으니까.

15일 밤, 알프레드 덴트는 등을 찔려서 죽었어. 그가 불행한 사고로 목숨을 잃은 게 아니라는 점은 이해했겠지? 이후에 세 명이 연속해서 살해당한 사실로 미루어 볼 때, 이 최초의 범행 역시 돌발적인 게 아니라 계획적으로 이뤄졌음이 분명해.

하지만 현장에 남겨진 흉기는 덴트가 호신용으로 가지고 다니던 나이프뿐이었지. 범인이 살의를 가지고 계획적으로 덴트를 덮쳤다면, 미리 흉기를 준비하지 않았을 리 없어. 추측컨대 범인은 덴트의 생각지도 못한 저항 때문에 그걸 사용하지 못하게 되어, 급하게 상대가 떨어뜨린 나이프를 빼앗은 거겠지.

자, 그럼 범인이 본래 사용하려던 흉기는 무엇이었을까. 그걸 밝혀낼 힌트는 너희 증언 안에 있었어."

오토야가 턱을 치켜 올리자, 블랑카는 집게손가락으로 자신의 코를 가리켰다. "저요?"

"15일에서 16일 사이, 조든타운에서는 또 하나의 사건이 벌어졌지. 조리실이 엉망진창이 된 거야. 식기 선반이 쓰러지고 바닥에서 발견된 부엌칼은 칼날과 자루가 분리되어 있었어. 하지만 고작 선반에서 떨어진 충격으로 부엌칼이 부려졌다고 생각하기 힘들지. 그렇다면 이 부엌칼에는 도대체 무슨 일이 벌어진 걸까.

두 가지 사건이 거의 동시에 일어났다는 점을 생각하면, 하나의 큰 줄기가 보이기 시작해. 범인은 덴트를 습격하기 전, 조리실에 숨어들어 부엌칼을 가지고 나온 거야. 범행을 마친 후에 피를 씻어내고 원래대로 선반에 돌려놓을 생각이었겠지. 하지만 막상 덴트를 덮치자, 생각지도 못한 저항을 받아 칼날이 뿌리 부분에서 부러져버렸어. 재빨리 덴트가 떨어뜨린 나이프를 빼앗아 그를 죽이긴 했지만, 부러진 부엌칼은 원래대로 돌아오지 않아.

그래서 조리실을 헤집고 선반을 넘어뜨리며 부엌칼이 부러진 사실을 은폐하려 했지. 게다가 조리실 컨테이너는 과거 이동중계차로 쓰였기에 벽에 흡음재가 붙어 있어. 그 안에서 아무리 소란을 피워도 주변 주민들은 아무런 눈치도 채지 못했을 거야."

"그렇군요. 악마가 그런 시시한 흉내를 내리라고는 생각할 수 없네요."

피터 웨더스푼이 쓴웃음을 지었다. 오토야도 끄덕였다.

"결정적인 증거도 있어. 조리실 앞 계단에 남아 있던 발자국. 범인은 신발을 신고 걷는 인간이라는 말이야. 그 녀석은 악마도 성령도 아니야. 당연히 하늘을 날지도 못하고 벽으로 드나들 수도 없지."

외팔이 여자, 크리스티나 밀러가 손을 들었다.

"범인은 무엇 때문에 부엌칼을 조리실에 되돌려 놓은 거죠? 덴트의 방에 놓아두면 그만일 텐데요. 구태여 선반을 쓰러뜨릴 일 없이. 부엌칼이 부러진 걸 들키더라도 범인에게 문제 될 점은 없잖아요."

"나중 사건을 보면 명백하듯, 범인은 자신을 초현실적인 존재로 꾸미려 하고 있어. 조리실에서 부엌칼을 훔치거나 그걸 부러뜨리는 건 영 폼이 안 난다고 생각했겠지."

"왜 범인은 자신을 초현실적인 존재로 꾸미려고 한 건데요?"

"그건 일단 뒤로 미뤄두지. 범인을 알게 되면 자연스레 동기도 명백해지기 때문이야.

여기에서 확인해야 하는 건 이런 거야. 지금부터 내가 선보이는 추리는 기적의 존재를 전제로 하지만, 인간의 인지 영역을 벗어난 온갖 현상까지 긍정하는 건 아니야. 너희가 체감하는 상처나 병의 치료는 현실로 일단 받아들이겠지만, 그것 말고 다른 기적 같은 현상까지 현실이라고 인정하지는 않는다고. 당연히 사건의 범인이 인간이라는 대전제도 흔들리지 않지."

나아가, 라고 말하며 오토야는 손바닥을 마주 쳤다.

"덴트의 생각지 못한 저항에 의해 부엌칼이 부러지자 범인은 재빨리 덴트가 떨어뜨린 나이프를 빼앗아 그를 죽였어. 하지만 범인이 여러 명이었다면 범인 A의 흉기가 망가지더라도 덴트가 나이프를 떨어뜨린 시점에 범인 B가 자신의 흉기로 덴트를 죽일 수 있었겠지. 하지만 덴트의 몸에는 자신의 나이프에 찔린 상처밖에 남아 있지 않았어. 따라서 이 사건에 공범은 없어. 범인은 한 명이야."

오토야는 반론이 나오지 않는 것을 확인한 후 팔걸이를
툭 내리쳤다.

"자, 드디어 본론이야. 단 한 명의 인간에 불과한 범인은
어떻게 이런 기적 같은 범행들을 저지를 수 있었을까. 순서
대로 살펴보지.

우선 알프레드 덴트 사건. 범인은 어떻게 '북-3'에 숨어들
고, 그곳에서 사라졌을까.

이 수수께끼를 풀 힌트는 역시 옷장 문에 묻은 혈흔이야.
리리코가 가짜 추리를 통해 설명한 것처럼 양쪽으로 여는
문의 아랫부분에는 좌우의 문에 걸치듯 피가 묻어 있었어.
이 혈흔이 연결되어 있지 않다는 점에서 덴트가 살해당했을
때 옷장 문이 반쯤 열려 있었다고 추측할 수 있지. 거울에
짐 조든이 비쳤다는 추리는 거짓이지만, 거기까지의 논리에
잘못은 없어.

여기에서 상상해봤으면 해. 양쪽으로 여는 옷장에 정면에
서 피가 튄다고 치자. 문은 반쯤 열려 있는 상태야. 그럼 당연
히 문틈 사이로 옷장 안에도 피가 튀겠지. 하지만 안을 들여다
봐도 거기에는 혈흔이라곤 없었어."

청중이 조용해졌다. 바람 소리가 고막을 훑었다.

"이상하지 않아? 왜 옷장 속에는 혈흔이 존재하지 않았을
까? 이상하게 들리겠지만, 누가 그곳의 혈흔을 닦아냈다는
말이 돼."

"누가요?"

레이철 베이커가 목소리를 내질렀다.

"사건 후에 현장에 있던 인물의 소행이지. 당연히 덴트를 죽인 범인이라는 말이 되겠군."

"무엇 때문에요?"

"옷장 안에 피가 묻은 것 자체가 문제가 되리라고는 생각할 수 없어. 문제는 혈흔이 아니라 옷장 안에 있던, 남기고 싶지 않은 어떤 흔적이었을 거야. 범인이 그걸 닦아낸 결과, 혈흔도 함께 닦이고 말았지."

"남기고 싶지 않은 흔적요?"

"그게 뭔지는 알 수 없어. 신발에 묻은 진흙일지도 모르고, 코트에 묻은 물방울일지도 몰라. 담뱃재일 수도 있고. 중요한 건 그곳에 무언가의 흔적이 있었다는 점이야. 사람이 안에 들어가지 않는 이상 흔적이 남는 일도 없지. 범인은 옷장 속에 몸을 숨기고 있었어. 그리고 그걸 숨기기 위해 자신의 흔적을 닦아낸 거야."

가장 앞줄의 신자가 숨을 삼켰다. 자신의 숙소에 누군가가 숨어들어 있는 장면을 상상한 것이리라.

"그럼 범인은 언제 '북-3'에 숨어들었을까. 앞서 설명한 것처럼 덴트는 오후 10시 반 너머 '아버지의 집'에 다녀온 후, 옷장에 레인코트를 말리고 있었어. 안의 옷걸이에 말렸든, 반쯤 열린 문에 걸었든, 그 시점에 안에 사람이 있었다면 눈치채지 못했을 리 없지. 따라서 범인이 숨어든 건 그보다 나중의 일이야. 범인은 사건 직전, 덴트가 화장실에 용무를 보러 갔을 때 '북-3'에 숨어든 거야."

화장실에서 비명을 지른 후, 방으로 도망쳐온 덴트의 모습을 Q는 이렇게 증언했다.

'덴트 씨는 멈추지 않고 곧장 '북-3'으로 뛰어들었어요.'

만약 '북-3'을 나왔을 때, 문을 잠갔다면 멈추지 않고 곧장 뛰어들 수 있었을까? 어차피 금방 돌아오리라는 생각에 덴트는 방문을 잠그지 않고 화장실에 갔을 것이다. 그사이 '북-3'으로 숨어드는 것은 가능하다.

그 사실을 설명하자 크리스티나가 바로 반론했다.

"하지만 덴트 씨는 화장실에서 비명을 질렀는데요?"

"범인은 '북-3'에 있었으니 그 비명은 사건과는 관계없다는 말이 돼. 리리코도 말한 것처럼 이때 덴트가 비명을 지른 이유를 얼마든지 생각할 수 있어. 덤불개나 벌레에 습격당했을 가능성도 있겠지. 다만 그보다 확률적으로 높은 게 하나 있어."

오토야는 주머니에서 반으로 접힌 종잇조각을 꺼내어 신자들에게 펼쳐 보였다.

"같은 날 밤 10시쯤, 나는 화장실에 갔다가 한 여자에게 쪽지를 받았어. 그 여자는 우리가 밀림 안에서 몰래 나눈 이야기를 훔쳐 듣고, 머지않아 우리가 조든타운을 떠날 예정이라는 사실을 알고 내게 도움을 요청했지. 그 밀회 장소에는 덴트도 있었어.

그 여자는 내게 편지를 전한 것만으로는 안심하지 못하고 간부 숙소에 머물던 덴트에게도 편지를 전하러 갔던 거겠지. 덴트는 한밤중에 화장실에 숨어 기다리던 여자를 보고 기겁해서 비명을 지르고 숙소로 도망쳐 돌아온 거야."

3일 전의 밤, 루이스 레즈너와 마주쳤을 때의 기억이 되살아났다.

'조용히 해주세요Be quiet, please.'

루이스는 그렇게 말하며 블루종 점퍼 안주머니에 손을 넣었다.

결국 그녀가 꺼낸 것은 작은 종잇조각이었지만, 덴트라면 이 동작을 다른 것으로 오해했을지도 모른다.

인생의 대부분을 일본에서 보낸 오토야는 별 생각이 없었지만, 잠입수사관으로서 LA의 마피아나 스트리트 갱 틈바구니에서 살아온 덴트로서는 그녀가 "조용히 해Be quiet……"라고 말하며 권총을 꺼내 드는 것처럼 보인 것은 아닐까. 그가 위험을 느끼고 자신도 모르게 비명을 질렀다 해도 이상하지 않으리라.

"물론 그게 사실이라는 증거도 없어. 중요한 건 화장실에 갔던 덴트가 어떤 이유로 비명을 질렀다는 점. 나아가 Q가 그걸 들었기에 우리는 범인이 먼저 화장실에 나타났다가 이

후 방으로 숨어든 것으로 착각하고 말았다는 점이야."

수긍한 듯 고개를 끄덕이던 크리스티나가 곧바로 고개를 갸웃했다.

"화장실에 간 사이에 범인이 숨어들었다는 건 그렇다고 치고, 덴트 씨를 죽인 후, 어떻게 나간 거죠? 사체가 발견되었을 때, 방문은 단단히 잠겨 있었잖아요."

"그 말이 맞아. 다만 '북-3'에 들어간 방법을 알게 되면, 그 후의 가능성은 자연스레 좁혀지지.

16일 아침, 서무반의 니콜 피셔가 '북-3'의 이변을 깨달았고, 그 후 내무장관과 보안장관이 창문을 깨고 덴트의 사체를 발견했어. 이 창문을 깬 시점에 신발장 위에 놓여 있던 열쇠가 보였다고 했지.

하지만 덴트가 살해당했을 때, 범인이 방에 숨어 있었던 건 틀림없는 사실이야. 그럼에도 문이 굳게 잠겨 있었다면, 범인은 목적을 완수한 후, 열쇠를 빼앗아 문을 잠그고 갔다고 생각할 수밖에 없어. 즉, 신발장에 놓여 있던 열쇠는 가짜였어."

신자들의 시선이 무대 끝의 남자에게 모였다. 내무장관 피터 웨더스푼은 자기 일이 아니라는 듯한 표정으로 이야기를 듣고 있었지만, 청중을 힐끗하고는 귀찮다는 듯 입을 열었다.

"그건 이상한데요. 당신들과 현장을 조사할 때, 자물쇠 구멍에 열쇠를 꽂아서 가짜가 아니라는 걸 확인하지 않았던가요?"

"그 일은 나도 똑똑히 기억하고 있어. 그때의 열쇠는 진짜였어. 따라서 범인은 사체가 발견된 후, 우리가 현장을 조사하기 전에 열쇠를 진짜로 바꿔치기했다는 말이 되지.

그럴 수 있었던 건 누구일까. 우리가 그곳에 갈 때까지 현장에 드나든 사람은 네 명뿐이야. 사체를 발견한 간부 두 사람, 그리고 소식을 듣고 찾아온 짐 조든과 의사 로레타 샤흐트야."

조든은 의자에 기댄 채 움직이지 않았다.

"그런데 범인은 어떻게 가짜 열쇠를 손에 넣었을까. 조든 타운에는 복제 열쇠를 만들 재료도, 기술을 가진 인간도 없어. 애초에 주민 중에 도둑은 없다는 생각이 강해서 대부분의 건물에는 자물쇠가 없지. 사용하지 않고 남아 있던 열쇠 또한 없어.

예외는 '아버지의 집'과 간부 숙소, 그리고 감옥. 이 세 곳이야. 이 세 곳의 문에는 잠금장치가 달려 있지. 하지만 조든이 사는 '아버지의 집'은 비밀번호 방식의 전자자물쇠고, 감옥의 격자문 자물쇠는 U자형 통자물쇠인 데다가 열쇠는 막대기처럼 생겼지. '북-3'과 마찬가지로 실린더 자물쇠가 사용되는 곳은 간부 숙소의 다른 방뿐이야. 범인은 간부 숙소에 사는 조셉 윌슨과 피터 웨더스푼 둘 중 한 명이라는 말이 돼."

무대 끝을 보자, 조셉이 마치 설사라도 한 것처럼 험악한
얼굴로 오토야를 노려보고 있었다. 피터는 여전히 긴장감
없는 동작으로 "곤란한데" 하며 팔뚝을 긁었다.

"하지만 이 추리에는 문제가 있어. 동요한 니콜의 목소리
에 놀란 조셉과 피터가 방에서 나왔을 때, 각자의 방문을 정
성껏 잠갔다고 하더라고. 그 말인 즉슨, 두 사람 다 자신의
방 열쇠를 가지고 있었다는 말이 돼. 간부 숙소의 방 열쇠는
하나뿐이고 둘 다 열쇠 없이 드나들 수는 없었을 테니 둘 중
어느 쪽도 열쇠를 바꿔치기한 범인이 될 수 없어."

오토야는 과장되게 하늘을 올려다봤다.

"곤란하게도 범인이 없어지고 말았군. 물론 그럴 리 없으
니까 추리의 전제가 잘못되었다는 말이 돼. 범인은 자신이
가지고 있는 열쇠와 '북-3'의 열쇠를 바꿔치기한 게 아니라
는 말이야.

그렇다면 어떻게 가짜 열쇠를 손에 넣었을까. 이미 존재
하는 열쇠를 사용한 게 아니라면, 새롭게 만들었다고밖에는
생각할 수 없어. 범인은 스스로 가짜 열쇠를 만든 거야."

"방금 조든타운에는 열쇠를 복제할 재료도 기술도 없다고
말했잖아!"

월터 데이비스가 욕설을 퍼부었다.

"진정하라고. 범인은 열쇠를 복제한 게 아니야. 그저 금속

을 녹여서 열쇠로 보일 법한 물건을 만든 것뿐이야."

"용해로도 거푸집도 없는데 그런 게 가능할 리 없잖아!"

"가능해. 저융점 합금을 사용하면 말이지."

앗, 하고 조셉이 숨을 들이켜더니, 곧바로 얼버무리려는 듯 헛기침을 했다.

"신자 여러분은 잘 모르겠지만, 저융점 합금low melting point alloys이란 문자 그대로 낮은 융점에서 녹는 금속이야. 얼핏 딱딱해 보이지만 손가락으로 문지르기만 해도 흐느적거리니까 이스라엘의 초능력자도 애용했다고 하더군. 당신네 교주님도 동물의 상처를 낫게 하는 마술에 저융점 합금을 사용했어. 나는 덴트의 사체가 발견되기 전날, 이 마술을 봤으니 사건이 발생한 시점에 짐 조든의 수중에 저융점 합금이 있었던 건 틀림없어.

범인은 그걸 사용해 가짜 열쇠를 만들었어. 자물쇠를 열수 있을 정도로 정교하게 재현하는 건 불가능하지만, 얼핏 봐서는 차이를 알 수 없을 정도로 닮은 물건을 만들 수는 있지. 손가락으로 만들기가 어렵다면 점토로 간단한 틀을 만든 후에 녹인 금속을 흘려 넣으면 되고. 그렇게 범인은 가짜 열쇠를 준비한 채 덴트를 죽인 후 진짜 열쇠와 바꿔치기한 거야."

모래밭에서 물이 빠져나가듯 파빌리온에서 점차 소리가 사라졌다.

"그럼 다시 한번 생각해보지. 덴트를 죽인 범인은 누구인가. 그는 바로 저융점 합금을 손에 넣을 수 있었던 인물이겠지. 하지만 조든이 자신의 마술 트릭을 밝힐 리 없으니 너희 신자들은 이 마을에 저융점 합금이 있다는 사실을 몰랐을 거야. 조금 전의 반응을 보니 간부는 알고 있었던 듯하지만, 이들은 덴트와 마찬가지로 간부 숙소의 열쇠를 가지고 있었으니 굳이 가짜 열쇠를 만들 필요는 없지. 따라서 남는 용의자는 한 명뿐이야."

오토야는 담담히 계속했다.

"범인은 변호사인 덴트의 고용주였기에 그와 많은 시간을 보냈고, 그러는 사이 덴트가 가짜 신자라는 사실을 깨닫게 되었어. 범행 직전에 덴트를 불렀던 건 그 사실을 확인하기 위해서였겠지. 사건 다음 날 아침, 보안장관의 연락을 받고 현장에 찾아와서는 우리를 '아버지의 집'으로 데리고 오라고 명령하며 간부 두 명을 '남-30'으로 향하게 했지. 그리고 그 틈에 현장에 들어가 가짜 열쇠를 진짜와 바꿔치기한 거야."

완전한 정적.

오토야는 옆에 있는 남자에게 얼굴을 향했다.

"덴트를 죽인 범인은 짐 조든, 바로 당신이야."

●

　오토야는 숨을 한 번 내쉰 후, 신자들에게 시선을 돌렸다.

　"많은 것들이 신경 쓰이겠지만, 일단 수수께끼 풀이를 계속하지. 다음은 조디 랜디 사건이야. 범인은 어떻게 그녀에게만 독을 먹일 수 있었을까?"

　방금 전까지의 술렁거림도 가라앉고 이제 파빌리온은 완전히 정적만이 감돌았다. 신자들은 멍하니 할 말을 잊은 상태였다. 오토야는 꾸지람을 듣고 풀이 죽은 아이들을 향해 연설하는 기분이었다.

　"이 사건에는 귀찮은 점이 하나 있어. 처음에 말한 것처럼 나는 너희 신앙을 부정할 마음은 없어. 이 추리 역시 인민교회를 믿는다면 상처나 병이 사라진다는 기적을 전제로 한 것이지. 이렇게 너희 앞에서 추리를 선보이는 이상, 너희와 같은 입장에서 수수께끼를 풀지 않으면 의미가 없으니까.

　하지만 이 전제가 있으면, 조디 랜디가 살해당한 사건에는 수수께끼가 사라져버려. 범인은 모든 홍차에 독을 넣어두었고, 네 명 다 그걸 마셨지만, 인민교회를 믿는 요리반 세 명은 중독 증상을 피할 수 있기에 조디만이 목숨을 잃었다……. 이렇게 생각하면 이 사건에는 불가사의한 점은 전혀 없는 것처럼 보이니까.

　하지만 그건 틀렸어. 귀찮게도 이 사건은 단순한 기적이 아니야."

무슨 소리야? 엉터리잖아! 하는 술렁거림이 목소리가 새어 나오기 시작했다.

"그 사실을 알게 된 건 쿠키 때문이었어. 우리가 처음에 현장인 E 교실에 갔을 때, 바닥에는 깨진 찻잔과 흘러넘친 홍차, 그리고 먹다 만 쿠키가 떨어져 있었지. 하지만 '북-2'에서 요리반인 블랑카와 레이철에게 이야기를 듣고 다시 교실로 돌아가자, 어째서인지 그 쿠키가 사라지고 없었어.

물론 쿠키에 발이 달려 홀연히 사라지는 일은 있을 수 없지. 누가 E 교실에 숨어들어 그걸 가지고 갔다는 말이 돼.

그럼 쿠키 도둑이 교실에 들어온 건 언제일까. 우리가 일단 학교를 떠난 시점에는 아직 E 교실 앞에 아이들이 모여 있었어. 도둑이 교실에 숨어든 건 피터의 지시로 아이들을 집단 하교시킨 후, 우리가 돌아올 때까지, 그 사이였을 테지.

하지만 우리가 현장에 돌아왔을 때, E 교실 문은 거의 열리지 않는 상태였어. 의자에서 떨어진 토사물이 굳어서 문틈에 끼어 막고 있었거든. 아이들이 사라진 후, 쿠키 도둑이 교실에 들어왔을 때 토사물은 이미 문 앞까지 퍼져 있었을 거야. 그 녀석이 이 문을 열고 교실에 들어갔다면, 토사물이 안쪽으로 밀려 있지 않다면 이상해. 하지만 우리가 돌아올 때까지 문은 닫혀 있는 채였어.

그렇다면 쿠키 도둑은 어떻게 교실로 숨어들었을까. 그 녀석은 문을 열지 않고 교실로 들어왔다는 말이 돼. 그럼 침입 경로는 도대체 어디일까."

몇 초의 틈을 두고 요리반 크리스티나와 레이철이 동시에 답했다.

"작은 창문이네요."

오토야는 끄덕였다.

"교실 벽에는 창문이 있지. 폭은 가로세로 40센티미터 정도로, 어른이 통과할 수 있는 크기는 아니야. 바꿔 말하면 몸이 작은 아이라면 어렵지 않게 통과할 수 있다는 말이 되지. 아이 중 한 명이 몰래 돌아와서 교실로 숨어들어 방치되어 있던 쿠키를 주워 먹었다. 이것이 우선 생각할 수 있는 가설이야.

하지만 실제로 상상해보면 이 아이의 행동은 꽤 불가사의해. 책상 위의 그릇에는 손을 대지 않은 쿠키가 놓여 있었으니 바닥에 떨어진 먹다 만 쿠키를 주워 먹을 이유가 없거든. 뭐든 입에 넣으려 하는 아기라면 모를까. 이 아이는 교실에 숨어들 정도로 잔꾀를 부릴 나이야. 찻잔 파편이나 토사물과 함께 바닥에 떨어진 쿠키를 줍는 것보다는 책상에 있는 쿠키에 먼저 손을 대겠지. 나로서는 쿠키 도둑의 정체가 인간 아이라고는 생각할 수 없어."

"그렇군요. 당신이 무슨 말을 하고 싶은지 알겠어요." 크리스티나에게 뒤쳐지기 싫은 것인지 레이철이 입을 열었다.

"음식을 탐하며 교실로 숨어들 정도로 얇은 꾀가 있고, 사방 40센티미터의 창문을 통과할 수 있으며, 나아가 책상 위의 쿠키가 아니라 바닥에 떨어진 쿠키를 입에 넣을 것 같은 동물. 녀석은 2족 보행이 아니라 4족 보행이었어요."

청중이 술렁였다. 레이철은 자랑스럽게 말을 이었다.

"쿠키 도둑의 정체는 덤불개군요."

"그게 진상이겠지. 그 덤불개는 행운인지 불행인지 이 마을로 흘러들었지만, 야생동물에게 먹이를 줘서는 안 된다는 인민교회 규칙 탓에 매우 굶주린 상태였어. 그러던 때, 교실 창문에서 새어 나오는 토사물 냄새를 맡은 거야.

배가 고픈 야생동물은 평소라면 먹지 않는 쓰레기 같은 것도 아무렇지도 않게 입에 넣으려고 하지. 뭐라도 먹지 않으면 죽고 말 테니까. 그 덤불개도 냄새에 이끌려 창문을 통해 교실로 숨어들었을 거야."

오토야의 뇌리에 '주레 혼고'의 계단에 떨어져 있던 토사물과 그걸 핥으려고 했던 말라빠진 들개의 모습이 떠올랐다.

"운 좋게도 거기에는 먹다 만 쿠키가 떨어져 있었어. 만약 그것이 없었다면 덤불개는 토사물을 핥아서 중독 증상을 일으켰겠지. 쿠키로 배가 가득 찼으리라고는 생각할 수 없지만, 당장의 굶주림에서는 해방되었기에 녀석은 창문을 통해 밖으로 나갔어."

"당신, 아까부터 주절주절 무슨 이야기를 하는 거야?" 농경반 월터가 욕을 퍼부었다. "덤불개와 이 사건이 무슨 관계가 있는데?"

"모르겠어? 지금 말하는 것과 모순되는 것 같지만, 교실에 숨어든 덤불개는 과연 쿠키만으로 만족했을까? 동물은 단것을 먹으면 혈당치가 높아져서 목이 마르게 되어 있어. 퍼석퍼석한 쿠키라면 더더욱 그럴 테고 말이야. 그런데 교실 바닥에는 크리스티나가 흘린 홍차가 퍼져 있었어. 덤불개가 쿠키만 먹고 홍차에 전혀 입을 대지 않았을 거라고는 생각하기 어려워."

"그럼 핥았겠지." 그때 월터의 목소리가 작아졌다. "……어라?"

"이상하지? 덤불개는 건강하게 교실을 나갔으니까 말이야. 너희 몸에 일어난 기적과는 달리. 조든이 도마뱀이나 이구아나의 상처를 치료해 보인 건 단순한 마술일 뿐이야. 백번 양보해서 동물에게도 기적이 일어날 가능성이 있다고 해도, 그 덤불개는 나와 마찬가지로 마을 바깥에서 흘러들어온 외부자야. 덤불개가 홍차를 마셔도 죽지 않았다는 말은 기적에 의해 중독 증상을 면했기 때문이 아니야. 처음부터 독이 들어 있지 않았기 때문이지. 즉, 크리스티나가 흘린 홍차에는 독이 들어 있지 않았다는 말이 돼.

이 홍차는 블랑카가 하나의 찻주전자에서 네 개의 찻잔에 따른 거야. 크리스티나가 마신 홍차에 독이 들어 있지 않았다면 조디의 홍차도 마찬가지였다는 이야기가 되지."

월터가 다시 외쳤다. "도대체 뭐가 어떻게 됐다는 거야!"

"조디는 독이 들어 있지 않은 홍차를 마시고 중독 증상을 일으켰어. 이는 기적의 존재를 전제하더라도 설명이 되지 않는, 훌륭한 불가능 범죄라는 말이야."

"묘한 탐정이군." 조든이 귀 뒤쪽 머리를 쓰다듬으며 중얼거렸다. "스스로 수수께끼를 늘리다니."

"논리적으로 생각하면 그렇게 된다는 것뿐이야. 그럼 범인이 조디에게 독을 먹인 방법을 생각해보지. 일단 범인은 홍차에 독을 넣은 건 아니야. 조디가 둥글게 놓인 찻잔에서 무작위로 고른 이상, 어느 것 하나에 미리 독을 묻혀두는 방법도 쓸 수 없어. 조디는, 적어도 다과회가 열리는 동안에는 독극물을 삼키지 않았어. 그럼에도 어째서인지 다과회에서 중독 증상을 일으켰지. 이게 사실이야. 필연적으로 조디의 체내에 독이 들어간 건 다과회보다 이른 시점이라는 말이 돼."

오토야는 청중 사이에서 용솟음치는 의문의 목소리를 양손으로 제지했다.

"즉, 이렇게 되었다는 말이야. 조디는 다과회 전에 독을 삼켰지만, 독은 어떤 이유로 체내에 흡수되지 않았다. 하지만 홍차를 마심으로써 체내의 독극물의 상태가 변화하여 위장에 흡수되어 중독 증상이 나타났다. 그 결과, 조디는 죽고 말았다."

"치사량의 사이안화칼륨을 먹고도 죽지 않는 방법이 있단 말인가요?"

레이철이 입술을 삐죽거렸다.

"단순한 이야기야. 위장의 점막에 닿지 않으면 돼. 체내에서 소화되지 않는 것으로 독을 감싸두면 된단 말이지."

"캡슐을 썼다는 말인가요? 홍차를 마셨을 때만 녹는 캡슐이 있다고는 생각하기 어려운데요."

"아무래도 너희에게는 학습 능력이 없는 듯하군." 오토야는 어깨를 으쓱였다. "범인은 저융점 합금을 사용한 거야."

여기저기에서 억누른 듯한 비명이 터졌다.

"우리 인간은 도마뱀이나 이구아나와는 다르게 항온동물이야. 신체의 외부는 36도 전후, 내부도 36도에서 37도 전후로 유지되지. 한편, 블랑카가 홍차를 끓일 때 사용한 물은 조리실에서 끓여서 보온병으로 옮겨온 것이었어. 약간 식었다손 치더라도 70도에서 80도는 되었겠지. 범인은 이 두 온도 사이에서 녹는 금속으로 사이안화칼륨을 감싼 거야.

범인은 16일에 조디가 다과회에 참석한다는 사실을 알고, 미리 그녀에게 저융점 합금으로 감싼 미량의 사이안화칼륨을 먹였어. 다과회 전에 그녀가 식사를 한다고 해도, 이 마을에서 내놓는 요리는 대개 차가우니까 금속이 녹아서 독이 흘러나올 걱정은 없지. 내 친구인 노기도 어렸을 때 금속 인형을 삼킨 적이 있었다는데, 딱히 몸에 탈이 나지는 않았다더군. 만일 조디가 따뜻한 걸 입에 대지 않았다면 금속은 일주일 정도 지나 엉덩이를 통해 나왔을 거야. 하지만 한 번이라도 따뜻한 음식을 먹는다면, 소화기에서 금속이 녹아 그 속에 든 사이안화칼륨이 흘러나오면서 중독 증상을 일으키게 된다는 말씀이야."

"어떻게 그런 걸 먹였다는 건가요?" 목소리를 낸 것은 의사 로레타 샤흐트였다. "금속을 아무렇지도 않게 입에 넣는 건 어린아이들뿐이에요."

"범인은 조디를 속여 저융점 합금을 먹게 한 거지. 조디는 지병인 협심증 때문에 매끼 식사 후에 캡슐로 된 혈압 강하제를 복용해왔어. 하지만 15일 저녁 식사 자리에서 약이 들어 있는 약통이 보이지 않는다는 사실을 깨달았지. 아침 식사 후엔 분명 약을 먹었다고 했으니 통을 떨어뜨린 건 그 후의 일이었을 거야. 우리가 잃어버린 약통을 찾아 두리번거리는데 근처에서 밥을 먹던 남자 신자가 테이블에 놓여 있었다며 조디의 약통을 가지고 왔어. 조디는 남자에게 감사 인사를 건네고 식후에 컵에 든 물과 함께 그 안에 든 약을 먹었고."

"그 캡슐이 사실 저융점 합금이었다고요?"

"정확히 말하면 캡슐 속 내용물이 사이안화칼륨을 감싼 저융점 합금과 바꿔치기되어 있었겠지. 아무리 그래도 조디의 품에서 훔쳤다고는 생각하기 어려우니, 범인은 우연히 조디가 떨어뜨린 약통을 주웠을 거야. 뚜껑에 J. R.이라는 사인이 있었기에 주인은 누구의 것인지 바로 알 수 있었지. 범인은 약통을 가지고 가서 그날 날짜가 적힌 포켓에서 캡슐약을 꺼냈어. 캡슐을 열고 내용물을 꺼낸 자리에 사이안화 칼륨을 감싼 저융점 합금을 채운 다음 도로 캡슐을 닫은 다음 고정했어. 마지막으로 그걸 넣은 약통을 식당 테이블에 놓아두었지. 그렇게 함으로써 분실물을 찾은 조디가 저융점 합금을 입에 넣게 만든 거야."

"겉모습이 같아도 안에 금속이 들어 있었다면, 아무래도 위화감을 느끼지 않을까요."

레이철은 그렇게 중얼거리고는 캡슐을 먹는 시늉을 해 보였다.

"조디는 그때 약통에서 꺼낸 캡슐을 꿀 수프에 떨어뜨렸어. 그때는 우리도 조디의 몸 상태가 좋지 않았던 탓이라고 여겼지만, 실제로는 캡슐약이 평소보다 살짝 무거운 상태였을 거야. 만약 그 꿀 수프가 뜨거웠다면 캡슐이 녹아 걸쭉한 금속이 흘러나와버렸겠지.

다음 날 아침에는 조디의 몸 상태가 회복되어 있었지만, 숙소를 나서기 전 한순간, 심장에 위화감이 있는 듯한 동작도 보였어. 그건 전날 밤에 먹은 캡슐약에 혈압 강하제가 들어 있지 않았기에 혈압이 높아진 상태였기 때문일지도 몰라."

오토야는 헛기침을 한 번 한 후 청중을 다시 바라봤다.

"그렇다면 조디를 죽인 범인은 누구일까. 덴트 사건과 마찬가지로 범인은 저융점 합금 트릭을 썼어. 신자들은 짐 조든의 마술에 대해 알지 못하니 범인은 짐 조든 본인 또는 간부 중 한 사람이라는 말이 되지. 그리고 한 가지 더. 조디의 약통이 범행에 쓰이긴 했지만, 누구나 약통에 손을 댈 수 있었기에 범인을 특정할 수 있는 조건이 될 수는 없어.

하지만 이 사건이 일어나기 약 아홉 시간 전에 덴트가 밀실에서 살해당하고, 다음 날 아침에 이하준이 두 동강이 난 걸 생각하면, 범인이 계획적으로 기적 같은 방법으로 조디를 죽이려고 했다는 점은 틀림없어. 하지만, 조디가 혼자서 뜨거운 물을 마시고 중독을 일으켰다고 해도 그 사건이 기적처럼 보일 리는 없어. 범인은 그녀가 다과회에 초대받았다는 사실을 알고 있고, 그 자리에서 중독 증상이 나타나도록 저융점 합금을 먹였다는 말이 돼.

레이철 베이커가 조디와 다과회 약속을 잡은 건 이틀 전에 그녀가 저녁 식사를 하러 왔을 때야. 거기에는 요리반의 블랑카 호건과 크리스티나 밀러, 그리고 아이들과 식사를 하기 위해 식당으로 향하던 짐 조든이 있었지. 요리반 사람들은 다과회에 대해 다른 신자에게 말하지 않았다고 하니까, 예정을 알고 있던 건 거기 있던 사람들뿐이야. 저융점 합금의 존재를 알고 있었다는 조건을 더하면 범인의 조건을 만족하는 인물은 한 명밖에 없지."

오토야는 등받이에 몸을 묻고 옆에 앉은 남자에게 또다시 얼굴을 향했다.

"조디에게 독을 먹인 것도 짐 조든, 바로 당신이야."

●

파빌리온에는 분노의 목소리가 들끓었다. 웃기지 마, 바보 같은 소리를 지껄이는군, 조든 씨를 모욕하지 마……. 그럼 에도 무대로 뛰어들어 연설을 멈추려고 하는 자가 없는 것 은 그가 내놓을 다음 추리가 궁금하기 때문이리라.

"다음은 이하준 사건이야."

오토야는 연설을 계속했다.

"범인은 어떻게 감방 안의 이하준의 몸을 두 동강 내고, 파 빌리온 무대에 놓았을까. 이것만은 저융점 합금으로도 할 수 없는 일이지. 나조차도 악마의 범행을 의심하고 싶어지 지만, 범인이 인간이란 점은 처음에 설명한 그대로야.

우리는 유능한 조수 덕분에 사체를 발견한 루이스 레즈너 의 이야기를 들을 수 있었어. 결과적으로 그녀의 증언에는 중요한 단서가 포함되어 있었지."

파빌리온 뒤쪽 사람들이 술렁였다. 지붕에서 조금 벗어난 곳에 있던 루이스 레즈너가 불안한 듯 몸을 움츠렸다.

"그녀는 이 마을에 오기 전, 텍사스에서 신발 수리점을 하고 있었다더군. 그녀가 말하기를 무대 아래에서 본 이하준의 신발은 자신도 모르게 수리해주고 싶을 정도로 너덜너덜했다고 해.

잘 생각해보면 이건 이상하지. 연설대에 놓인 이하준의 하반신은 배가 무대 안쪽, 다리가 무대 아래를 향하고 있었어. 루이스가 있던 자리에서는 고작해야 신발 밑창밖에 보이지 않았을 거야."

루이스는 오토야를 보지도 않고 어깨를 움츠린 채로 무어라고 중얼거렸다. 입술을 보자, 목사님, 목사님, 하고 반복하고 있다는 사실을 알 수 있었다.

"물론 신발에 익숙한 그녀라면 밑창만 봐도 그 신발이 얼마만큼 오래 신은 건지 알 수 있었을 테지. 하지만 나와 리리코가 공동묘지의 관리 오두막에 숨어들어 사체를 조사했을 때 이하준의 스니커즈는 진흙투성이가 되어 밑창이 전혀 보이지 않는 상태였어."

"뭐, 뭐라고요?" 그제야 루이스가 고개를 들었다. "그럴 리 없어요. 제가 사체를 봤을 때는 확실히 신발 밑창이 보였거든요."

"당신을 의심해서 하는 이야기는 아니야. 애초에 그런 거짓말을 할 이유도 없고 말이야. 그렇다면 왜 당신이 본 사체의 신발은 밑창이 보였는데, 우리가 본 사체의 신발은 진흙투성이였을까. 사체가 공동묘지로 옮겨지는 사이에 신발이 더러워지기라도 한 걸까? 하지만 로레타 의사는 노기나 덴트의 사체를 들것에 실어서 옮겼어. 이하준만 질질 끌고 옮겼다고는 생각할 수 없지.

남은 가능성은 하나. 새롭게 진흙이 묻은 게 아니라면 신발 자체가 바뀌었다고밖에 생각할 수 없어. 루이스가 파빌리온에서 사체를 발견한 이후부터 우리가 공동묘지를 방문하기 전까지, 사체가 신은 신발이 바뀐 거야."

다시금 청중이 조용해졌다. 몇 초 후, 크리스티나가 목소리를 높였다.

"범인에게 불리한 흔적이 묻어 있어서 범인이 몰래 신발을 바꿔치기했다는 건가요?"

"안타깝게도 틀렸어. 공동묘지에서 사체를 관찰했을 때, 몸통의 절단면에서 흐른 피가 스니커즈 중간 부근까지 물들어 있었거든. 파빌리온에서 사체를 옮긴 시점에는 피가 거의 말라 있었을 테니까, 그 후에 범인이 신발을 바꿨다면 그 신발에는 피가 묻지 않았어야 해. 따라서 우리가 공동묘지에서 본 스니커즈는 그가 살해당했을 때 신고 있던 것과 달라지지 않았다는 말이 돼."

"모순된 이야기로 들리는데요."

"그렇지 않아. 루이스가 본 신발과 우리가 본 신발은 다른 거야. 하지만 사체의 신발은 바뀌지 않았어. 그렇다면 바뀐 건 신발이 아니라, 사체 그 자체라는 말이 되지."

크리스티나는 입을 떡 벌렸지만, 이어지는 말이 나오지는 않았다.

"루이스가 파빌리온에서 본 사체와 우리가 공동묘지에서 본 사체는 완전히 다른 거였어. 이것이 논리적인 귀결이야. 이하준의 사체, 그리고 그와 꽤 닮은 가짜 남자의 사체. 조든타운에는 두 동강 난 사체가 두 구 있었던 거야.

그렇다면 진짜는 어느 쪽이었을까. 우리가 공동묘지에서 본 사체는 엉덩이에 커다란 부종이 있었어. 그건 2년 전, 이하준이 한국 성당에서 일어난 성폭행 사건을 고발했을 때 경찰에게 전기 고문을 당해 생긴 흉터야. 하지만 그는 엉덩이에 상처가 있다는 사실을 떠벌리는 사람은 아니었지. 범인이 가짜 사체를 준비했다 해도, 특징을 맞추기 위해 나중에 상처를 만들거나 할 수는 없어. 따라서 우리가 공동묘지에서 본 사체는 이하준 본인이고, 너희가 본 사체는 가짜였다는 말이 돼."

마술의 트릭을 알게 된 몇몇 신자들이 순간적으로 얼빠진 표정을 지었다.

"그렇다면 가짜 사체는 누구일까? 조든타운에서 모습을 감춘 아시아계 남자 신자가 있다면 그가 대역이 되었을 가능성이 있지만, 공교롭게도 아시아계 신자는 아이인 Q 말고는 없지. 물론 그 녀석은 사건 후에도 살아 있고, 이하준과는 몸집부터가 달라. 그렇다면 범인은 원래부터 있었던 아시아인 남자의 사체를 재활용했다는 말이 돼."

앗, 하고 얼빠진 소리가 들렸다. 공동묘지 관리인인 샤론 클레이튼이 서둘러 입을 막았다.

"마침 바로 3일 전, 조든타운에서 아시아인 남자가 죽었지. 여기에 도착한 직후에 보안반 래리 래빈스에게 총을 맞은 내 친구 노기 노비루 말이야. 범인은 이 남자를 이하준의 사체로 꾸민 거야."

"그 두 명은 국적도 다르고 완전 타인인데요?" 레이철이 목멘 소리로 말했다. "아무리 그래도 얼굴을 보면 다른 사람인 걸 알 수 있을 텐데요."

"하지만 실제로는 딱히 그렇지도 않아. 한국인과 일본인의 생김새는 분명 미묘하게 다르지만, 그건 너희 미국인이 알 만한 차이는 아니야. 애초에 너희는 아시아인의 얼굴 구별도 제대로 못 하잖아? 내가 가이아나에 오고 나서 중국인으로 몇 번이나 오해받았는지 아나? 미안하지만 같은 동아시아계 일본인과 한국인을 구별한다니, 택도 없어."

사실 이렇게까지 기세등등하게 말할 생각은 아니었다. 오토야는 모모즈 가즈오를 찾아 '인터내셔널 살롱 프리모리예'를 방문했을 때, 대부분의 외국인이 비슷비슷하게 보였던 일을 상기했다.

"물론 실제로는 다른 사람인 이상, 눈여겨 관찰하면 차이가 드러날 테지. 하지만 사체는 도저히 눈 뜨고 볼 수 없을 정도로 손상된 상태였고, 사흘 전에 노기의 사체를 본 주민도 많지 않아. 사체가 발견되기 전날에는 조든이 덴트와 조디에게 천벌을 내렸다고 연설하기까지 했지. 이 둘에 이어서 아시아인 남자의 사체까지 발견되면, 마찬가지로 조사단원이 살해당했다고 믿게 될 거야.

범인은 공동묘지의 관리 오두막에 보관되어 있던 노기의 사체를 절단해 파빌리온으로 옮겼어. 굳이 몸통을 두 동강 낸 이유는 두 가지가 있지. 하나는 총에 맞은 명치 아래쪽의 피부를 찢음으로써 진짜 사인이 된 총상을 숨기기 위해. 다른 하나는 조금이라도 화려하고 광범위하게 손괴함으로써 원래 모습과는 동떨어진 사체를 만들기 위해서야."

"에어컨이 켜진 오두막에 보관되어 있었다고는 해도, 노기 씨의 사체는 어느 정도 부패가 진행되었을 텐데요."

로레타가 관자놀이를 누르며 말했다.

"범인이 어딘가의 멋쟁이 영감이 얼굴에 처바르는 파우더를 사용해서 사체의 피부를 밝게 보이게 했겠지. 시반이나 피부가 변색된 곳은 특히 정성을 들여 가렸을 거야."

조든은 아무 말도 듣지 못한 듯 손깍지를 낀 채였다.

"무대의 사체에서는 피가 잔뜩 흘러나와 있었어요. 노기 씨가 죽은 건 사흘 전이니 피는 완전히 말라버렸을 텐데요."

"그야 그렇겠지. 노기의 피가 따로 보존되어 있던 것도 아

닐 테니까 범인은 다른 동물의 피를 사체에 뿌렸다는 말이
돼. 무슨 피를 사용한 건지는 모르지만, 아무래도 그날 이후
행방을 감춘 동물이 있지 않나? 그래, 범인은 그 덤불개를
죽여서 노기의 사체에 피를 뿌린 건 아닐까?"

로레타는 아직 관자놀이를 누른 채였지만, 다음 질문이 나
올 것 같지는 않았다.

"루이스가 파빌리온 무대에 놓인 사체를 발견했을 때, 진
짜 이하준은 아직 제2감옥의 감방에 있었어. 자신과 닮은
사체가 발견되었다는 사실 따위 전혀 모르는 채 코를 골고
있었겠지.

범인은 나와 리리코가 밖으로 탈옥한 걸 틈타 제1감옥으
로 숨어들었어. 제2감옥의 환기구를 통해 벌집을 미리 던
져 넣은 건 감방을 나선 우리가 제2감옥으로 가지 않고 감
옥 바깥으로 나가게 하기 위한 잔재주였을 거야. 범인은 간
수실에서 감옥의 여벌 열쇠를 꺼내서 복도를 지나 제2감옥
으로 향한 후 감방의 격자문을 열고 이하준을 살해했지. 사
체를 두 동강 내서 짐차에 싣고 밀림을 통해 공동묘지의 관
리 오두막으로 옮겼어. 그리고 이미 그곳에 옮겨져 있던 노
기의 사체와 바꿔치기한 거지."

맨 앞줄의 신자가 이해가 되지 않는다는 듯 고개를 저었
다. 오토야는 그 신자에게 끄덕여 보였다.

"이 마술에는 설명되지 않는 점이 하나 있어. 우리가 감옥

을 나갈 수 있었던 건 Q가 우리를 꺼내주었기 때문이야. 제아무리 벌집을 던져 넣는다고 해도, 우리가 우선 감방에서 나가지 못하면 감옥에서도 나갈 수 없지. Q가 우리를 꺼내주지 않았다면 범인은 제2감옥으로 숨어들 수 없다는 말이 돼. 이건 너무 운에 맡기는 듯한 일이지.

그러면 Q 소년이 범인이고, 우리를 감방에서 꺼내준 후, 이하준을 죽인 걸까? 하지만 공동묘지의 관리 오두막에서 이하준의 사체와 대면할 때까지 우리는 Q와 함께였어. 그에게는 알리바이가 있으니 범인일 수 없지.

그렇다면 범인은 어떻게 제2감옥으로 숨어들 생각이었을까. 그 녀석의 본래 계획은 우리를 제1감옥에서 석방한 후, 제2감옥으로 숨어드는 것이었어. 나와 리리코가 감방에 갇혀 있는 사이에 이하준이 살해당했으니 너희에게는 죄가 없다는 사실을 알았다, 이 이상 가둬둘 수는 없다, 라며 우리를 감옥에서 꺼낼 생각이었겠지."

거드름을 피우며 말을 끊고 청중을 둘러봤다. 놀라는 기색은 없었다.

"범인은 우리를 감옥에서 꺼내도록 부하에게 명령할 수 있어. 그런 위치에 있는 자는 한 명밖에 없지. 이 사건의 범인도 짐 조든, 바로 당신이야."

●

"마지막은 내 조수, 아리모리 리리코가 살해당한 사건이야."

중요한 것은 지금부터다. 오토야는 평정을 가장하고 천천히 말을 꺼냈다.

"18일 오후 4시 15분, 나는 공동묘지에서 리리코가 죽어 있는 모습을 발견했어. 사인은 와이어로프로 목이 졸린 질식사. 하지만 관리인의 말을 들어보니 리리코가 공동묘지에 찾아왔다고 여겨지는 오후 4시 이후에 공동묘지에서 나온 사람은 없었다더군. 밀실 상태의 공동묘지에서 범인은 어떻게 자취를 감췄을까."

목소리가 커지려는 것을 참으며 오토야는 냉정하게 말을 이었다.

"리리코가 살해당하기 직전인 오후 3시 40분. 레오 라일랜드 의원 일행이 잠시 후 출발한다는 사실을 알게 된 나는 무전기로 리리코에게 연락을 취했어. 리리코는 잃어버린 물건을 찾으러 마을로 돌아갔고, 이때는 감옥에 있었다고 했지. 일행이 출발하려 한다고 전하자, 리리코는 바로 돌아오겠다고 답했어.

하지만 약 30분 후인 4시 15분, 리리코는 공동묘지에서 사체가 된 채 발견되었어. 감옥 뒤쪽으로 밀림을 빠져나가 공동묘지 쪽으로 향하는 발자국이 남아 있었기에 그녀가 자신의 의지로 그곳으로 향했다는 점은 틀림없어. 왜 그녀는 내게 거짓말을 하고 비행기를 타지 못하리라는 사실을 알면서도 공동묘지로 향한 걸까."

"분실물이 공동묘지에 있다고 생각했기 때문 아닌가요?"

크리스티나가 답했다. 연설이 시작되었을 때 보이던 주저하는 기색은 없었다.

"있는 그대로 생각해보면 그게 맞아. 우리는 어제, 이하준의 사체를 조사하러 공동묘지의 관리 오두막을 방문했어. 그곳에서 물건을 떨어뜨렸을 가능성도 있겠지. 하지만 그때의 행동을 제대로 되돌아보니, 그녀가 공동묘지로 간 것에는 다른 이유가 있다는 사실을 알게 되었어.

실은 우리가 무전기로 대화를 할 때, 마침 스피커에서 조든의 목소리가 흘러나왔거든. 긴급집회를 열 테니 파빌리온으로 모이라는 익숙한 내용이었지만, 그것이 가까이 있는 스피커와 귓가의 무전기에서 동시에 들려왔어. 무전기에서도 같은 소리가 들렸단 말은 리리코 측의 마이크가 감옥의 처마 끝에 있는 스피커의 소리를 포착했기 때문이겠지. 그때 나는 그렇게 생각했어."

"그게 뭐가 이상한데요?"

"간부들이 무전기로 연락을 주고받는 모습은 몇 번이고 봤지만, 이 마을에서 사용하는 무전기에는 약 2초의 시간차가 있어. 한편, 마을 여기저기에 설치된 스피커에서는 교주의 목소리가 동시에 흘러나오지. 나는 두 개의 스피커에서 나온 소리를 하나는 귀로, 다른 하나는 무전기를 통해 들었어. 그렇다면 두 개의 소리 사이에 반드시 2초의 시간차가 있어야 해. 하지만 두 소리는 동시에 들렸지. 시간차가 나야 할 소리가 왜 동시에 들린 걸까."

오토야는 빙글 청중을 둘러봤다. 학교 수업도 아닌데 신자 중 누구도 그와 눈을 마주치려고 하지 않았다.

"논리적으로 생각해보지. 무전기를 통해 2초 늦게 들려야 할 소리가 동시에 들렸다는 말은 무전기 반대쪽, 즉 리리코가 있던 장소에는 다른 스피커보다도 소리가 2초 빠르게 입력되었다는 말이 돼.

그럼 이때 리리코는 어디에 있었을까. 조든타운에는 짐 조든의 목소리가 다른 곳보다 먼저 들리는 장소가 단 한 곳 있지."

아! 하고 내무장관 피터가 목소리를 냈다.

"조든은 '아버지의 집' 안에서 마을 안의 스피커로 목소리를 내보낼 수 있어. 하지만 그 방식은 약간 묘하지. 일단 짐 조든이 마이크를 사용해 외부 스피커로 목소리를 내보내고, 그걸 받아 마을 곳곳의 스피커로 재송출하는 시스템이거든. 덕분에 '아버지의 집' 바깥에 있는 스피커에서만 다른 장소의 스피커보다 목소리가 2초 빠르게 들리게끔 되어 있지.

내가 리리코에게 연락했을 때, 그녀는 감옥이 아니라 당신의 집 근처에 있었어. 내가 무전기 소리를 듣고서 이끌어낸 결론이야."

오토야는 의자에서 몸을 일으켜 짐 조든에게 말했다. 청중은 크게 술렁였지만, 조든은 꿈쩍도 하지 않았다.

"그러면 리리코가 살해당한 경위도 크게 달랐다는 말이 돼. 원래는 그녀가 살해당한 게 오후 4시 이후라고 생각했지만, 그건 3시 40분에 감옥에 있었다는 그녀의 말을 믿고 있었기 때문이야. 실제로는 그 시점에 '아버지의 집' 근처까지 이동한 상태였다면, 그 후 공동묘지에 도착한 시각도 훨씬 빨랐다는 말이 돼.

공동묘지 관리인 샤론 클레이튼은 오후 4시 이후에 공동묘지에서 나간 사람은 없다고 증언했어. 하지만 4시까지는 책을 읽고 있었고, 누가 드나들었는지 제대로 기억하지 못한다고 했지. 그 사이에 범인이 범행을 마치고 공동묘지에서 떠났다면 이 사건에 불가사의한 점은 없었다는 말이 돼."

"밀실 같은 건 처음부터 존재하지 않았던 거네."

게으름을 피우며 일했다는 사실이 밝혀진 샤론이 근심을 떨쳐버린 듯 떠들었다.

"예기치 않은 이유로 밀실처럼 보였다는 점은 사실이지만, 덴트의 사건처럼 범인이 의도적으로 밀실로 꾸미려고 한 건 아니야.

그럼 왜 내 조수는 내게 거짓말을 했을까? 그건 그녀의 행동을 더듬어보면 알 수 있어. 오후 3시 10분경, 그녀는 분실물을 찾는다고 말하고 마을 입구에서 거주지로 돌아갔어. 하지만 감옥에 도착한 후 곧장 경사면을 내려가 밀림으로 들어가서 '아버지의 집'으로 향했지. 몰래 밀림으로 이동한 이유는 다른 사람에게 알리고 싶지 않은 떳떳치 못한 이유로 그곳에 발을 들였기 때문이겠지.

리리코가 '아버지의 집'을 방문한 떳떳치 못한 이유는 무엇일까. 그건 하나밖에 없어. 짐 조든, 당신을 죽이기 위해서야. 리리코는 자신의 손으로 조사단 세 명의 복수를 하려고 했어."

몇 초 사이를 두고 여기저기서 무수한 비명이 터져 나왔다. 조든은 여전히 말이 없었지만, 셔츠 목둘레가 땀에 젖어 색이 짙어졌다.

"리리코 씨가 오토야 씨에게 한 거짓말은 살해 현장에서 떨어진 장소에 있었다고 생각하게 만들기 위한 알리바이 공작이었던 거군요."

피터가 억양 없는 목소리로 중얼거렸다.

"그런 셈이 되겠지."

애초에 이 거짓말은 실제로는 거의 의미를 지니지 못한다.

오토야와 리리코는 일본에서 함께 온 동료다. 경찰 조사때 가족의 증언이 신빙성을 인정받지 못하듯 오토야의 증언덕에 리리코의 결백이 증명되는 일은 있을 수 없다. 진짜로 자신을 지키려고 했다면 리리코는 다른 방책을 생각했을 터.

하지만 리리코로서는 오토야에게만은 거짓말을 해야 할 이유가 있었다.

'오토야 씨는 탐정이 가해자가 될 수 있다는 사실을 자각해야 해요.'

그녀는 불과 얼마 전, 상사에게 그렇게 직언하지 않았던가. 그녀는 탐정이라는 일의 위험성을 알고 있었고, 지켜야 할 선을 넘지 않는 것을 신념으로 삼았다.

그런 그녀가 범인을 용서할 수 없어서 스스로 그 목숨을 거두고자 결심했다면 어떨까. 오토야에게 모순을 들키고 싶지 않을 것이다. 오토야만은 자신이 아무 일도 저지르지 않았다고 믿어주기를 바라는 마음도 있었으리라.

"그녀는 '아버지의 집'의 문을 노크한 후 중요한 이야기가 있다고 말하며 조든을 공동묘지로 불러냈어. '아버지의 집'에는 언제 간부가 찾아올지 알 수 없기 때문이지. 관리인 샤론이 제대로 일을 하지 않는다는 사실은 밀림에서 나와 '아버지의 집'으로 향하는 도중에 알아챘겠지.

리리코는 이때, 밀림의 울타리로 사용되던 와이어로프를 몰래 지니고 있었어. 공동묘지에 도착하자, 리리코는 그것으로 당신의 목을 조르려고 했지. 하지만 몹시 지친 상태였다고는 하나 당신은 백인 남자고 리리코는 아시아인 여자지. 살기를 눈치챈 당신은 와이어로프를 빼앗아서 리리코의 목을 졸라 반격했어. 그리고 아무것도 모르는 얼굴로 공동묘지를 나가서 이 파빌리온 무대에서 비장한 연설을 시작한 거야."

오토야는 의자에서 완전히 일어나서 조든을 정면에서 내려다봤다.

"내 조수를 죽인 것도 짐 조든, 네놈이야."

조든은 오토야에게서 얼굴을 돌리고는 어색한 몸짓으로 입술을 쓰다듬었다.

"너는 알프레드 덴트, 조디 랜디, 이하준, 아리모리 리리코 네 명을 죽였어. 마지막 한 명은 예상 밖이었을 테지만, 연달아 네 명을 죽였다는 점은 달라지지 않지. 여기에 모인 사람들이 고맙다고 절하던 사람은 미친 살인마였어."

"아니에요!"

청중들 사이에서 남들보다 한층 큰 목소리가 들렸다. 돌아보자 루이스가 창백해진 입술을 와들와들 떨고 있었다. 그녀는 울다 지친 아이가 마지막으로 쥐어짜낸 듯한 목소리로 말했다.

"목사님은 신의 화신이에요. 목사님이 진짜로 사람을 죽였다면, 그들은 여기에서 죽어야만 하는 운명이었던 거예요."

오토야는 자신도 모르게 손뼉을 쳤다.

"훌륭해. 사이비 종교에 빠져든 인간의 전형적인 반응이야. 그렇다면 라일랜드 의원과 그의 동료들은 활주로에서 탄환 세례를 맞을 운명이었다는 말인가?"

"탄환 세례?" 루이스는 떨 듯이 고개를 저었다. "당신이 무슨 말을 하는 건지 저는 모르겠어요."

"시치미 떼도 소용없어. 안타깝지만 이 녀석은 신이 아니야. 신의 흉내를 내는 저속한 사기꾼일 뿐이지. 도대체 어디에 있는 신이 저융점 합금으로 가짜 열쇠를 만들고 썩은 사체에 파우더를 바르지?"

"저기, 질문이 또 있어요." 크리스티나가 차분한 목소리로 말했다. "당신의 추리가 전부 다 옳다고 치고, 조든 씨는 왜 조사단 분들을 죽인 건가요?"

파빌리온 안에서는 흥분했던 청중이 일순간 제정신을 차린 것처럼 조용해졌다.

"조든 씨는 소련으로의 이주를 강하게 희망하고 있었어요. 그러기 위한 마지막 희망이 찰스 클라크 씨였고, 고인들은 그가 파견한 조사단이죠. 조든 씨에게는 조사단을 죽일 이유가 없지 않나요?"

"분명 조사단을 죽일 합리적인 동기는 없어. 하지만 이렇게 종교에 인생을 바친 놈들에게는 논리보다 훨씬 더 중요한 게 있지. 그건 말할 필요도 없이 신앙이야. 짐 조든에게 그들을 죽일 합리적인 이유는 없지만 종교적인 이유는 존재했어."

오토야는 조든 뒤로 돌아가 그가 앉은 의자 등받이에 손을 올렸다.

"이자는 이탈자의 증가와 그들이 불러일으키는 언론의 비판을 두려워했지. 불안과 공포는 이성을 마비시키는 법이고. 이자는 이탈자를 배신자라고 매도하고 천벌이 내린다고 단언함으로써 신자들을 인민교회에 묶어두려 했지.

하지만 과격한 발언은 이윽고 자신의 목을 조르게 돼. 이탈자들은 인민교회에서의 경험을 이야기하며 기자들을 기쁘게 했지만, 그들에게 천벌이 내렸다는 이야기는 들려오지 않았지. 리리코의 표현을 빌리자면, 조든의 과격한 발언과 변화 없는 현실이 서로 괴리되었다고나 할까."

등받이를 두드리자, 조든의 어깨가 흠칫했다.

"신앙과 현실이 괴리를 일으키면 사람은 온갖 수단을 써서 그걸 해소하려 하지. 어떻게 해서든 배신자에게 천벌을 내려야만 해. 그런 강박관념이 이 남자의 가슴속에 부풀어 오른 거야.

그렇기는 하지만 조든타운에 사는 이상, 이탈자에게 직접 손을 쓸 수는 없어. 이자가 할 수 있는 일이라고 해봤자 규칙을 깬 신자에게 벌을 주어 간접적으로 이탈을 억제하는 것 정도야. 하지만 천벌이라고 부를 만한 일을 조든타운의 주민에게 내리는 일은 불가능했어. 그들은 믿음을 갖기만 하면 상처나 병의 증상이 없다고 믿고 있으니. 아니 그렇게 느끼고 있으니 몸이 아프거나 병에 걸리거나 하는 일이 일어날 리 없잖아. 결국 그에게 가능한 방법은 거의 없었어."

아니야, 아니야, 아니야, 라고 루이스가 기도하는 듯한 소리가 들렸다.

"그런데 마침 딱 좋은 사냥감이 찾아왔지. 찰스 클라크가 파견한 조사단원들이야. 이 녀석들을 습격자로 꾸며서 초현실적인 방법으로 살해하면, 인민교회를 적으로 돌렸다가는 천벌을 받는다는 엄포를 현실로 만들 수 있어. 신자들도 천벌을 두려워하며 신앙심을 키우겠지.

물론 그렇게 되면 크리스티나가 말한 것처럼 소련으로의 이주 계획은 망가져버리게 돼. 인민교회의 미래를 생각하면 그 녀석들을 죽이는 건 도저히 합리적이라고 말할 수 없지. 하지만 발언과 현실의 괴리, 그리고 그것이 불러일으킬 이탈자의 증가라는 중요한 문제를 해결하려면 찰스에 대한 배신도 어쩔 수 없다고 생각한 거겠지."

크리스티나는 허리춤에 손을 댄 채 아무 말도 하지 않고 고개를 저었다.

"이 남자의 계획은 성공했어. 신자들은 습격자들에게 천벌이 내려지는 모습을 눈으로 봤고, 신앙심은 커져만 갔지. 보안반 녀석들이 레오 라일랜드 의원 일행을 습격한 것도 그 성과 중 하나라고 말할 수 있어."

오토야는 등받이에서 손을 떼더니 의자 정면으로 돌아가 다시금 조든을 내려다봤다.

"이것으로 모든 수수께끼는 풀렸어. 범인은 너야."

오토야는 허리를 굽히고 흙먼지로 더러워진 조든의 선글라스를 들여다봤다.

"반박하고 싶나?"

"나는……." 조든은 얼굴을 옆으로 피하고는 아이 같은 가느다란 목소리를 냈다. "나는 범인이 아니야."

"그건 반론이 아니야. 잠꼬대지. 결백하다면 제대로 반박해보라고."

"나는 아무도 죽이지 않았어."

오토야는 조든의 얼굴을 때렸다. 의자가 옆으로 쓰러지고 조든의 머리는 바닥을 튕겼다.

"너, 몇 살이야? 다 큰 어른이 저는 하지 않았어요, 라고 하면 내가 아 그렇군요, 하고 넘어갈 줄 알았어?"

잠시 시간이 멈추고 청중이 무수한 비명을 질렀다.

"이봐, 반박해보시지. 혹시 못 하는 거야?"

조든은 무언가 말하고 싶은 듯 입을 열었지만 거친 호흡이 새어 나올 뿐 도무지 말이 나오지 않았다.

"그런가. 그럼 죽어."

머리카락을 움켜쥐고 얼굴을 연설대 모서리에 내리찍었다. 선글라스 렌즈가 깨지고 피부가 엉망진창으로 찢어졌다. 신자들의 노성이 고막을 뚫었다.

"죽어, 짐 조든. 죽어. 너는 살 자격이 없어. 이 망상에 사로잡힌 비참한 살인마야. 뭐가 조든타운이야. 미친 나르시시스트 자식아. 너는 너 자신이 좋고 또 좋아서 견딜 수가 없지? 부끄러워서 내 쪽이 다 미쳐버릴 것 같다고!"

휘적거리는 손을 짓밟고 발꿈치로 마구 짓이겼다. 오토야는 조든 위에 올라타 얼굴을 바닥에 찍어 누르고는 좌우로 문질렀다. 눈꺼풀과 코와 입술이 갈라져서 바닥이 페인트칠을 한 것처럼 붉게 물들었다.

"아직도 언론이 너를 공격한다고 생각하나? 아니, 사실 너는 비웃음을 사고 있어. 착각과 자만에 빠진 자를 자극하면 무슨 일이 벌어질지, 세상은 서커스를 보는 기분으로 즐기고 있는 거라고. 소련 정부가 너 같은 미친놈에게 진짜 손길을 내밀 거라고 생각한 거야? 그런 바보가 세상에서 너 말고 또 있냐? 더 살아봤자 부끄러울 뿐이니까 죽어! 한시라도 빨리 죽어! 똥을 싸지르고 엉엉 울면서 죽어!"

빵, 하고 마른 소리가 울려 퍼졌다.

연설대의 십자가가 터지며 나뭇조각이 볼을 스쳤다.

돌아보자 조셉 윌슨이 M1903의 총구를 이쪽으로 향하고 있었다. 무대 부근의 신자가 도망치다가 우르르 겹쳐 쓰러졌다.

"지금 당장 조든 씨에게서 떨어져."

조셉은 재빨리 노리쇠를 당겨 탄약을 약실로 밀어 넣었다.

오토야는 상관하지 않고 조든의 목을 졸랐다. 피투성이가

된 머리가 부들부들 떨리고 포마드로 고정한 머리카락이 흐
트러졌다. 렌즈가 없어진 선글라스 안경테가 눈꺼풀 속으로
파고들었다.

"죽어!"

다시금 발포음이 울려 퍼졌다.

돌풍을 맞은 듯 상체가 내동댕이쳐졌다.

곧장 일어나려 했지만, 왼쪽 팔에 힘이 들어가지 않았다.
턱을 당겨 몸을 내려다보고야 어깨에서 피가 흐르고 있다는
사실을 깨달았다. 승모근이 파여서 빗장뼈가 들여다보였다.
곧이어 맹렬한 통증이 엄습했다.

몸을 수습할 사이도 없이 보안반 남자들이 무대로 올라왔
다. 조셉이 쓰러진 오토야를 내려다보며 가슴에 총구를 들
이밀었다.

"네놈이나 죽어."

오른팔을 뻗어 방아쇠에 걸린 조셉의 손가락을 잡았다.

"잠깐만. 내 이야기 다 안 들었잖아."

"벌써 질릴 정도로 들었어."

조셉이 오토야의 왼쪽 어깨를 발로 짓이겼다. 샘물이 솟아
나듯 피가 배어났다. 아픔을 견디며 목소리를 쥐어짰다.

"나를 죽이면 후회할 거야."

"나흘 전에 죽이지 않은 걸 후회하고 있던 참이야."

"이대로 내가 죽으면 너희 교주는 진짜로 살인마가 되어

버리는데, 그래도 괜찮겠어?"

조셉의 움직임이 멈췄다.

잿빛 눈동자가 멍하니 오토야를 내려다봤다.

"무슨 의미지?"

"진짜 사실을 말하지." 오토야는 자신을 둘러싼 남자들을 둘러봤다. "나는 짐 조든이 네 사람을 죽였다고는 생각하지 않아."

"그럼 지금까지의 연설은 뭔데?"

"처음에 말했잖아. 나는 너희 입장에서 추리를 진행한다고. 즉, 기적은 있다는 전제로 범인을 밝히겠다고 말이야. 이건 말하자면 신앙인의 추리인 셈이지.

공교롭게도 나는 너희 신을 믿지 않거든. 너희 몸에 일어난 기적인지 뭔지도 집단 망상에 불과하다고 생각해. 너희한테는 조금 전의 추리가 진실일 수 있겠지만, 내게는 허무맹랑한 공론에 지나지 않아."

조셉의 눈빛이 흔들렸다. 부하와 시선을 교환하더니 다시금 오토야를 내려다봤다.

"그럼 너는 누가 범인이라고 생각하지?"

"조든은 아니야. 범인은 따로 있어."

"그게 누구냐고 묻고 있잖아."

"기다려봐. 그걸 알아서 어쩔 건데?" 오토야는 입꼬리를 올렸다. "너희는 기적을 믿고 있잖아. 우리 외부인의 추리 따

448

위 아무래도 상관없는 거 아니었어?"

"네 말을 믿는다고 말한 적 없어. 그저 알고 싶을 뿐이야."

M1903의 방아쇠에서 조셉의 손가락이 떨어졌다.

"어쩔 수 없군."

오토야는 어깨의 상처를 누르고 깊게 심호흡했다.

"나는 탐정이야. 범인의 이름만 말하고 자, 끝났습니다, 라고는 할 수 없어. 특별 서비스로 너희에게 외부인stranger의 추리를 들려주지."

4

오토야는 상반신을 일으켜서는 연설대에 몸을 기대고 무대 아래의 청중을 바라봤다. 신자들은 울거나 구르거나 무릎을 쓰다듬거나 하고 있었다. 귀가 멍멍해서 울음소리가 멀리에서 들리는 것 같았다.

"우선 전제로서, 내 눈에 너희가 어떻게 보이는지 설명해 두지."

목소리를 끌어올려 통증 때문에 견디기 힘든 의식을 북돋 웠다. 무대 좌우에서는 보안반 남자들이 오토야를 노려보고 있었다.

"너희는 인민교회에 입회함으로써 상처나 병이 없어졌다

고 느끼고 있어. 하지만 신자가 아닌 나로서는 그 현상을 전혀 지각할 수 없어. 월터 데이비스의 얼굴에는 흉터가 여전히 남아 있고, 프랭클린 파테인은 휠체어 없이는 어디에도 가지 못할 것 같아. 크리스티나 밀러의 오른팔은 팔꿈치까지밖에 없고, 피터 웨더스푼의 오른쪽 눈은 항상 붉게 부어 있어. 샤론 클레이튼은 말라빠진 빗자루 같지. 내 눈에는 너희가 집단 망상에 빠진 것으로밖에 보이지 않아."

절반의 신자는 얼굴을 찌푸렸고, 나머지 절반의 신자는 어이없다는 듯 쓴웃음을 지었다.

"그뿐만이 아니야. 자각하는 자신의 모습과 실제의 모습이 다르다면, 하루하루의 생활에 다양한 모순이 발생하게 돼. 내 눈에는 너희가 그런 모순을 자각하지 않고 지내고자 무의식중에 다양한 방법으로 논리를 끼워맞추고 있는 것으로 보이거든.

예를 들어 간수 프랭클린 파테인은 절단된 다리가 원래대로 돌아왔다고 믿고 있지만, 실제로는 옷을 입힌 막대기를 고정해두었을 뿐이고 다리가 자라나진 않았지. 그렇다면, 자유롭게 다닐 수 있다는 자각과 그럴 수 없다는 현실 사이에 모순이 생겨버리지 않을까?

이 모순이 말이 되게 하기 위해 프랭클린은 휠체어에 강한 애착을 품고 죽을 때까지 함께하기로 맹세했다는 식으로 주장하지. 간부들도 다리를 쓰지 않아도 되는 일을 부여함으로써 그의 논리 맞추기를 돕는 것으로 보이고 말이야. 물론 프랭클린과 간부들 모두 그것이 논리를 맞추기 위한 행동이라고 자각하고 있지는 않아."

"도대체 무슨 말을 하는 거요?" 프랭클린이 탁한 목소리를 냈다. "나는 정말로 이 녀석을 사랑하오." 그렇게 말하며 휠체어의 바퀴를 쓰다듬었다.

"알고 있어. 내게는 너희가 그렇게 보인다고 말하는 것뿐이야. 너희는 너희가 느끼는 세계를 믿어도 돼.

본론으로 들어가지. 외부인의 추리에 있어서 네 사람을 죽인 범인은 누구일까. 우선 알프레드 덴트의 사건이야."

오토야는 고개를 기울여서 짐 조든을 바라봤다. 조든은 의자에 허리를 파묻고 뒤틀린 코에서 피를 흘리고 있었다. 표정은 공허했고, 드러난 눈동자에서도 빛이 빠져나간 상태였다.

"신앙인의 추리를 통해 제시된 범인은 짐 조든이야. 이 녀석은 '북-3'의 옷장에 숨어 있다가 덴트를 공격했고, 가짜 열쇠를 놓아두고 나감으로써 현장을 밀실로 위장했어.

자, 외부인의 시선으로 보면 어떨까. 안타깝게도 짐 조든은 이 트릭을 실행할 수 없어. 기적의 존재를 전제로 하지 않는 이상, 이 남자는 가짜 열쇠를 진짜로 바꿔치기할 수 없기 때문이야."

"무슨 말인가요?" 크리스티나가 오른쪽 위팔을 잡은 채 말했다.

"내무장관 피터에 의하면, 간부 두 명이 창문을 깨고 사체를 발견한 시점에 신발장 위에 열쇠가 놓인 걸 봤다고 했지. 신앙인으로서 추리해본 결과, 이 열쇠는 저융점 합금으로 만들어진 가짜였어.

그 후, 간부 둘이 방을 조사하다가 보안장관 조셉이 발끝을 신발장에 부딪혀 열쇠를 바닥에 떨어뜨렸어. 그걸 본 피터는 같은 일이 벌어지지 않도록 열쇠를 사체에서 떨어진 책상에 올려놓았다고 했지.

짐 조든이 둘을 '남-30'으로 보낸 건 그 이후의 일이야. 가짜 열쇠를 바꿔치기할 기회는 둘이 우리를 데리고 '아버지의 집'으로 가기 전까지의 짧은 시간뿐이야. 하지만 열쇠는 신발장이 아닌 책상 위에 있었지. 목제 신발장과는 다르게 책상은 알루미늄으로 만들어졌어. 금속으로 만든 열쇠와 색이 꽤 비슷하지. 곤란하게도 시력이 현저히 낮은 짐 조든으로서는 열쇠를 발견할 수 없어."

몇 초 후, 신자들의 얼굴에 조소하는 듯한 미소가 퍼졌다.

"아니, 탐정 씨." 레이철이 손을 흔들며 "조든 씨는 언제나 우리를 똑바로 바라보고 계시는데요?"라고 무대를 가리켰다. "보세요."

"당신들이 그렇게 믿고 있다는 사실은 알아. 하지만 내 눈에 보이는 조든은 언제나 선글라스로 눈을 가린 채 지팡이를 짚고 있고, 누군가에게 안내를 받지 않으면 계단도 오르지 못하는 시각장애인이야.

처음으로 그 사실을 깨달은 건 이곳에 온 다음 날, 조든이 도마뱀 마술을 선보였을 때였어. 조든은 남색 벽으로 옮겨간 푸른 도마뱀을 발견하지 못했지. 나는 그걸 보고 이 남자는 시력에 큰 문제가 있다는 사실을 깨달았어. 조사단에게 물어보자, 그들도 조든과 인터뷰를 하거나 마술을 구경하는 동안 같은 사실을 알아챘다고 했지.

그 후에도 몇 번인가 조든을 접하고 다른 사람의 이야기를 들으며 내 추측은 확신으로 바뀌었어. 조든타운으로 이주한 후 개최된 집회에서 더 이상 성경을 읽지 않게 된 것도, 시간을 확인할 때 하나하나 부하에게 시간을 말하게 시킨 것도, NBC 기자가 보여준 계약서를 읽으려고도 하지 않은 것도, 모두 코앞의 문자를 읽지 못했기 때문이야. '아버지의 집' 책장의 성경이 뒤집힌 채 꽂혀 있거나 E 교실에 찾아왔을 때 문 바로 앞의 토사물을 밟은 것도 주변 사물이 제대로 보이지 않았기 때문이겠지."

오토야는 다시 고개를 기울여서 짐 조든의 공허한 눈동자를 들여다봤다.

"어찌 됐든, 내가 말하고 싶은 건 단 하나야. 남색 벽으로 옮겨간 파란 도마뱀을 발견하지 못하는 남자가 알루미늄 책상에 놓인 저융점 합금 열쇠를 발견할 수는 없다는 사실이지. 물론 사람이 열쇠를 놓아둘 만한 곳을 전부 더듬다 보면 언젠가 발견할 수 있겠지만, 피터가 무전기로 로레타 의사를 부른 상태였기에 느긋하게 행동할 시간은 없었지. 따라서 내가 본 세상에서 조든은 열쇠를 바꿔치기한 범인일 수 없어."

신자들의 얼굴이 조소에서 당혹으로 바뀌었다. 범인이 조든이 아니라는 말을 듣고 기뻐해도 좋을지 계산이 서지 않는 것이리라.

"그럼 조든이 아닌 누군가가 가짜 열쇠를 써서 밀실을 만든 걸까? 하지만 저융점 합금의 존재를 알고 있던 간부들은 덴트의 방 열쇠와 같은 종류의 열쇠를 가지고 있었으니 굳이 가짜 열쇠를 만들 필요는 없어. 즉, 외부인의 추리에 있어서 이런 식의 트릭이 시도되었을 가능성은 존재하지 않아.

참고로 너희에게 말할 필요도 없지만, 지금 말한 건 신앙인의 추리에서 범인이 조든이라는 점과 모순되지 않아. 그 추리는 기적이 존재한다는 걸 전제로 하고 있으니까. 피터의 안면마비가 나은 것과 마찬가지로 저하되었던 조든의 시력도 얼마든지 회복되었을 테지. 이 녀석이 열쇠를 바꿔치기하는 데 곤란한 점은 없어."

어깨를 굽히고 입에 가득 찬 액체를 뱉어냈다. 바닥에 떨어진 것은 침이 아니라 피였다.

"그렇다면 외부인이 추리할 때, 덴트를 죽인 범인은 어떻게 '북-3'에서 나갈 수 있었을까.

한 가지 확인해두고 싶은 건, 너희가 평소 덴트를 어떻게 인식하고 있었는지야. 덴트는 과거 FBI 조사관으로, 잠입수사가 전문이야. 정체를 밝힌 채 이곳에 온 다른 조사단과는 다르게 그는 여기에서도 인민교회 신자인 변호사로 위장하고 있었지. 사체 발견 후, 슈트케이스에서 교단의 재무자료나 아이들의 명부를 베껴 쓴 노트가 발견되기 전까지, 너희는 덴트를 신자 중 한 명이라고 믿고 있었을 거야.

그러면 신기하게도 이 사건은 우리가 믿고 있었을 정도로 불가사의한 게 아니게 돼."

오토야는 무대의 오른쪽, 거주지 건너편의 간부 숙소로 눈길을 향했다. 신자들도 같은 쪽을 바라봤다.

"15일의 심야, 덴트는 화장실에서 비명을 지른 후 간부 숙소인 '북-3'으로 뛰어 들어갔어. 그 광경을 전부 지켜보고 있던 Q 소년에 의하면, 빗속을 빠져나가는 덴트의 몸에 딱히 이상한 점은 없었다고 했지.

하지만 이 증언은 들어맞지 않아. 다른 신자와 마찬가지로, Q도 이 시점에서는 덴트를 인민교회 신자라고 믿고 있었기 때문이야. Q로서는 덴트의 상처를 알아차릴 수 없었어. 실제로는 '북-3'으로 뛰어드는 시점에 덴트는 등을 반복해서 찔린 상태였어."

진짜로 칼에 찔린 듯한 비명이 곳곳에서 겹쳐졌다.

"범인은 덴트를 쫓아가려고 했을 테지만, 숙소 그늘에서 숨죽이며 숨어 있던 Q를 발견하고 포기했겠지. 덴트는 피를 흘리면서 자신의 방으로 뛰어 들어가 문의 자물쇠를 잠갔어. 그곳에서도 피를 흘리고, 혹은 소화관에 가득 차 있던 피를 토한 후 이윽고 죽고 말았지. 나아가 야외의 혈흔은 비에 씻겨 내려가 방에만 피의 흔적이 남은 결과, 그곳에서 칼에 찔린 것 같은 현장이 만들어진 거야."

"그렇다면 옷장에는 아무도 숨어 있지 않았다는 말인가요?"

크리스티나가 미간을 잡고 말했다.

"그렇게 되겠군."

"그래도 좌우의 옷장 문에 묻어 있던 피가 어긋나 있던 것도 사실이잖아요. 더욱이 옷장 안에도 피가 튀어 있어야 하는데, 어째서인지 혈흔은 없었어요. 그건 범인이 옷장 안에 숨어 있다가 나중에 자신의 흔적을 지운 것이라는 사실을 가리키죠. 아닌가요?"

"그렇다고는 한정할 수 없지. 옷장의 문은 양쪽으로 열리는 방식이야. 좌우의 문에 피가 묻어 있음에도 안에는 혈흔이 없는 상황은 한쪽 문만이 열려 있던 경우에도 있을 수 있어."

오토야는 바지 뒷주머니에서 종잇조각을 꺼내 비어 있는 공간에 연필로 그림을 그렸다.

"이런 식으로 한쪽 문만이 조금 열린 상태에서 정면에서

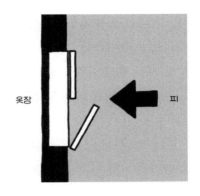

피가 묻었다고 하면, 옷장 안으로 피가 튀는 일은 없지." 그렇게 말하며 피가 묻은 종이를 청중 쪽으로 향했다. "문은 앞뒤로 어긋나 있으니까 문을 닫으면 피가 튄 흔적이 어긋나게 연결된 것처럼 보이게 돼."

"점점 더 이상한데요. 옷장에 범인이 숨어 있던 게 아니라면 방으로 도망쳐 들어온 덴트 씨는 어째서 다시 비명을 지른 거죠? 역시 거울에 조든 씨의 포스터가 비쳐서인가요?"

"덴트가 옷장을 이용해 레인코트를 말리고 있던 이상, 문의 거울에 조든의 사진이 비치는 일은 없지. 신앙인의 추리에 있어서의 첫 번째 비명과 마찬가지로, 외부인의 추리에 있어서 덴트가 두 번째 비명을 지른 이유를 특정하는 건 불가능해. 커다란 곤충이 얼굴을 향해 날아왔을지도 모르고, 화장실에서 습격했던 범인의 모습이 머릿속에 되살아났을지도 모르지. 하지만 생전의 덴트의 언동을 통해 생각해보면, 그 녀석은 자신의 몸에서 흘러나온 피를 보고 비명을 지른 게 아닐까 싶어."

몇 초간 물을 끼얹은 것처럼 파빌리온에 정적이 감돌았다.

"……덴트 씨가 피를 무서워했다고요? FBI 조사관 출신인데?"

"그런 게 아니야. 인간이란 신기하게도 무서워하는 것에도 다양한 종류가 있지. 이하준은 폐소공포증이 있었다고 하지만, 같은 식으로 높은 곳이나 어두운 곳을 도저히 견디지 못하는 사람도 있지. 물을 무서워한다거나 번개를 무서워한다거나 뾰족한 걸 무서워하기도 하지. 대부분의 사람은 약간 불쾌함을 느끼는 정도로 지나가지만, 그런 사람들은 강한 공포를 느끼게 돼. 명확한 이유가 있는 사람도 있는가 하면, 제대로 이유를 알지 못할 때도 있지.

내가 처음으로 밀림에서 덴트를 만났을 때, 녀석은 머리 위에서 떨어진 벌집을 보고 비명을 지르고 도망치다가 자기 발에 걸려 넘어졌어. 누구라도 놀랐을 테지만, 그 녀석이 동요하는 모습은 도를 지나쳤지. 그때는 무척이나 곤충을 무서워하는구나 싶었지만, 그런 녀석이 밀림을 통해 '남-30'까지 찾아올 수는 없었을 거야.

그럼 덴트는 왜 벌집을 보고 기겁한 걸까. 그 녀석이 벌레 먹은 벽의 작은 구멍을 포스터로 가려둔 점이나, 요리반에게 시리얼이 싫다고 다른 것을 달라고 부탁했다는 말을 듣고서야 그 이유를 알게 됐어. 너희 중에도 벌집이나 연꽃의 꽃받침처럼 작고 비슷한 형태의 구멍이 대량으로 모여 있는 걸 보면 오한이 느껴지는 녀석도 있지 않나? 덴트는 이런 종류의 무늬에 강한 공포심을 느끼는 체질이었던 거야. 벽을 가린 것도 그곳에 생겨 있는 여러 개의 작은 구멍이 무서웠기 때문이지. 시리얼을 싫어하는 것도 우유에 떠 있는 수많은 도넛 형태가 무서웠기 때문이고.”

몇 명의 신자가 머릿속에 떠오른 무늬를 쫓아내듯 눈을 감는 모습이 보였다.

“즉, 덴트 씨는 바닥에 뚝뚝 떨어진 피를 보고 비명을 질렀다는 건가요?” 크리스티나가 입을 몹시 뻐끔거렸다. “벌레에게 군데군데 먹힌 나뭇잎을 보고 기분이 나빠지는 일은 분명 있지만, 피가 그렇게까지 세세하고 넓게 퍼지는 일은 없을 텐데요?”

“덴트는 ‘북-3’에 도착한 후 바로 상처를 눌러 피를 멈추고자 옷장 왼쪽 문에 걸쳐둔 레인코트를 손에 쥐었겠지. 그러자 함께 문이 당겨져서 문이 크게 열린 상태가 되었어. 이 옷장 문에는 거울이 붙어 있고, 마찬가지로 벽도 거울로 되어 있으니까 두 개의 거울이 비스듬하게 마주 보는 형태가 돼. 그 사이의 바닥에 마침 몇 방울의 혈흔이 있었어. 덴트는 문과 벽 사이에서 그걸 보고 만 거야. 그의 눈에는 거울에 반사된 혈흔이 몇 배나 늘어난 것처럼 보였겠지. 녀석은 그걸 보고 비명을 질렀고, 서둘러 옷장 문을 닫았어. 옷장 아래 쪽에 피가 묻은 건 이때일 거야."

후우, 하는 연민 어린 탄식이 들렸다. 덴트는 몹시도 불운한 최후를 맞이한 듯하지만, 공교롭게도 오토야 자신도 누군가를 동정할 수 있는 상태는 아니었다.

"물론 이게 사실이라는 증거는 없어. 분명한 건 덴트가 화장실에서 등을 찔려 '북-3'으로 뛰어든 후에 목숨을 잃었다는 사실이야. 화장실에서 녀석을 기다릴 수 있었던 사람은 무수히 많지. 이 사건만으로 범인을 좁히는 건 어려워. 다음으로 넘어가지."

오토야는 입밖으로 나온 피를 닦고 손바닥을 바닥에 문질렀다.

●

"다음은 조디 랜디의 사건이야. 신앙인의 입장으로 추리하자면 범인은 마찬가지로 짐 조든. 이 남자는 식당에서 주운 약통에 손을 대서 조디가 다과회에서 중독 증상을 일으키도록 만들었어. 그렇다면 외부인의 추리에서도 이 트릭이 실행 가능할까?"

신자들의 시선이 오토야에서 짐 조든으로 움직였다. 본인은 공허한 표정을 짓고 있을 뿐, 흐트러진 머리카락을 가다듬으려고도 하지 않았다.

"이미 알고 있겠지만 답은 아니오야. 조디의 약통은 투명하고, 안에는 담갈색 캡슐이 가득 차 있었어. 식당의 목제 테이블이나 땅 위에 있던 캡슐을 시력이 현저히 나쁜 조든이 발견할 수는 없었을 거야."

익살맞게 어깨를 움츠리자, 상처에서 응고되려던 피가 걸쭉하게 흘러내렸다.

"그럼 범인은 어떻게 조디 한 명에게만 독을 먹였을까. 단서는 역시 먹다 만 쿠키야. 우리가 '북-2'에서 요리반 두 사람에게 이야기를 듣는 사이에 어째서인지 바닥에 떨어진 쿠키가 사라졌지. 작은 창문으로 드나들었다는 점, 책상 위의 쿠키는 그대로였다는 점을 보면 쿠키 도둑의 정체가 덤불개였다는 점은 틀림없어. 이 녀석이 무사히 도망친 이상, 바닥에 떨어져 있던 크리스티나의 홍차에는 독이 들어 있지 않았다는 말이 돼.

한편, 저융점 합금 트릭이 사용되지 않았던 이상, 조디가 마신 홍차에 독이 들어 있었다고 생각할 수밖에 없어. 같은 티포트에서 홍차를 따른 후에 그걸 무작위로 선택했는데 어째서 크리스티나의 홍차에는 독이 들어 있지 않고, 조디의 홍차에는 독이 들어 있었을까."

신자들의 시선을 받은 크리스티나가 손을 흔들었다. "모,

모르겠어요."

"이 두 사람은 얼핏 같은 조건으로 홍차를 마신 것처럼 보이지만, 역시 다른 점이 있었다고밖에 생각할 수 없어. 그럼 둘의 차이는 무엇일까. 외부인의 추리, 즉 기적의 존재를 전제로 하지 않는 추리에서는 둘에게 큰 차이점이 하나 있지." 오토야는 팔을 뻗어 크리스티나 쪽을 가리켰다. "오른팔의 유무야."

신자들 사이에서 당황한 목소리가 터져 나왔다. 크리스티나도 불안한 듯 눈동자가 떨렸다.

"너희에게는 그녀의 몸이 멀쩡하게 보일지도 모르지만, 내게는 오른쪽 팔이 반쯤 없는 것으로밖에 보이지 않아. 찻잔을 쥐는 건 당연히 왼손이었겠지. 한편, 살해당한 조디는 오른손잡이였어. 범인은 이 차이를 이용해서 조디에게 독을 먹인 거야.

둘이 마신 찻잔의 안쪽, 오른손으로 찻잔을 쥐어 입가로 기울였을 때 홍차의 수면이 접하는 부근에 범인은 미리 독을 묻혀두었어. 묽게 만든 벌꿀에라도 섞어서 묻혀둔 게 아닐까? 크리스티나의 찻잔에도 독은 묻어 있었지만, 그녀는 반대 방향으로밖에 찻잔을 기울일 수 없으니 독이 홍차에 녹아드는 일은 없었지. 덤불개가 중독을 일으키지 않은 건 그 때문이야."

"레이철과 블랑카가 죽지 않은 건요?"

"마찬가지야. 두 사람이 입을 댄 찻잔에도 독은 발려 있었지만, 왼손으로 찻잔을 쥔 덕에 그걸 먹지 않고 넘어갈 수 있었지."

"그건 이상하잖아요. 블랑카는 왼손잡이지만 저는 오른손잡이니까요."

레이철이 웃음을 터뜨렸고, 블랑카도 고개를 위아래로 끄덕였다.

"과연 그럴까. '북-2'에서 이야기를 들을 때 컵을 쥐고 있던 것도, 좀 아까 냄비를 휘젓던 것도 왼손이었는데?"

"거짓말 하지 말아요. 내가 오른손잡이라는 건 내가 가장 잘 알아요."

"분명 사건 전의 당신은 오른손잡이였어. 사건 이틀 전 밤, 당신은 조디와 하이틴 드라마 같은 만남을 이뤘지. 개미가 떠 있는 수프를 테이블에서 치우려고 했는데, 건너편의 조디가 같은 그릇을 쥐었어. 이 수프 그릇은 좌우에 손잡이가 달린 양수 냄비 같은 형태였지. 당신과 조디는 테이블을 사이에 두고 반대쪽 손잡이를 잡고 있지 않았어? 조디는 숟가락을 오른손으로 쥐고 있었으니 오른손잡이야. 이때도 당연히 오른쪽 손잡이를 잡았겠지. 건너편에 있던 당신이 조디와 다른 쪽 손잡이를 잡았다는 말은 당신 역시 오른손잡이였다는 말이 돼.

그렇긴 하지만 중독 증상을 일으키지 않은 이상, 당신은 다과회에서 왼손으로 홍차를 마신 게 분명해. 범인은 어떻게 오른손잡이인 당신에게 왼손으로 홍차를 마시게 했을까?"

오토야는 오른손을 청중에게 펴 보였다.

"심플하고 확실한 방법이 있어. 범인은 당신의 오른손 손가락을 부러뜨린 거야."

다리를 부딪힌 듯한 신음 소리가 났다. 레이철의 얼굴에서 점차 핏기가 사라지기 시작했다.

"처음에 설명했듯이 너희는 현실과 망상의 모순을 직면하지 않고 지내고자 무의식중에 다양하게 논리를 끼워맞추는 행동을 하고 있어. 다리가 생겨났음에도 휠체어 없이는 이동하지 못한다는 모순에서 눈을 돌리기 위해 휠체어에 강한 애착이 있다고 믿는 프랭클린 파테인이 좋은 예야.

범인은 사건 전날, 15일 저녁에 숙소로 숨어들어 레이철의 오른손 손가락을 부러뜨렸어. 손가락의 신경은 비명을 질렀을 테지만, 그녀의 뇌는 상처를 인식할 수 없는 상태니까 그것 때문에 잠에서 깨지는 않았지."

앗, 하고 레이철이 눈을 크게 떴다.

"그날, 꿈속에서 망령에게 오른손을 꽉 붙잡혔어요. 엄청나게 품위 있는 망령이었는데. 설마, 그때."

"품위라고는 전혀 없는 살인마에게 손을 붙잡힌 상태였겠지. 그 감촉만이 꿈에 반영된 거야.

다음 날 아침부터 당신은 오른손으로 물건을 들 수 없게 되었어. 하지만 당신은 자신의 손가락에 일어난 이변을 지각할 수 없지. 그대로라면 상처도 입지 않았는데 오른손을 쓸 수 없다는 모순된 상태가 이어지게 돼. 당신은 그 모순에 직면하지 않고자 무의식중에 논리 맞추기를 한 거야. 그 결과, 스스로도 깨닫지 못하는 와중에 왼손으로 물건을 들게끔 되어버린 거지."

이번에는 블랑카가 눈을 크게 뜨고 레이철의 팔을 잡아당겼다.

"사건이 벌어진 날 아침, 가스버너의 불이 켜지지 않는다고 소란을 피웠잖아. 손잡이를 눌러서 돌리면 되는데 도무지 불이 붙지 않는다고. 하지만 내가 해보니 바로 불이 붙었어. 그것도 혹시?"

"그때는 아직 논리 맞추기가 이뤄지지 않은 상태였겠지. 고장이 나 있던 건 버너가 아니라, 레이철의 손가락이었어."

레이철은 오른손을 가슴에 대고 주눅이 든 아이처럼 고개를 숙였다.

"다과회에서 네 사람이 집어 든 찻잔에는 전부 독이 발려 있었어. 하지만 블랑카는 왼손잡이고, 크리스티나는 오른손이 없고, 레이철은 오른손 손가락이 부러져 있었지. 그 때문에 조디만이 오른손으로 찻잔을 쥐게 되어 독을 먹고 목숨을 잃었어. 이것이 외부인의 추리에 따른 사건의 진상이야."

오토야는 앞으로 숙였던 몸을 곧게 펴고 청중을 둘러봤다.

"그럼 범인은 누구일까. 이 경우도 범인이 사전에 다과회 일을 알고 있었음이 분명해. 14일 밤, 조리실 앞에서 레이철이 조디와 약속을 잡았을 때, 범인은 거기 있었어. 요리반 세 명과 아이에게 이끌려 식당으로 향하던 짐 조든 일행. 범인은 그중 한 명이야.

하지만 이 추리에서는 설명되지 않는 부분이 하나 있지. 우리가 현장인 E 교실을 조사할 때, 찻잔에 이상한 부분은 없었어. 찻잔 안쪽에 독이 발린 채였다면, 우리가 깨닫지 못했을 리 없어. 따라서 범인은 그전에 독을 제거했다는 말이 돼.

조디가 쓰러지고 나서 로레타 의사나 우리가 찾아오기까지, 현장에는 레이철과 블랑카가 있었어. 범인은 그보다 이후, 우리가 일단 '북-2'에서 둘의 이야기를 듣는 사이에 교실에 숨어들어 찻잔의 독을 닦아냈어.

하지만 우리가 참고인 조사를 마치고 E 교실로 돌아갔을 때, 문 앞에는 토사물이 작은 연못처럼 퍼져 있었지. 신앙인의 추리에서도 설명한 것처럼 범인이 문을 열고 안으로 들어갔다면 토사물이 안쪽으로 밀려 있지 않으면 이상해. 범인은 침입 흔적이 남지 않도록, 작은 창문을 통해 교실로 들어간 거야."

교사로 보이는 남자들의 어깨가 파도처럼 으쓱였다. 그들에게 이끌려 온 아이들에게 신자들의 시선이 모여들었다.

W가 겁이 난 듯 자신의 팔을 감싸는 것이 보였다.

"물론 덤불개가 찻잔의 독을 닦아낼 수는 없지. 작은 창문을 빠져나갈 수 있으며 나아가 14일에 레이철과 조디의 이야기를 들었던 사람, 그 녀석은 아이야. 범인은 몸이 작은 아이였던 거야."

무슨 바보 같은 이야기야, 믿을 수 없어, 라고 한탄하는 듯한 목소리가 퍼졌다.

"드디어 범인을 좁힐 단서가 하나 손에 들어왔어. 하지만 범인을 특정하기에는 부족하지. 서둘러 다음으로 나아가볼까."

오토야는 낭랑하게 말하고는 불안한 듯 어깨를 맞대고 있는 아이들을 내려다봤다.

●

"세 번째는 이하준 사건이야. 신앙인의 추리는 살인마 짐 조든이 공동묘지에서 노기 노비루의 사체를 옮겨 파빌리온에 이하준의 사체가 나타난 것처럼 꾸몄다는 것이었지. 하지만 외부인의 추리에서는 어떨까? 짐작대로 조든은 이 트릭을 실행할 수 없어."

오토야는 상반신을 비틀어 조든에게 미소를 보였다.

"그건 그렇겠지. 범인은 노기의 사체를 이하준으로 꾸미기 위해 사체를 두 동강 내고 피부를 파우더로 밝게 만들어 시반을 숨기고 동물의 피까지 뿌려야 해. 범인은 이하준과 노기의 외모를 기억했다가 둘의 사체를 바꾼 사실이 들통나지 않도록 부자연스러운 점을 없앴다는 말이 되지. 하지만 앞이 잘 보이지 않는 조든은 그런 재주를 부릴 수 없어.

하지만 제1감옥에서 우리를 석방할 수 있는 위치에 있던 건 조든뿐이야. 다른 사람은 노기의 사체를 이하준으로 위장한들, 제2감옥으로 숨어들어 진짜 이하준을 죽일 수 없지. 외부인의 시선으로 추리해봐도 조든 말고 이런 방식의 사체 바꾸기 트릭을 실행할 수 있는 사람은 없어. 즉, 이는 진상일 수 없어."

오토야는 헛기침을 하고 청중을 다시 바라봤다.

"그렇다면 범인은 어떻게 제2감옥의 감방으로 숨어들어 이하준을 죽이고 사체를 파빌리온으로 이동시켰을까. 신앙인으로서 추리했을 때와 마찬가지로, 단서는 사체를 발견한 루이스의 증언에 숨어 있었어."

연설대에서 등을 떼고 파빌리온 오른쪽 뒤로 눈길을 주었다. 루이스는 같은 자리를 서성거리면서 붉게 부은 눈으로 무대를 노려봤다.

"17일의 이른 아침, 그녀는 파빌리온에 퍼지는 이상한 냄새를 맡고 연설대에 눕혀진 두 동강 난 사체를 발견했어.

이때 사체가 신고 있던 스니커즈가 너덜너덜했다고 했지. 하지만 그녀가 있던 무대 아래에서 보인 건 신발 밑창뿐. 그럼에도 너덜너덜해 보였다는 진술을 통해, 이하준의 신발 밑창은 육안으로 확인할 수 있는 상태였음을 추리할 수 있어.

하지만 우리가 공동묘지에서 이하준의 사체를 관찰했을 때는 스니커즈 밑창에 진흙이 잔뜩 묻어 있었어. 사체 바꿔치기가 이뤄지지 않은 이상, 양쪽 다 이하준이었다는 사실은 틀림없지. 역시 신발만이 바뀌어 있던 거야."

"신앙인의 추리 때 말한 것과 다르잖아요." 오른손이 없다는 말을 들은 것에 대한 앙갚음이라도 하는 듯 크리스티나가 반기를 들었다. "오토야 씨 일행이 공동묘지에서 본 사체는 신발의 중간 부분까지 피로 물들어 있었다고 했죠. 즉, 사체의 신발은 바뀌지 않았다. 아까는 그렇게 말했잖아요."

"우리가 공동묘지에서 본 신발과 그가 살해당했을 때 신고 있던 신발은 동일해. 신발이 바뀌지 않았다는 건 그런 의미야. 그러나 살해당한 후부터 공동묘지로 옮겨지기 전까지, 그러니까 파빌리온의 연설대에 놓여 있던 이하준의 사체는 분명 다른 신발을 신고 있었어. 이것이 논리적인 귀결이야."

"왜 그때만 다른 신발을 신고 있었던 거죠?"

"이하준은 죽은 상태였으니 스스로 신발을 바꿔 신었을 리 없지. 당연히 범인이 바꿔 신긴 거야. 범인은 이하준을 죽인 후, 모종의 이유로 그의 더러운 신발을 깨끗한 신발로 바꿔 신겼다가 나중에 원래대로 돌려놓았어. 그럼 그 깨끗한 신발은 도대체 누구 것이었을까."

크리스티나는 심통이 난 듯 입술을 삐죽댔다. "그걸 누가 알겠어요."

"꼭 그렇지도 않아. 이하준의 사체가 발견되기 전날 밤, 이 파빌리온에서 집회가 열렸거든. 공교롭게도 우리는 감방 안에 있었지만, 비가 퍼붓듯이 오는데도 모든 신자가 파빌리온에 모여 있었지. 당연히 그들의 신발은 진흙으로 엉망진창이 되었을 거야.

하지만 단 한 명, 집회에 참가해도 신발이 더러워지지 않는 신자가 있지. 그건 자신의 다리로 걷지 않았던 인물, 즉 휠체어로 이동했던 간수 프랭클린 파테인이야."

신자들의 시선이 크리스티나에서 프랭클린으로 옮겨갔다. 휠체어의 발걸이에 올려진 카키색 스니커즈는 오래된 것이기는 했지만 더럽지는 않았다.

"휠체어를 쓰는 이유가 다리의 상처나 신경 마비였다면, 우연히 신발이 지면에 닿을 때도 있겠지. 하지만 외부인의 시선으로 볼 때 프랭클린의 다리는 존재하지 않아. 녀석의 가랑이 아래에 달린 건 그저 장식이야. 당연히 휠체어로 바깥을 나다니더라도 신발이 더러워지는 일은 결코 없지."

"엉터리야!"

휠체어에서 떨어질 듯 몸을 내민 채 프랭클린이 고함쳤다.

"정색하지 마. 정 그렇다면 신앙인의 추리를 믿으면 되잖아? 안 그래?

범인은 이하준을 죽이고 몸을 두 동강 낸 후에 발에 프랭클린의 신발을 신겼어. 무엇 때문에? 물론 이중 밀실에서 사체를 옮기기 위해서야.

당신은 간수로서 감옥 구석구석까지 빠짐없이 살펴봤다고 생각할 테지만, 딱 하나 놓친, 아니, 볼 수 없는 장소가 있어. 그건 바로 당신의 하반신이야. 범인은 프랭클린의 하반신에 이하준의 사체를 숨김으로써 감방에서 이하준을 꺼내 옮긴 거야."

청중이 크게 웅성거리기까지 약간의 시간이 걸렸다. 프랭클린은 입을 크게 벌린 채 굳어 있었다.

"그럼 범인이 한 일을 재현해보지. 범인은 모종의 방법으로 제2감옥에 숨어든 후에 이하준의 모습을 살피러 온 간수 프랭클린을 때려서 의식을 잃게 하고는 주머니에 들어 있던 감방 열쇠를 빼앗았어. 그런 다음 열쇠로 격자문을 열고 이하준의 후두부를 구타하여 졸도시키고는 몸을 두 동강으로 절단했지.

처음으로 옮긴 건 상반신이야. 범인은 프랭클린의 하반신, 정확하게 말하면 하반신으로 꾸민 두 개의 막대기에서 바지와 신발을 벗기고 그걸 이하준의 상반신에 입혔어. 작은 몸을 뒤집어서 팔부터 몸통까지를 바지에 쑤셔 넣고 손바닥에 신발을 끼운 거야. 그렇게 프랭클린의 하반신으로 위장한 이하준의 상반신을 휠체어의 발받침에 올려놨어.

프랭클린은 얼마 지나지 않아 의식을 되찾았어. 실은 이 남자는 뇌에도 심각한 문제를 안고 있었어. 베트남에서 헬리콥터 추락에 휘말렸을 때의 후유증 때문에 갑자기 앞이 보이지 않게 되거나 의식을 잃거나 했거든. 하지만 익숙한 집단 망상에 의해 그는 그것이 나았다고 믿고 있었지. 바꿔 말하면 자신이 때때로 의식을 잃고 있다는 사실을 지각할 수 없게 된 상태였어.

갑자기 의식이 되살아났더라도 프랭클린은 지금까지 자신이 실신해 있었다는 사실을 인식할 수 없지. 하물며 머리를 얻어맞거나 하반신이 타인의 상반신으로 바뀌어 있다고는 생각지도 못한 채 그는 휠체어를 조작해 간수실로 향했어."

신자들이 고개를 움직여서 프랭클린의 휠체어를 들여다보려 했다. 프랭클린은 몸을 굽혀서 양손으로 두 개의 막대기를 숨겼다.

"간수가 제1감옥의 감방 앞을 지나갈 때 우리가 제대로 관찰했다면 그의 하반신의 이변을 깨달았을지도 몰라. 하지만 복도를 통과한 그 짧은 시간에는 다리의 형태나 방향의 부자연스러움을 깨달을 수 없었어.

사체를 운반해온 '프랭클린호'가 무사히 간수실에 도착하자 범인이 그곳에 나타나 이번에는 화물을 회수했어. 프랭클린에게 두 번째 공격을 가한 후 휠체어에서 이하준의 상반신을 꺼낸 거야.

　같은 과정을 두 번 반복함으로써 범인은 제2감옥에서 이하준의 몸 전체를 꺼냈어. 두 번째는 이하준의 하반신을 프랭클린의 하반신으로 위장했으니까 우리가 이변을 깨달을 가능성은 더더욱 줄어들었지."

　"어떻게 첫 번째가 상반신, 두 번째가 하반신인 걸 알 수 있죠?"

　샤론이 얼빠진 목소리로 물었다.

　"파빌리온에 놓인 사체가 프랭클린의 신발을 신고 있었기 때문이야. 전대미문의 작업을 마친 후에 그 대단한 범인도 맥이 풀렸겠지. 원래대로였다면 사체를 파빌리온으로 옮기기 전에 범인은 이하준의 하반신에서 프랭클린의 바지와 신발을 벗기고 이하준의 바지와 신발을 입혔어야 했어. 하지만 바지만 갈아입히고 실수로 프랭클린의 신발을 다시 신기고 만 거야.

　사체가 발견되어 소동이 벌어진 후, 아무것도 모르는 얼굴로 파빌리온에 찾아온 범인은 그제야 신발이 바뀐 사실을 깨달았지. 다행히 아무도 이하준의 신발이 바뀐 걸 눈치채지는 못한 듯했어. 그래서 사체가 공동묘지로 옮겨진 후, 학교 앞에서 주변을 감시하던 프랭클린을 기절시키고 신발을 바꾼 거지."

"너는 중요한 점을 얼버무리고 있어." 월터가 끈적거리는 목소리를 말했다. "범인은 대체 어떻게 제2감옥으로 숨어들었지?"

"훌륭한 질문이야. 당신이 말한 것처럼 이 트릭은 범인이 누구에게도 들키지 않고 제2감옥으로 드나들 수 있다는 점이 전제가 되고 있어. 제1감옥으로 이어진 복도 말고, 사람이 드나들 수 있는 통로는 한 곳밖에 없지. 복도에 난 환기구야. 이하준의 사체를 옮기기에는 지나치게 작지만 몸집이 작은 아이 한 명 정도는 충분히 드나들 수 있어. 범인은 이 환기구를 통해 제2감옥으로 숨어든 거야. 참고로 '프랭클린호'에 사체를 실은 후에는 일단 바깥으로 나가 제1감옥으로 이동하여 배가 도착하기 전에 간수실에 숨어들어 있었겠지."

신자들은 무언가를 떠올린 듯 아이들에게 눈길을 향했다. 오토야는 그들에게 어깨를 으쓱해 보였다.

"어차피 범인이 아이라는 건 이미 알고 있었으니 이 사건에서 이 이상 범인을 좁힐 단서는 보일 것 같지 않아. 다음으로 넘어가지."

●

"마지막은 내 조수, 아리모리 리리코 사건이야. 신앙인의 추리에서 범인은 물론 짐 조든. 다만 사건을 계획한 건 리리코 쪽이었어. 리리코는 잃어버린 물건을 찾으러 간다고 내게 거짓말하고 조든을 공동묘지로 데려갔지. 그곳에서 세 명의 원수를 갚으려고 했지만, 반격을 받아 죽었다는 거였어."

오토야는 콧속에 가득 찬 피를 억지로 들이마시고는 이어 말했다.

"그럼 외부인의 추리에서는 어떨까. 시력이 현저히 낮더라도 목을 조르려고 드는 여자에게 저항하여 반대로 그녀의 목을 조르는 건 불가능하지 않겠지.

하지만 안타깝게도 외부인으로 추리해보면 지금까지의 범인은 몸이 작은 아이야. 몸집이 큰 어른인 조든은 범인이 아니야. 따라서 리리코가 조든을 죽이려고 한 적도 없고, 조든이 리리코를 반격했다는 것도 사실이 아니야."

무대 앞의 신자가 가슴을 쓸어내리려다가 중간 정도에서 손을 멈췄다.

"그렇기는 해도 리리코가 내게 무전기로 가짜 위치를 전한 것만은 사실이지. 그녀는 나를 속이고 누군가를 공동묘지로 데려갔어. 그건 도대체 누구였을까.

순서대로 리리코의 행동을 더듬어보지. 오후 3시 10분, 리리코는 잃어버린 물건을 찾으러 간다고 말하고 나를 마을 입구에 남겨둔 채 거주지로 돌아갔어. 3시 40분에 연락을 취했을 때 근처의 스피커와 무전기에서 동시에 조든의 목소리가 들렸으니 그녀가 이 시점에 '아버지의 집'의 바로 근처에 있었다는 점은 분명하지. 감옥 뒤쪽의 밀림을 통해 '아버지의 집' 근처까지 갔다면, 그사이 다른 장소에 들렀을 시간은 없어. 그녀는 나와 무전기로 이야기한 직후 범인을 방문했다는 말이 돼.

그렇기는 해도 표적은 '아버지의 집'의 주인이 아니야. 그로부터 범인이 있는 곳을 찾아가서 설득하고 공동묘지로 데려갔다면, 제아무리 빨리 움직여도 15분 정도는 걸렸을 거야. 아슬아슬하게 오후 4시 전에 공동묘지에 도착했다 해도 범인이 리리코를 죽이고 나간 건 그보다 뒤라는 말이 되지.

이상하지 않아? 공동묘지의 관리인 샤론 클레이튼이 책을 읽은 건 4시까지로, 그 후에는 헤드폰을 끼고 라디오를 들었다고 했어. 귀는 막혔지만 눈은 열려 있었으니까 공동묘지에 드나드는 사람을 못 봤을 리 없어. 하지만 그녀는 4시 이후에 나간 사람은 없다고 증언했지."

의심스러운 듯한 주변의 시선을 받은 샤론은 얼굴을 찌푸린 채 끄덕였다. "틀림없어."

"물론 범인이 연기처럼 사라져버렸다는 것도 말이 안 되지. 공동묘지에는 또 하나, 밀림에 접한 뒷문이 있었어. 바깥쪽에서는 열 수 없지만, 안쪽에서는 자유롭게 열 수 있지. 범인은 다른 사람에게 들키지 않도록 뒷문을 통해 공동묘지에서 나갔을 거야.

사실대로 말하자면, 나는 사체를 발견하기 전에 어떤 아이가 밀림을 달려가는 걸 봤어. 이 아이가 일련의 사건의 범인이라고 하면 모든 가설이 맞아떨어져."

"아니, 그건 아니겠지." 샤론이 뼈밖에 남지 않은 손가락을 무대로 향했다. "아까 말한 걸 잊어버린 거야? 난 조든 씨에게서 공동묘지에 아이를 들여보내지 말라는 엄명을 받았어. 분명 4시까지는 책을 읽고 있었지만, 아이를 안에 들여보내지 않은 건 분명해."

"물론 기억해. 당신이 말한 대로 아이가 앞문을 통과하지 않았다면, 당연히 아이는 범인이 될 수 없다는 말이 돼. 하지만 시간 계산을 해보면 범인이 뒷문을 열고 밀림으로 도망갔다는 점도 분명해. 그곳에서 왼쪽으로 나아가면 습지니까, 거주지로 돌아오려면 오른쪽으로 갈 수밖에 없어. 그곳에는 내가 있었어. 내가 마주친 건 아이 한 명뿐. 아이는 범인이 될 수 없는데, 용의자는 아이밖에 없어. 이건 도대체 무슨 말일까."

오토야는 그렇게 말하며 청중을 둘러봤다. 샤론이 갈 곳을 잃은 손가락을 어중간하게 내렸다.

"나는 우선 이렇게 생각했어. 인민교회의 집단 망상 탓에 샤론에게는 그 아이의 모습이 제대로 보이지 않는 게 아닐까. 알프레드 덴트가 등을 찔린 걸 깨닫지 못했던 Q 소년이나 하반신이 타인과 바뀌어 있던 걸 깨닫지 못했던 프랭클린 파테인과 똑같은 일이 공동묘지 관리인에게도 일어난 건 아닐까.

하지만 내가 밀림에서 엇갈린 아이는 딱히 상처를 입고 있지도 않았고 병에 걸린 것처럼도 보이지 않았어. 그렇다면 신자인 샤론에게도 내가 본 것과 같은 모습이 보였다는 말이 돼."

"그러니까 말했잖아. 내가 아이를 못 보고 놓쳤을 리 없다고."

"그래도 그렇다면 리리코가 공동묘지에서 살해당한 건 설명이 되지 않아. 그때 나는 깨달았어. 이 사건에서는 신자와 외부인의 인식에 뒤틀림이 있었던 거야."

시간이 멈춘 것처럼 파빌리온이 완전히 정적에 휩싸였다.

"외부인의 추리의 전제는 너희 인민교회의 신자들은 집단 망상에 빠져 있고, 상처나 병의 증상을 올바르게 인식할 수 없다는 것이었어. 이걸 뒤집으면 망상을 공유하지 않는 우리 외부인은 상처나 병을 제대로 인식하고 있다는 말이 돼. 하지만 현실과 망상을 구별하는 건 그리 간단한 일이 아니야. 이 세상에는 현실 같지 않은 현실이 얼마든지 존재하니까.

가령 그런 현실에서 벗어난 병을 가진 사람이 이곳에 있
다고 치자. 인민교회 신자와 외부인이 그 인물을 봤다면 어
떻게 될까. 신자는 병의 증상을 지각하지 못하니까 그 인물
을 극히 평범한 인물처럼 인식하겠지. 한편 외부인은 있는
그대로의 모습을 보니까 마치 현실이 아닌 걸 보고 있는 듯
한 착각에 빠질 거야. 신자가 현실을 보고, 외부인이 환상을
보는, 그런 뒤틀림이 벌어지게 되지."

"나랑 당신 사이에 그런 뒤틀림이 발생했다고?"

오토야는 끄덕였다.

"실은 내가 본 아이란 W였어."

몇 초의 침묵 끝에 의문을 품은 목소리들이 터져 나왔다.

"W가 아이라고? 무슨 말을 하는 거야?"

그중에서도 크리스티나의 목소리에는 어이없다는 기색이
완연했다. 신자들도 고개를 옆으로 흔들었다.

"보시는 바대로 레이 모튼Wray Morton 교장은 어엿한 어른이에요."

그녀는 몸을 기울여 바로 뒤에 있는 남자를 오토야에게
보였다.

"학생이나 동료들에게 친근하게 W라고 불리고 있지만, 정
말로 아이인 건 아니에요."

"알아. 당신이 말하는 대로 W는 어엿한 성인이지. 하지만
나는 그 녀석이 아이라고 착각하고 있었어.

내 모국에서 10년 전, 경비원과 택시 운전사가 연이어 총에 맞아 죽은 사건이 있었어. 바로 몇 주 전, 그 사건의 범인이 밝혀졌는데, 범인은 성장호르몬이 결핍되는 선천성 질환, 속칭 하이랜더 증후군을 앓고 있었어. 20대 중반임에도 아이 같은 키로, 얼굴 생김새는 어렸을 때 그대로였지. 레이 모튼 교장도 그와 똑같거나, 비슷한 질환을 앓고 있겠지. W는 어른이지만, 아이 같은 외양인 거야.

인민교회 신자들은 그런 남자를 어떻게 인식하고 있었을까. 조디는 생전에 너희의 지각의 왜곡을 크게 두 가지 패턴, 즉 있는 것을 없는 것처럼 느끼는 지각의 결락, 없는 것을 있는 것처럼 느끼는 환각으로 분류했어. W는 후자, 그것도 훨씬 더 범위가 큰, 사람의 모습 그 자체가 다르게 보이는 케이스에 해당하지. 비슷한 건 거기 있는 공동묘지 관리인 샤론이야. 섭식장애 때문에 매우 말랐음에도 너희는 그녀를 표준적인 체형이라고 인식하고 있어. 마찬가지로 아이처럼 작고 어린 모습을 가지고 있는 W를 너희는 표준적인 체형과 얼굴을 가진 성인 남자로 인식하고 있던 거야.

하지만 내게는 당연히 W가 있는 그대로의 모습으로 보여. 결과적으로 너희는 W를 제대로 어른이라고 인식하고 있음에도 나만이 아이로 잘못 인식해버린다는 뒤틀림이 생기고만 거야."

'오토야 씨는 자신이 보는 세계가 옳다고 단언할 수 있나

요?'

3일 전의 그룹 인터뷰 후, 이하준이 그렇게 말하며 인민교회를 바보 취급한 오토야를 훈계했다.

그때는 억지 논리라고밖에 생각하지 않았지만, W에 대해 올바르게 인식하고 있던 것은 신자들 쪽이었다.

"샤론은 조든의 지시대로 아이를 공동묘지에 들여보내지 않고자 주의했어. 하지만 신체적 성장이 멈춘 W를 어른이라고 인식하고 있기에 그가 찾아와도 탓하는 일은 없었지. 한편, 밀림에서 W와 엇갈린 나는 그를 아이라고 오해했고, 샤론에게도 그렇게 보였을 거라고 믿고 있었어. 그 결과, 있을 리 없는 아이가 뒷문으로 나왔다고밖에 생각할 수 없는 상황이 벌어진 거야."

이틀 전, W가 Q를 식당으로 데리고 왔을 때부터 오토야는 W를 어른스럽게 행동하는 아이라고 믿고 있었다. 진짜 어른, 그것도 교장이었으니 차분해 보이는 것도 당연했다. 조디가 죽었을 때 아이들이 교실을 들여다보지 못하도록 창문 앞을 막고 선 것도, 라일랜드 의원 일행을 접대하는 파티에서 다른 교사들과 무대에 서 있던 것도, 그저 교장으로서 자신의 역할을 다하고 있었을 뿐이었다.

"하지만 조디 씨와 이하준 씨를 죽인 건 아이였다고 했잖아요?"

뒤에 있는 남자를 시야에 넣은 채 크리스티나가 목소리를 높였다.

"분명 그렇게 말했지만, 그건 범인이 학교의 작은 창문이나 감옥의 환기구를 빠져나갔기 때문이야. 그곳을 통과할 정도로 몸집이 작다면 실제로는 어른이어도 문제는 없지.

덴트는 W에게서 아이의 명부를 빌렸다고 했으니 두 사람은 서로 교류가 있었어. 즉, W는 덴트의 정체를 깨달을 수 있는 위치였다는 말이 돼. 레이철이 조디와 다과회 약속을 잡았을 때도 바로 근처에서 아이들을 지켜보고 있었다고 했으니까 둘의 대화를 훔쳐 듣고 다과회에서의 범행을 계획하는 것도 가능했지. W는 범인의 조건을 모두 만족해."

오토야는 억지로 웃어 보였다. 축축한 기침이 치밀어 코에서 핏덩이가 뿜어져 나왔다.

"외부인의 추리 결과, 내 조수를 포함한 조사단원들을 죽인 범인은 레이 모튼, 바로 당신이야."

크리스티나의 뒤에 있는 남자에게 신자들의 시선이 모였다. 레이 모튼은 굳은 표정으로 주변을 둘러보더니 몸을 감추려는 듯 움츠렸다.

"어째서 교장 선생님이 그들을 죽였다는 거죠? 동기가 없잖아요."

로레타가 숨쉬기 괴로운 듯 말했다.

"그렇지도 않아. 분명 합리적인 이유는 없을지 모르지만 조든과 마찬가지로 종교적인 이유는 존재해."

"교장 선생님이 조든 씨를 대신해서 제멋대로 그들에게 천벌을 내렸다는 말인가요? 물론, 열과 성을 다하는 신자라면 인민교회를 공격하는 사람을 벌하고 싶다고 생각은 하겠지만, 실제로 그런 식으로 죄가 될 만한 짓을 할 리가 없어요."

"정말로? 그 정도 짓을 벌이더라도 이상하지 않을 것 같지만, 뭐 그건 그렇다고 치지. 이 남자가 신이나 조든을 마음속으로 공경하고, 그 녀석들을 대신할 만한 범행을 저지를 리 없다고 쳐보지. 하지만 조든이 속임수를 쓰고 있던 건 천벌만이 아니야. 조든은 언론을 비롯해 인민교회를 비판하는 사람들에게 악마 같은 습격자demonic attackers라는 이름을 붙여 비난하고 있었거든. 어쩌면 W는 신이 아니라 악마가 되려고 했던 것인지도 몰라."

시야 끝에 조든이 눈썹을 찌푸리는 모습이 보였다.

"무서운 습격자가 조든타운에 나타나서 잔혹한 방식으로 우리 목숨을 빼앗으려 하고 있다. 바로 이거야. 처음에 이 예언을 들었을 때, 너희는 마음속 깊이 떨렸겠지. 하지만 아무리 기다려도 습격자는 찾아오지 않았어. 사실 처음부터 습격자는 없었던 게 아닐까, 하고 불안해진 신자들도 적지 않았을걸? 밀러파나 도로시 마틴 추종자들과 마찬가지로 여기에서 또 신앙과 현실의 괴리가 발생한 셈이지."

갑자기 고개를 든 레이 모튼과 눈길이 마주쳤다. 창백한 얼굴에 축축한 눈동자, 피가 배어난 입술. 선두에 서서 아이들을 지도하는 교장 선생님으로는 도저히 보이지 않았다.

"W는 자신의 손으로 그 괴리를 해소하고 싶었던 걸지도 몰라. 초현실적인 방법으로 동지의 목숨을 빼앗음으로써 예언에 나온 악마와 같은 습격자가 되려고 한 거야.

그렇기는 해도 고락을 함께해온 인민교회의 신자를 죽일 용기는 없었겠지. 때마침 찾아온 게 찰스 클라크가 보낸 조사단이야. 그들은 신자는 아니지만 교단에 희망을 불러올 수 있는 존재로 여겨졌어. 그런 녀석들이 살해당한다면 범인은 인민교회에 재앙을 불러왔다고 말할 수 있겠지. 인민교회의 습격자가 되고자 마음먹은 남자에게 조사단원은 그야말로 최고의 표적이었어. W는 그들을 살해함으로써 짐 조든의 가짜 예언을 현실로 만들려고 한 거야."

아아, 하고 신음하면서 레이 모튼 교장의 머리가 땅으로 떨어졌다.

"그렇지만 지금 말한 건 상상의 영역에 불과해. 내가 말하고 싶은 건 W가 신이나 교주를 경외했는지 아닌지와 관계없이 종교적인 이유로 범행에 이르렀을 가능성이 충분하다는 점이야."

오토야는 크게 숨을 내쉬고 천천히 청중을 둘러봤다.

신자들은 무대를 올려다보며 마른침을 삼키고 무언가를 기다렸다. 그것은 조든의 말이었다. 오토야의 추리를 긍정할 것인지, 부정할 것인지. 조든이 입장을 밝히기를 기다리고 있었다.

"잠깐만. 너희 지금 착각하고 있는 거 아니야?" 오토야가 갑자기 미소 지었다. "이건 외부인의 추리야. 너희가 진실로 받아들일 필요는 전혀 없지."

갑자기 악몽에서 깨어난 것처럼 청중에게서 실소와 안도의 한숨이 새어 나왔다. 레이 모튼이 "그렇죠"라고 중얼거리며 웅크리고 있던 몸을 일으켰다.

"어때. 반박할 말은 없나? 외부인의 입장에서 생각한 경우, 이 추리는 하자 없이 성립한다고 봐도 괜찮은가?"

신자들로부터 반론은 나오지 않았다.

오토야는 바닥에 손을 대고 천천히 허리를 세웠다. 셔츠에서 피가 흘러내려 뚝, 하고 떨어졌다.

"당신은 어때?" 연설대에 손을 얹고 정면에서 조든을 바라봤다. "반론은 없나?"

조든의 시선은 분명 오토야를 향한 채였지만, 입술은 일자로 굳게 닫힌 채였다. "정말로 반론은 없는 거지?"

오토야는 집요하게 반복했다. 그럼에도 조든은 답하지 않았다.

"그럼 내 일은 이걸로 끝이야. 더는 너희들에게 할 말은 없어."

힐끔 청중을 바라본 후, 다시금 조든을 바라봤다.

"하지만 마지막으로 하나, 당신에게 묻고 싶은 게 있어."

조셉이 뒤에서 어깨를 잡고 오토야를 떼어내려 했다. 총상에서 미지근한 액체가 흘러나왔고 의식이 날아갈 것만 같았다. 오토야가 무릎을 꿇은 바로 그때…….

"뭐지?"

조든이 중얼거리듯 말했다.

조셉은 씁쓸한 얼굴로 조든을 슬쩍 본 후, 오토야의 어깨에서 손을 뗐다.

오토야는 웅크린 채 심호흡한 끝에 고개를 들고 천천히 입을 열었다.

"무척이나 간단한 거야."

그리고 조용히 물었다.

"기적은 정말로 존재하나?"

피터는 잠시 무슨 일이 벌어진 것인지 이해하지 못했다.

"대답해줘. 어려운 질문도 아니잖아?"

오토야가 반걸음 다가섰다.

조든은 눈을 뜬 채 얼어붙은 듯 움직이지 않았다.

"왜 조든 씨는 가만히 있는 거야?"

젊은 신자가 속삭이는 목소리가 들렸다.

피터도 같은 기분이었다. 그렇다고 답하면 끝나는 이야기다. 왜 빨리 답하지 않는 것일까.

"기적, 말인가."

사라질 듯한 목소리가 새어 나왔다.

이 작은 목소리로 피터는 모든 것을 이해했다.

이 남자는 고민하고 있는 것이다.

여기에서 '그렇다'라고 하면 기적을 전제로 한 추리, 즉 신앙인의 추리가 사건의 진상이라는 말이 된다. 그럼 곧 짐 조든은 살인자가 되며, 기적 같은 방법으로 신자를 속인 사기꾼이라는 말이 된다.

하지만 '아니오'라고 말하면 기적을 전제로 하지 않은 추리, 즉 외부인의 추리야말로 사건의 진상이 된다. 네 건의 살인은 폭주한 신자에 의해 벌어졌고, 짐 조든은 살인범은 아니라는 말이 된다.

기적을 긍정해서 살인자가 될 것인가, 기적을 부정해서 결백한 사람이 될 것인가.

이 남자는 그것을 고민 중인 것이다.

"참고로."

오토야는 떨림이 멈추지 않는 손으로 마이크를 입술에 가져다 댔다.

"신앙인의 추리에서 밝힌 네 개의 트릭이 외부인의 시선으로는 성립하지 않는다는 사실은 이미 설명했지. 반대의 경우도 마찬가지야. 외부인으로서 추리한 네 개의 트릭은 모두 인민교회의 기적이 집단 망상일 경우에만 성립해. 신앙인의 눈으로 보면 이들 트릭은 가능하지 않지."

오토야는 조든의 두 눈을 들여다봤다.

"좋은 쪽만 골라 선택할 수는 없어. 선택지는 단 둘뿐이야."

너무나도 바보 같다. 두 가지 선택지 중에서 하나의 진실을 고르라니, 마치 텔레비전의 퀴즈쇼 같지 않은가.

하지만 오토야는 파빌리온과 그 주변에 모인 9백 명 넘는 신자를 아군으로 삼고 있었다. 누구도 두 가지 추리에 반박하지 못한 이상, 이 자리에서의 진실은 그 둘 중 하나밖에 없다는 말이 된다.

"그러고 보니." 마치 웃고 있는 듯 오토야의 목소리가 기세를 올렸다. "당신은 오늘 낮, 식당에서 열린 인터뷰에서 NBC 기자의 질문에 이렇게 답했지. 자신이 이곳에서 폭력을 사용한 사실이 증명된다면, 그때는 주저하지 않고 스스로 목숨을 끊겠다고."

조든의 오른손에서 렌즈 없는 선글라스가 떨어졌다.

"그리고 바로 세 시간 정도 전, 여기에서 스스로의 목숨을 끊겠다고 선언했을 때는 신자들에게 이렇게 말했어. 결코 사랑하는 자를 남겨두고 홀로 여행을 떠나지 않을 거라고."

오토야는 코웃음을 쳤다.

"만약 기적이 존재한다면 당신은 조사단 네 명을 죽였다는 말이 돼. 당신은 폭력을 사용했으니 스스로 목숨을 끊어야만 하지. 그리고 여기에 있는 모두를 길동무로 삼아야만 해. 터무니없는 일이 되겠군."

이것은 함정이다.

이 순간, 분명 오토야는 신자의 마음을 완전히 사로잡은 상태였다. 하지만 그는 결국 외부인이다. 조든이 평소처럼 배짱을 부리면 신자들은 그 말을 따를 것이다.

'습격자의 말에 휘둘릴 것 없다. 나는 살인자가 아니고, 그럼에도 기적은 존재한다.'

조든이 그렇게 말한다면, 가령 그 반론이 논리적이지 않고 실제로는 그 가능성이 존재하지 않는다고 해도, 조든은 종교인이니 문제없으리라. 그런데 왜.

이것은 사기꾼의 상투적인 수단이다.

기적을 긍정함으로써 모두 함께 죽을 것인가, 기적을 부정함으로써 살아남을 것인가.

오토야는 일부러 두 가지 선택지를 제시함으로써 조든이 반드시 둘 중 하나를 선택해야 하는 것으로 착각하게 만들었다.

"자, 대답해줘. 기적은 있는 거야, 없는 거야? 모두 답을 기다리고 있잖아."

반걸음 더 다가가려던 오토야는 자신의 피에 발이 미끄러져 헛다리를 짚고 넘어져버렸다.

피터는 재빨리 발을 내밀려다가 곧장 멈췄다.

지금, 조든에게 다가가서 조언하면 적어도 이 자리는 모면할 수 있으리라.

하지만 지금은 인민교회를 지키는 것보다 조든의 답을 들어보고 싶었다.

그 끝에 무엇이 있는지 보고 싶었다.

"내가 살인자라는 말인가."

조든이 냉담하게 중얼거리더니 조셉에게 손가락으로 신호했다. 바로 달려온 보안장관에게 두세 마디를 속삭였다. 조셉은 홀스터에서 리볼버를 뽑아서 조든의 손에 건넸다.

"그런 건 아무런 문제도 되지 않아."

청중에게서 비명이 터져 나왔다.

조든이 그립을 쥐고, 발밑의 오토야에게 총구를 겨눴다. 움푹 파인 눈동자에 몇 초 전까지의 망설임은 없었다.

"기적은 분명 존재한다."

발포음이 울려 퍼졌다.

후일담

1

아침부터 밤까지 높은 도수의 술을 들이붓듯이 마신 후 최악의 숙취를 맞이한 이튿날 늦은 아침.

비유하자면 그런 감각 속에서 잠이 깼다.

무척이나 습하고 더웠고, 커다란 돌이 몸 위에 올려진 것처럼 몸이 무거웠다. 눈꺼풀을 들 힘도 없었다. 심장 고동에 맞춰서 안구 안쪽이 아팠다. 가슴에는 구토감이 느껴지지만, 그 안에는 공복감이 도사리고 있었다.

냉장고의 물을 꺼내러 가려고 무리해서 눈을 뜨자, 본 적 없는 녹색 천장이 있었다.

이곳은 어디지.

몸을 일으키려 해도 손발에 힘이 들어가지 않았다. 침대가 살짝 삐걱거릴 뿐이었다.

"아, 아……."

목에서 그런 소리가 새어 나왔다.

갑자기 사람 목소리 같은 것이 들려왔다. 느긋한 발소리에 뒤이어 인도계로 보이는 젊은 남자가 이쪽을 내려다봤다. 민트블루색 가운을 입고 머리에 도토리 같은 터번을 두르고 있었다. 그는 큰 목소리로 무언가 지껄여댔다. 잠시 생각한 후 간신히 영어라는 사실을 깨달았다.

"……여기, 는?"

어떻게든 목소리를 쥐어짰다.

"조지타운 공립병원이야."

"왜, 내가, 병원에?"

"당신이 그걸 묻는 건가?" 남자의 눈썹이 들리더니 바로 내려왔다. "하긴, 어쩔 수 없는 일인지도 모르겠군. 누가 갑자기 내게 4년 전의 일을 묻는다 해도 나 역시 아무것도 떠오르지 않을 테니까."

4년 전?

"미국에서 찾아온 사이비 종교 신자들이 바리마와이니의 개척지에서 불가사의한 사건을 일으켰지. 떠올리는 것만으로 불쾌해지는 잔혹한 사건이었어. 당신은 그 사건 생존자 중 한 명이야."

가슴 안쪽에서 꺼끌꺼끌한 감정이 형체를 되찾으려 하고 있었다.

"불가사의한, 사건, 이라니?"

"정말로 기억하지 못하나 보군. 사이비 종교의 천 명 가까운 신자들이⋯⋯."

갑자기 남자는 말을 골랐다. 그 뒤에 따라올 말이 부여할지도 모르는 충격의 크기를 깨달은 것이리라.

"주치의를 불러오지. 잠깐 기다려."

그는 사람 좋은 미소를 보이고는 침대에서 멀어졌다. 몇 초 후에 남자는 짧게 덧붙였다.

"어쨌든 불가사의한 일이 벌어졌다고."

그로부터 45일 동안 오토야는 조지타운 공립병원에서 검사와 재활의 나날을 보냈다. 수액용 카테터가 뽑힐 무렵에는 조든타운에서 보낸 나흘간의 기억을 완전히 되찾은 상태였다.

4년 전, 1978년 11월. 오토야는 조수 아리모리 리리코를 구하기 위해 친구와 조든타운을 방문하여 연쇄살인사건에 휘말렸다. 방문 나흘째인 11월 18일, 오토야는 신자들에게 추리를 선보였지만, 두 차례에 걸쳐 총을 맞아 중상을 입었다.

그때를 전후하여 조든타운에 인접한 포트 카이투마 공항 활주로에서 레오 라일랜드 의원이 이끄는 조사단이 습격당하는 사건이 발생. 다행히 이륙에 성공한 경비행기의 승무원들로부터 연락을 받아, 같은 날 밤, 가이아나 국방군의 보병부대가 조든타운을 찾았다. 그곳에는 음독자살한 신자들이 땅을 가득 메우듯 쓰러져 있었다.

사건 발견 하루 뒤인 19일의 이른 아침. 보병부대 대원이 파빌리온 무대 구석에서 아직 숨이 붙어 있는 아시아인을 발견했다. 왼쪽 어깨 부위와 오른쪽 하복부에 총상을 입었고, 출혈성 쇼크에 의한 다발성 장기 부전 상태였지만, 심장은 기적적으로 뛰고 있었다.

오토야는 수송기로 조지타운 공립병원으로 옮겨져 집중치료실에서 수혈과 긴급수술을 받았다. 몸은 순조롭게 회복되는 듯했지만, 장기간의 혈압 저하가 불러일으킨 산소결핍에 의해 혼수상태에서 깨어나지 못했다.

그리고 4년 8개월의 시간이 흐른 어느 날.

신의 인도도 악마의 속삭임도 찾아오는 일 없이 오토야는 갑자기 의식을 되찾았다.

성대 근력이 회복되어 자연스럽게 말을 할 수 있게 되자 가이아나 경찰의 형사에게 참고인 조사를 받았다.

"당신은 인민교회 녀석들에게 미움받을 만한 짓을 한 건가?"

정말이지 팔뚝 힘이 세 보이는 남자가 위험한 동물을 보는 것 같은 얼굴로 물었다. 무대에서 총을 맞은 이유를 알고 싶은 것이리라. 오토야는 "기억나지 않아"라고 얼버무릴 수밖에 없었다.

"살아 돌아오자마자 큰일이군."

형사가 병실에서 나가자마자 교대하듯 네이선이 침대에서 몸을 들이밀었다. 네이선은 같은 병실 친구로, 두 달 전에 술에 취해 교회 종탑에서 떨어져 두개골과 흉골이 부러진 상태였다.

"그런데 당신 말이야. 루이스 레즈너라고 알아?"

네이선이 갑자기 그리운 이름을 입에 담았다.

"서무반의 박복해 보이던 여자 말인가."

"오오, 기억력 좋구먼." 그렇게 말하면서 도토리처럼 보이는 터번을 고쳐 쓰더니 무릎에 얹혀 있던 잡지를 내밀었다. "라운지에서 찾았어. 봐봐."

표지를 보자 〈라이프〉의 1979년 3월호였다. 검게 때가 탄 표지에는 컬러 사진이 인쇄되어 있었다. FBI 조사자료에 첨부되어 있었다는 루이스의 유서 복사본이었다.

To punish my sins, I decided to kill myself 나의 죄를 속죄하기 위해 나는 자살하기로 했습니다.

"이런 내용이 적혀 있었다 해도 실제로는 선글라스 자식에게 세뇌당해 죽은 거겠지?" 네이선이 중얼거렸다. "아직 젊었는데 그런 수상한 남자 때문에 죽다니…… 가여워."

오토야는 그 잡지에서 눈을 떼지 못했다.

네이선이 말하는 대로, 루이스의 '자살하기로 했다'는 말

> To punish my sins,
> I decided to kill
>   myself.
>
>   Louis Rezner

은 액면 그대로 받아들여서는 안 된다. 그렇다고 해서 짐 조
든에게 모든 책임이 있었는가 하면 그렇지도 않다.

그녀를 죽음으로 몰고 간 책임의 대부분은 바로 자신에게
있었으므로.

"이런 대참사에서 살아났으니까, 당신은 대단한 탐정이겠
지?"

오토야가 침울해 있다고 생각한 것이리라. 네이선은 병자
답지 않은 완력으로 오토야의 어깨를 두드렸다.

"아니, 내가 살아 있는 건 그저 짐 조든의 시력이 나빴기
때문이야. 그뿐이야."

천천히 손을 저으며 오토야는 헤드보드에 몸을 기댔다.

6주가 흘러, 몰래 룸메이트의 담배를 훔쳐 피워도 기침이 나오지 않게 되었을 무렵, 간신히 퇴원 허가가 떨어졌다. 오토야는 영국 대사관을 경유하여 외무성에 연락을 취해 귀국 수속을 마쳤다.

고고타 형사부장이나 아키우 서장의 깜짝 놀라는 얼굴이 눈에 선했다. 기껏해야 야쿠자에게 당해 어디 묻혔거나 몸이 토막 나 바다에 버려졌으리라고 생각했을 텐데. 그들은 분명 오토야의 귀환을 기뻐하리라.

하지만 일본에 돌아가도 탐정 일을 계속할 마음은 없었다. 4년 전, 그는 리리코를 지키지 못했다. 그뿐 아니라 죄가 없는 사람들에게 막대한 위해를 가했다. 이 이상, 타인의 인생에 관여해서는 안 된다. 그것이 자기 나름의 속죄였다.

퇴원일 아침, 네이선의 송별 인사에 적당히 맞장구치는데 눈에 익은 간호사가 병실에 얼굴을 내밀었다.

"마중 나오신 분이 계세요."

오토야는 귀를 의심했지만, 어째서인지 알 것 같았다.

조지타운에 아는 사람은 없다. 가이아나 경찰의 형사가 신병을 인수하러 온 것이리라. 귀국 전에 한 번 더 쥐어짜보려는 것이다.

지긋지긋한 기분으로 수속을 마치고 병원을 나섰다.

문을 넘은 곳에 아시아인 청년이 서 있었다.

"오랜만이에요. 오토야 씨."

그는 더듬거리는 일본어로 말했다.

모습은 완전히 달라졌지만, 코감기에 걸린 듯한 목소리는 들은 기억이 있다.

"……너, 어떻게?"

"의식이 돌아오면 연락해달라고 병원에 부탁했었거든요. 어떻게든 퇴원일에 맞출 수 있었네요. 오늘은 오토야 씨에게 감사 인사를 하러 왔어요."

"그게 대체 무슨 말이지?"

"제가 살아 있는 건 오토야 씨가 언젠가 일본에서 만나자고 말해준 덕분이거든요. 그 말이 없었다면 저는 다른 사람들과 함께 쿨에이드를 마시고 죽었을 거예요."

바보 같은 이야기다. 자신은 미움받을 만한 일이라면 몰라도 감사받을 만한 일은 하지 않았다. 그렇게 말하려고 했지만 상대의 얼굴을 보고 자신도 모르게 말을 삼켰다.

"오토야 씨. 저를 구해주셔서 감사합니다."

Q가 손등으로 눈꼬리를 훔쳤다.

4년 만에 몸에 직접 내리쬐는, 있는 그대로의 햇살이 눈부셨다.

2

티메리 국제공항 게이트 앞에서 택시를 내리자 Q는 주차장 옆 식당으로 오토야를 안내했다.

"뭔지도 알기 어려운 소스를 뿌린 요리는 더는 먹고 싶지 않은데."

"딱 한 끼만 더 부탁드려요. 오토야 씨의 의식이 돌아오면 반드시 이곳에 모시고자 마음먹었거든요."

애인처럼 오토야의 손을 이끌고 Q가 '니키스 오리지널 하우스'의 문을 열었다. 가게는 일본의 편의점 정도의 크기로, 거의 만석이었다. 공항이 가까운 탓인지 길거리에서는 보기 힘든 백인의 모습도 눈에 많이 띄었다. 주방 앞 테이블석에 앉자, 오토야는 맥주를, Q는 뭔지 알 수 없는 요리를 두 개 주문했다.

"너, 지금 몇 살이야?"

"열다섯 살이에요."

"고등학생인가?"

"네. 캘리포니아 고등학교에 다니고 있어요. 장래에는 하버드 대학에서 범죄사회학을 공부해서 미해결 사건 조사를 하고 싶어요."

자신도 모르게 쓴웃음이 나왔다. 이 녀석, 4년 전의 자신들에게 완전히 감화된 모양이군.

"뭐, 좋을 대로 해."

때마침 점원이 병맥주를 가지고 왔기에 오토야는 4년 만의 알코올을 위장에 흘려 넣었다.

"어떤가요?"

"맛있어. 하지만 너무 깔끔하군. 빨리 일본의 맥주를 마시고 싶어."

트림한 후 의자에 기대자, Q는 어째서인지 불편한 듯 오토야에게서 시선을 피했다.

"왜 그래?"

"아니에요."

그렇게 말하면서 손으로 연신 입술을 만지작거렸다.

"뭔데?"

"죄송해요. 그저." Q는 다른 쪽을 바라본 채 답했다. "오토야 씨가 일본으로 돌아가는 건 어려울지도 모릅니다."

갑자기 살갗이 오그라들었다. 동시에 목 안쪽이 타는 듯 뜨거워졌다.

"……너, 무슨 말을 하는 거야."

"사과할 일이 하나 있어요. 저는 아까 거짓말을 했어요. 제가 이곳에 온 이유는 오토야 씨에게 감사 인사를 하기 위해서만은 아니에요."

Q의 말이 갑자기 빨라졌다.

"무슨 말이지?"

"확인하고 싶은 게 있거든요."

입술에서 손가락을 떼고 똑바로 오토야를 바라봤다.

"인민교회 사건은 정말로 집단 자살이었나요?"

가게의 소음이 전혀 들리지 않게 되었다.

"신자들은 자살한 게 아니라 짐 조든에게 살해당했다. 그렇게 말하고 싶은 거야?"

고민한 끝에 가장 자연스러워 보이는 질문을 던졌다.

"아니요. 짐 조든은 신자에게 독을 마시라고 지시했을 뿐, 그들을 직접 죽인 건 아닙니다."

Q가 곧바로 대답했다. 오토야의 답을 예상하고 그에 대한 답을 준비해둔 모양이었다.

"알겠어."

오토야는 병을 내려놓고 Q가 알아채지 못하도록 심호흡했다.

"너는 그날, 조든타운에 있었어. 당연히 내 연설을 듣고 있었을 테지. 나는 두 개의 추리를 선보인 후, 그중 어느 하나를 고르라고 조든에게 강요했어. 기적을 긍정하고 집단 자살하든, 기적을 부정하고 살아남든. 녀석은 전자를 선택했고, 신자를 끌어들여 자살했어. 내가 조든에게 자살을 결단시킨 이상, 내가 녀석들을 죽인 것과 같지."

"아닙니다."

Q는 틈을 두지 않고 바로 답했다.

"물론 그걸 이유로, 오토야 씨가 조든이나 신자들의 목숨을 빼앗았다고 말할 수도 있겠죠. 하지만 저는 그런 걸 말하고 싶은 게 아니에요."

자신의 얼굴에서 핏기가 사라지는 것이 느껴졌다.

'이 녀석, 혹시 모든 걸 간파했나?'

"밀림에 숨어 있다가 가이아나군의 병사에게 보호된 이후, 저는 끊임없이 오토야 씨의 말을 반추했어요. 그러는 동안 하나의 의문이 떠올랐습니다."

"내 추리가 틀렸다고?"

"아니요. 오토야 씨의 추리는 완벽했습니다. 조사단을 죽인 범인은 선천성 대사이상을 앓고 있던 교장 레이 모튼이 틀림없어요."

"그럼 뭐가 문제지?"

"제 마음에 걸린 건, 조디 랜디 씨가 독살당한 사건의 추리입니다. 그 추리에서 사용된 논리를 되돌아보는 사이에 조든이 일으킨 집단사에도 같은 논리가 들어맞는다는 사실을 깨달았죠."

심장의 고동이 커졌다. 도대체 무슨 말이지?

"조디 씨 사건을 조사했을 때를 떠올려보세요. 오토야 씨 일행은 간부 숙소인 '북-2'에서 요리반 두 사람에게 이야기를 듣고 현장인 E 교실로 돌아갔는데, 어째서인지 바닥에 떨어져 있던 먹다 만 쿠키가 없어졌다고 했죠. 문을 여닫은 흔적이 없었다는 점, 책상 위의 쿠키에는 손대지 않았다는 점에서 덤불개가 작은 창문을 통해 교실에 들어가 쿠키를 먹은 거라고 추측했습니다. 하지만 덤불개가 무사히 도망갔다는 점에서 바닥에 떨어져 있던 홍차에 독은 들어 있지 않았다는 결론이 도출되었죠.

이 논리와 거의 비슷한 걸 인민교회의 집단사에도 말할 수 있는 게 아닐까, 저는 그렇게 생각한 겁니다."

그럴 리 없다. 오토야는 신중하게 입을 열었다.

"그 집단사 전날에 덤불개는 이미 마을에서 모습을 감췄잖아."

"네. 대신 덤불개의 역할을 한 게 루이스 레즈너 씨였습니다."

Q는 가방에서 오렌지색 노트를 꺼내, 마지막 페이지에 끼워져 있던 잡지를 오린 종이를 꺼냈다.

"루이스 씨는 죽은 신자들 중 유일하게 간단한 유서를 남겼어요. 이게 그겁니다."

To punish my sins, I decided to kill myself.

바로 최근, 완전히 같은 사진을 본 참이었다. FBI 조사자료에 첨부되어 있었다는 루이스의 유서 복사본이었다.

"몇 번이고 다시 살펴보는 사이에 저는 이 문구에서 위화감을 느끼게 되었습니다. 조든은 기적의 존재를 확인하기 위해 신자에게 목숨을 끊으라고 명령했고, 신자들도 그에 따랐습니다. 루이스 씨가 '나의 죄를 속죄하기 위해', '나는 자살하기로 했습니다'라고 말하는 건 그 자리에서 벌어진 일과 명백하게 어긋납니다."

"실제로 적혀 있었으니까 루이스는 그렇게 생각한 거겠지."

"사진을 잘 봐주세요. 이 유서에는 어떻게 해도 설명이 되지 않는 점이 있거든요."

Q의 말대로 종잇조각이 찍힌 사진을 들여다봤다. 종이가 조금 더러울 뿐 이상한 점은 보이지 않았다. 그렇게 답하려고 얼굴을 들자, Q는 당장이라도 울음을 터뜨릴 것 같은 얼굴로 오토야를 보고 있었다.

"모르시겠어요? 캡션에 적힌 것처럼 이 유서는 실물이 아니라 FBI의 조사자료에 첨부되어 있던 유서 복사본입니다. 복사 후의 자료만 보다 보면 잊어버리기 쉽지만, 문서용 복사기는 모든 흔적을 반영하지 못합니다. 스캔되지 않고 사라져버리는 것도 있습니다."

"그래." 듣고 나서 겨우 깨달았다. "접은 흔적이군."

"네. 종이의 오른쪽 위가 오른쪽 아래와 똑같은 형태로 오염되어 있죠. 시신의 주머니에서 회수한 시점에 이 유서는 적어도 반으로 접혀 있었다는 점을 알 수 있습니다."

오토야는 끄덕일 수밖에 없었다. 덴트가 죽은 15일 밤, 루이스에게 건네받은 "우리를 이곳에서 데리고 가주세요"라는 쪽지도 종이를 반으로 접은 것이었다.

"이 종이가 어느 정도의 크기였는지는 모르지만, 적어도 접지 않고 그대로 주머니에 넣을 수 있는 크기는 아니었겠죠. 유서 실물에는 이런 식으로 접인 자국이 있었다는 말이 됩니다."

Q는 가슴주머니에서 볼펜을 꺼내 가로로 점선을 그었다.

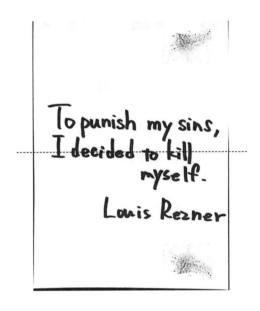

"루이스 씨가 조든에게 자살을 명령받은 후, 쿨에이드를 마시기 전에 이 유서를 적었다고 쳐보죠. 그녀가 한 일을 정리하면 이렇게 됩니다. 주머니에 들어 있던 종이와 사인펜

을 꺼낸 후 접힌 종이를 펼친다. 그걸 벤치나 기둥에 대고 문자를 적고 서명한다. 다시 종이를 접고 주머니에 넣는다. ……하지만 정말로 이 유서는 그런 식으로 쓰인 것일까요?"

오토야는 종잇조각을 보고 곧바로 고개를 저었다. "아니겠지."

"그렇습니다. 보시는 대로 이 유서의 문자는 접은 부분에 걸쳐져 있어요. 정도의 차이는 있더라도 한번 접었던 종이에는 반드시 접힌 자국이 남습니다. 자국을 피해 글씨를 쓰지 않는 이상 접힌 자국 위에 쓴 글씨는 어긋나게 쓰일 수밖에 없죠. 하지만 이 유서는 접힌 자국 위에 글씨를 썼음에도 전혀 어긋난 흔적이 없습니다."

"그래. 나도 알겠어."

오토야는 종잇조각을 Q의 손가로 밀었다.

"루이스는 접힌 종이를 펼쳐서 유서를 쓴 것이 아니라, 유서를 쓰고 나서 종이를 접은 거군."

Q가 천천히 끄덕였다.

"그게 이 사진에서 도출할 수 있는 사실입니다. 나아가 이 종이가 주머니에 들어가지 않는 크기였다는 점을 생각하면, 루이스 씨는 파빌리온에 찾아온 뒤 유서를 쓴 게 아니라, 유서를 쓰고 나서 파빌리온으로 이동했다는 점을 알 수 있습니다."

"조든에게 명령받기 전부터 루이스는 자살할 의지를 굳혔다는 말인가."

"그렇게 되겠죠. 루이스 씨는 이전부터 조든타운에서 마음 편히 지내지 못했습니다. 간부에게 주의를 받았음에도 딸을 만나러 가는 걸 그만두지 못한 탓에 집회에서 매도를 당한 겁니다. 17일 아침에는 밀림에서 목을 매려고 했고, 이하준 씨의 사체를 발견한 것도 독극물을 손에 넣고자 저장고로 향하는 도중이었다고 말했습니다. 그때는 의식을 잃고 진료소로 옮겨져 결과적으로 자살에 실패했지만, 그 의지는 달라지지 않았을 겁니다."

Q의 주먹에 손톱이 파고드는 것이 보였다.

"조든의 명령에 따랐을 뿐인 사람들과는 동기가 다르다, 그녀의 죽음을 다른 사람들과 하나로 봐서는 안 된다는 말인가."

"그뿐만은 아닙니다."

Q는 문득 먼 곳을 바라보듯 눈을 가늘게 떴다.

"또 하나 떠올렸으면 하는 게 오토야 씨가 추리를 선보이는 동안 루이스 씨가 한 발언입니다. 다른 신자들은 그때, 짐 조든을 '조든 씨'라고 불렀습니다. 오토야 씨가 파빌리온에 찾아오기 전, 조든이 첫 번째로 자살을 부르짖었을 때, 자신을 '목사'가 아니라 이름으로 부르라고 명령했기 때문입니다. 하지만 루이스 씨만은 오토야 씨의 연설 중에도 조든을 계속해서 '목사님'이라고 불렀습니다. 그녀는 왜 조든의 명령을 따르지 않았을까요."

"흥분해서 잊어버린 거겠지."

"오토야 씨가 조든을 범인이라고 단정하자, 루이스 씨는 이렇게 말하며 오토야 씨에게 반발했습니다."

'목사님은 신의 화신이에요. 목사님이 진짜로 사람을 죽였다면, 그들은 여기에서 죽어야만 하는 운명이었던 거예요.'

"마찬가지로 오토야 씨가 찾아오기 전, 조든은 자신은 신이 아니라고 분명히 말했습니다. 루이스 씨는 그것도 잊어버렸던 걸까요."

"그 여자에게는 신이었던 거 아니야?"

"오토야 씨는 흥분 상태인 루이스 씨에게 이렇게 되물었습니다. 그렇다면 라일랜드 의원 일행은 활주로에서 탄환 세례를 당할 운명이었냐고요. 그 말을 들은 그녀는 이렇게 답했습니다."

'탄환 세례? 당신이 무슨 말을 하는 건지 저는 모르겠어요.'

"이 말은 명백하게 부자연스러웠어요. 리리코 씨 일행이 목숨을 잃을 운명이었다면 라일랜드 의원 일행도 같은 운명이라고 주장하면 되었을 겁니다. 왜 루이스 씨는 이런 시치미를 떼는 듯한 답을 한 걸까요.

역시 오토야 씨가 찾아오기 전에 조든은 라일랜드 의원 일행을 공격했다는 점을 신자들에게 밝혔습니다. 이만큼 중

대한 일을 흥분해서 잊어버렸다고는 생각할 수 없습니다. 루이스 씨는 그저 조든의 말을 듣지 못한 겁니다. 조든이 처음에 자살을 부르짖었을 때, 그녀는 집합하라는 명령을 무시하고 어딘가 다른 장소에 있었던 거죠."

"분명 그럴지도 모르지." 오토야는 한껏 허세를 부렸다. "내가 말하고 싶은 건 하나야. 그래서 뭐 어쨌다는 건데?"

"그때 루이스 씨는 어디에 있었을까요? 조든타운은 여기저기에 스피커가 설치되어 있고, 집회가 열리는 도중에는 어디에 있든 조든의 목소리가 귀에 들어오게 되어 있었습니다. 가령 숙소에서 모포를 뒤집어쓰고 있어도 조든의 목소리가 들리지 않을 리는 없습니다. 하지만 마을 안에 단 한 곳, 바깥의 소리가 전혀 들리지 않는 장소가 있었죠."

Q는 집게손가락으로 한쪽 귓구멍을 가렸다.

"조리실 컨테이너인가."

"맞습니다. 그 차는 애초에 이동중계차였기에 벽에 흡음재가 붙어 있었습니다. 뒤쪽 문을 닫으면 바깥 소리는 전혀 들리지 않았을 겁니다. 조든이 자살을 부르짖던 연설을 시작했을 때, 루이스 씨는 그 컨테이너 안에 있었습니다.

조든의 신호에 따라 곧장 냄비를 가지고 온 걸 보면 알 수 있듯이, 그 연설이 시작되었을 시점에 이미 조리실에는 독이 든 쿨에이드가 준비되어 있었습니다. 루이스 씨는 요리반이 쿨에이드 분말이나 약품을 조리실로 옮기는 걸 보고,

그녀들이 무엇을 만들려고 하는지 깨달았을 겁니다. 다른 신자들보다도 앞서서 자살을 결의했던 루이스 씨는 조든의 연설이 시작되고 신자들이 일제히 무대에 몰두한 틈을 타서 조리실로 숨어들었습니다. 그곳에서 그녀가 무엇을 했는지는 하나밖에 생각할 수 없습니다."

'나의 죄를 속죄하기 위해 나는 자살하기로 했습니다.' 유서의 문장이 되살아났다.

"마신 건가."

"네. 그녀는 스스로 목숨을 끊기 위해 냄비에 들어 있던 쿨에이드를 마신 겁니다."

"그렇군." 오토야는 의자에 기댄 채 숨과 말을 동시에 내뱉었다. "무슨 말을 하고 싶은 건지 알았어. 분명 그 여자가 한 행동은 덤불개와 마찬가지군."

"그 사실을 통해 알 수 있는 것도 마찬가지입니다. 루이스 씨는 조리실에서 쿨에이드를 마셨음에도 사이안화칼륨 중독 증상을 일으키지 않았습니다. 도중에 집회에 참가한 이상, 이 사실은 명백합니다. 그 점에서 도출되는 결론은 하나."

Q는 숨을 멈추고, 검은 눈동자를 오토야에게 향했다.

"쿨에이드에 사이안화칼륨은 들어 있지 않았다."

교실 바닥에 떨어진 홍차와 동일한 결론이었다.

"그러면 당연히 다음 의문이 떠오릅니다. 조든은 함께 여행을 떠나자고 말하며 신자들에게 쿨에이드를 먹이려고 했는데, 거기에는 독이 들어 있지 않았다는 것. 조든의 목적은 무엇이었을까요?

그의 생전의 행동을 떠올려보면 이는 간단히 설명할 수 있습니다. 그 남자는 자기에게 불리한 일이 벌어지면 때때로 가슴을 움켜쥐고 쓰러졌다가 바로 부활해 보였습니다. 킹 목사가 암살되었을 때는 권총에 맞은 시늉을 하며 닭의 피를 뿌리고 중태를 입었다 부활한 것처럼 연기했다고 합니다. 신자의 마음이 떠나려 할 때마다 조든은 죽음과 부활의 퍼포먼스를 반복해온 거죠."

선생에게 혼날 때마다 배가 아프다고 말하며 배를 부여잡았던 초등학교 친구의 얼굴이 떠올랐다. 그건 분명, 설사하는 세이타였다.

"보안반에게 라일랜드 의원 일행을 습격하라고 명령했음에도 경비행기의 이륙을 막지 못해 인민교회는 위기 상황에 빠졌습니다. 특수부대가 찾아올 것이라는 망상에 사로잡힌 예언도 이번에는 현실이 될 가능성이 컸죠. 자신들이 놓인 상황을 알게 되면, 신자 중 많은 수가 마을에서 도망치려고 했을 겁니다.

그들의 마음을 사로잡고 마지막 순간까지 인민교회를 연명시키기 위해, 조든은 신자 전원을 끌어들인 부활 퍼포먼스를 연기하려고 했습니다."

Q는 잡지 지면에 게재된 무뚝뚝한 표정의 조든을 한번 보고는 말을 이었다.

"그가 한 행동은 심플합니다. 요리반에 독이 든 주스를 만들게 하고 집회에서 신자들에게 그걸 마시라고 지시한다. 다만 저장고에 보관되어 있던 사이안화칼륨을 미리 혈압 강하제와 바꿔둔 상태였습니다. 이 혈압 강하제는 오하이오의 의약품 회사에서 사이안화칼륨을 구입하던 당시 위장할 용도로 함께 구입한 것이었죠.

쿨에이드를 마신 신자들은 일시적으로 혈압이 떨어져서 그 많은 수가 의식을 잃게 됩니다. 하지만 그렇게까지 대량으로 마시지 않는다면 목숨을 잃을 가능성은 없습니다. 약효가 사라지고 혈압이 원래대로 돌아오면, 그들은 의식을 되찾고 신앙의 힘이 독극물 중독을 막아주었다고 믿게 된다는 결말입니다."

그때 Q의 입술이 미세하게 일그러졌다.

"하지만 현실에서 벌어진 일은 달랐습니다. 쿨에이드를 입에 댄 신자들은 중독 증상을 일으켜 한 명도 빠짐없이 죽어버렸습니다."

오토야는 마른 목에 침을 꿀꺽 삼켰다. "그건 이상하네."

"루이스 씨가 조리실에서 마신 쿨에이드에는 독이 들어 있지 않았지만, 그 후 요리반이 파빌리온으로 가져온 쿨에이드에는 독이 들어 있었다. 그렇다면 생각할 수 있는 가능성은 한 가지뿐이죠. 루이스 씨가 조리실을 떠난 후 조든이 냄비를 가지고 오라고 요리반에게 지시하기까지. 그 시간 동안 쿨에이드에 사이안화칼륨을 넣은 사람이 있었던 겁니다."

"이상할 정도로 요리가 늦군."

"금방 나올 겁니다."

Q는 부엌을 보지도 않고 답했다.

"조든이 신자에게 자살을 부르짖은 후, 요리반에게 쿨에이드를 가지고 오라고 하기까지 15분 정도의 시간이 있었습니다. 크리스티나 씨가 아이들만이라도 소련으로 보낼 수는 없는지 물었고, 조든이 조지타운을 경유해서 그 사실을 확인했기 때문입니다. 범인은 그사이에 조리실로 숨어들어 쿨에이드에 독을 넣었겠죠.

그렇다면 도대체 누가 그런 짓을 했을까요. 루이스 씨가 조리실에 숨어들 수 있었던 것으로 보아 다른 사람도 가능했을 터. 그 자리에 있던 모두가 용의자라는 말이 됩니다."

"당사자는 대부분 죽었으니 범인 특정도 어렵겠군."

"저도 처음에는 그렇게 생각했습니다. 하지만 범인의 행동을 상상하다가 문득 의문이 솟았습니다.

굳이 쿨에이드에 독을 섞었다는 건, 범인은 그것에 독이 들어 있지 않다는 사실을 알고 있었다는 의미입니다. 하지만 조든이 사이안화칼륨 저장고에 보관하고 있다는 점은 주지의 사실이었습니다. 그 상황에서 냄비에 만들어진 대량의 쿨에이드를 본다면 누구든 집단 자살을 위해 준비된 거라고 생각했겠죠. 범인은 어떻게 거기에 독이 들어 있지 않다는 사실을 알았을까요?"

"글쎄." 오토야는 또다시 모르는 척했다. "범인은 짐 조든이었던 거 아니야?"

"분명 조든은 쿨에이드에 독이 들어 있지 않다는 사실을 알고 있었죠. 하지만 무대 의자에 앉아 있던 그는 조리실에 독을 넣으러 갈 수 없었습니다."

"루이스 레즈너는 어때? 일부러 조리실에 숨어들어 쿨에이드를 마셨는데 약효가 나타나지 않아서 독이 들어 있지 않다는 사실을 깨달은 거지. 그래서 저장고에 있던 진짜 사이안화칼륨을 가져다 넣은 거야."

"그렇다면 왜 그걸 마시지 않았을까요? 진짜 독을 탄 주스만 만들고 그 자리에서 마시지 않다니, 이상하지 않나요?"

이미 온갖 가능성을 생각해본 것이리라. Q의 반론에는 막힘이 없었다.

"주스를 마시지 않고도 주스에 독이 들어 있지 않다는 사실을 간파할 방법은 무엇일까요. 그건 다른 누군가가 주스를 마시는 걸 보는 겁니다.

범인은 우연히 루이스 씨가 조리실에 들어가고 나오는 장면을 목격했겠죠. 각오를 굳힌 듯한 표정으로 컨테이너에 들어간 루이스 씨가 몇 분 후에 얼빠진 표정으로 파빌리온으로 돌아가는 걸 목격하고 범인은 어떤 확신을 했습니다. 그래서 조리실로 숨어들어 냄비에 들어 있던 쿨에이드를 찾아냈죠. 그녀의 몸에 무슨 일이 벌어진 것인지 이해하고, 주스에 독이 들어 있지 않다는 사실을 간파한 겁니다."

"그 자리에 있던 전원이 용의자라는 사실은 달라지지 않았군."

"신경 쓰이는 점은, 조리실에서 나온 루이스 씨가 어떤 모습이었나 하는 점입니다. 가령 루이스 씨의 몸에 전혀 변화가 없었다고 쳐보죠. 그걸 본 범인이 컨테이너에 들어가서 쿨에이드를 발견한다고 해도 독이 들어 있는지의 여부는 판단할 수 없습니다. 루이스 씨는 자살을 시도하려 했지만, 독이 든 주스를 입에 넣을 용기가 나지 않아 아무것도 마시지 않고 물러났을 가능성도 있기 때문입니다.

그럼 쿨에이드에 독이 들어 있지 않다고 확실히 판단할 수 있는 건 어떤 경우일까요. 그건 루이스 씨의 몸에 명백하게 이상이 일어났음에도 사이안화칼륨 중독 증상으로 보기에는 너무 가벼운 경우입니다. 무언가 약을 먹은 건 분명하지만 치사량의 독극물은 아니다. 거기까지 알게 되면 조든의 의도를 간파하는 것도 어렵지 않겠죠. 범인은 혈압 강하제를 먹은 루이스 씨의 모습을 보고, 조든이 준비한 퍼포먼스의 실체를 깨달은 겁니다."

이제 끝이다. 이 녀석은 모든 것을 알고 있다.

입을 닫은 오토야를 보고, Q는 슬픈 듯 고개를 숙였다.

"증상이 가볍다고 해도 다른 사람이 보고도 금세 알았을 정도니 루이스 씨의 몸에 일어난 변화는 단순한 두통이나 귀울림 정도는 아니었을 겁니다. 급격하게 혈압이 저하된 결과, 몸이 휘청거릴 정도의 상태가 되어 있었을 겁니다.

하지만 저를 포함한 인민교회 신자는 다른 신자의 몸에 일어난 상처나 병의 증상을 알아볼 수 없었습니다. 쓰러질 것 같은 루이스 씨를 보더라도 알아챌 수 없죠. 인민교회의 신자는 주스에 독을 넣은 범인일 수 없습니다. 범인은 외부인stranger이라는 말이 됩니다."

"……그렇군."

"찰스 클라크 씨가 파견한 조사단 여러분은 전부 외부인이었지만, 이미 네 명 모두 살해당한 후였습니다. 라일랜드 의원 일행도 역시 외부인이었지만, 조든이 쿨에이드를 준비시켰을 때는 활주로에서 피를 흘리며 죽어가고 있었습니다. 그때, 그 장소에 있던 외부인은 한 명밖에 없습니다."

Q는 떨리는 입술을 꽉 깨물었다.

"오토야 씨, 918명의 신자를 죽인 범인은 당신이군요."

오토야는 병맥주를 입에 가져다 댔지만 그야말로 맛이 느껴지지 않은 채 가솔린 같은 불쾌한 냄새가 코를 빠져나갈 뿐이었다.

"네 말이 맞아."

Q가 얼굴을 피했다.

"하지만 내가 사람을 죽였다는 건 틀렸어. 그날, 인민교회의 신자들은 조든의 말을 진심으로 받아들였지. 녀석들은 독이 들었다는 사실을 인지한 채로 쿨에이드를 마셨어. 내가 비난받을 이유는 없어."

"오토야 씨, 이 이상 저를 실망시키지 마세요."

Q는 그렇게 말하고 똑바로 오토야를 응시했다.

분함이 허무로, 슬픔이 연민으로 바뀌는 것 같았다.

"당신은 조든이 계획한 퍼포먼스를 사전에 간파했습니다. 당신이 예상한 대로 조든은 요리반에게 냄비를 가져오게 한 후 신자들에게 그걸 먹이려 했습니다. 하지만 크리스티나 씨의 반대에 부딪혀 한 번은 철회했습니다.

그때 파빌리온에 나타난 당신은 두 가지 추리를 선보인 후, 기적을 긍정해서 집단 자살을 할지, 기적을 부정해서 살아남을지를 선택하도록 강요했습니다. 하지만 조든의 답은 처음부터 정해져 있었습니다. 쿨에이드에 독이 들어 있지 않다고 믿고 있는 이상, 조든에게는 신자들에게 그것을 마시게 하는 걸 주저할 이유가 없기 때문입니다. 당신은 조든을 궁지에 몰아넣으면, 그가 집단 자살을 선택하리라 확신했습니다."

Q는 테이블에 손을 짚고 몸을 일으켜 붉어진 눈으로 오토

야를 내려다봤다.

"쿨에이드에 독을 섞은 것도 당신이고, 조든을 통해 신자들에게 그걸 마시게 한 사람도 당신입니다. 당신이 모두를 죽인 범인이라는 데에 의문의 여지는 없습니다. 인민교회 사건은 집단 자살이 아니라, 그저 살인사건이었을 뿐입니다."

"내가 잠들어 있는 동안 꽤 생각을 많이 했나 보군."

오토야는 진지한 척하는 동작으로 Q를 올려다보며 테이블의 양쪽 끝을 잡았다. Q가 의아한 듯 눈썹을 모았다.

"하지만 가르쳐주지. 탐정이라는 건 똑똑하다고 다가 아니야."

말을 끝내기 전에 테이블을 밀어 쓰러뜨렸다. 병맥주와 포크와 접시가 Q를 향해 쏟아졌다. Q는 뒤쪽으로 밀려 쓰러져서 계산대 카운터에 허리를 부딪혔다.

"또 보자고."

밖으로 달려가고자 출구를 돌아보고는 숨이 멎는 듯했다.

스무 명 이상의 손님이 일제히 일어나서 오토야에게 총구를 겨누고 있었다.

"실은 사과해야 하는 게 또 있습니다." Q가 맥주를 털면서 일어났다. "이 가게에 당신을 데려오기로 마음먹은 사람은 제가 아닙니다."

스미스앤드웨슨 M13을 손에 든, 알로하 셔츠를 입은 여자가 옆에 있는 남자에게 눈짓했다. 남자는 비슷한 셔츠의 주머니에서 ID 카드를 꺼내 오토야의 코앞에 들이밀었다. 얼굴 사진 옆에 FBI라는 글자가 적혀 있었다.

"……그런가."

온몸에서 힘이 빠졌다. 천장이 빙글빙글 도는가 싶더니 타일로 된 바닥에 엉덩방아를 찧었다. 알로하 셔츠를 입은 남자가 오토야의 몸을 바닥에 짓이기고는 팔을 뒤로 돌렸다. 철커덕, 하는 차가운 소리가 울려 퍼졌다.

"한 가지만 말씀해주세요."

Q가 오토야를 내려다보며 말했다.

"리리코 씨는 가짜 추리를 통해 범인의 악행을 멈추고, 인민교회의 신자를 지키려고 했습니다. 당신이 한 행동은 그와는 대조적입니다. 당신은 추리를 통해 인민교회 신자를 전부 죽였습니다."

Q의 목소리가 일그러졌다.

"당신은 왜 그 사람들을 죽였죠?"

그 답은 정해져 있다.

"리리코를 위해서야." 오토야는 움츠린 채 답했다. "나는 리리코를 죽인 범인이 미웠어. 공동묘지에서 사체를 발견한 순간부터 범인을 죽이기로 결심했지."

"그럼 레이 씨만 죽이면 되는 거 아니었나요?"

"그럴지도 모르지. 하지만 나는 리리코와는 달랐거든."

남자의 팔에 저항하며, 오토야는 바닥에서 고개를 살짝 들어 올렸다.

"나는 천재가 아니야. 진실이라고 믿었던 내 추리를 리리코는 몇 번이나 뒤집었지. 나는 내 분수를 잘 알고 있었어. 내 추리를 믿을 수 없게 된 상태였던 거야."

"그렇다면 더더욱 복수를 그만두었어야죠."

"말했잖아. 나는 반드시 범인을 죽이고자 마음먹었어. 그러면서도 그 사람이 범인이라는 추리를 믿을 수도 없었지. 확실히 범인을 죽이려면 모든 신자를 죽이는 수밖에 없었어."

"거짓말이에요."

Q가 고개를 저었다.

"당신은 진짜 동기를 숨기고 있어요. 공동묘지에서 리리코 씨가 살해당한 건 오후 4시 무렵. 당신이 파빌리온에 나타나서 추리를 선보이기 시작한 건 오후 7시 무렵이었어요. 그 짧은 시간 동안 당신이 0에서 시작해 두 가지 추리를 모두 완성했다고는 생각할 수 없습니다. 적어도 외부인의 추리 중 덴트 씨, 조디 씨, 이하준 씨의 사건에 관한 건 생전의 리리코 씨와 당신 둘이 함께 도출한 것이었겠죠. 당신이 자신감을 잃은 상태였다 해도, 레이 씨가 범인이라는 점을 의심할 이유는 없습니다."

무슨 말이든 하고 싶었지만, 건넬 말을 하나도 찾을 수 없었다.

이 소년은 4년 동안 과거와 마주하며 온갖 가능성을 생각한 것이다. 같은 시간을 공백의 세상에서 소비한 자신이 그와 대등하게 맞설 수는 없었다.

오토야는 Q의 적수가 되지 못한다.

"그 남자가 나빴어. 그 아이처럼 생긴 남자가."

자신도 모르게 말이 흘러나오고 있었다.

"우리 조수가 그런 녀석에게 지다니, 그런 건 믿고 싶지 않았어."

"당신이 레이 씨를 미워하는 건 이해합니다. 제가 알고 싶은 건 다른 신자를 끌어들인 이유예요."

반박하려고 입을 열었다가, 말을 삼켰다. 역시 안 된다. 이이상은 말할 수 없다.

"……리리코를 위해. 그것뿐이야. 달리 할 말은 없어."

목이 눌려 타일에 볼이 닿았다. 눈을 감고 숨을 멈췄다. 토라진 아이 같아서 한심하지만, 달리 할 수 있는 것은 없었다.

"어째서인가요. 오토야 씨……."

나는 바보다.

이렇게 무거운 십자가를 짊어져야 하는 세상으로 왜 돌아와버린 것일까.

아무리 눈을 질끈 감아봐도, 한번 되살아난 세상은 사라지지 않았다.

후일담②

1

빛의 강이 무수히 갈라지고 뒤엉켜 모세혈관처럼 대지를 덮었다.

구름 건너편에 보이기 시작한 일본의 도시는 심야라고는 생각하기 어려울 정도로 눈부신 빛을 발산하고 있었다.

공항이 가까워질수록 빛은 인공적인 기하학무늬를 그려내기 시작했다. 마치 산호세의 야경 같았다. 기체가 공장지대를 지나고 있는 것이리라.

착륙 안내방송에 승객들이 안전벨트를 조였다. 5분에 걸쳐 천천히 고도를 낮춘 기체는 일본 시각 오후 10시 15분에 신도쿄국제공항 활주로에 착륙했다.

안전벨트 표시등이 꺼지고 승객들이 짐을 챙겨 출구로 향하기 시작했다. 나는 좌석에서 몸을 일으켜 머리 위의 짐칸을 열었다. 뒤쪽 승객이 지나가기를 기다렸다가 보스턴백으로 손을 뻗었다.

"이봐, 빨리 좀 해."

옆자리 남자가 노려봤다. 착륙 전부터 몇 번이고 모니터에 찍힌 시간을 확인한 것으로 보아 급한 용건이 있는 모양이었다.

"······죄송합니다."

살짝 고개를 숙이고 통로 끝으로 몸을 붙였다.

"외국인인가."

남자는 혀를 차며 서둘러 통로를 지나가버렸다.

일본사 선생님께는 원어민과 비슷한 수준의 발음이라고 칭찬받았지만, 그것은 열심히 공부하는 학생을 격려하려는 선의의 거짓말이었던 모양이다.

나는 보스턴백을 어깨에 메고 입속으로 "죄송합니다"라고 말하는 연습을 하면서 출구로 향했다.

1985년. 일본식으로는 쇼와 60년 7월 10일.

공항 대합실에서 밤을 지새운 후, 나는 버스로 우에노 역으로 이동했다. 그곳에서 완행열차로 갈아타고 후쿠시마로 향했다.

신칸센을 타지 않은 것을 후회하면서 아이즈와카마쓰 역의 개찰구를 나올 때쯤에는 이미 오후 4시가 지나 있었다.

뻣뻣해진 허리를 문지르면서 버스에 올라타 구름 낀 마을 안을 이동하길 20분. 또다시 버스 정류장에서 산길을 15분 정도 걸은 끝에 목적지인 묘지에 도착했다.

그곳은 민가 두 채 정도의 넓이로, 미국의 공동묘지에 비해 훨씬 좁았다. 유난히 차양이 넓은 선바이저를 쓴 여자가 묘석 앞에서 합장하고 있었다. 묘석의 종류나 형태가 조금씩 다른 것은 무언가 의미가 있는 것일까.

가까운 쪽부터 차례대로 묘석에 새겨진 이름을 확인했다. 세 번째 줄에 들어선 곳에서 '아리모리 일가 묘지'라고 새겨진 묘석이 보였다. 왼쪽 측면에 '아리모리 리리코'라는 이름이 있었다. '1978년 11월 18일'이라고 사망 일자가 적혀 있으니 동명이인은 아니었다. 그녀는 이곳에 잠들어 있는 것이다.

그 묘지는 다른 것보다 작은 편이었지만 이끼나 흙이 묻어 있지 않고 주변 잡초도 깨끗하게 뽑혀 있었다. 시신을 인수한 친족은 타국에서 전대미문의 사건에 휘말린 그녀를 보고 가슴이 아팠으리라. 그녀가 사이비 종교 신자를 보호하려고 애쓴 점이나 상사였던 남자가 캘리포니아 주립 교도소에서 복역 중이라는 사실은 꿈에도 모를 테지만 말이다.

나는 선바이저 여자를 흉내 내서 눈을 감고 묘석을 향해 손을 모았다.

다음 날에는 오전 8시에 우에노의 싸구려 호텔에서 체크아웃한 후 만원 상태인 JR 야마노테 선을 타고 신주쿠로 향했다. 서쪽 개찰구를 빠져나와 지정된 파출소를 찾았다. 시간을 확인한 후 안으로 들어섰다.

"아, 기다리고 있었습니다. 당신이 그 사건의 생존자분이군요."

숙련된 코미디언처럼 쾌활한 미소를 보인 남자가 싹싹하게 오른손을 내밀었다. 편지로 받은 사진보다 주름이 깊어져 있었지만, 전직 경찰관인 고고타 요시오가 분명했다.

고고타는 경찰관과의 잡담을 끝맺고 파출소를 나서서는 '마쓰모토'라는 세련된 일본요리점으로 나를 안내했다.

"덕분에 아리모리 리리코 씨의 묘지를 방문할 수 있었습니다."

의자에 앉은 후에 감사 인사를 했다.

"과연 하버드 대학 학생이군요. 일본어도 유창하네요."

고고타는 손수건으로 땀을 닦으며 입에 발린 말을 했다.

"오토야 씨에 대해 기억하시나요?"

"물론이죠. 편지를 받은 이후 그 남자에 대해서만 생각하고 있었어요."

고고타는 과거를 그리워하는 듯 눈을 가늘게 떴다.

"그는 스스로 냉혈한 사람인 척 행동했지만, 사실은 아이 같은 성격이었어요."

생각지도 못한 말을 들은 기분이었다. "아이 같은 성격이라뇨?"

"한마디로 말하자면 지기 싫어했어요. 언젠가 업계의 라이벌 이야기가 나왔을 때는 굳이 해결한 사건의 수를 비교해서 자기가 이겼다고 우기기도 했으니까요. 딱히 사건을 수사하는 탐정이 될 마음은 없었다고 말한 적도 있으니, 반쯤은 부끄러움을 숨기기 위해서였겠지만요."

"두 분은 꽤 허물없는 사이셨나 보네요."

"첫 만남은 모모즈 상사 사건과 관련하여 의견을 물어봤을 때였지만, 그 이후에도 조사가 난항을 겪을 때마다 의견을 듣고는 했거든요. 나카노의 사무소에서 아침까지 술을 마신 적도 있습니다. 미야기 현청으로 이동하게 된 후로는 함께 시간을 보내지 못해서 안타까웠지만요."

나는 오렌지색 노트를 꺼내 들어 사무소가 있던 위치의 주소를 메모했다.

"하지만 당신 같은 우수한 젊은이가 어째서 그런 남자에 대해 알려고 하는 거죠?"

고고타가 흰 털이 섞인 눈썹을 올렸다. 농담이 아니라 진심으로 궁금한 듯했다.

"한 가지, 도무지 알 수 없는 게 있어서요."

기다렸다는 듯 나는 본론을 꺼냈다.

"인민교회 신자가 집단 자살했다고 여겨지는 그날, 오토야

씨는 조리실에 있던 주스에 독을 넣고 짐 조든을 말솜씨로
유도하여 모든 신자가 독을 먹게 했습니다. 노기 노비루 씨
나 아리모리 리리코 씨가 목숨을 빼앗긴 것에 대한 분노 때
문에 그들을 모두 죽이고 싶었다는 게 FBI와 가이아나 경찰
의 공통된 견해예요.

하지만 오토야 씨는 그 둘을 죽인 범인을 알고 있었습니
다. 친구나 조수의 원수를 갚고 싶었다면, 각각의 범인을 죽
이면 될 뿐인데 왜 오토야 씨는 죄 없는 신자들의 목숨까지
빼앗은 걸까요."

어느새 컵을 꽉 쥐고 있었다.

이 수수께끼를 풀기 위해 나는 FBI의 인턴십 제의를 거절
하고 머나먼 일본까지 찾아온 것이다.

고고타는 팔짱을 낀 채 생각에 잠겼지만, 일본의 전통 복
장을 입은 여직원이 분홍색 절임을 가지고 온 참에 갑자기
입을 열었다.

"탐정이라는 존재는 자칫 실수하면 가해자가 될 수 있죠.
그는 그 사실을 알고 있었기에 최악의 형태로 그 힘을 행사
한 걸지도 모르겠네요."

표정은 여전히 가벼웠지만 목소리만은 완전히 가라앉아
있었다.

"죄를 범한 자는 스스로를 정당화하고자 하는 법입니다.
그는 재판에서 동기를 말하지 않았나요?"

"한마디도 하지 않았습니다. 다만 체포될 때, 오토야 씨는 이렇게 말했습니다."

'……리리코를 위해. 그것뿐이야. 달리 할 말은 없어.'

"그렇군요."

고고타는 젓가락을 손에 쥐었지만 절임을 집지 않고 바로 그 자리에 내려놓았다.

"나는 이렇게 생각해요. 당신은 답을 찾지 못한 게 아니라 답을 받아들이지 못하는 게 아닌가."

"그 말씀은?"

"7년 전, 아직 어렸던 당신은 조든타운에서 두 탐정을 만나 동경심을 품었습니다. 하지만 그중 한 명은 살해당했고 다른 한 명은 당신의 동료를 모두 죽였죠.

그럼에도 당신은 둘에 대한 동경심을 버리지 못했습니다. 그가 죄 없는 인간을 이유도 없이 죽였을 리 없다. 어떤 부득이한 이유가 있었을 것이다. 그렇게 생각함으로써 당신은 자신의 마음을 지키려고 한 거겠죠. 마치 사이비 종교 신자처럼."

아무리 그래도 말이 좀 심했다고 생각했는지, 고고타는 숨을 내뱉고는 자신을 책망하듯 이마를 쓸어 올렸다.

"제가 말하고 싶은 건 하나뿐이에요. 그는 당신이 생각하는 것만큼 청렴결백한 남자가 아니었어요. 조수를 잃은 그가 분노로 제정신을 잃고, 생각할 수 있는 최악의 수단으로 복수를 시도했다고 해도 저는 놀라지 않습니다."

그러면서 실내 정원의 금목서로 눈길을 향하고는 원래의 가벼운 말투로 말을 이었다.

"리리코 씨를 위해. 그 말이 정답이겠죠."

받아들이고 싶지 않았다. 하지만 고고타의 말이 그저 나오는 대로 내뱉은 말이 아니라는 사실은 나도 잘 알고 있었다.

2

"좋은 여행 하시기 바랍니다."

고고타는 그렇게 미소 지으며 역 앞 교차로에서 택시에 올라탔다.

택시가 보이지 않게 된 다음 역 구내로 향했다. 노선도를 확인한 후 JR 주오 본선에 올라탔다. 뭐라도 하지 않으면 마음이 찌부러질 것만 같은 기분이었다.

나카노 역에서 하차해 파출소 앞 지도에서 메모한 주소를 찾았다. 상점가를 절반 정도 나아간 후 옆으로 난 좁은 골목으로 들어가자 찾던 빌딩을 바로 발견했다.

딱히 꾸미지 않은 철근 콘크리트로 된 6층 건물. 1층에 '화이트 애플'이라는 세련된 찻집이 간판을 내걸고 있었지만, 2층부터는 표찰에 아무것도 적혀 있지 않았다. 3층까지 올라가봤지만, 문에 달린 작은 창을 통해 살펴본 너머에는 예상대로 아무것도 없었다.

7년 전에 사라진 남자의 사무소가 남아 있을 리가 없다. 이미 예상했던 사실이었다.

고고타의 말은 정곡을 찔렀다. 인턴 자리까지 내팽개치고 큰돈을 들여서 아무것도 없는 상가 건물을 찾아오다니. 이거야말로 사이비 종교의 신자 그 자체가 아닌가.

"당신, 여기서 뭐 하는 거야?"

갑자기 목소리가 들려 계단에서 굴러 떨어질 뻔했다. 위쪽 층계참에서 작업복을 입은 여자가 이쪽을 보고 있었다. 오른손에는 나일론 가방, 왼손에는 큰 양동이를 든 채였다.

"사무실을 빌리려고?"

여자는 그렇게 말하며 계단을 내려왔다. 청소회사 직원은 아닌 듯했다.

"이 건물 주인 되시나요?"

"맞아."

"7년 전, 여기 3층을 빌렸던 사람을 기억하시나요?"

여자의 눈썹 끝이 올라갔다.

"몰라. 아버지한테 상속받은 게 2년 전이니까."

한숨이 나올 것 같아 헛기침으로 얼버무렸다.

"그래서, 어떤데? 빌릴 거야?"

나는 고개를 저었다.

"그럼 나가."

여자는 3층 문의 자물쇠를 열더니 가방과 양동이를 든 채 안으로 들어가버렸다.

계단을 내려서서 거리로 빠르게 나아갔다. 모서리를 돌려고 하는 참에 향수를 불러일으키는 것이 눈에 들어왔다. 중국요리 가게의 처마 끝에 설치된 새하얀 직방체. 기숙사 라운지에 있던 것과 같은 콜라 자판기였다.

오래된 친구와 재회한 듯한 그리움이 밀려 올라왔다. 지갑에서 백 엔 동전을 꺼내 투입구에 넣었다. 덜커덕, 하고 물건이 떨어지는 소리. 배출구를 열고 유리병을 꺼냈다.

"응?"

배출구 문을 닫으려다가 바닥에 병이 놓인 것을 깨달았다. 병뚜껑이 비스듬하게 구부러져 있지만 안은 비어 있지 않았다. 누군가가 뚜껑을 열지 못해 그냥 자리에 놓고 간 모양이다.

이것은 분명 신의 선물이다. 나는 자판기에 달린 병따개로 뚜껑을 따고, 바닥에 놓여 있던 병을 입으로 가져갔다.

"형씨."

깜짝 놀라서 심장이 튀어나오는 줄 알았다.

목소리가 들린 쪽을 바라보자, '저백계'라고 적힌 포렴에서 수염 난 남자가 얼굴을 내밀고 있었다. 누런 수건을 뒤집어쓴 채 기분 나쁜 듯이 이쪽을 노려봤다.

"당신, 텔레비전도 안 봤어?"

그렇게 말하며 내 발끝에서 머리끝까지를 눈으로 훑었다.

"그런 식으로 독극물을 먹이는 수법이 유행하고 있거든. 그냥 장난일지도 모르지만, 위험하니까 마시지 마."

그렇게 말하며 병을 낚아채더니 '준비 중'이라는 팻말을 뒤집고 포렴 안쪽으로 모습을 감췄다.

몇 초를 사이에 두고 온몸에서 식은땀이 솟아올랐다.

모처럼 7년 전의 사건에서 살아남았는데, 이런 곳에서 독극물을 먹어서는 웃기지도 않는다.

전봇대에 손을 대고 호흡을 가다듬자, '저백계' 포렴 아래에 '영업 중'이라는 팻말이 보였다. 이것도 인연이 아닐까. 나는 빨려들 듯 가게로 들어섰다.

"어서 옵쇼."

수염 난 남자가 주방에서 외쳤다. 테이블 자리에 앉자 여자 점원이 컵을 가지고 왔다.

"저기, 죄송합니다." 문득 생각이 나서 노트에서 신문 기사 사본을 꺼냈다. "이 사람, 전에 가게에 온 적 없었나요?"

점원은 앞머리를 옆으로 쓸어 넘기고 사진을 들여다봤다. 억지로 꾸민 듯한 책장을 등 뒤로, 오토야 씨가 팔짱을 끼고 있었다. 1975년 5월 17일자 〈도쿄 니치니치 신문〉에 게재된 인터뷰 기사였다.

"아, 기억해요." 그녀는 송곳니 같은 덧니를 내비쳤다. "자주 한밤중에 마시러 와서, 술에 취해 아침까지 곯아떨어져 있었어요. 그 사람, 탐정이었죠?"

"제 은인이에요. 달리 기억하시는 건 없나요?"

말하고는 바로 후회했다. 갑자기 이런 질문을 받으면 곤란할 것임이 분명했다. 여자는 예상대로 곤란한 듯한 모습으로 손으로 전표를 둘둘 말더니, 갑자기 벽을 보고는 "아!" 하고 손을 멈췄다.

"가끔 같이 오던 남자분이 있는데, 그 사람과 이 기사를 보고 들떠 있던 걸 본 적이 있어요. 요코야부 유스케의 팬인가 하고 말을 걸었더니, 반응이 그저 그랬어요. 설마 본인이 탐정이라고는 생각지도 못했죠."

그렇게 말하며 벽에 붙은 잡지 복사본을 가리켰다. 지면 오른쪽에는 '엉덩이에서 피가 나올 정도로 매운 라면 랭킹'이라는 기사로, 29위에 '저백계'의 불맛 탄탄면이 올라 있었다. 왼쪽에는 '명탐정의 영광—요코야부 유스케 사건 기록'이라는 기사의 서두 부분이 실려 있고, 부제로는 '1978년 10월 30일, 108호의 흉탄에 쓰러진 요코야부 유스케의 빛나는 활약의 전모를 여기에 기재한다'라고 적혀 있었다.

"이 사람, 유명했나요?"

"물론이죠. 〈명탐정에게 맡겨라!〉라는 텔레비전 프로에 출연해서 수많은 미해결 사건을 해결했죠."

무슨 방송일까.

"저는 텔레비전에 나오기 전부터 팬이었지만요. 요코야부와 어깨를 나란히 하는 탐정이라고 하면 전쟁 전의 고조 린도 정도일 테죠."

"오토야 씨는 거기에 들어가지 못하나요?"

"그 술주정뱅이가? 아무리 그래도 격이 다르죠. 그 사람, 텔레비전에 나온 적이나 있나요?"

여자는 이상한 듯 전표를 흔들어 보였다. 나는 다시 기사를 들여다봤다.

"이 '108호'라는 건 뭐죠?"

"요코야부 유스케를 죽인 범인의 별명이에요."

"어째서 맨션의 호수 같은 별명으로 불린 건가요?"

"그 인간, 15년쯤 전에 미군 기지에서 권총을 훔쳐서 연이어 열한 명을 쏴 죽였거든요. 저는 잘 모르지만, 아마 그 사건 번호가 108이었을 거예요."

들어본 적 없는 사건이다.

"1978년에 그 탐정을 죽였다는 말은, 108호는 꽤 오래 도망쳤나 보네요."

"분명 그 인간, 어른인데 아이 같은 모습을 하고 있었을 거예요. 경찰이 좀처럼 체포하지 못한 것도 그게 이유였더라는 이야기가 있었죠."

갑자기 무언가 예감 같은 것이 느껴졌다.

이 이야기 끝에 7년간 찾아온 질문의 답이 있다. 그런 느낌이 들었다.

"······그 108호는 어떻게 되었나요?"

"반격을 당해 죽었어요. 배에 총을 맞은 요코야부 유스케가 마지막 힘을 쥐어짜서 108호를 쏴 죽였거든요."

여자는 어째서인지 득의양양하게 가슴을 폈다.

"마지막의 마지막에 그런 희대의 살인범을 죽였으니까, 역시 요코야부 유스케는 진짜예요."

온몸의 피가 거꾸로 흐르는 듯한 흥분을 느꼈다.

역시 그렇다. 내가 찾던 마지막 퍼즐 조각이 이거였다.

오토야 씨는 언제나 차분하게 행동하는 것처럼 보였지만, 전 경찰관인 고고타가 말하기를 사실은 유치하고 지기 싫어하는 성격이었다고 했다. 업계 라이벌에 대한 화제가 나왔을 때는 굳이 해결한 사건의 수를 비교해서 자신이 이겼다고 주장한 적도 있었다.

오토야 씨에게 아리모리 리리코는 너무나도 우수한 조수였다. 오토야 씨는 그녀의 재능을 질투하면서도 동시에 자랑스럽게 느꼈다.

하지만 그 조수는 남미 마을에서 사이비 종교 신자에게 목이 졸려 죽어버렸다.

그녀의 사체를 발견했을 때 오토야 씨는 어떤 감정이었을까. 당연히 조수를 잃은 슬픔은 컸으리라. 범인에 대한 분노도 솟구쳤을 것이다. 하지만 그런 감정에 뒤섞여 또 하나, 보름 전에 죽은 스타 탐정을 향한 비뚤어진 질투를 느낀 것이 아닐까.

요코야부 유스케는 과거 열한 명을 쏘아죽이고 일본을 공포에 떨게 한 희대의 살인범이 쏜 총에 맞아 죽었다.

하지만 그런 남자보다 훨씬 더 뛰어난 아리모리 리리코가 겨우 세 명을 죽였을 뿐인 작은 남자에게 살해당해버렸다.

오토야 씨는 그녀가 고작 그 정도의 살인자에게 살해당한 사실을 견디지 못한 것이 아닐까.

공항 앞 식당에서 FBI 조사관에게 제압당해 있던 그때, 오토야 씨는 이렇게 말했다.

'그 남자가 나빴어. 그 아이처럼 생긴 남자가.'

오토야 씨의 그 말이 레이 모튼이 아니라 108호를 지칭하는 것이었다면.

'우리 조수가 그런 녀석에게 지다니, 그런 건 믿고 싶지 않았어.'

그런 녀석이 요코야부 유스케를 지칭하는 것이라면.

아리모리 리리코가 요코야부 유스케에게 패배한다. 그것이야말로 오토야 씨가 절대 받아들일 수 없는 한 가지가 아니었을까.

사람은 신앙과 현실의 괴리에 직면하면 무리해서라도 그 괴리를 해소하려 한다.

아리모리 리리코는 최고의 탐정이었다. 그런 그녀가 평범한 살인범에게 살해당하는 일은 있어서는 안 된다. 그런 것은 그녀의 '최후의 사건'에 어울리지 않는다. 그녀가 목숨을 잃는다면, 그것은 반드시 훨씬 중대한, 세계를 전율시킬 정도의 대참사에 휘말린 결과여야 한다.

그러기 위해 필요한 것은 희생자의 수다.

'리리코를 위해. 그것뿐이야. 달리 할 말은 없어.'

그의 마지막 말은 진실이었다.

918명의 신자는 아리모리 리리코가 명탐정이 되기 위한 제물이었다.

"죄송합니다. 갑자기 할 일이 떠올라서…… 가봐야겠습니다."

나는 점원에게 꾸벅 고개를 숙이고 구르듯 '저백계'를 뛰어나왔다.

15분 전과는 다른 경치를 보이는 거리를 한달음에 빠져나왔다. 상가 빌딩의 계단을 오르자, 앞서 만난 건물 주인이 가방에 짐을 넣고 있었다. 내 거친 숨소리를 깨닫고 수상쩍은 듯 눈썹을 찌푸렸다.

"죄송합니다. 저, 이 사무실, 빌리겠습니다."

여자의 얼굴에서 표정이 사라졌다.

"당신, 학생 아니야?"

"맞습니다. 하지만 학업을 그만둘 겁니다."

"임대료 낼 수 있어?"

"어떻게든 하겠습니다."

나는 결심했다.

이 장소에서 탐정사무소를 열기로.

그리고 누군가에게 목숨을 빼앗기는 일 없이 탐정인 채로 생을 마치기로.

중요한 것은 어떻게 죽는지가 아니라, 어떻게 사는지다. 그것을 이 장소에서 증명해 보이겠다.

"임대료만 낼 수 있다면 상관없어." 여자는 가방에 손을 넣어 가늘고 긴 가죽 지갑에서 명함을 꺼냈다. "내일, 사무실로 와."

명함에는 '태양 홈스'의 주소와 전화번호가 적혀 있었다.

"서류를 준비해둘 테니 연락처랑 이름만 알려줘."

나는 나도 모르게 말을 더듬었다.

"어, 그러니까 이제부터 일본으로 이사할 거라서, 연락처는 아직 없습니다." 그렇게 말하며 고개를 숙였다. "이름은 우라노 큐라고 합니다."

여자는 "큐?"라고 투덜거리며 가타카나로 이름을 적더니, "그럼 내일 봐"라고 말하고 방의 자물쇠를 잠그고 계단을 내려갔다.

층계참 창문으로 저녁노을과 함께 북적거리기 시작한 거리를 내려다봤다.

오토야 씨의 가슴속에서 진짜 어떤 일이 일어났는지 알 길은 없다. 애매한 것에 매달려 있다는 의미에서 지금 내가 하려는 행동도 인민교회 신자들과 다르지 않을지도 모른다. 하지만 지금은 거기에 대해서는 눈을 감기로 했다.

　'네가 일본에 온다면 우리가 해결한 사건 이야기를 질릴 정도로 들려줄게.'

　오토야 씨가 주립 교도소에서 나오는 것은 34년 후. 가석방이나 특별 사면이 이루어지면 조금 빨라지리라. 출국 허가가 나오면, 그는 반드시 이곳으로 돌아올 것이다.

　그때까지는 혼자여도 괜찮다.

　나는 그날이 기다려져서 참을 수가 없었다.

명탐정의 제물
인민교회 살인사건

1판 1쇄 발행 2023년 7월 25일
1판 4쇄 발행 2024년 8월 20일

지은이 시라이 도모유키
펴낸이 문준식
디자인 공중정원
제작 제이오

펴낸곳 내 친구의 서재
등록 2016년 6월 7일 제2020-000039호
주소 서울시 성북구 정릉로305, 104-1109 우편번호 02719
전화 070-8800-0215 **팩스** 0505-099-0215
이메일 mytomobook@gmail.com **인스타그램** mytomobook

ISBN 979-11-91803-15-0 03830